Minck & Minck
umgenietet

Edda (*1958) und Lotte (*1960) Minck leben und arbeiten in Bochum. Beide sind durch viele verschiedene Berufe und Jobs in der Film- und Fernsehbranche gegangen, bevor sie sich Ende 2004 dazu entschlossen, auf ihre alten Tage zu Schreibtischtäterinnen zu werden. Dem Ruhrgebiet, seinen Menschen und Mentalitäten aufs Innigste verbunden, schauen sie in ihrem ersten Krimi mit viel Witz und Sinn für Situationskomik dem Ruhrpott nicht nur aufs Maul, sondern auch in die Abgründe seines Herzens.

Minck & Minck im Droste Verlag:

totgepflegt – Maggie Abendroth und der kurze Weg ins Grab

abgemurkst – Maggie Abendroth und das gefährliche Fischen im Trüben

umgenietet – Maggie Abendroth und der alten Narren tödliches Geschwätz

Minck & Minck

umgenietet

Maggie Abendroth und der alten Narren tödliches Geschwätz

Droste Verlag

Bibliografische Informationen der Deutschen Nationalbibliothek
Die Deutsche Nationalbibliothek verzeichnet diese Publikation in der Deutschen Nationalbibliografie; detaillierte bibliografische Daten sind im Internet über http://dnb.d-nb.de abrufbar.

2. Auflage 2011

Die Veröffentlichung dieses Werkes erfolgt auf Vermittlung der Autoren- und Verlagsagentur Peter Molden, Köln.
Satz: Droste Verlag
Titelgestaltung und Illustration: Helge Jepsen, Essen
Druck und Bindung: CPI – Clausen & Bosse, Leck
ISBN 978-3-7700-1290-9

www.drosteverlag.de

Für unsere Schwestern
Kirsten und Brigitte

Ensemble

Maggie Abendroth	fährt Taxi und verliert dabei völlig die Orientierung
Herr Matti	will bei der Wahrheit bleiben und sagt ein Wort zu viel
Wilma Korff	leiht ihrer Freundin Maggie im falschen Moment Geld
Winnie Blaschke	macht viele Flugmeilen und kann das Schlimmste nicht verhindern
Oma Berti	zeigt königliche Haltung in schmerzhaften Zeiten
Rudi Rolinski	will unbedingt ein besserer Mensch werden, fragt sich nur, wie
Mia Hoffstiepel	hat Bedenken, macht aber trotzdem den Job, den Maggie nicht will
Herrmanns und Borowski	wissen nichts über die Macht der Worte
Elvis und Ritchie	erweisen sich als dumm und dümmer
Elli	hätte am liebsten, wenn die Bratwürste auch rosa wären
Van der Baack	wird seine Sammelleidenschaft zum Verhängnis
Frau Heckel	sagt nicht alles, was sie weiß, das aber gründlich

Kommissar Seidel	hatte mal einen sehr schönen Mordfall mit sehr verdächtigen Verdächtigen
Der Knispser	treibt es zu bunt, um im Spiel zu bleiben
Dr. Thoma	wird auf seine alten Tage noch zum Gourmet umerzogen
Raoul Masdéu-Canals Sáez de Astorga	lässt Maggies Laune kochen und Dr. Thomas Herz höher schlagen
Bochum	leuchtender Fixstern am Bratwursthimmel

01

Der Sommer war vorbei. Ich hatte überlebt. Das war aber auch schon beinahe alles, was es dazu zu sagen gab. Ich war mit Oma Berti Blaschke zur Kur gewesen. Nicht, dass ich sonderlich entspannt wiedergekommen wäre, nein, diese Kur hatte sehr lange Schatten geworfen. Aber nicht lang genug, als dass die Weltöffentlichkeit Interesse daran gezeigt hätte, dass Maggie Abendroth von einer Irren beinahe zu Tode gehetzt worden war und ganz nebenbei ihrem Ex das Leben gerettet hatte. Talkshow? Fehlanzeige. *Stern, Bunte, Gala?* Nada. Sogar die Aussichten, vor Gericht meine fünf Minuten Berühmtheit zu kriegen, waren denkbar schlecht. Die Irre war geständig und eher ein Fall für die geschlossene Psychiatrie, und ich? Ich hatte mir nur aus all den Dingen, die ich nicht gesehen hatte, mithilfe von Herrn Matti den Tathergang zusammengereimt. Und auf Reime gibt Madame Justitia gar nichts. Die ist zwar blind, aber nicht blöd.

Die Welt hatte sich im Sommer außerdem nur für die deutsche Fußball-Nationalmannschaft interessiert, und jetzt interessierte sie sich für die Lebensbeichte eines gewissen Dieter Bohlen und die Jahrhundertflut, die den Deutschen entlang der Oder mit authentischem Bangladesh-Feeling Angst einjagte.

Ich hatte das überaus große Glück, bei den vorgenannten Ereignissen nicht im Mindesten die Finger drin zu haben. Anstatt in Köln lustige Drehbücher mit fein geschliffenen Dialogen zu schreiben und an Wochenenden meine goldene Mastercard heiß laufen zu lassen, saß ich in Bochum herum, pflegte meine Schreibblockade, hatte keinen Knopf auf der Naht und freute mich wie eine Schneekönigin über Rabattkupons für dreimal Shampoo zum Preis von zweien und Gebinde von fünf Dosen Katzenfutter und eine Tüte Katzenstreu gratis.

Vor zwei Wochen hatte es bei *Real* tatsächlich für drei blaue Kupons zehn Tüten Milch zum Preis von acht und ein wasserdichtes Transistorradio gegeben. Obwohl ich Milch überhaupt nicht ausstehen kann, war ich an besagtem Morgen die Erste an der Tür des Einkaufsparadieses gewesen. ›Ich freue mich eben über die kleinen Dinge im Leben‹ war mein neues Mantra, um den Pegel meines Missvergnügens unter der Land-unter-Grenze zu halten. Die Gratisproben dieser Welt waren meine Sandsäcke gegen die Flut, die da hieß: Maggie Abendroth, du bist ein Loser – du hast kein Haus, kein Äffchen und kein Pferd. Aber meine Realität scherte sich einen feuchten Kehricht um Sandsäcke, Mantras und Trostpflästerchen. Sie sickerte durch jede Ritze, vor allem, wenn das Gratisradio nach drei Tagen schon den Geist aufgab. Ich drückte mir die Nase immer noch an den Schaufenstern der teuren Damenoberbekleidungsgeschäfte platt, seufzte jedem ledergebundenen Notizbuch hinterher und hoffte auf ein Wunder. Vielleicht fällt mal eines Tages ein *Dolce & Gabbana*-Transportcontainer aus einem Frachtflugzeug, direkt vor meine Haustür. Vielleicht wird aber auch meine beste Freundin Wilma eines Tages so dick wie ich, und dann können wir endlich Klamotten tauschen. Von einem Transportcontainer erschlagen zu werden, war bestimmt die wahrscheinlichere Variante. Wilma war schließlich ein Ex-Model und so diszipliniert wie ein Olympionike, wenn es um ihr Aussehen ging.

Weil Wunder eben zuweilen lange auf sich warten lassen, hatte ich mir für die vor der Tür stehende Herbst-Winter-Saison ein paar *Doc Martens* auf dem Flohmarkt gekauft, und die halten bestimmt noch bis zum Sankt Nimmerleinstag. Laut den Versprechungen der Herstellerfirma könnte ich damit sogar begraben werden. Und wenn in 300 Jahren der Urururururur-Enkel von Indiana Jones eine Ausgrabung macht, wird er sehr viel darüber nachgrübeln müssen, wie die menschliche Zivilisation mit säurefesten Gummisohlen in Verbindung zu bringen war.

Ich fand also neuerdings Gefallen an Flohmarktschnäppchen, der Kuponsammelei und der Produktauswahl von Ein-Euro-Shops. Ich besaß zwei Jeans, ein schwarzes Jackett, vier T-Shirts, einen XXL-Pullover von *Gaultier*, ein Geschenk von meinem besten Kumpel Winnie Blaschke, den ich wie einen Schatz hütete; außerdem ein *Apple*-

Notebook, in Ermangelung von Schreibfluss völlig unbenutzt, und eine große Tasche, in die alles reinpasste.

Mein Souterrain, im dem ich eigentlich längst wieder wohnen sollte, war nach einem kapitalen Wasserschaden nach zehn Monaten ergebnisloser Renovierung durch meinen Vermieter immer noch nicht benutzbar. Im Bad gab es mittlerweile einen Stapel rosa Fliesen, die nicht an der Wand haften wollten, und einen Toilettentopf, unbefestigt.

Wenn sie bei den Aufräumarbeiten nach der großen Oderflut denselben Enthusiasmus an den Tag legen wie die Handwerker, die meine Kellerwohnung wieder bewohnbar machen sollten, steht dem Land ein Rücksturz ins finstere Mittelalter unmittelbar bevor.

Ich für meinen Teil hatte keine andere Wahl, als darauf zu warten, endlich wieder einziehen zu können. Eine neue Wohnung suchen? Wovon denn? Ich hätte noch nicht einmal das Geld, um mir einen halben Eimer Farbe zu leisten, geschweige denn eine Kaution zu bezahlen. Und wer nimmt schon eine Freiberuflerin, deren ganze Karriere daraus besteht, dass auf ihrer Akte ein fetter Stempel ›Schnee-von-gestern‹ prangt.

Seit ein paar Wochen fuhr ich Taxi für den Kiezkönig Kieslowski – vorzugsweise in der Nachtschicht, und an so manchem Morgen wusste ich nicht, wie ich mein Frühstücksbrötchen bezahlen sollte. Aber dieser Job war besser als gar nichts. Ich hätte noch für 3,50 Euro pro Stunde in einer Spielhalle als Aufsicht anfangen können, aber Kieslowski hatte die besseren Argumente: ein Auto und ein Diensthandy.

Die Wohnung, in deren Küche ich saß und ein original *Residents*-Plakat von 1983 anstarrte, gehörte mir nicht. Der Stuhl, auf dem ich saß, und das Bett, in dem ich schlief, auch nicht. Das, was mir in dieser Küche gehörte, war der kleine Espressokocher von *Bialetti* und eine Tasse mit dem Werbeaufdruck von Bad Camberg. Kein würdiger Ersatz für meine Lieblingstasse, die mit dem Gesicht von Prince Charles. Die war vor ein paar Wochen in so kleine Stücke zerborsten, dass sie nicht mehr zu retten gewesen war. Konnte es ein besseres Bild für meinen derzeitigen Seelenzustand geben? An manchen Tagen wünschte ich mir etwas weniger Klischee in meinem Leben, aber warum sollte mein Leben interessanter sein als die Drehbücher, die ich früher geschrieben hatte?

Die Wohnung befand sich über meiner Stammkneipe, dem Café Madrid, und gehörte dem Kneipenwirt und schlechtesten Küsser vom Revier, Kai-Uwe Hasselbrink, der mit seiner neuen Freundin, der irrsinnigen grünen Rita, und ihrem dämlichen Köter Willy einen Hippie-Revival-Urlaub ›Im-VW-Bus-quer-durch-Europa‹ verbrachte. Dabei verprassten sie die Abfindung von Ritas Ex-Ehemann. Mir hatte sie nicht mal 100 Euro dagelassen, obwohl sie ohne mich und meinen selbstmörderischen Einsatz nicht einen Cent gesehen hätte. Mir blieb immerhin noch die Hoffnung, dass sich Kai-Uwe und Rita bei ihrer Europatour gegenseitig totquatschten – dann müsste ich hier nicht wieder ausziehen. Wäre auch eine Lösung, mit der ich gut klarkommen könnte.

Die beiden schwebten also auf Wolke 7, wie eigentlich alle meine Freunde. Sogar Herr Matti. Der schweigsame finnische Thanatopraktiker verlor zwar so gut wie kein Wort über seine Befindlichkeiten, aber er bastelte enthusiastisch an seiner Zukunft. Dr. Dr. Herzig, der beste Anwalt von ganz Bochum, hatte ihn mit Bravour durch seinen Mordprozess gepaukt. Aus Mord wurde, ohne auch nur einen Umweg über Totschlag zu nehmen, Notwehr in zwei Fällen … So kann es gehen, wenn man, wie Matti, an den richtigen Stellen den Mund hält und das Reden seinem Anwalt überlässt. Ich hatte vor Gericht nur eine winzige Komparsenrolle gehabt. Vier Sätze, die Herzig vorher mit mir geprobt hatte. Und sie waren so gut gewesen, dass der Staatsanwalt keine weiteren Fragen mehr hatte. Was ich schade fand. Aber wenn es der Wahrheitsfindung dient, mache ich alles – auch in vier Sätzen. Schließlich waren wir alle heilfroh, dass die Geschichte für Matti gut ausgegangen war. So gut, dass er, seit vier Wochen auf freiem Fuß, bereits mit den Renovierungsarbeiten in seinem Bestattungsinstitut begonnen hatte und mich zum Wahnsinn trieb. Seit er in der Untersuchungshaft Lesen und Schreiben gelernt hatte, gab es kein Halten mehr. Ich bekam täglich Post von ihm, immer einen Zweihundert-Euro-Schein im Umschlag mit seiner eindringlichen Bitte, diesen anzunehmen, damit ich meine Kreditraten weiter abbezahlen konnte. Diese Altschulden waren mir als Kriegsverletzung aus dem Trennungsscharmützel mit dem Knipser geblieben, und sie würde noch lange schmerzen, obwohl der Krieg längst vorbei war. Ich hatte nämlich versucht, nach der Trennung meine geschundene Seele mit einem sehr teuren Urlaub zu kurieren, was selbstverständlich nicht funktioniert hatte. Ein neuer Haarschnitt wäre billiger gewesen. Das macht aber jede Trennungsgeschädigte – nur Maggie Abendroth nicht.

Täglich fuhr ich diesen gelben Zweihunderter mit dem Taxi gleich zu Beginn meiner Nachtschicht wieder zurück zum Bestattungsinstitut, bahnte mir einen Weg durch Farbeimer, Leitern, Pinsel, Spachtel und sonstige Baumarktutensilien auf der Suche nach einem freien, sauberen Plätzchen für den Briefumschlag. Mittlerweile redeten Matti und ich so gut wie überhaupt nicht mehr miteinander. Sobald er den Benz kommen hörte, verschwand er im Keller, wo sich die Thanatopraxie, Kühl- und Aufbahrungsräume befanden, und wartete dort, bis ich wieder gegangen war. Ich konnte so oft rufen, wie ich wollte, er kam nicht nach oben. Das mochte wohl daran liegen, dass ich ums Verrecken weder seinen Zweihunderter noch sein Jobangebot annehmen wollte. Nein, *wollte* ist nicht das richtige Wort – ich *konnte* einfach nicht. Wie sollte ich hier wieder arbeiten, in den ehemaligen Räumen von Pietät Sommer? Nach allem, was hier passiert war? Schon, wenn ich beim Reinkommen die Türglocke hörte, bekam ich Schnappatmung – und der Gedanke, in den Keller hinunterzugehen, verschaffte mir beinahe Ohnmachtsanfälle. Ich hatte es ehrlich versucht – aber es ging nicht. Wenn ich nur in die Nähe der Wendeltreppe kam, hatte ich den Refrain aus ›Mitternacht in Trinidad‹ von den *Flippers* in den Ohren. Und wenn ich nicht die *Flippers* im Kopf hatte, hörte ich die letzten drei rasselnden Atemzüge des sterbenden Ex-

Kommissars Kostnitz, der im Kühlraum in meinen Armen verblutet war. Ich bin den Umgang mit Gespenstern aus der Vergangenheit durchaus gewöhnt, aber diese Gespenster waren mir eine Nummer zu groß.

Wie schaffte es Matti an diesem grauenvollen Ort, wo er, wie ich vermutete, die schlimmsten Stunden seines Lebens verbracht hatte, so vergnügt den Pinsel zu schwingen und sich Gedanken über seine Werbemaßnahmen zu machen?

»Man muss die Toten ruhen lassen, Frau Margret«, hatte er gesagt.

»Ja, wie jetzt? Das soll alles sein? So simpel ist das? Wissen Sie, Herr Matti, Sie haben eine Art, die Dinge auf einen so kleinen Nenner zu bringen, dass sie unsichtbar werden. Aber nur für Sie. Für mich sind sie präsent wie eh und je. Da könnte ich mir tausendmal sagen, Maggie, lass die Toten ruhen. Aber die Schlingel tun mir den Gefallen einfach nicht.«

»Richtig ruhen lassen.«

»Und wie geht das?«

»Man tut die Dinge, die vor der Nase liegen. Sonst nichts. So lange, bis die Verwirrung aufhört.«

»Ist das eine Erkenntnis, die Sie aus dem Knast mitgebracht haben?«

»Ich hatte viel Zeit, um nachzudenken.«

»Tja, die habe ich nicht gehabt. Vielleicht kommt mir eines Tages auch noch eine Erleuchtung. Mir klebt alles an den Hacken: mein Ex, die Morde im Winter und die Morde im Sommer und meine Schreibblockade. Von den anderen Schwierigkeiten mal ganz zu schweigen. Und täglich kommt noch irgendwas dazu. Ich will es mal so formulieren: Während in Villariba auf'm Friedhof die Sargdeckel zu sind, ist in Villabacho der Totentanz noch voll im Gange.«

»Wo?«

Ich hörte seine erstaunte Nachfrage schon gar nicht mehr, so sehr war ich über seine Lebenshilfeweisheiten in Rage geraten. Ich wollte nicht tun, was vor der Nase war – ich wollte einfach nur vergessen.

Je mehr ich vergessen wollte, desto wilder tanzten die Skelette auf meinen Gräbern. Und weil ich schon so schön in Fahrt war, war ich mit der Wahrheit herausgeplatzt, dass ich ihn mit meinem Versprechen, für ihn zu arbeiten, reingelegt hatte. Anders hatte ich ihn nicht dazu bringen können, auf die Verteidigungsstrategie seines Anwaltes einzugehen. Ich hatte gelogen, um ihn davor zu bewahren, für zehn Jahre oder mehr in den Knast zu wandern.

»Sie haben mich angelogen?«

»Ja! Für einen guten Zweck. Sie sind frei – Sie können Ihrer Lieblingsbeschäftigung nachgehen – Tote zur Ruhe betten. Also hat es doch funktioniert, oder?«

Nach diesem Wortwechsel war er im Keller verschwunden, und seitdem beschäftigten wir uns mit diesem unsinnigen Briefwechsel. Vermutlich würde Matti das bis zum Jüngsten Tag durchhalten. Aber ich nicht. Mir machte es keinen Spaß, wochenlang ein und denselben Brief mit ein und demselben Geldschein zwischen Bochum-Wiemelhausen und der City hin und her zu fahren. Und noch viel weniger Spaß würde es mir machen, das Geld von Matti anzunehmen. Er hatte seine ›Schulden‹, die natürlich nur in seinem Kopf existierten, mehr als reichlich abbezahlt. Was konnte ich dafür, dass er der Überzeugung war, dass ich meinen Job als Sekretärin im Bestattungshaus Pietät Sommer nur deshalb verloren hatte, weil er mich in diese Geschichte mit den Morden hineingezogen hatte? Während seiner Untersuchungshaft hatte er mir schon jeden Monat ungefragt 500 Euro zukommen lassen. Matti konnte sich das locker leisten, weil er durch die Lebensversicherung seiner vor Jahren verstorbenen Frau eine Menge Geld auf seinem Konto hatte. Aber ich konnte es mir nicht leisten, noch mehr von ihm anzunehmen, obwohl ich mit dem Rücken an der Wand stand. Oder gerade deshalb. Wenn man dann noch einen Diener machen muss, fällt man vorne rüber und haut sich die Nase platt.

Ich zündete mir an diesem Tag schon die fünfte Zigarette auf leeren Magen an. Gab es eigentlich Rabattkupons für Friseure? Jetzt hätte ich als Balsam für meine arme Seele gerne einen neuen Haarschnitt in Anspruch genommen. Keine Kupons – kein Friseur. Und meine beste Freundin Wilma war nicht da. Sie hatte sich den Mountainbike-Freak Acki unter den Nagel gerissen und heizte mit ihm die Rocky Mountains rauf und runter. Bevor Wilma abgereist war, hatte sie mir noch mal die Haare gemacht, aber seitdem waren schon vier Wochen vergangen. Einen genauen Rückflugtermin hatte sie mir nicht genannt, aber sie würde doch wohl über die stürmische Liaison mit Acki ihre Angestellten und ihre Stammkunden inklusive meiner Wenigkeit nicht vergessen haben? Inzwischen bekam ich knallbunte Postkarten aus Amerika. Da schien es eine neue Mode zu geben: Automaten, die Minibilder fotografieren und dann gleich als Klebesticker ausspucken. Acki und Wilma, Wilma und Acki. Vierundzwanzig Postkarten vollgeklebt mit ihren dämlich grinsenden und Grimassen schneidenden, braungebrannten Gesichtern. Zu meiner Postkartensammlung gesellten sich alle paar Tage auch noch meditative Motive aus Japan. Kajo Kostnitz, unser junger, aufstrebender Pianist, hatte das Haus seiner Eltern verkauft, das ich bis vor kurzem gehütet hatte. Seine Konzerttournee hatte ihn bis Japan gebracht. Danach standen noch Neuseeland und Australien auf dem Programm, und ich freute mich schon auf die Postkarten mit Känguruhs und Koalabären. Japan hatte mir bereits drei Geishas, einen Sumoringer – die Karte war für meinen Kater Dr. Thoma gewesen –, zwei Kirschbäume in voller Blüte und mehrere buddhistische Klöster im Morgennebel beschert. Vielleicht könnte ich versuchen, beim Sushi-Man in der Luisenstraße drei Geishas auf Papier gegen ein echtes Sushi auf Porzellan einzutauschen?

Im Liebes- und Ferienrausch meiner Freunde und Bekannten nahm ein Liebespaar den absoluten Spitzenplatz ein: mein schwules Polizeischlachtschiff Kriminalkommissar Winnie Blaschke und sein Tänzer Nikolaj Andrejetwisch Besuchow. Die beiden weilten in der Stadt der Sommer-Winter-Frühling-Herbst-Paläste, der Mammutportionen Kaviar und der bunten Matjoschkas – St. Petersburg. Es schien ihnen gut zu gehen, denn bislang hatte ich noch keine einzige Ansichtskarte bekommen. Und angerufen hatte Winnie auch nicht. Wahrscheinlich war er im Mariinskij Theater vom männlichen Teil des Corps de Ballet schon adoptiert worden. Oder er hatte eine Wodka-Kaviar-Vergiftung. Oder er hatte aus Versehen in der Eremitage eine von den 2.000 turmhohen Alabastervasen von Zar Nikolaus dem Viertelvorzwölften, die da an jeder Ecke herumstehen, versehentlich angerempelt und war nach Sibirien verbannt worden.

Die einzige Person, bei der alles so war wie immer, war Winnies Oma Berti. Ihr Kiosk lief wie eh und je – auch ohne meine Hilfe. Auf die hatte sie dankend verzichtet, als sie herausbekommen hatte, dass ich, ohne ihre Erlaubnis einzuholen, ihre beiden Lieblingsalkoholiker Herrmanns und Borowski vor ein paar Monaten als Privatdetektive angeheuert hatte. Durch meinen spontanen Rauswurf allerdings hatte sie das Finale meines letzten Abenteuers in Bad Camberg verpasst. Unsere diplomatischen Beziehungen waren seitdem merklich abgekühlt. Immerhin besaß sie die große Güte – man könnte es auch Geschäftssinn nennen –, mir weiterhin Zigaretten und Kaffee zu verkaufen. Gefeuert zu werden hat manchmal auch sein Gutes: Durch den Taxijob hatte ich auf einen Streich regelmäßig einen fahrbaren Untersatz und ein Handy. Sollte der alte Eso-Laberspruch ›Man weiß nie, wozu irgendwas gut ist‹ tatsächlich wahr sein?

Wenn ich es also recht betrachtete, war ich auf dem besten Weg, bescheiden und demütig zu werden, geradezu anspruchslos; ich war kurz vor Zen. Kurz vor der Erleuchtung, kurz vor …

… kurz davor, die Nerven zu verlieren, denn ich hatte vor nicht einmal acht Stunden einen schrecklichen Fehler gemacht. Und da kam er auch schon aus dem Schlafzimmer geschlurft.

»Um Himmels willen, wie spät ist es?« Der Fehler hüpfte auf einem Bein, um in seine Hose zu kommen.

Wozu antworten? Die große Küchenuhr zeigte unübersehbar exakt 15.30 Uhr.

»Halb vier!? Maggie, warum hast du mich nicht geweckt? Ich muss in einer halben Stunde in Köln sein. Verflucht …!«

Sag ich doch, wozu antworten? Ah, bei *Novo* gibt es Neutralseife, und wenn man zwei Familienpackungen davon kauft, gibt es ein Paar bunte Flipflops gratis. Ich schnippelte den Kupon aus, zündete mir die nächste Zigarette an und vermied es, dem Knipser dabei zuzusehen, wie er mit fliegenden Händen versuchte, sein Hemd zuzuknöpfen. Funktioniert nicht so richtig gut, wenn fünf von acht Knöpfen auf dem Fußboden verstreut herumliegen. Manchmal darf man eben keine Zeit verlieren.

Aber was mir gestern Abend noch wie ein Geschenk des Himmels vorgekommen war, entpuppte sich bei Tageslicht betrachtet als typischer Maggie-Horrortrip. Hätte ich nicht ein bisschen nachdenken können, bevor ich ihm das Hemd vom Leib reiße? Wenn ich ihn jetzt anschaue, wird sich mein Mund wie von Geisterhand öffnen, und ich werde ein paar Fragen stellen, die mir hinterher leidtun. Dämliche, erniedrigende Fragen wie: Rufst du mich nachher an? Kommst du wieder? Und, und, und. Bevor das passierte, wollte ich lieber zehn Stücke Arztseife lutschen und mit zehn Litern Milch nachspülen.

Aus dem Augenwinkel sah ich, wie mein Ex angewidert an seinen Schuhen roch und sie mir dann anklagend entgegenstreckte. »Katzenpisse!«

Dr. Thoma lag vor mir auf dem Küchentisch, und sein perforiertes Kämpferohr drehte sich wie eine Parabolantenne hin und her.

»Saboteur«, flüsterte ich ihm zu. Mit seinem Schwanz wedelte er die mühsam nach Supermärkten sortierten Kupons vom Tisch.

»Maggie, jetzt mach doch mal was. Ich kann doch unmöglich mit diesen Schuhen … Herrgott, ich habe einen Termin bei einem Kunden in …«

»Köln«, murmelte ich. Dr. Thoma zwinkerte mir zu, und weil ich mich noch tiefer über meine Kupons beugte, stieß er liebevoll seinen dicken Schädel in meine wirren Locken.

»Nicht Köln. Düsseldorf! Ich habe noch zehn Minuten – wo ist der nächste Schuhladen? Meine Güte, jetzt sag doch endlich mal was!«

Meine Güte, versteh doch mal, ich kann dich jetzt nicht anschauen, und ich kann jetzt nichts sagen. Dann kriege ich Speichelfluss und Nervenzittern. Nach dieser Nacht werde ich nicht auch noch das letzte Fitzelchen Würde, das mir geblieben ist, im Klo runterspülen.

»Scheiße, die Artbuyerin von Grey … Und meine Schuhe stinken nach Katzenpisse«, grummelte er.

Tja, vielleicht findet die Artbuyerin einer der renommiertesten Werbeagenturen der Welt das ja antörnend?

»*Deichmann* ist ein paar Meter die Kortumstraße hoch. Nicht zu verfehlen«, sagte ich und versuchte, weitere Worte in meinem Mund zu behalten.

»Ich kauf doch keine Schuhe bei *Deichmann!* Ich schlag doch bei Grey nicht …«

Zu meiner Rettung ging in dem Moment die Tür auf, und Raoul, Kai-Uwes spanischer Koch, kam in die Küche und unterbrach das Referat des Knipsers über unpassendes Schuhwerk in Werbeagenturen. Unter Raouls Küchen-Clogs zerbröselte krachend ein Hemdknopf aus Perlmutt. Er hatte eine brutzelnde Pfanne in der Hand und blieb mit offenem Mund stehen, als er den Knipser in seinem ramponierten Hemd sah. Ungefähr so hatte ich gestern Abend auch ausgesehen, als es an der Tür geklingelt hatte. Mein einziger freier Tag, und dann das. Ich hatte den ganzen Nachmittag damit verbracht, Kai-Uwes Plattensammlung durchzuhören, und war gerade bei *The Cure* angekommen, da steht unangemeldet mein Ex vor der Tür und begehrt Einlass. Mein Ex setzt sich an den Küchentisch, sieht mich lange an und sagt: »Entschuldigung, für, für … du weißt schon, was. Und danke, dass du mich gerettet hast.« Und dann hat er mir die Narbe von seiner Knieoperation gezeigt, die er mir zu verdanken hatte, was er mir aber nicht mehr übel nahm. Weil, wie er mir versicherte , die Zeit im Krankenhaus und die anschließende Reha ihm endlich die Ruhe verschafft hätten, über alles und vor allem über uns und das Ende unserer Beziehung nachzudenken. Vor allem darüber, welchen Mut und welche Großzügigkeit ich bewiesen hätte, ihm nach allem, was er mir angetan hatte, das Leben zu retten. Und weil er sich bei alldem anhörte wie eine meiner Figuren aus einem Drehbuch und ich leider immer wieder auf das Gesülze, das ich mal geschrieben habe, auch noch selber reinfalle, hatte das Unheil seinen Lauf genommen.

Als ich neben dem Knipser aufgewacht und mir ganz allmählich der Tragweite meines Tuns bewusst geworden war, wünschte ich mir, ich hätte den Kurs fürs Apparieren in Hogwarts mitgemacht. Da ich leider nicht zaubern konnte, blieb mir nur die ›Augen zu und durch‹-Methode. Wenn man Dinge schon nicht ungeschehen machen kann, dann kann man sie wenigstens totschweigen.

»Das ist übrigens Raoul, der Chefkoch. Raoul, das ist mein Ex. Danke fürs Frühstück, aber er mag keine Eier«, versuchte ich eine Konversations-Abkürzung zu nehmen.

»Seit wann mag ich keine …?«

Raoul ignorierte den Einwand des Knipsers und rümpfte die Nase.

»Wasse stinkte so? Hatte Katze wieder gepinkelt gemacht?«, fragte er und wies mit der Pfanne auf Dr. Thoma. Der Kater krallte sich einen von meinen Kupons und kaute darauf herum.

»Endlich einer, der mich versteht«, sagte der Knipser und guckte begeistert auf die Pfanne. »Oh, das duftet aber wunderbar.«

Raoul starrte mit zusammengekniffenen Augen zurück. So guckte er immer, wenn er in der Küche eine Schabe entdeckte. Seine schwarzen, buschigen Augenbrauen berührten sich beinahe in der Mitte seiner Stirn, als er den Knipser anzischte: »Isse Omelette à la Raoul – mit Chili und mit Ei. Das magst du nicht.«

Der Knipser stolperte einen Schritt rückwärts. »Entspann dich mal, Maître.«

Aber Raoul hatte sich schon über den Küchentisch gebeugt und hielt mir das Pfännchen hin. »Wasse du denkst davon, Maggie? Neue Rezept.«

Es roch umwerfend. Obwohl mein Magen, seit ich die Augen heute aufgeschlagen hatte, zu einem kleinen Stein zusammengeschrumpelt war, hatte ich auf der Stelle Hunger. In der Hinsicht hatte ich denselben miesen Charakter wie mein Kater.

Raoul kostete Kai-Uwes Abwesenheit aus und nahm den Titel ›Küchenchef‹ mehr als ernst – er war morgens der Erste in der Küche und in der Nacht der Letzte, der das Lokal verließ. Dass niemand ihn kontrollierte, hatte den Nachteil, dass er sich neuerdings in dieser Wohnung wie zu Hause fühlte. Er marschierte mit seinem Schlüssel rein und raus, wie es ihm passte – ohne jemals anzuklopfen. Er konnte immer behaupten, etwas in Kai-Uwes kleinem Büro suchen zu müssen. Zigmal hatte ich versucht, ihm klarzumachen, dass der Weg dorthin über die Diele und nicht durch die Küche führte. Ich hätte mir den Atem sparen sollen.

Dass niemand den Küchenchef kontrollierte, führte, positiv betrachtet, aber auch dazu, dass es an manchen Tagen in der Küche des Café Madrid fast so aussah wie im Kochlabor von Ferràn Adriá. Raoul nutzte die Gunst der Stunde, um die unerfüllten Sehnsüchte eines ständig unterforderten Kochs Oberhand gewinnen zu lassen. Wie Kai-Uwe reagieren würde, wenn er bei seiner Rückkehr explodierenden Gurkenkaviar aus der Molekularküche in seinem Kühlschrank vorfände, wollte ich mir lieber nicht vorstellen.

»Lass mal probieren.«

»Was ist denn jetzt verdammt noch mal mit einem ordentlichen Schuhgeschäft?«, meckerte der Knipser.

Raoul stellte das Omelette auf den Tisch und reichte mir eine Gabel. Dann baute er sich mit verschränkten Armen vor dem Knipser auf: »So, du bist also Ex. Ex wie *Ex.* Was also du machst hier, wenn ex?«

»Bitte?! Ich habe meine alte Freundin Maggie besucht. Sind wir jetzt fertig mit der Heiligen Inquisition? Freut mich übrigens auch, Sie kennenzulernen.«

»Ex, du brauche Schuhe. Warum so unfreundlich? Vielleicht ich leihe dir was?«

»Is schon okay, Raoul. Er hat geklingelt, ich habe ihn reingelassen. Du musst dich für meine Ehre nicht duellieren. Die ist schon lange futsch. Herrlich, das Omelette.«

Der Knipser ging ins Schlafzimmer, und ich konnte endlich mein Gesicht aus der Pfanne nehmen. Ich hörte, wie er hastig seinen Kram zusammensuchte und seinen Kamerakoffer schulterte. Er wollte doch wohl jetzt nicht wirklich auf Strümpfen nach Düsseldorf fahren?

»Was hätten Sie denn im Angebot, Maître? Fettige Gummiclogs in Kindergröße?«, rief der Knipser aus dem Schlafzimmer.

»Es war nur eine Angebot …«, feixte Raoul zurück. »Niemals beiße Hand, die füttert dich …«

»Lass mal gut sein«, sagte ich, bevor das Testosterongeplänkel in Handgreiflichkeiten ausarten konnte.

Der Koch sah mich streng an und ging zur Tür, aber nicht ohne mir vorher noch zu sagen: »Das«, er deutete dezent mit dem Daumen in Richtung Schlafzimmer, »niemals gut. El Doctor pinkelt nie in Schuhe von nette Leute.«

Der Kater pinkelte seit unserer Umsiedlung in die Stadtwohnung ohne Garten überallhin, aber das schien Raoul entgangen zu sein. Denn Dr. Thoma war ein Outdoor-Kater und weigerte sich strikt, sein Geschäft in das eigens für ihn angeschaffte Luxuskatzenklo zu machen, das es gratis gegeben hatte – zu einem Zehnerpack Katzenstreu und zwanzig Dosen Katzenfutter.

»*Das* … marschiert in der nächsten Minute hier raus, genauso wie du. Und alles Weitere geht dich echt nix an, Señor Raoul Masdéu-Canals Sáez de Astorga!«

Raoul schnippte mit dem Finger, und mit den Worten »*Zeñó* mag keine Eier … *Que es toqui els collons!*« war er weg.

Warte nur ab, Maître, eines Tages werde ich mich bemüßigt fühlen, mich um deine Probleme zu kümmern: Vier Kinder von drei Frauen, und ein Ende seines Vermehrungswillens war nicht abzusehen. Und irgendwas lief da unten seit geraumer Zeit mit der Donnerstag-Freitag-Samstag-Kellnerin. Na ja, wenn ich auf südländische Typen stehen würde, könnte ich bei Raoul auch für Nichts garantieren. Antonio Banderas für Arme mit Kochschürze und immer was zu essen dabei … Wer kann da schon widerstehen? Dank Raoul war ich zwar nicht schwanger, aber trotzdem zehn Kilo schwerer als noch vor einem Monat.

»Also, tschüss dann«, sagten der Knipser und ich unisono.

»Tschüss«, wiederholte ich und klaubte die Kupons vom Fußboden auf. Nicht hinsehen, Maggie, sieh ihn um Himmels willen nicht an.

»War schön mit dir«, sagte der Knipser, und anstatt die Tür hinter sich zu schließen, stellte er den Kamerakoffer ab und tapste auf Socken über den Dielenboden. »Komm mal her und lass dich drücken.«

Kaum ausgesprochen, lag ich schon in seinen Armen und konnte nicht mehr wegsehen. Ich werde nicht fragen. Ich werde nicht …

»Ich ruf dich an, sobald ich Zeit habe. Versprochen. Und ich plädiere übrigens für eine Wiederholungstat. Tschüss«, sagte er, küsste mich auf den Mund, küsste mich noch mal, nahm seinen Kamerakoffer und ging.

Hinter mir rülpste Dr. Thoma laut. Zumindest die Frage über die Qualität des Omelettes war in diesem Moment beantwortet. Die geschändeten Schuhe hatte der Knipser mitten in der Küche stehen gelassen. Ein paar Minuten später hörte ich, wie sein nigelnagelneuer Angeber-Volvo ansprang, Dr. Thoma machte einen Buckel; für mich war es höchste Zeit, zu entscheiden, den Strick zu wählen oder ins Wasser zu gehen. Wenn das, was letzte Nacht passiert war, rauskommt, werden mich meine Freunde in die Irrenanstalt einweisen lassen. Und es wird rauskommen, früher oder später kommt immer alles raus.

02

»Hallo, jemand zu Hause?«

Ich stand mit dem unvermeidlichen Briefumschlag in der Hand im Empfangsraum des Bestattungsinstitutes und wartete.

»Herr Matti! Verflucht noch mal, jetzt kommen Sie doch endlich aus dem Keller! Ich muss zur Arbeit!« Und ich kriege schon wieder Schnappatmung, wenn ich noch lange hier ausharren muss, dachte ich. Es sieht doch gar nicht mehr sooo schlimm aus, mäkelte meine innere Stimme. Sieh dich doch mal um, was Matti schon alles geschafft hat. Ich guck mich nicht um, ich weiß, wie das hier aussieht. Nein, weißt du nicht. Du hast ja noch gar nicht hingesehen.

Und tatsächlich, ich war beim Reinkommen über gar nichts gestolpert und stellte fest, dass der neue Fußboden verlegt war. Mooreiche! Ich kniete mich hin, um zu überprüfen, ob es denn auch wirklich echtes Holz war. Es knarrte kein bisschen und war so blank poliert, dass ich mich darin spiegeln konnte. Weil mir allerdings nicht gefiel, was ich sah – um meine Augen herum waren mehr Jahresringe als in dem Jahrhunderte alten Holz –, lenkte ich meinen Blick auf die neue Wandgestaltung. Der Empfangsraum war mit dunkelgrauen Stofftapeten tapeziert, die dem Ganzen einen ungeheuer edlen und modernen Look verpassten, und die Möbel waren auch schon da. Ein dunkelbrauner Rollsekretär, natürlich komplett restauriert, prangte in der einen Ecke, und gleich daneben stand ein großes Buffet aus Kirschholz, auf dem zwei Urnen standen. Edle, dunkelgraue Vorhänge mit einem kleinen Muster in Silber und Dunkelbraun hingen vor dem Fenster. Matti hatte wirklich ganze Arbeit geleistet. Nichts erinnerte mehr an das Blau-Gold-Gestümper, mit dem Herr Sommer selig hier versucht hatte, dem Begriff Bestatter-Design neue Weltgeltung zu verschaffen.

Nur zwei Tage nach seiner Entlassung aus dem Gefängnis hatte Matti es sich nicht nehmen lassen, mich zu einer Tour durch Tapeten- und Dekorationsgeschäfte einzuladen. Nicht ganz uneigennützig, wie sich herausstellte, denn ich musste das Reden übernehmen. Er hatte eine Liste dabei, wahrscheinlich im Knast schon vorbereitet, die ich dem Verkäufer nur vorlesen musste. Matti summte währenddessen finnische Tangos und notierte sorgfältig Preise, Farben und Lieferzeiten auf seinem Duplikat. Jedes Mal blieb ein verdutzter Verkäufer zurück, denn Matti ließ sich alles zeigen, kaufte aber nichts. Wenn wir wieder vor der Tür standen, wollte er sofort wissen, was mir am besten gefallen hatte, und er machte ein Kreuzchen auf seiner Liste. Aber nicht neben dem Produkt, das ich genannt hatte, sondern garantiert woanders. War ich für helles Ahorn, kreuzte Matti Mooreiche an. Favorisierte ich einen Anstrich in Rot, notierte er eine Idee mit Silber. So war es den ganzen Tag gegangen. Nebenbei waren wir in einem Lebensmittelgroßhandel vorbeigefahren, und Matti hatte endlich mal wirklich was gekauft: fünf Großpackungen Gummibärchen und ein Gebinde von 20 Platten Pfefferminz-Zucker-Blöcken, rosa-weiß. Ich konnte ihn gerade noch davon abhalten, eine ganze Palette Marshmallows zu kaufen, die an dem Tag im Angebot war. Matti konnte nämlich so viel Zucker verklappen wie kein Zweiter. Einem normalen Menschen wäre bei dem Süßigkeitenkonsum schon längst die Aorta verklebt, aber er war rank und schlank wie ein Langstreckenläufer, und der Arzt, den er nach seinem Knastaufenthalt auf mein Drängen hin aufgesucht hatte, war mit seinen Werten zufrieden gewesen. Ich hatte es angesichts hoch aufgetürmter Schokoladensortimente in 24 Geschmacksrichtungen gewagt, den Einwand vorzubringen, dass es nur noch eine Frage der Zeit sei, bis er sich einen Diabetes angefuttert hätte, aber Matti bestand darauf, dass Gemüse was für Kühe sei. Die Menschen aus dem hohen Norden ernähren sich nun mal nicht von Gemüse – das hatte schon die Gutmenschen-Tierschutzfraktion bitter erfahren müssen, die einst den Eskimos statt fangfrischer Robbe Tiefkühlgemüse ans Herz gelegt hatte. Ein Nordmensch isst Fleisch, Fisch und Kohlenhydrate, hatte Matti mich freundlichst aufgeklärt. »Aber Sie sind kein Eskimo«, hatte ich eingewandt. »Sie sind ein Finne.«

»Aus Kemijärvi.«

Ich muss wohl ein sehr ungläubiges Gesicht gemacht haben, denn er fuhr fort: »Das liegt am Nordpolarkreis.«

»Ach was?«, sagte ich.

»Dort gibt es Eisangeln, Seen, Rentiere und die schönsten Ansichtskarten der Aurora borealis.«

»Aha?«, sagte ich und war von seinem Redefluss und der Tatsache, dass Matti eine persönliche Information preisgegeben hatte, zutiefst beeindruckt. Bislang hatte ich mich damit begnügen müssen, dass er zugab zu existieren und dass er Süßigkeiten liebte. Einzig in einer sehr schwachen Stunde hatte er mir vor Monaten erzählt, dass seine Frau bei einem Autounfall ums Leben gekommen war. Seit wir gemeinsam die seltsamen Todesfälle rund um Pietät Sommer aufgeklärt hatten, waren wir so was Ähnliches wie befreundet. Allerdings war das, was mich mit Matti verband, die seltsamste Freundschaft, die ich bislang erlebt hatte. Wir siezten uns immer noch, redeten so gut wie gar nicht miteinander, verbrachten aber jede Menge Zeit zusammen. Zuerst als Arbeitskollegen und Detektivdilettanten, dann im Besuchsraum der Justizvollzugsanstalt und jetzt eben in Baumärkten. Und nicht zu vergessen: Mattis Bedürfnis, für meinen Lebensunterhalt zu sorgen, und mein Bedürfnis, ihn davon abzuhalten und ihm den Genuss von Obst und Gemüse nahezubringen, was er wiederum strikt ablehnte.

Mein Blick fiel auf einen Bürostuhl, der noch in Folie eingewickelt war. Ein dunkler Holzdrehstuhl wie aus einer alten amerikanischen Fernsehserie. Den Stuhl hatten wir im Vorbeifahren im Schaufenster eines teuren Antiquitätenhändlers gesehen, der gar nicht auf der Liste gestanden hatte. Matti hatte ihn tatsächlich gekauft!

Ich konnte nicht widerstehen, packte den Stuhl aus, setzte mich darauf und rollerte damit hinter den Schreibtisch. Genau so hatte ich mir das Büro vorgestellt, in dem ich gerne sitzen würde, wenn ich denn im Büro eines Bestatters hätte sitzen wollen. Ich löste die Schraube für die Rückenlehne, kippte nach hinten, legte die Füße auf den Sekretär und fühlte mich wie der Sheriff von Dogde City.

»Kann ich Ihnen mit was behilflich sein?«

Ich fuhr vom Stuhl hoch. »Wer sind Sie?«

Vor mir stand ein kleiner, sehr drahtiger Mann in den Dreißigern, mit einem Pinsel in der Hand. Abgesehen davon, dass er das lautlose Anschleichen perfekt beherrschte, fiel mir sein bleiches Gesicht auf, beherrscht von einer Nase, die in der Vergangenheit mindestens fünfmal mit einem harten Gegenstand konfrontiert worden war. Eingerahmt war das leidlich schiefe Ensemble seines eckigen Gesichtes von einem schwarzen Piratentuch mit Totenkopfemblem. Unter seinem linken Auge sah ich eine tätowierte Knastträne. Seine muskulösen, tätowierten Arme steckten in den aufgerollten Ärmeln eines über und über mit Farbe verschmierten Overalls, dessen Reißverschluss bis zum Bauchnabel offen stand und ein ansehnliches Sixpack sehen ließ. Auf seinem linken Arm grüßte ein brennendes Herz mit einer kaum mehr zu entziffernden Unterzeile ›Mutter‹. An dieser Stelle war die Haut stark vernarbt, als habe jemand versucht, das Tattoo samt Haut mit einem Küchenmesser rauszuschneiden. Unter dem rechten Ärmel schlängelte sich der Kopf einer züngelnden Kobra hervor. Der Mann deutete eine kleine Verbeugung an.

»Rolinski, Rudi. Möchten Sie den Chef sprechen?«

»Allerdings. Wo ist er?«

Rolinski, Rudi bemühte sich um Haltung, schob den Reißverschluss des Overalls etwas höher, steckte achtlos den nassen Pinsel in die Brusttasche und schlug einen salbungsvollen Tonfall an.

»Herr Bietiniemolaiinnen weilt im Untergeschoss. Ich werde gleich mal nachsehen.«

Immerhin hatte er Mattis Nachnamen fehlerfrei ausgesprochen. Rudi ging auf das Sideboard zu, nahm eine der Urnen, öffnete den Deckel und hielt sie mir entgegen. »Wenn Sie in der Zwischenzeit vielleicht ein Gummibärchen …«

»Nein danke«, lehnte ich ab. Er machte ein enttäuschtes Gesicht und stellte die Urne zurück, an der jetzt zehn weiße Fingerabdrücke prangten. Dann sprang er die Wendeltreppe voller Elan mit einem Riesensatz und großem Gepolter drei Stufen herunter und rief nach

Matti. Nur eine Minute später tauchte er wieder auf und schüttelte bedauernd den Kopf. »Er ist leider nicht hier. Vermutlich in geschäftlichen Angelegenheiten unterwegs. Aber er sagt, Sie sollen bitte den Umschlag wieder mitnehmen.«

Rudi hatte, noch während er es aussprach, mitgekriegt, dass er sich verplappert hatte, und kaute auf seiner Unterlippe.

»Na, dann … Wenn Sie bitte die überaus große Freundlichkeit hätten, dem in geschäftlichen Angelegenheiten unterwegs seienden Chef auszurichten, dass ich den Briefumschlag hier auf diesem Tisch liegen lasse. Und zwar zum allerletzten Mal. Ich werde nicht mehr wiederkommen. Also, letzte Chance. Richten Sie ihm das aus.«

»Sehr wohl«, sagte Rudi und machte wieder einen Diener.

Ich knallte das Kuvert auf die Tischplatte. Rudi hatte sich wieder aufgerichtet, machte aber keine Anstalten, nach unten zu gehen.

»Worauf warten Sie? Soll ich es noch mal sagen?«

»Nein. Ich werde es ihm ausrichten.«

»Dann gehen Sie doch endlich.«

»Aber er ist doch nicht da. In geschäftlichen Angelegenheiten unterwegs.«

Ich setzte mich wieder hin, rollte mit dem Stuhl rückwärts bis zur Wand, griff, ohne Rudi aus den Augen zu lassen, hinter mich und betätigte die Gegensprechanlage – ganz wie in alten Tagen. »Herr Matti, sind Sie jetzt da oder nicht? Ich habe nicht so viel Zeit. Meine Taxischicht ruft. Sind Sie da oder nicht?«

»Ich bin da«, kam seine tiefe Stimme aus dem Lautsprecher.

»Und warum nötigen Sie Ihren Dingens … Rudi, für Sie zu lügen? Waren Sie es nicht, der noch vor ein paar Monaten zu mir gesagt hat, eine Lüge ist die Mutter von zehn neuen?«

»Das ist richtig.«

»Kommen Sie jetzt rauf?«

»Nein.«

»Warum nicht? Ich muss mit Ihnen reden. Seien Sie doch nicht so störrisch!«

»Reden Sie, ich höre.«

Rudi nickte mir aufmunternd zu.

»Herr Rolinski, haben Sie nicht zufällig noch was zu tun? Woanders vielleicht?« In die Gegensprechanlage raunzte ich: »Herr Matti, ich warte noch genau eine Minute. Kommen Sie endlich rauf.«

Rudi ging die Wendeltreppe hinunter, hielt aber auf halber Treppe inne.

»Sind Sie etwa Frau Margret?«

»Bin ich.«

»Ach, jetzt verstehe ich. Sie fangen hier nächste Woche an, hat Matti mir schon erzählt. Deswegen wollen Sie ihn sprechen.« Er reichte mir seine Hand, ich war zu verdutzt, schlug ein und hatte weiße Farbe an den Händen.

»Herzlich willkommen. Ich bin der Rudi, wissen Sie, ich arbeite jetzt hier. Mit Matti. Ich lerne bei ihm Bestatter, so wie Sie. Gestorben wird ja immer – krisenfester Job.«

Ich werde Matti auf der Stelle in der Luft zerreißen. Ich werde hier nicht am Montag anfangen! Wie oft soll ich es ihm denn noch sagen? Und wo hatte er bloß diesen Ex-Knacki aufgetrieben?

Ich musste nicht lange rätseln, Rudi erzählte es bereits: »Ich bin gestern rausgekommen. War wegen Totschlag drin. Gute Führung und so, weißt du …«

»Nee, will ich eigentlich gar nicht wissen.«

»Ich hab meine Mutter …«

»Ich will es nicht wissen, Rudi! Noch ein Wort, und du bist hier gleich der erste Kunde.«

»Okay, okay.« Er kratzte sich an der Nase, verteilte einen Streifen weißer Farbe unter seinen Augen und guckte verlegen auf den Boden. Plötzlich hellte sich seine Miene auf, und er sagte: »Hey … das war ein Witz, ne? Merkt man gleich, dass du vom Fernsehen bist. Hahaha, ich bin bald der erste Kunde …«

Draußen im Hof wurde ein Motor angelassen, und im nächsten Moment schoss ein Leichenwagen aus der Einfahrt, bog links auf die Straße ein und parkte direkt vor der Tür. Matti stieg aus. Er hatte einen gelben Schutzhelm auf dem Kopf und einen Ledergürtel mit allerlei Werkzeug um die Hüften baumeln. Sein blauer Overall wies nicht den kleinsten Farbfleck auf. Hätte mich nicht gewundert, wenn er auch noch eine farblich passende Fliege zu seinem Overall getragen hätte.

»Er baut gerade das alte Kühlhaus aus. Morgen kommt das neue«, wurde ich von Rudi informiert. »Das alte konnte man ja von innen nicht aufma…«

»Ich weiß!«

Rudi verstummte auf der Stelle und wich einen halben Meter vor mir zurück. Matti kam herein, das Türglöckchen klingelte, vor meinem geistigen Auge tauchte das alte Kühlhaus auf, und ich hörte das Röcheln des sterbenden Kostnitz.

»Frau Margret, schön Sie zu sehen.«

Ich winkte mit dem Kuvert, und Mattis Miene verfinsterte sich.

»Herr Matti, was hat Rudi mir gerade erzählt? Ich fange hier nächste Woche nicht an. Ich habe längst einen Job. Ich fahre Taxi. Ist Ihnen das nicht klar?«

»Doch.«

»Ja, und …? Was hat das zu bedeuten? Ich weiß, dass Sie nicht wollen, dass ich nachts fahre.« Ich versuchte, ihm den Briefumschlag in die Hand zu drücken, aber er drehte sich einfach um, als hätte er es nicht bemerkt.

»Wie gefällt Ihnen die Einrichtung, Frau Margret?«, fragte er und ging aus der Tür. Ich lief ihm hinterher.

»Okay, Sie wollen nicht darüber reden. Und ich, ehrlich gesagt, auch nicht mehr … Wie ich sehe, haben Sie alles gekauft, was Sie angekreuzt haben.«

»Nicht alles.«

Was fehlte denn?

Er schob sich den gelben Schutzhelm in den Nacken.

»Ich habe auf Ihren Vorschlag mit dem DVD-Player und der ersten Staffel *Six feet under* für das Besprechungszimmer verzichtet. Stattdessen habe ich mich für Ihren Vorschlag, den Schreibtischstuhl betreffend, entschieden.«

»Verstehe. Gute Wahl.« Meine Idee mit *Six feet under* war auch nicht ernst gemeint gewesen. Bei Matti musste man aufpassen, was man sagt – manchmal verstand er Ironie einfach nicht.

»Erkennen Sie den Sekretär wieder?«

Ich drehte mich um und schaute genauer hin. »Der ist aus dem Haus der Familie Kostnitz«, staunte ich. »Der alte Sekretär von der Prusseliese.«

»Sagen Sie doch bitte nicht Prusseliese zu Frau Kostnitz selig«, wurde ich von Matti ermahnt. Bevor ich ihm eine Antwort geben konnte, war ich schon in ihn hineingestolpert, denn er war vor dem neuen Leichenwagen stehen geblieben.

Der strahlte in Mitternachtsblau, hatte rund um die Fenster dezente, schmale Streifen in Silbergrau, und zu meinem Entsetzen war es ein Volvo. Dasselbe Modell, das auch der Knipser fuhr. Nur hatte diese Ausführung sämtliche Auf- und Umbauten für einen Leichentransporter.

Auf der Fahrertür war Mattis neues Firmenlogo angebracht: eine Sonne mit einem zarten Strahlenkranz neben einem schimmernden Mond. Darunter prangte in Silber das Wort ›Bestattungen‹.

Matti hatte die Hände in seinen Werkzeuggürtel gehängt und sagte nichts. Ich wunderte mich über seine neue Lässigkeit. Rudi kam hinter uns aus der Tür, baute sich breitbeinig in derselben Pose neben Matti auf und strahlte. »Das Logo hab ich entworfen, mit Airbrush gemacht. Super, ne?«

»Ja, wirklich großartig.«

»Ich bin nämlich eigentlich so was wie'n Designer. Früher hab ich Motorradtanks und gestohlene Autos und so … weißt du. Und jetzt dachte ich, ich mach mal für den Matti …«

»Ach. Ist der Wagen wenigstens gekauft?«

»Natürlich«, antworteten Matti und Rudi gleichzeitig.

»War'n Witz. Ich käme nie im Leben drauf, dass Herr Matti was stehlen würde.«

»Da bin ich ja beruhigt«, sagte Rudi und stieß Matti in die Seite. »Jetzt frag doch …«, flüsterte er, aber Matti fixierte stumm einen Punkt außerhalb der Stratosphäre.

»Was sollen Sie mich fragen?«

»Ach, es ist so, Frau Margret …«, druckste er.

»Uns fehlt noch ein Name, verstehst du? Das ist es, was er dir sagen will«, sagte Rudi. »Er braucht einen Namen für das Bestattungsinstitut.«

»Er hat doch einen Namen.«

Matti summte einen finnischen Tango und hatte sich aus der Konversation schon wieder verabschiedet.

»Aber Bietiniemolaiinnen kann doch keiner aussprechen«, sagte Rudi.

Ich wandte mich wieder Matti zu: »Was ist los? Haben Sie jetzt das Reden komplett aufgegeben? Soll ich mir jetzt für Sie einen Namen ausdenken? Mach ich gern.«

»Nein.« Matti fuhr mit ausgestreckter Hand über die freie Fläche unter dem Wort ›Bestattungen‹ und sagte mit fester Stimme: »Abendroth. Bestattungen Abendroth.«

»Was?«

»Bestattungen Abendroth«, sagte er noch einmal und zeigte mit beiden Händen, wo ungefähr der Schriftzug stehen würde. »In einer sehr schönen Schrift.«

»Super!«, pflichtete Rudi ihm bei. »Super. Abendrot. Toller Name. Absolut passend für das Ende des Lebens. Mann, dass ich da nicht selber drauf gekommen bin. Abendrot … Ich fang gleich mal an, was zu zeichnen. Da mach ich um die Sonne und den Mond noch so'n orange-rosa Schimmer … und so'ne schnörkelige Schrift.«

Ich konnte es schon direkt vor mir sehen und wurde auf der Stelle blind. »Wie alt bist du, Rudi?«

»Dreiundreißig.«

»Eben, und wir hatten vorhin schon besprochen, dass du noch ein bisschen älter werden willst, oder? Also, sieh dich vor. Gar nichts malst du auf das Auto, und schon gar nicht meinen Namen, und schon gar nicht in Schnörkeln.«

»Ja, ja, weil ich dann unser erster Kunde werde … verstehe. Nee, also, nee.« Rudi wollte sich vor Lachen ausschütten. Matti guckte seinen Mitarbeiter verblüfft an. Rudi boxte ihn herzhaft in die Seite und prustete: »Du hast mir echt nicht zu viel versprochen, die ist echt witzig. Echt voll witzig.«

»Frau Margret, Abendroth ist ein schöner Name. Besser als meiner«, sagte Matti ernst.

»Ihrer wäre viel besser, eben weil es Ihrer ist.«

»Den können die Leute sich nicht merken.«

»Dann schreiben Sie doch Bestattungen *Matti* oder … oder … *Suomi* oder *Nurmi* … Das kann sich jeder merken. Und eine einfache Telefonnummer.«

Rudi murmelte probehalber ein paarmal Bestattungen Suomi und Bestattungen Nurmi vor sich hin.

»Sie freuen sich also gar nicht?« Matti guckte mich mit seinen himmelblauen Augen erwartungsvoll an, aber die klaren finnischen Seen trübten sich bereits. Was sollte ich denn jetzt dazu sagen? Ja, Herr Matti, ich fühle mich geehrt, meinen Namen für ein Bestattungsunternehmen beizusteuern? *Bundesfilmpreisträgerin Abendroth, Design & Objekt Abendroth,* meinethalben auch *Café Abendroth* oder *Modehaus Abendroth,* aber doch nicht *Bestattungen Abendroth!*

Ich hatte zu lange mit der Antwort gezögert.

»Schade«, sagte Herr Matti und ging durch die Hofeinfahrt zurück zum Hintereingang.

»Schade«, sagte Rudi und rollte die Augen, »jetzt geht alles wieder von vorne los. Du hättest ihn sehr glücklich machen können.«

»Ja, aber …«, wollte ich zu einer Erklärung ansetzen, aber Rudi musterte mich von Kopf bis Fuß und schüttelte den Kopf.

»Was ist jetzt schon wieder los?«

»Ich versuche rauszufinden, was der Matti an dir so toll findet.«

»Er findet mich … toll? Im Sinne von was?«

»Rudi, hat er gesagt, diese Frau hat wirklich Mut. Und sie kann wunderbar reden – sogar ganz schnell. Und sie ist witzig. Wenn ich wieder raus bin, dann arbeite ich wieder mit ihr zusammen. Das wird schön.«

»Schön?« Schön in welchem Sinne? Im finnischen Sinne? In meinem jedenfalls nicht.

»Der Matti ist echt'n prima Kerl, ehrlich. Wie der mir gesagt hat, ›Wenn du rauskommst, komm zu mir, ich gebe dir Arbeit‹, hab ich gedacht: ja klar, Superspinner. Wenn ich rauskomme, hab ich Arbeit … Wär' ja das Allerneueste. Die labern doch da alle … Aber er hat Wort gehalten. Ohne den wäre ich nicht hier, sondern schon längst wieder in irgendwas reingeraten. Der hat mehr Grips in der Birne als ich – dafür hab ich mehr in den Muckis. Und ich find' ihm 'ne bessere Sekretärin, wenn du nicht willst. Und'n besseren Namen auch. Suomi und Nurmi! Weiß doch eh kein Schwein, was das ist. Hört sich ja an wie Dick und Doof.«

Er drehte sich auf dem Absatz um und marschierte zurück ins Haus, und ich stand plötzlich allein vor dem herrschaftlichen Leichenwagen. Die leere Stelle unter dem Wort ›Bestattungen‹ gähnte mich an.

Ein Blick auf die Uhr sagte mir, dass ich keine Zeit mehr hatte, hinter Matti herzurennen, um die Diskussion in den Ruinen des alten Kühlhauses weiterzuführen. Ich wettete mit mir selbst, dass wir in den nächsten Wochen das Spielchen ›Briefumschlag-wechsel-dich‹ mit verschärften Regeln weiterspielen würden. Wie ich Matti kannte, würde er einfach den Einsatz erhöhen. Seine Hartnäckigkeit ist unübertroffen. Schließlich ist er ein Finne und seine Nerven gestählt vom Eisangeln bei Minus 40 Grad Celsius im ewigen, finnischen Winter von Kemijärvi, der nur ab und zu von einem gesprächigen Rentier und einer fotogenen Aurora borealis unterbrochen wird. Was hatte ich dem schon entgegenzusetzen außer, schnell zu reden?

Mir blieb noch knapp eine Viertelstunde, bis ich mit dem alten Benz auf dem Taxi-Halteplatz einfliegen musste. Gerade genug Zeit, um bei Oma Bertis Kiosk meinen Tabakvorrat aufzufüllen. Und wenig genug, um einen Grund zu haben, mir nicht das neueste Geschwätz von Herrmanns und Borowski anzuhören. Herrmanns hatte nämlich ein neues Thema, und das war nicht minder schlimm als seine alten Themen. Nachdem er genüsslich bis vor ein paar Tagen die deutsche Fußball-Nationalmannschaft und den Verlust der Weltmeisterschaft in letzter Sekunde und danach die große Oderflut von allen Seiten und mit allem, was die BILD-Zeitungsphilosophie so hergab, durchgekaut hatte, gab es jetzt Diddä. Herrmanns hatte alles, was über Bohlen in der BILD gestanden hatte, natürlich schon gelesen und beglückte jeden, der nicht schnell genug wegrennen konnte, mit den Erkenntnissen des Dieter Bohlen über Gott, die Welt und die Frauen. Wie sich herausstellte, war Herrmanns Diddäs Bruder im Geiste. Und Borowski seine Naddel.

03

Als ich am Kiosk vorfuhr, standen Herrmanns und Borowski, wie erwartet, an der Verkaufsluke, jeder eine Flasche *Fiege*-Pils in der Hand und prosteten mir zu. Ich stieg aus. Die Ohren auf Durchzug, mit starrem Blick auf mein Überlebenspack, bestehend aus *Stern, Bunte* und *Gala* von der letzten Woche, die Berti mir netterweise kostenlos überließ (dafür waren die Kreuzworträtsel leider schon gelöst), zwei Schachteln *Gauloises* und einem heißen Espresso. Berti reichte mir die Zigaretten und die Zeitungen, und ihre Freundin Mia kredenzte den Kaffee. Den Espresso hatte ich schon ausgetrunken, bevor Herrmanns auch nur ›Diddää‹ ausgesprochen hatte. »Tut mir leid, Herrmanns, heute keine Teppichluder-Geschichte. Keine Zeit.«

Mia stellte die leere Tasse beiseite und sagte: »Ach, wie schade, ich dachte, du kannst mich nach Hause bringen.«

»Ruf ich dir eben'n anderet Taxi«, sagte Berti.

»Nee, kein Problem, ich fahr dich, Mia. Steig ein.«

»Ich war zuerst hier, dat Taxi gehört mir«, sagte Herrmanns.

»Hättste eher was sagen müssen. Sorry, Berti ruft dir ein anderes«, sagte ich.

»Der Herrmanns hat noch wat zu erledigen«, sagte Borowski und befreite eine kleine Flasche *Underberg* von ihrer Papierumhüllung.

»Das nenn ich eine sensationelle Nachricht. Termin mit Diddä?«

Oma Berti hatte den Telefonhörer schon in der Hand, als Herrmanns Mia vorschlug: »Wir können doch zusammen fahren, ne?! Erst setzt se mich ab und dann Sie.«

Ja, Herrmanns, und wer dann die Rechnung bezahlt, ist auch klar. Mia dachte wahrscheinlich dasselbe wie ich, denn sie schaute flehend gen Himmel. Berti kam uns zu Hilfe und sagte: »Is schon unterwechs, Herrmanns. Dein Bier is eh noch nich alle. Mach mal langsam, so dringend kann et ja nich sein.«

»Nee, nich dringend, abba pünktlich.«

»Dein neuer Chef wartet nich gerne, ne? Der feine Herr benötigt

Herrmanns' Dienste«, maulte Borowski in die Runde. »Wenn der sacht: ›Spring‹, fracht der Herrmanns nur noch: ›Wie hoch?‹«

Herrmanns drehte sich murrend von Borowski weg. »Pannhannes. Bis ja bloß neidisch, weil dich keiner irgendwat fracht.«

Borowski muckt auf? Ist ja das Allerneueste.

Mia kam aus dem Kiosk und stieg sofort in den Wagen. Ich nahm meine Zeitungen und die Zigaretten und machte, dass ich weg kam. Herrmanns als ersten Fahrgast des Tages ertragen zu müssen war wirklich nicht das, was ich gerade brauchte. Seinem Tonfall nach zu urteilen, hatte er wieder mindestens drei *Underberg* und vier Flaschen *Fiege* intus. Da konnte man für Herrmanns' Chef nur hoffen, dass es nicht darum ging, eine Atombombe zu entschärfen.

»Meine Herren, Maggie! Wenn ich jetzt noch eine Geschichte von diesem Bohlen gehört hätte ... Du bist wirklich die Rettung.«

»Tja, Herrmanns ist als Nervensäge unübertroffen.«

»Ich dachte, ich mach mir mal einen schönen Nachmittag mit Berti, und dann kreuzen die beiden da auf. Und gehen nicht und gehen nicht. Seit der Herrmanns diesen Job hat, sagt die Berti, hat er wieder mehr Geld. Kann er noch mehr Bier trinken und bei ihr rumlungern.«

»Ich denk' der ist Rentner?«

»Und jetzt ist er auch noch Gärtner. Das kann er wohl ganz gut. Borowski ist neidisch, weil der Herrmanns dem den ganzen Tag die Ohren über seinen Chef vollsülzt. Als wär' plötzlich sein Chef sein bester Freund. Kann der Borowski nicht vertragen. Und wie der Herrmanns immer angibt! Wie'n Sack Seife.«

»Womit denn? Verdient der da so viel?«

»Nee, der gibt mit seinem Chef an. Was der alles hat ... Eine Villa, einen Swimmingpool, ein volltemperiertes Zimmer für seine Zigarren, Kunst an den Wänden, und hasse nich gesehn ...«

»Kein Wunder, dass der Borowski eifersüchtig ist. Aber die kriegen sich schon wieder ein. Spätestens, wenn der neue Chef merkt, wie schnell sein Cognacvorrat alle wird.« ... und seine seit 80 Jahren kunstvoll hochgezüchtete Buchsbaumhecke nach Herrmanns Neuschnitt aussieht wie 'ne Kette Bierflaschen.

»Herrmanns sagt, der hat einen ganzen Keller voll davon.«

»Dann wäre ich an seiner Stelle noch vorsichtiger. Solche Leute führen Listen über ihre Bestände. Wie geht's dir sonst? Lange nicht gesehen.«

Genau genommen seit der Knast-Entlassungsparty vor ein paar Wochen, die Oma Berti spontan für Matti gegeben hatte.

»Ach, wie soll es mir schon gehen? Ich hab den Hof verkauft, die Sophie hat ein schönes Plätzchen bei unserem Nachbarn. Ich wohne in drei Zimmern mit Balkon, da ist man auch schnell fertig mit allem.«

Mit anderen Worten, Mia fiel in ihrem neuen Zuhause die Decke auf den Kopf. Erst kürzlich war ihr Mann unter tragischen Umständen zu Tode gekommen, und so schnell, wie sie sich ihren neuen Lebensumständen gebeugt hatte, so schnell, schien es, ging ihr gerade dabei die Puste aus. Sophie war das Hausschwein der Hoffstiepels gewesen. Ihr ganzer Stolz. Dass Mia es übers Herz gebracht hatte, Sophie einem Fremden zu überlassen, ließ auf ihre Gemütslage schließen. Mia war knapp über sechzig und topfit. Das gemütliche Rentnerdasein mit zwei Zimmern, Küche, Diele, Bad, Balkon bekam ihr gar nicht.

»Kannst du nicht Berti ein bisschen im Kiosk helfen?«

»Ach, die hat doch jemanden. Hat sie dir das gar nicht erzählt? So einen jungen Kerl. Ritchie heißt der. Kommt zweimal die Woche. Das reicht ihr.«

»Nee, den kenn ich gar nicht.« Daran konnte ich mal wieder ablesen, wie tief ich bei Oma Berti gesunken war. Sie hatte mich nicht mal über meinen Nachfolger informiert.

»Und du fährst jetzt Taxi? Berti sagt, du machst Nachtschicht. Das ist doch gefährlich für eine Frau.«

»Es war nur noch die Nachtschicht frei. Was soll ich machen? So schlimm ist es gar nicht.« Na ja, das war ein bisschen gelogen. Man weiß ja nie, wer einem da in den Wagen steigt. Regelrecht Angst hatte ich nicht, aber ein mulmiges Gefühl beschlich mich schon, vor allem, wenn die Fahrgäste angetrunken waren. Während meines Studiums war ich schon mal ein paar Monate gefahren, aber das waren andere Zeiten und eine andere Maggie gewesen. Da gehörte es zum guten Ton, in der Nacht unterwegs zu sein, schräge Jobs zu machen und auf dem T-Shirt ›No Future‹ stehen zu haben. Das T-Shirt war längst in der Altkleidersammlung, und ich, beruflich auf dem Abstellgleis, erfuhr gerade am eigenen Leib, was der Slogan wirklich bedeutete.

»Pass mal gut auf dich auf. Was sagen denn deine Freunde dazu? Der Winnie zum Beispiel, als Kommissar weiß der doch, was jede Nacht auf den Straßen passiert. Der hätte dir das ausreden müssen.«

Hatte er ja versucht, aber ich habe nicht auf ihn gehört. Aber er hat mir eine Dose Pfefferspray geschenkt.

»Und der Herr Matti, der könnte dir doch einen Job anbieten. Berti hat gesagt, der macht in ein paar Tagen das Bestattungshaus wieder auf«, argumentierte Mia weiter, weil ich ihr keine Antwort gab.

Genau, hat er ja gemacht, aber ich habe nicht auf ihn gehört. Und er hat mir eine Dose Pfefferspray geschenkt.

»Und deine Freundin Wilma, die hat doch einen eigenen Friseursalon …«

»Mia, die haben mir schon alle ins Gewissen geredet, sogar Kajo, und Karin und Peter, Winnies Kollegen vom Kommissariat. Alle haben nichts ausgelassen – aber ich mach das jetzt und fertig. Und alle haben mir eine Dose Pfefferspray geschenkt. Willste mal sehen? Oder brauchst du zufällig eine? Da, im Handschuhfach, nimm dir ruhig.«

Mia öffnete das Handschuhfach, in dem das Selbstverteidigungsarsenal herumkollerte.

»Na, wenigstens bist du bewaffnet.«

Wir fuhren schon die dritte Runde im Kreisverkehr am Romanusplatz. Mia lachte und sagte: »Mensch, ich sollte dir mal sagen, wo ich jetzt wohne, was?«

»Könnte helfen.«

»Gar nicht so weit. Am Wiesental. Da lang.« Sie schloss die Klappe vom Handschuhfach. »Ich hoffe ja für dich, dass du das nie brauchen wirst.«

»Das hoffe ich auch, Mia.« Und deswegen mache ich zu später Stunde an dunklen Halteplätzen auch immer brav die Zentralverriegelung zu. In manchen Nächten wusste ich nicht, was schlimmer wäre – Taxikollegen, die einem die Nacht volltexteten, oder irre Axtmörder.

Ich nahm die Ausfahrt an der Drusenbergstraße, und ein paar Minuten später standen wir schon vor Mias Haustür.

»Schönes Haus.«

»Tja, und so nah am Park. Ich kann den ganzen Tag spazieren gehen, bis ich vor Langeweile tot umfalle.«

»Mia, du brauchst einen Job.«

»Ich werde nicht Taxi fahren«, lachte sie.

»Nee, aber vielleicht was anderes.«

»Zum Beispiel? Ich guck mir die ganzen Anzeigenblätter an, und alles, was die wollen, sind Achtzehnjährige mit 30 Jahren Berufserfahrung. Ich kann da nicht mithalten. Spielhallenaufsicht, Tankstelle, Call-Center. Was soll ich mich da bewerben?«

Na ja, *ich* hatte mich da beworben, auch ohne Erfolg. Deswegen fuhr ich ja Taxi. War ich mit 38 Jahren auch schon zu alt? Hatten sie mich deswegen nicht genommen?

»Also Mia, ich weiß, dass Herr Matti jemanden sucht, der sein Büro macht. Ich will den Job nämlich nicht. Das halten meine Nerven nicht aus nach allem, was da passiert ist, verstehst du.«

»Aber du denkst, dass meine Nerven das aushalten? Also Maggie!«

»Büroarbeit, telefonieren, Ruhe bewahren, Rechnungen schreiben. Das ist alles. Du bist nett, du hast ein ansprechendes Äußeres, du bist gepflegt, hast gute Umgangsformen, du hast Buchhaltungskenntnisse, und wie ich weiß, kannst du sogar mit dem Computer umgehen. Hat mir Berti erzählt. Sag nicht, dass es nicht stimmt.«

»Doch, das stimmt. Aber das wird nicht gehen … nein, das wird nicht gehen. Herr Matti braucht jemanden, der jünger ist. Für so eine Arbeit braucht man Kraft.«

»Okay, ich habe dir Bescheid gesagt. Und ich sage noch was – für so einen Job braucht man keine Kraft, man braucht die richtige Einstellung. Und die hast du. Soll ich mit ihm darüber sprechen?«

»Nein, Maggie, das lass mal lieber. Ich glaube nicht, dass das der richtige Job für mich ist.«

»Matti ist sehr nett, Mia. Ihr würdet euch gut verstehen.«

Vor allem wäre Mia ein gutes Gegengewicht zu diesem Spaßvogel Rudi, der ein Talent dazu hat, in ›Sachen reinzugeraten‹.

»Natürlich ist er nett. Ich hab ihn ja kennengelernt. Aber … Was du immer für Ideen hast.«

»Denk in Ruhe drüber nach.«

Mia gab mir einen Zehner und wollte partout ihr Wechselgeld nicht zurück. Sie stieg aus. Ich schrieb 5,80 Euro auf meinen Fahrtenblock, stellte den Taxameter aus und reihte mich in den Verkehr ein. Mittlerweile war es dunkel geworden. Kurz vor acht – Zeit, meinen Halteplatz am Bahnhof einzunehmen. Um die Uhrzeit liefen ein paar Intercityzüge in Bochum ein. Ich wollte mein Glück versuchen – die zehn Stücke Neutralseife inklusive Flipflops hatte ich heute eh verpasst.

Aus dem Leben einer Taxifahrerin – Roughcut:

20.30 Uhr – Nummer 17 am Halteplatz. Intercityzüge kommen und gehen … die Taxifahrerin bleibt.

21.30 Uhr – Nummer 11 am Halteplatz. Heute vermutlich kein guter Taxitag.

Ob das wirklich so eine gute Idee war, Mia auf Matti anzusetzen? Ja, doch, das war eine sehr gute Idee. Besser konnte ich doch gar nicht aus der Nummer mit meinem Versprechen rauskommen, das ich nicht einhalten konnte. Mia brauchte Beschäftigung, und Matti hatte eine zu vergeben. Pas de problème, madame.

22.30 Uhr – Nummer 6 am Halteplatz. Wenn ich jetzt zum Klo gehe, rücken bestimmt alle vor, und ich verpasse eine Fahrt.

22.45 Uhr – Nummer 3 am Halteplatz. Ich kann die *Bunte* schon auswendig. Meine Reifen werden langsam viereckig.

Und dass sich Matti diesen Knacki, diesen Rudi ins Haus geholt hatte. Das war schon wieder so eine typische Matti-Samariter-Idee.

Rudi quatschte ja beinahe noch mehr als ich, das hält Matti doch gar nicht aus. Und ob Rudi die Arbeit als Bestatter aushielte, würde sich schon bei der ersten Leiche zeigen. Hatte ich das richtig verstanden? Er hat seine Mutter erschlagen?

22.55 Uhr – Nummer 1 am Halteplatz. Ein altes Mütterchen mit schwerem Koffer kommt auf mich zugehumpelt. Die wohnt bestimmt in Stiepel. Ich höre 15 Euro 80 in der Kasse klingeln.

22.58 Uhr – Das Mütterchen hat endlich mein Taxi erreicht. Ich wuchte ihren schweren Koffer in den Kofferraum.

23.01 Uhr – Das Mütterchen hat sich ins Taxi gesetzt. Die Kollegen hupen schon, denn ein Schwall Spätheimkommer, die alle schnell nach Hause wollen, ergießt sich auf den Bahnhofsvorplatz. Hinter mir sind schon drei Taxen abfahrbereit, aber mein Mütterchen findet den Schnappverschluss des Sicherheitsgurtes nicht. Das Hupen wird nervöser.

23.05 Uhr – »Wo darf es denn hingehen?«

»In die Mauritiusstraße, bitte«, bibbert ihre Stimme, begleitet von einem alarmierenden Husten.

Ich fahre los, ohne die Alte angeschnallt zu haben.

23.06 Uhr – Rudi, falls es dich noch mal gelüstet – ich hätte hier ein Opfer für dich.

Die Mauritiusstraße ist in genau zwei Minuten zu Fuß zu erreichen. Sie hätte nur den Hinterausgang des Bahnhofes nehmen müssen und dann noch drei Meter. Mich beschleicht das Gefühl, auf ihre 3 Euro 40 gut verzichten zu können.

23.10 Uhr – Ich habe mir den Rücken verrenkt, als ich dem Mütterchen den Koffer vor die Wohnungstür gestellt habe. 10 Cent Trinkgeld. Kein Kommentar.

23.15 Uhr – Habe mich mit meinem Wagen in einer ruhigen Seitenstraße versteckt, die Türen verriegelt, rauche eine Zigarette und überlege, ob ich es mir schon leisten kann, ins Café Madrid zu fahren, um bei Raoul ein warmes Abendessen zu schnorren.

23.17 Uhr – Der Tag der Fehlentscheidungen.

Ich hatte den Volvo vor dem Café Madrid nicht gesehen und war ahnungslos in die Falle getappt. Der Knipser saß an der Theke vor einem großen Teller gegrillter Lammkoteletts und strahlte mich an. Raoul steckte seinen Kopf aus der Küche, sah mich, rollte mit seinen großen, schwarzen Augen und verschwand wieder. Was tun? In der Kneipe war niemand, den ich kannte und den ich spontan zu einer Taxifahrt hätte entführen können. Die Bedienung nach draußen zu schleppen, hätte wohl wenig Sinn gehabt. Also setzte ich mich mit weichen Knien an die Theke.

»Hi, meine Schöne«, sagte der Knipser lächelnd und drückte mir einen Kuss auf die Wange.

»Hi … Wie war es bei Grey? Auftrag gekriegt?«

»Allerdings – ich dachte, wir feiern das – in ein paar Tagen fliege ich in die Karibik.« Der Knipser strahlte mich an und hielt mir ein Lammkotelett hin. Raoul kam aus der Küche geschossen und schob einen Teller Linsensuppe auf die Theke. »Sorpresa … Probiere!«

»Was schwimmt denn da drin?«

»Probiere!«

»Die Imagekampagne für … Na rate?!«, nahm der Knipser den Faden wieder auf, ohne der Linsensuppe auch nur die geringste Beachtung zu schenken, und biss selbst vom Lammkotelett ab.

»Flussekrebse in Linsen mit Balsamico und eine Geheimnis.«

»Die Hilton-Group«, nuschelte der Knipser mit vollem Mund.

»Ssssuckerrubekraut und Sssitronelikör.«

Mein Kopf eierte zwischen den beiden Auftrumpfern hin und her. Zuckerrübenkraut und Hilton-Group. Karibik vs. Linsen. Ich konnte kaum noch atmen. Der Knipser duftete nach *Halston,* die Linsen nach Knoblauch und Balsamico. Raouls Augen verhießen Mord und Totschlag, die Augen des Knipsers waren wie immer – das war ja das Schlimme. Er lächelte sein breitestes Lächeln, als er sagte: »Ich kann so viele Leute mitnehmen, wie ich brauche. Superbudget. Relaunch des Hilton-Komplexes auf Paradise Island. Megakampagne. Hochglanzkatalog, den ganzen Event covern … Ich sage nur: Claudia, Naomi, Tatjana … Na ja, tout Hollywood bestimmt auch … Aber egal …«

»Mund auf, Señora!« Ein Löffel Suppe materialisierte sich vor meinem Gesicht. Ich machte den Mund auf – wenngleich auch mehr aus Verblüffung. Was sollte das heißen? ›Ich kann so viele Leute mitnehmen, wie ich brauche?‹ Fragte er mich etwa, ob ich mit in die Karibik will, um mir tout Hollywood anzugucken, am Ende kommt George auch?

23.29 Uhr – Die Suppe war der Hammer. Meine Geschmacksnerven tanzten Tarantella, und ich sagte dummerweise: »Toll.« Was dazu führte, dass die beiden Kampfhähne erleichtert aufatmeten und mit einem breiten Lächeln alle Zähne zeigten. Is doch schön, wenn man immer genau weiß, wer gemeint ist.

23.30 Uhr – Mein Handy klingelt. Kieslowski ruft – Zeit für meine fest gebuchte Fahrt. Ich muss zum Kiez – Elli abholen.

23.38 Uhr – Elli parkt ihre in mauvefarbenes Chiffon gehüllten 220 Kilo Lebendgewicht auf dem Beifahrersitz und ihren rosafarbenen Zwergpudel im Fußraum.

Wie in Trance war ich aus dem Café Madrid gewankt und hatte die beiden aufgeplusterten Kampfpirole zurückgelassen. Karibik und Linsen. Ich konnte es nicht fassen. Der Knipser hatte vor mir gesessen, er war meinetwegen von Köln nach Bochum gefahren, er war nett zu mir gewesen, er hatte mich gefragt, ob … Hat er gar nicht! Hör mal auf zu spinnen, sagte meine innere Stimme. Er hat dich gar nichts gefragt. Er hat sich dicke vor dir getan mit seinem neuen Job und Naomi und Hollywood und blahblahblah … Bleib mal auf dem Teppich, Maggie.

Aber wie er mich angesehen hat …

Wie etwas, das er gerade dringend braucht! Nämlich einfach irgendeine Frau. Was ist mit dieser Gracia? Häh?! Hast du ihn mal gefragt? Die ist vielleicht abgehauen, und er hat momentan niemanden, an den er sich kuscheln kann. Dem Mann ist langweilig, und der Winter ist im Anmarsch. Da kommst du ihm als Interimslösung bei Hormonstau gerade recht und wärmst ihm nebenbei noch das Gemüt. Er ist ein bisschen nett zu dir und scharwenzelt um dich rum, und du glaubst gleich wieder an die große Liebe. Und wenn wieder Rehauge vorbeispaziert? Wer wird *dich* dann wärmen?

Du bist so gemein!, schimpfte ich meine innere Stimme an. Immer quatschst du alles schlecht!

Er hat alles kaputt gemacht. Der hat dein ganzes Leben ruiniert. Du hast eine Schreibblockade – seinetwegen. Na, kannst du wieder schreiben? Fühlst du dich besser? Jetzt, wo er wieder aufgetaucht ist?

Menno! Lass mich doch in Ruhe. Du redest schon so vernünftig wie Wilma. Vielleicht meint er es diesmal wirklich ernst. Menschen können sich ändern, und wir haben vor vier Monaten erst zusammen dem Tod ins Auge geblickt – vielleicht war das ja das auslösende Moment, wo er was kapiert hat. Häh?! Mal darüber nachgedacht? Außerdem kennen wir uns seit über 15 Jahren. Vergiss das mal nicht. Wir haben sehr viel, das uns verbindet. Mehr jedenfalls, als uns trennt. Und jeder verdient eine zweite Chance.

Vierundzwanzigste Chance!

Er hat noch nicht mal mein Übergewicht bemerkt.

Das, meine Liebe, würde mich richtig stutzig machen!

»Hallo …«, versuchte Elli zu mir durchzudringen, aber ich war mit meinem inneren Schlagabtausch noch nicht fertig.

Meine Güte, er mag mich eben doch, wie ich bin. Vielleicht hat er seine magersüchtigen Kleiderständer wirklich satt. Vielleicht hat er jetzt endlich begriffen … dass Liebe blind macht.

»Hallo! Fahr nicht so schnell, ich esse noch«, schimpfte Elli.

»Entschuldigung, ich war wohl etwas abwesend.« Abwesend ist gar kein Ausdruck. Meine Hormone, meine Nerven und mein Herz befinden sich in einem kolossalen Aufruhr. Alles wäre normal geblieben, wenn er nach dieser einen Nacht wieder aus meinem Leben verschwunden wäre – aber er war wieder zurückgekommen. Freiwillig. Er hatte auf mich gewartet! Da kann man schon mal eine gelb-orangefarbene Ampel übersehen.

»Die Ampel war rot. Hier.« Sie legte mir drei Zehner aufs Armaturenbrett und biss herzhaft in ihre Bratwurst. Das Fett tropfte von ihrem Kinn. Der Pudel starrte auf die Wurst.

»Jetzt sei doch mal stille da, Schätzken, passiert doch nix. Nein, keine Wurst, is' für Mama, du wirst mir zu fett. Reicht doch, wenn ich ausseh' wie Miss Piggy, oder?«

Ich bog vor ihrem Haus am Imbuschplatz in die Einfahrt ein, aber Elli war noch nicht fertig und bedeutete mir mit einem Kopfnicken, noch eine Runde zu fahren. Also Rückwärtsgang, wieder rauf auf die Straße.

Sie war jede Nacht meine einzige fest gebuchte Fahrt. Kieslowski meinte, ich sollte mal froh sein, dass Elli mich überhaupt als Chauffeuse akzeptierte. Dem letzten Fahrer hatte sie die Bratwurst links und rechts um die Ohren gehauen, als er es gewagt hatte, ihr zu sagen, sie solle mit dem Fett aufpassen. Der Fahrer hatte natürlich die Wurst gemeint – Elli hatte was anderes verstanden.

Nach Kieslowskis Anweisungen, wie ich Elli, die ungekrönte Kiezkönigin, zu behandeln hätte, hatte ich von der ersten Minute an geflissentlich den Mund gehalten, egal was Queen Elli von sich zu geben beliebte. Schließlich war sie immer großzügig mit dem Trinkgeld – 30 Euro für 150 Meter Fahrt –, da hätte sie auch von mir verlangen können, eine *Flippers*-CD einzulegen. Aber Elli hatte ein Lieblingsthema, von dem sie selten abwich …

»Tja, und wieder is'n schönen Tach am Ende; mit Blasen, Blasen, Blasen, fünfunddreißig Jahre Blasen – ich kann es nicht mehr sehn. Weisse, ich werd alt …«, Elli zutzelte am Wurstzipfel herum und gab das ausgelutschte Ding ihrem Pudel. »… und die Kerle werden auch nicht jünger … Vor allem die Stammkundschaft.«

Wenn man ihr so zuhörte, konnte man glauben, dass sie drei viertel der männlichen Bevölkerung in Bochum mit ihrem Talent beglückte, über das man munkelte – vor allem Kieslowski, der immer leuchtende Augen bekam, wenn er von Ellis Fähigkeiten schwärmte –, dass Elli in der Lage war, einem Toten wieder Leben einzuhauchen.

»Weisse, was der größte Vorteil an dem Job is? Vom Blasen wirste nicht schwanger. Und die Kerle, die mögen das, weil sonne Ehefrau, die macht das nich'. Glaub mir: Heiratsurkunde – Schluss mit Lustich. Wenn eine Ehefrau einem Ehemann einen bläst, dann isses entweder nich' ihrer oder sie will 'ne Einbauküche oder 'n Pelz. Halt mal an.«

Wir hatten die Wurstbude Johanniterstraße/Ecke Gußstahlstraße wieder erreicht. »Willste auch eine?«

»Nein danke, Elli. Ich muss noch fahren.«

Sie winkte dem Mann in der Wurstbude zu. Der ließ sofort alles stehen und liegen und brachte im Sauseschritt ein neues Papptellerchen mit Wurst und Senf. Elli zahlte, und wir setzten die Runde fort.

»Dat is' dat, worum sich alles dreht.« Sie roch genießerisch an der Bratwurst.

»Im Ernst? Um Wurst und Fellatio?«

»Sach' ma, von welchem Planeten bis du eigentlich? Was du für Wörter weißt – wohl was Besseres, Prinzesschen … Macht es auch nich' eleganter, wenn man *Fellatio* zu sacht.«

»Für Wurst weiß ich kein Fremdwort.«

»Der Kieslowski hat gesagt, du warst beim Fernsehen. Stimmt dat?«

»Ja schon … Jetzt aber nicht mehr.«

»Hm!? Und was hat dich hierhin verschlagen? Wollt ich dich immer schon mal fragen. In die niedersten Niederungen von Großbochum? Karriereknick?«

Ich nickte. So konnte man es auch nennen. *Tatort*-Drehbuch vermasseln ist nicht Karriereknick – das ist beruflicher Selbstmord.

»Haste wohl dem falschen Eierwärmer 'n Fellatio verpasst. Hätt's ihm lieber ordentlich ein' blasen sollen.« Elli kreischte laut vor Vergnügen über ihren eigenen Witz. Ich lachte mit, denn ich erkenne immer noch einen guten Gag, wenn ich ihn höre.

Plötzlich röchelte sie, schlug sich mit der Faust auf die Brust und lief blau an.

»Hey, hey, husten, Elli!« Mit einem Ruck und ohne Rücksicht auf die Reifen lenkte ich den Wagen auf den Bürgersteig und bremste scharf. Elli wurde beim Aufprall auf die Bordsteinkante nach vorne geschleudert, und ich schlug ihr mit der flachen Hand auf den Rücken. Ein Stückchen Wurst flog aus ihrem Mund und landete in den

Falten ihres Chiffon-Ensembles. Elli liefen vor Lachen die Tränen die Wangen hinunter. Der Hund sprang ihr kläffend auf den Schoß und leckte über ihr Gesicht. Als ich wieder vor ihrer Haustür anhielt, lachte sie immer noch, als wäre gar nichts passiert. Sie wälzte sich ächzend aus dem Taxi und rollte auf ihre Haustür zu. Ich schrieb 5 Euro auf den Fahrtenblock, den Rest durfte ich behalten. Als ich aufblickte, stand Elli plötzlich neben der Fahrertür und klopfte an die Scheibe: »Hömma, haste gut gemacht grade.«

»Gern geschehen.«

»Den Spruch nimmste mir jetzt aber nich übel, oder?« Sie lächelte, was die Anzahl ihrer Kinne von sieben auf fünf reduzierte.

»Nee. Vielleicht hast du sogar Recht. Von der Seite habe ich es noch nie betrachtet.«

»Wie es in unserm Business so schön heißt: Keinen Schein, keinen rein. So läuft das.«

In Ellis Lebensphilosophie waren die Wege zum Erfolg sehr direkt. Ich sollte mir ein Beispiel daran nehmen.

»Der Kieslowski sagt, du warst Schriftstellerin.«

»Drehbuchautorin, Elli. Nur eine Drehbuchautorin.«

»Mein Leben is auch ein Film. Muste nur die Kamera reinhalten, brauchste gar kein Buch. So für *Exclusiv* oder so … Ich weiß auch schon 'n Titel: ›Nix wie heiße Luft‹ …«

Der Pudel zog an der Leine, und Elli trippelte auf ihren rosa Schühchen hinterher. Ihr Chiffonkostüm umschwebte ihre füllige Figur. Elli sah aus wie eine überdimensionale mauvefarbene Pusteblume mit Lachkoller.

›Nix wie heiße Luft‹ – auf so einen Titel hätte ich mal kommen müssen. Von mir war noch nicht mal der Brüller ›Gefickt eingeschädelt‹ aus *Samstag Nacht* gewesen. Hätte es aber sein müssen, wenn ich richtig gut gewesen wäre. Ich weiß noch ganz genau: Als Hugo Egon Balder damals damit rauskam und die Nation sich kringelte vor Lachen, bin ich tagelang grün vor Neid rumgelaufen. Was sagt mir das? Hatte ich wirklich kein Talent, und ist das jetzt hier das Ende eines Talents, das nie eines war? Was hatte Elli gesagt: Niederste Niederungen von Großbochum … Wenn ich doch wirklich und wahrhaftig eine Drehbuchautorin bin, dann muss ich doch irgendwo den kreativen Faden wieder aufnehmen können? Er muss doch irgendwo zu finden sein, verflucht noch mal. Ich kann mich doch nicht damit abfinden, dass es das jetzt gewesen ist. Wo, bitte schön, soll das enden? Mache ich ab jetzt nur noch miese Jobs und schiebe in spätestens drei Jahren einen geklauten Einkaufswagen mit meinen letzten Habseligkeiten vor mir her, hole mir die Stütze auf dem Sozialamt ab und schlafe in der Auffangstation für obdachlose Frauen? Und Frühstück gibt es aus dem Abfalleimer vorm *McDonald's?* Werde ich nachts durch Bochums Straßen schleichen, um in den Altkleidercontainern nach was Passendem für die Ballsaison zu suchen? So wie der da?

Ich hatte mein Taxi auf dem leeren Parkplatz vor einem chinesischen Restaurant an der Hattinger Straße abgestellt, das um diese Uhrzeit schon geschlossen war. Mit verriegelten Türen konnte ich dort in aller Ruhe meiner neuen Lieblingsbeschäftigung nachgehen: Maggies Visionen – je düsterer, desto besser.

Der alte Mann, der mich durch sein Erscheinen aus meinen Fantasien geweckt hatte, ging mit schlurfenden Schritten in ein paar Metern Entfernung auf dem Bürgersteig vorbei. Er schleppte einen großen Koffer. Der Mann stellte den Koffer ab, drehte den Kopf, als suche er etwas, zog einen Flachmann aus der Tasche und trank. Er warf dabei den Kopf in den Nacken, wie Herrmanns das auch immer machte. Herrmanns sagt danach dann immer: *Never shall be slaves. Cheers!* Jedes gottverdammte Mal.

Die Lippen des Mannes bewegten sich. Ich ließ die Scheinwerfer aufleuchten und kurbelte die Scheibe herunter. Das war doch tatsächlich Herrmanns. Was macht der denn um diese Uhrzeit mit diesem riesigen Koffer in dieser gottverlassenen Gegend? Ich rief: »Herrmanns, was machst du denn hier?«

Er schraubte schnell den Flachmann zu und zwinkerte in das grelle Licht der Scheinwerfer.

»Macht dat scheiß Licht aus, du dumme Nuss.«

»Ich bin's, Maggie. Wo willst du hin mit dem Koffer?«

»Geht dich gar nix an«, maulte er und nahm noch einen Schluck, murmelte: »Never shall be slaves. Cheers!«, bevor er den Flachmann in seiner Manteltasche verschwinden ließ.

»Zick nich rum – steig ein, ich spendier die Fahrt. Egal wohin.«

»Lassmichinruhe. Wenn ich 'n Taxi brauch, dann ruf ich mir eins.« Herrmanns nahm den Koffer auf und entfernte sich schnell in Richtung Heinrich-König-Straße.

»Zum Bahnhof geht's aber da runter«, rief ich noch. Soll mir keiner nachsagen, ich hätte es nicht versucht.

Ich stellte das Funkgerät lauter, weil die Taxizentrale eine Fahrt in der Nähe ausrief. Da sich kein Kollege von einem Halteplatz meldete, bestätigte ich die Fahrt, notierte die Adresse auf meinem Notizblock und fuhr los. Als ich den Wagen auf der Hattinger Straße wendete, war von Herrmanns weit und breit nichts mehr zu sehen.

Ich schaute auf die Uhr. Fast halb drei. Ich hatte es noch nicht mal geschafft, bis zu meiner Lieblingshorrorvision zu kommen, nämlich der, in der ich in einem kalten Winter steif gefroren in einem löchrigen *Gaultier*-Pullover mit einer leeren Flasche Wodka im Arm vor irgendeinem Hauseingang tot aufgefunden werde. Es war also schon so weit – nicht nur werden meine Drehbücher nicht fertig – ich krieg noch nicht mal mein eigenes verpfuschtes Leben zu Ende fantasiert.

04

Am nächsten Nachmittag drehte ich mich im Bett noch einmal auf die andere Seite und wollte ein bisschen weiterträumen. Ich streckte meinen Arm unter der Bettdecke hervor und tastete den Fußboden ab. Das Päckchen war immer noch da und die Karte dazu auch. Beides hatte ich auf meinem Bett gefunden, als ich nach der Taxischicht nach Hause gekommen war. In dem Päckchen hatte sich ein in schwarzes Leder gebundenes Notizbuch von *Moleskine* befunden. Auf der Karte hatte gestanden: *Für deine nächsten Drehbücher. Ruf mich an, egal, wann du nach Hause kommst.*

Das hatte ich dann auch getan. Um halb fünf in der Früh hatte ich mir einen Espresso gekocht und den Knipser angerufen. Und er war sogar rangegangen, und er hatte sich gefreut, meine Stimme zu hören. Wir verbrachten zehn sehr romantische Minuten am Telefon, bis Dr. Thoma das Schäferstündchen unterbrach, indem er über das Notizbuch herfiel, das Gummiband zerfetzte, das die Schönheit zusammenhielt, und herzhaft seine Zähne ins Leder grub, bis ich ihn zur Strafe in den Hausflur verbannte.

Als ich die Augen aufschlug und das Notizbuch sah, fiel mir alles wieder ein, besonders Dr. Thoma, der wahrscheinlich vor Wut über seinen Rausschmiss bereits das ganze Treppenhaus eingerissen hatte. Ich stieg aus dem Bett, warf mir meinen Bademantel über und lief direkt Raoul in die Arme, der mit dem wild zappelnden Kater am Schlafittchen in die Küche kam.

»Wasse machte diese Vieh unten? In meine Restaurantküche?!«

»Weiß ich doch nicht«, sagte ich und gähnte herzhaft. »Er ist wohl doch ein Gourmet.«

Raoul setzte den Kater ab, der sofort ins angrenzende Schlafzimmer galoppieren wollte, aber ich schlug ihm die Tür vor der Nase zu. Nein, mein Freund, kein Papiergemetzel, nicht mit diesem Notizbuch. Und schon gar keine Pipiaktion. Du hattest schon die Schuhe vom Knipser. Wo waren die überhaupt?

»Hat mein Freund gestern seine Schuhe mitgenommen?«

»Glaubst du, ich lasse das Gestink in diese Küche? Schuhe sind in das Container.«

»Raoul, du kannst doch nicht einfach die Schuhe wegwerfen.«

»Wie du sehst, ich kann. Und ich höre, das Typ ist nicht mehr ex?«

»Vielleicht. Vielleicht auch nicht. Ich glaube nicht, dass dich das was angeht.«

»Es geht mich an, weil du hast mir erzählt die ganze Geschichte. Mal und mal und mal noch ... Und ich habe gesehen die ganze Geschichte. Wie du hast getanzt halb nackt besoffen auf die Theke, weißt du noch? Tanz in Mai.«

»Das war doch nicht wegen dem. Das war, weil ich den Job in Köln nicht bekommen habe, erinnere dich.« So wie es aussah, würde ich diese kleine Entgleisung noch bis in alle Ewigkeit aufs Butterbrot geschmiert kriegen. Von dem Hells Angel, der bei der Party drei Tische zerschlagen und meinen BH als Schlafbrille benutzt hatte, redete keiner mehr.

»Das war, weil das ganze Elend von deine Leben ist rausgekommen an das Abend. Du machst mir nichts vor. Ich wette mit dir, El Doctor hat Recht. Lass die Finger von diese Mann.«

»Du redest mit meinem Kater über mich?«

»Kater wenigstens drückt sich deutlich aus. Kerl gehört aus die Haus.«

»Warum denn? Ich war jahrelang mit ihm zusammen, und zwar gerne. Und wenn es jetzt wieder weitergeht, dann geht es eben weiter!«

»Sex mit Ex ist Suppe von gestern.«

»... wovon sie besonders schwärmt, wenn sie wieder aufgewärmt«, zitierte ich Wilhelm Buschs Witwe Bolte, zündete mir eine Zigarette an und schraubte den Espressokocher auf.

»Diese Kerl ist Angeber ... *Ich fliege nach Karibik, ich mache Fotos in Karibik, Naomiiiiii, Hollywoooood, blaaaaah, blaaaah ...* Machte verruckt meine Bedienung.«

Auch wenn ich Raoul den Rücken zukehrte, wusste ich, dass er bei seiner Ansprache wild mit den Armen ruderte. Ich konnte den Luftzug in meinen Haaren spüren.

»Eifersüchtig? Soweit ich weiß, hast du eine Ehefrau, wozu brauchst du noch die Bedienung?«

Ich hatte es kaum ausgesprochen, da war Raoul schon auf dem Weg nach draußen. »Du hast Knutschfleck am Hals. Ex markiert Revier.« Er schnalzte mit der Zunge und wartete auf meine Reaktion.

»Schon den Hals deiner Donnerstag-Freitag-Samstag-Bedienung kontrolliert?«

Raoul knallte die Tür hinter sich zu.

»Ihr seid ja schlimmer als Rüden, die an jedem Baum ihr Bein heben«, schimpfte ich.

Ich schraubte die kleine Espressokanne wieder zu und schaute im Kühlschrank nach, ob ich mir wenigstens ein Butterbrot für die Nachtschicht machen konnte. Heute Abend würde mir Raoul garantiert nichts warm halten. Aber da war nichts außer zwei Scheiben Käse, deren Ecken bei einem Hilfeschrei gen Himmel in blassgelbem Entsetzen erstarrt waren.

Aber ist doch auch wahr – was glaubt denn der, wer er ist?! Ich knallte die Kühlschranktür wieder zu. Mein Aufpasser? Kaum sind meine lieben Freunde mal nicht da, mischt sich schon der nächste ungebeten in mein Leben ein.

Dr. Thoma saß mit gesträubtem Fell vor der Schlafzimmertür und drosch mit seinem Schwanz auf den Fußboden ein.

»Pinkel zur Abwechslung mal dem Maître in die Schlappen, Dickmops. Meinen Segen hast du.«

Als ich an diesem Abend bei Berti meine Zigaretten holte, stand Borowski am Bistrotisch vor dem Kiosk und trank sein Bier allein. Berti gab mir zwei Packungen *Gauloises* und die News des Tages gratis dazu. »Winnie hat angerufen. Ich soll dich grüßen.«

»Danke, was treiben die beiden Superlover in St. Petersburg? Alles okay?«

»Kann mal wohl sagen. Winnie is begeistert. Gestern waren se in der Ermetasche von diesen bekloppten Zar. Winnie sacht, da bisse in drei Jahren nich fertich mit Durchlaufen, so groß is' dat. Kein Wunder, dat die irgendwann die ganzen Romanowskis abgemurkst haben. So'ne Verschwendung, und dat Volk am Hungern. Und wer soll dat allet sauber halten?«

Borowski war unserer Unterhaltung stumm gefolgt. Er trank sein Bier und brummelte irgendwas.

»Was ist los, Borowski? Nicht zufrieden mit der Oktoberrevolution?«

»Wat?«

»Ich frage dich, was los ist. Du bist so still.«

»Der wartet auf den Herrmanns«, sagte Berti.

»Kannst du nicht mal einen Tag ohne den aushalten? Herrmannsfreier Tag. Du darfst endlich mal denken, was du willst. Genieß es«, sagte ich und stieg in mein Taxi.

»Wat hast'n da am Hals?«, rief Oma Berti. »Wird doch wohl kein Knutschfleck sein?«

Hatte ich es nicht gesagt – es würde unweigerlich rauskommen. Aber jetzt schon? Ich schaute in den Spiegel und sah, dass mein schwarzer Baumwollschal verrutscht war. Oma Berti winkte mir zum Abschied, und ich gab Gas. Dabei hatte ich es gar nicht eilig, denn heute war, zu meiner großen Erleichterung, kein Briefumschlag von Matti im Briefkasten gewesen, und ich hatte mir den Weg zum Bestattungsunternehmen ersparen können. Das Geschenk vom Knipser hatte mich zudem abgelenkt, sodass ich beinahe gar nicht bemerkt hätte, dass Mattis Umschlag fehlte. Hatte er endlich eingesehen, dass ich mit Job, Geld und Namensgebung nicht zu beglücken war?

Ich verbrachte zum ersten Mal seit geraumer Zeit eine Taxinacht ohne Grübeleien, denn das Geschäft lief gut. Ich leistete mir den Luxus, kein Essen bei Raoul zu schnorren. Die Aussichten darauf standen ja auch denkbar schlecht. In den nächsten Tagen musste ich bei ihm aufpassen, dass die Überraschung in seinen Kreationen für mich nicht aus verborgenen Chilischoten bestand. Ich aß an der Würstchenbude am Kiez mit Elli eine Wurst, bevor ich sie nach Hause fuhr. Elli war glänzender Laune und bemerkte meinen Knutschfleck natürlich sofort. Ihr einziger Kommentar dazu war: »Ich hoffe, der Kerl isses wert, dass du ihn am Hals rumschleppst. Das is auch so'n Vorteil vom Blasen – keine Sheriffsterne.«

»Dafür ist es aber auch kein richtiger Sex – sagt Mr President«, konterte ich, und Elli stieg sofort lachend darauf ein: »Was weiß der Clinton schon, was richtiger Sex is – der mit seine steifbeinige Hillary im Bett.«

»Meine Güte, was ist denn bloß so besonders an Knutschflecken außer, dass man sie sehen kann?«

»Das eben«, hatte Elli gesagt, »man kann die sehen. Das is wie'n Brandzeichen von so Rinderzüchtern, weisste.«

»Immer noch besser als 'ne Pestbeule. Außerdem war der gestern auch schon da.«

»Da hattest du'n Rolli an. War die Tarnung besser.«

»Gestern war auch kalt.«

»Heute isses nich kalt, aber du trägst trotzdem Schal, ha!? Ist doch klar, dass du was zu verbergen hast.«

Hauptsache, Elli hat das letzte Wort. Was tut man nicht alles für 30 Euro?

Sie ließ dann kurz vor ihrer Haustür das Thema endlich fallen, denn im Puff war der Teufel los gewesen. Zwei Männer, denen die Scheine nur so aus den Taschen quollen, waren aufgetaucht und hatten den ganzen Laden freigehalten. In den Zeiten von Eurorezession und Hartz-IV-Gequengel ein erwähnenswertes Ereignis. Jedenfalls sensationeller als mein Knutschfleck.

Am nächsten Tag traf ich Oma Berti ganz alleine im Kiosk an. Sie machte ein mürrisches Gesicht, als sie mir die Zigaretten rüberschob.

»Was ist los, Berti?«

»Erss kommt der Herrmanns nich, und getz kommt der Borowski au' nich.«

»Die beiden scheinen dir ja richtig zu fehlen«, sagte ich amüsiert.

»Dat tun se auch. Dat is noch nie passiert. Außerdem is der Ritchie au' nich hier aufgetaucht. Der sollte mir helfen, nach'n Großmarkt zu fahrn. Ich kann dat ganze Zeuch nich alleine schleppen, hab ich dem gesacht, aber auf die jungen Leute heute is au' kein Verlass mehr.«

Unwillig warf sie einen Packen Zeitungen auf einen Stapel, dass es krachte. »Und die ganzen Remittenden stehn au' noch hier. Sollte der gestern mitnehm. Aber nix. Kricht'n Anruf auf sein Handy – und wech is der.«

Berti war richtig sauer und ein bisschen verzweifelt, wie mir schien. Ihr Bandscheibenvorfall war ja gerade erst auskuriert, und sie warf schon wieder mit Gewichten um sich.

Ich hatte noch gut eine Stunde, bevor meine Schicht begann. Kieslowski hatte früher Feierabend gemacht und mir den Wagen vorbeigebracht. Minus der halben Stunde Geldrückgabe, die auch heute in Ermangelung eines Briefumschlages von Matti nicht stattfinden musste, ergab das genug Zeit, um für Berti die Einkäufe zu machen. Außerdem war ich bester Laune: Der Knipser hatte mir eine SMS auf mein Diensthandy geschickt. Was drei kleine Worte so ausrichten können. Ich hätte zurückschreiben können: *Ich denke auch an dich,* hatte es mir aber verkniffen, weil meine innere Stimme mir den Rat gab, bloß nicht zu entgegenkommend zu sein, und ich hatte ihr Recht gegeben.

Berti nahm sich eine Lakritzschnecke aus einem der großen Bonbongläser und ribbelte sie auf.

»Wat is'? Brauchsse noch wat?«

»Nee. Was brauchst du denn? Gib mir eine Liste. Ich fahre.«

»Du bis lustich, so 'ne Taxitour kann ich mir nich leisten, kosten die Klümmkes nachher dat Doppelte.«

»Ich lass den Wagen hier und nehme deinen. Komm, so viel Zeit muss sein. Brauchste jetzt was, oder nicht?«

»Dat würdest du machen?«

»Ja, Berti, das würde ich machen. Manchmal steckt auch in Maggie Abendroth ein guter Mensch.«

»Ja dann …«

Fünf Minuten später saß ich in Bertis altem Benz, eine lange Süßigkeiten- und Zigarettenliste in der Tasche, und rauschte in Richtung Großmarkt ab. Mit meiner selbstlosen Tat würde ich wahrscheinlich einige Punkte auf ihrer schwarzen Liste tilgen. Mir passte der Ausflug zum Großmarkt wunderbar in den Kram. Vor allem, weil es im Supermarkt, gleich neben dem Großmarkt, den Winterwellness-Pack im Angebot gab: Wollsocken für einen Euro das Paar – bei Abnahme von zehn Paar bekam man fünf kleine Flaschen Wellnessbadeöl gratis dazu. Und ein bisschen Wellness wollte ich mir nach der guten Schicht von gestern Nacht gönnen.

Hätte ich geahnt, zu was ich mich durch meinen spontan aufgeflammten Altruismus noch hinreißen lasse, ich hätte auf die Badeöle und Wollsocken verzichtet. Kaum hatte ich den Großmarkt betreten, lief ich in der Süßwarenabteilung Matti und seinem Adlatus Rudi in die Arme. Als ich um das Schokoladenregal bog, knallte ich mit ihrem voll beladenen Einkaufswagen zusammen, auf dem kunstvoll Großpackungen Gummibärchen, Marshmallows und Pfefferminzblöcke aufgeschichtet waren. Rudi versuchte hektisch, den Süßigkeitenturm vorm Einsturz zu bewahren, und lief zu akrobatischer Hochform auf.

Matti, so schien es, war nach dem Crash in einen Tagtraum versunken. Er kaute auf einem Gummibärchen herum und fixierte einen Punkt im Hochregal irgendwo zwischen *Ahoj*-Brause und Wundertüten. Als Rudi endlich alles zurück an seinen Platz gebracht und seinen neuen grauen Anzug sortiert hatte, lächelte Matti mich an und hielt mir die Tüte Gummibärchen entgegen. »Wie schön, Sie hier zu treffen, Frau Margret.«

»Ja, was für ein Zufall, Herr Matti. Ich gehe grad für Oma Berti einkaufen.«

»Arbeiten Sie wieder im Kiosk?«

»Nein, ich bin nur eingesprungen. Ihre Aushilfe ist heute nicht gekommen.«

»Das ist nett von Ihnen.«

»Hey, guck mal, Matti, wir haben für unser Casting mehr Süßkram auf dem Wagen, als Maggie für den Kiosk eingekauft hat«, frohlockte Rudi. »Tach auch«, sagte er zu mir und gab mir die Hand.

»Was denn für ein Casting?«

»Morgen Vormittag kommen die Damen, die sich auf deinen Job beworben haben. Das ist doch ein Casting, oder?«, grinste er.

»Na ja, so ähnlich. Müssen die auch vorsingen?«

»Nein«, sagte Matti. »Die Damen stellen sich vor.«

Rudi riss eine Tüte Zuckerhimbeeren auf und hielt sie mir entgegen. Ich lehnte ab. Fröhlich kauend sagte er: »Gar keine schlechte Idee. Mit dem Vorsingen, meine ich – meinetwegen auch tanzen. Willste nicht auch kommen? So als Jury? Du kennst dich doch aus, beim Casting und beim Bestatter-Job. Das wäre doch toll, Matti, oder?«

Wie auf ein geheimes Zeichen hin tauschten die beiden ihre Süßigkeitentüten. Matti schob sich eine Zuckerhimbeere in den Mund, während sich Rudi eine Handvoll Gummibärchen nahm.

»Das stimmt«, sagte Matti bedächtig und starrte auf den Fleck an meinem Hals. Ich zurrte rasch den Schal zurecht.

»Möchten Sie nicht dabei sein, Frau Margret? Ich lege Wert auf Ihr Urteil.«

»Echt, wir bauen uns so'n Tisch auf … wie bei Popstars«, erklärte Rudi. »Ich könnte auch noch so Licht von oben …«

»Ich hab leider keine Zeit, Herr Matti. Sie machen das schon. Rudi guckt sich die äußeren Qualitäten an und Sie die inneren. Das passt doch.«

»Na dann«, sagte Rudi enttäuscht. »Wir müssen. Bissitage dann.« Er setzte sich mit dem vollen Wagen in Richtung Kasse in Bewegung.

»Auf Wiedersehen, Frau Margret. Schön, dass wir uns getroffen haben. Passen Sie auf sich auf.« Matti schüttelte mir die Hand zum Abschied und ging.

Etwas hatte sich in den letzten Wochen, seit er aus dem Gefängnis gekommen war, verändert – jetzt sah ich, was es war: Matti ging hoch erhobenen Hauptes und mit geradem Rücken. Und der neue Anzug passte ganz vorzüglich. Und noch etwas fiel mir auf: Er wirkte gar nicht mehr so hager.

Rudi war schon bis zum Ende des Gangs gekommen, warf ein Gummibärchen in die Luft, kickte es noch mal mit dem Knie hoch, fing es mit dem Mund auf und drehte sich zu Matti um. »Chef, ich möchte eine Blonde«, sagte er und zeichnete mit beiden Händen eine kurvige Outline in die Luft.

Matti zuckte nur mit den Schultern. Rudi klopfte ihm aufmunternd auf den Rücken: »Ich weiß, Matti, du willst am liebsten Frau Margret, aber die will ja nicht. Wir nehmen eine Blonde mit Grips, und wenn die einen guten Nachnamen hat, dann nehmen wir den auch. Wir können ihr dafür'n Fuffi geben, und alle Probleme sind gelöst.«

Bevor sie um die Ecke bogen, nahm Matti noch eine Großpackung Schokoriegel aus dem Regal, dann waren sie für einen Moment außer Sicht- und Hörweite, tauchten aber auf der anderen Seite des Regals plötzlich wieder auf. Rudi redete immer noch auf Matti ein: »Weißt du, Matti, wer nicht will, der hat schon. Wir finden jemanden, bestimmt. Wenn die Fernsehfuzziliesel nicht mit uns arbeiten will!«

»Rudi«, sagte Matti streng, und Rudi verstummte sofort.

Ich schob ein paar Kartons im Regal beiseite und konnte auf der anderen Seite sehen, dass Matti einen Notizblock aus seiner Jackentasche holte und etwas vehement durchstrich.

»Haben wir alles?«, fragte Rudi und schob den Wagen weiter.

»Nein, aber hier sind wir fertig«, sagte Matti tonlos. Seine Schultern senkten sich, und er schlurfte, wieder ganz der gewohnte Matti, hinter Rudi her.

»Herr Matti«, rief ich. Er kam zurück und schob auf seiner Seite des Regals ein paar Tüten Lakritzschnecken beiseite. Seine blauen Augen wirkten müde.

»Herr Matti, wann ist denn das Casting?«

»Um elf.«

»Wie viele Bewerberinnen erwarten Sie denn?«

»Zwölf.«

»Das ist eine Menge.«

»Ja.«

»Das wird bestimmt stressig.«

»Ja.«

»Wissen Sie was, ich komme vorbei und mache Kaffee und so. Mir ist grad eingefallen, dass ich mit dem Taxi erst übermorgen in die Waschanlage muss«, log ich.

Mattis Augenlider klappten einmal zu und wieder auf. Das Strahlen in seinen blauen Augen war wieder da. »Das ist schön. Bis morgen.«

»Bis morgen.«

Und ich kümmere mich jetzt um die Nummer 13 bei Tisch, frohlockte ich und holte mein Diensthandy aus der Tasche. Bevor durch Rudis Einfluss dralle Blondinen im Vorzimmer von Mattis schönem Bestattungsinstitut, wie auch immer es heißen würde, saßen und sich die Fingernägel feilten, wollte ich wirklich mal was Gutes tun und rief Mia an. Die hatte sogar einen normal klingenden Nachnamen – Hoffstiepel. Alter Wattenscheider Adel. So, Rudi, und schon sind alle Probleme gelöst – bis auf deins. Aber für so einen lustigen Vogel wie dich gibt es da draußen bestimmt die eine oder andere Blondine, die auf Tätowierungen, Sixpack und Knasthumor steht. Mir fielen auf der Stelle drei ein: Fiona, Jacqueline und Jessi, Ellis Arbeitskolleginnen.

05

Soll mal einer sagen, dass Maggie Abendroth nicht in der Lage ist, ihren Freunden zu helfen. Auf der Positivseite meiner Samariterliste fanden sich bereits zwei sehr schöne Punkte: 1. Für Oma Berti im Großmarkt gewesen und 2. Matti eine zuverlässige Sekretärin besorgt.

Nach nur viereinhalb Stunden Schlaf hatte ich nämlich pünktlich um halb elf im Bestattungsinstitut auf der Matte gestanden, hatte Kaffee gemacht, Papier und Stifte zurechtgelegt, noch mal ordentlich die Ergebnisse der Renovierungsarbeiten gelobt, den beiden Herren die Krawattenknoten korrigiert und Rudi bestätigt, dass seine Glatze tadellos sei, wie bei *Meister Proper,* auch ohne Piratentuch. Und dann begann das Warten. Keine Bewerberin um 11 Uhr und auch keine um 11.15, 11.30, 11.45 Uhr. Um 12 Uhr tauchte endlich eine Frauengestalt vor der Tür auf, fuhr mit dem Zeigefinger über das Firmenschild, entzifferte das Wort ›Bestattungen‹, verzog das Gesicht und ging wieder.

»Haben Sie in der Anzeige nicht geschrieben, dass es sich um ein Bestattungsinstitut handelt?«, fragte ich Matti. Der schaute seinen Mitarbeiter an. »Rudi?«

»Nicht direkt.« Rudi schob mir die Zeitung hin:

> Verantwortungsvolle Verwaltungsmitarbeiterin für Firma in der Holz- und Gartenbranche gesucht. Attraktives Äußeres, gute Umgangsformen, Computerkenntnisse erwünscht. Bewerbungen bitte an die Personalabteilung: Herrn Rudolf Rolinski …

und dann folgte die Adresse und eine Handynummer.

»Nicht direkt ist ja wohl schwer untertrieben, was? Personalabteilung!? Also, Rudi!« Ich hielt Matti die Zeitung hin. »Das hätten Sie ruhig mal kontrollieren können.«

Er lächelte und schob die Zeitung beiseite. Er lächelte! Ganze eineinhalb Sekunden lang, und sagte zu Rudi: »Du musst dich nicht schämen. Wir sind Bestatter. Das kann man so schreiben.«

Rudi sank auf seinem Stuhl zusammen: »Ich dachte, dann meldet sich keine, wenn ich Bestatter schreibe. Mit Leichen will doch keiner was zu tun haben.«

»Wenn sich dann eine meldet, dann aber die Richtige«, sagte Matti und klang kein bisschen vorwurfsvoll.

»Ja, Chef. Noch ein Kaffee?«

Die Tür ging auf, und eine junge Frau trat ein. Ein Gothic Girl von Kopf bis Fuß: totenbleich gepuderter Teint, Totenkopf-T-Shirt, schwarzer Schlabberrock und Netzstrümpfe und Stiefel mit acht Zentimeter dicken Sohlen. Und weil es draußen nass und kalt war, trug sie einen schwarzen Ledermantel bis zum Boden und einen schwarzen Schirm mit einem Muster aus mittelgrauen Spinnennetzen.

Sie guckte uns drei auffordernd an, und ich glaube, wir glotzten ziemlich verdutzt zurück.

Rudi fand als Erster die Sprache wieder: »Sehen Sie immer so aus?«

»Passt doch hierhin. Endlich mal ein Job, bei dem was abgeht. Wann kann ich anfangen?«

Und vielleicht schläft sie auch in einem Sarg, dachte ich, hielt aber den Mund.

»Nun«, war alles, was Matti freundlich sagte.

Der Marilyn-Manson-Klon legte eine schwarze Bewerbungsmappe auf den Tisch. Ich blätterte sie kurz durch. Bis auf ihr Abitur waren weiter keine nennenswerten Fähigkeiten aufgeführt, die für den Job von Vorteil gewesen wären. Kneipenjobs, Komparsenrollen im Schauspielhaus und eine abgebrochene Lehre als Schreinerin ließen mein Herz nicht höher schlagen. »Was, denken Sie, befähigt Sie zu dem Job hier?«

»Ich hab echt keine Angst vor Leichen, und Schreibmaschine schreiben kann ich auch.« Sie nestelte einen Umschlag aus ihrer Umhängetasche und legte eine Urkunde der Volkshochschule vor. Computerkurs für Anfänger. Na wunderbar, dann konnte sie einen PC einschalten.

»Ich kenn mich total auf Friedhöfen aus«, schob sie hinterher.

Matti guckte Rudi an, aber der schüttelte den Kopf. Schließlich war die junge Frau nicht blond – also hatte sie bei ihm sowieso schon verloren.

»Okay, machen Sie Ihr Hobby nie zum Beruf. Das Casting für die Rocky Horror Show ist drei Straßen weiter. Vielen Dank«, sagte ich und gab ihr die Mappe zurück.

Sie zuckte mit den Schultern und stolzierte auf ihren Mega-Boots hinaus. »Ich dachte, ich krieg hier wenigstens mal was zu sehen«, maulte sie und ließ die Tür zufallen.

»Tut uns leid, Leichen sind grad aus«, schickte ich ihr hinterher.

»Was war das denn?«, entfuhr es Rudi.

Ich kam nicht dazu, ihm eine Antwort zu geben, denn schon stand die nächste Bewerberin auf der Matte. Nach einem knappen »Guten Tag« pflanzte sie sich auf den angebotenen Stuhl und blickte sich um. Keine halbe Minute später informierte sie uns schon über ihre Einstellung zur Arbeit, und zwar ausführlich: keine Überstunden, keine Feiertags- und Wochenendarbeit. Um halb drei möchte sie gerne nach Hause gehen, weil sie sonst nichts mehr vom Tag hat. Ihre Gehaltsvorstellung ließ uns die Haare zu Berge stehen, und um dem Ganzen die Krone aufzusetzen, verkündete sie noch, dass sie auf gar keinen Fall Kaffee kochen würde. Für niemanden – sie sei schließlich keine Dienstmagd. Zur Bestätigung hielt sie uns eine Diplomurkunde über eine Zusatzausbildung in Buchhaltung entgegen und ließ sich dabei genug Zeit, damit wir alle drei ihre brillant gefeilten Fingernägel bewundern konnten.

Rudi wollte etwas sagen, aber Herr Matti kam ihm zuvor: »Vielen Dank, aber das hier ist ein Bestattungsinstitut. Wir haben viel Arbeit.«

Die Frau guckte ihn an, als verstehe sie nicht recht.

»Das heißt, Tag und Nacht erreichbar. Haben Sie noch Fragen?«, sagte ich.

Offensichtlich nicht, denn sie stand abrupt auf und fauchte: »Hier sind Leichen?! Haben Sie ’n Knall?« Und weg war sie.

»Tja, Rudi, ich fürchte, wir kommen gar nicht dazu, die Damen vortanzen zu lassen, nicht wahr?«, trumpfte ich ein bisschen auf.

»Das ist echt zäh«, maulte er und stellte die Urne mit den Gummibärchen auf den Tisch. »Ich dachte, alle Leute suchen Arbeit? Und fünf sind schon mal gar nicht gekommen. Ohne abzusagen.«

»Arbeit ja, Rudi, aber was Duftes, verstehst du? So was Kreatives in den Medien. Am besten gleich Superstar oder Talkshow-Moderator.«

»Hätt' ich nicht gedacht. Aber ich hab in den letzten Jahren auch nicht so viel von draußen mitgekriegt«, sinnierte er, warf ein Gummibärchen in die Luft und fing es geschickt mit ausgestreckter Zunge wieder ein, ohne dabei mit seinem Stuhl umzukippen.

Matti erhob sich plötzlich und knöpfte sich das Jackett zu. Mia war durch die Tür gekommen und ging lächelnd auf ihn zu. Hatte mein Telefonat also doch gewirkt. Das Horrorszenario über Mattis Zukunft als selbstständiger Bestatter ohne taugliche Arbeitskraft an der wichtigsten Stelle in seinem Unternehmen, nämlich der Stimme, die man bei einem Trauerfall als Erstes am Telefon hört, und dem ersten Gesicht, das man sieht, wenn man reinkommt, hatte das Wunder bewirkt. Mia hatte sich zu diesem Anlass dezent, aber gediegen in ein flaschengrünes Schneiderkostüm à la Grete Weiser gekleidet. Sie hatte sich sogar ein wenig geschminkt und sah aus wie der Stolz einer jeden Chefetage.

Rudi warf mir einen triumphierenden Blick zu, nach dem Motto: ›So schlecht kann meine Anzeige ja nicht gewesen sein‹.

Matti geleitete Mia zu einem Stuhl. Ich wunderte mich, warum er plötzlich so besorgt war. Freute er sich denn gar nicht, dass sie hier war? Schließlich hatte Mia mit ihm auf Oma Bertis Party ein ausgiebiges Fachgespräch über Grabsteine geführt.

»Frau Mia, was kann ich für Sie tun? Ist etwas passiert?«, fragte er und hielt ihre Hand fest.

Mia guckte kurz zu mir rüber. Ich zuckte mit den Schultern. Rudi reagierte sofort und holte für Mia einen Kaffee und ein Tellerchen mit Keksen und sagte: »Herr Matti wird sich um alles kümmern, Sie müssen sich keine Sorgen machen.«

»Wieso Sorgen? Herr Matti … Ach, ich verstehe. Nein, es ist nichts passiert. Ich bin hier, weil ich Ihre Anzeige gelesen habe.«

Mia hielt sich an unsere Absprache. Matti sollte auf keinen Fall wissen, dass das meine Idee gewesen war.

»Sie suchen doch jemanden für das Büro.« Mia schaute sich anerkennend um. »Das ist übrigens sehr schön geworden. Wunderbar stilvoll.«

»Sie möchten hier arbeiten?«, fragte Matti.

Wieder schaute Mia zu mir. Ich nickte ihr zu, weiterzureden. Aber ihre Miene verfinsterte sich. Sie stand auf und schüttelte Mattis Hand: »Sie suchen bestimmt jemand Jüngeren, nicht wahr? Es war halt nur so eine Idee von mir, jetzt, wo mein Mann nicht mehr ... ich meine, ich dachte ..., eine Beschäftigung, wenigstens halbtags ...«

Matti hielt ihre Hand immer noch fest, sagte aber kein Wort. Ich beugte mich über den Tisch und stupste ihm in den Rücken, und endlich sagte er: »Nein.«

Rudi kam in einem Satz um den Tisch herum und drückte Mia wieder sanft auf den Stuhl zurück. »Er meint: Nein, wir suchen keine jüngere Person. Wir suchen eine, die passt. Können Sie mit dem Computer umgehen?«

»Ja, das kann ich«, sagte Mia überrumpelt, nahm ihre Bewerbungsmappe aus ihrer Handtasche und gab sie Rudi. Der blätterte darin herum und reichte sie dann mir.

»Frau Mia, Sie können hier doch nicht arbeiten, Sie haben vor kurzem erst Ihren Mann verloren«, sagte Matti.

Jetzt stupste Rudi Matti in den Rücken und wandte sich an Mia: »Er meint das nur nett. Sie haben ja alles drauf, was man hier braucht.« Er pfiff durch die Zähne. »Mann, Buchhaltung und so weiter. Das ist toll, und für Ihr Alter sehen Sie bombe aus.«

Mia wurde rot.

Matti sagte: »Rudi.«

»Aber das stimmt doch.«

»Tja, dann scheint ja hier alles in Butter, nicht wahr? Casting beendet. Mia, ich hätte nie gedacht, dass du dich für den Job interessierst«, heuchelte ich totale Überraschung.

»Ich auch nicht, Maggie«, sagte Mia, strahlte dabei aber Matti und

Rudi an. Das Adoptionsverfahren jedenfalls war reibungslos über die Bühne gegangen.

»Den Rest kriegt ihr ja alleine hin. Ich muss los. Bis dann.« Ich nahm meine Jacke vom Haken und verabschiedete mich. Matti machte den Mund auf und zu, bekam aber kein Wort heraus.

»Wir telefonieren«, half Rudi ihm aus.

»Ja, wir telefonieren«, sagte ich. »Bissitage und viel Glück.«

In dem Bewusstsein, ein wirklich gutes Werk getan zu haben, fuhr ich mit der U35 von Wiemelhausen zurück in die Stadt und war zufrieden mit mir und der Welt. Aber nur ganz kurz, denn meine innere Stimme war nicht ganz so zufrieden. Da hast du dich ja prima freigekauft, was?, maulte sie herum. Wieso denn freigekauft? Ich habe Matti die beste aller Mitarbeiterinnen besorgt, die für Geld zu finden war. Mia hat endlich eine Aufgabe und muss nicht mehr Trübsal blasen vor lauter Langeweile, und fertig. Besser geht's doch gar nicht.

Aber was wusste ich schon? Es ging noch besser. Als ich eine halbe Stunde später in der Badewanne lag, mir in meinem Wellness-Lavendel-Schaumbad vorkam wie die Gräfin Koks und mich mental auf meine Taxischicht vorbereitete, klopfte es an der Badezimmertür.

»Was willst du, Raoul? Brennt die Küche?«

Wir hatten seit der Diskussion über meinen Ex nicht mehr miteinander geredet. War die Funkstille schon vorbei? Hätte nicht gedacht, dass ein stolzer Spanier so schnell aufgibt.

»Señora, Post für dich.«

»Leg sie in die Küche.«

Doch hoffentlich nicht wieder ein Umschlag von Matti?

»Sieht aus wie Post von Ex. Fotostudio …«

»Lass bloß den Kater nicht dran!«

»Weswegen, du glaubst, ich klopfe extra? Bin ich blöd?«

»Komm endlich rein und gib mir das Ding.«

Die Tür ging auf, Raoul wedelte mit einem Brief herum.

»Bin ich gespannt, wie ist Liebeslyrik von Ex.«

»Her damit.«

Der Brief segelte in meine Richtung, und ich schnappte ihn in letzter Sekunde mit nassen Händen, bevor er im Schaum versinken konnte. »Entspann dich gleich wieder, Cheffe, du wirst es nie erfahren. Du hast ihn doch hoffentlich nicht schon über Wasserdampf geöffnet?!«

Ich riss den Briefumschlag auf. Raoul lehnte breit grinsend und mit verschränkten Armen vor der Brust im Türrahmen. Der Kater kam herangeschnurrt und schmiegte sich an sein Bein. Und El Cheffe schien alle Vorbehalte gegen El Doctor fallen gelassen zu haben, beugte sich herunter und kraulte den Kater hinter den Ohren. Dr. Thoma machte einen putzigen, kleinen Hüpfer und schnurrte noch lauter. Schamlose Ungeheuer alle beide, dachte ich, als Raoul plötzlich anfing, mit dem Kater um die Wette zu schnurren: »Ja, der kleine El Doctorrrrrr, er möchte gegrillte *Escombro*, ja? Hmmm Makrelchen, oh ... Sehr lecker.«

»Sag mal, ich fass es nicht, Raoul. Der Kater kriegt gegrillte Makrele? Und was kriege ich?«

»Du hast Liebesbrief ... Macht auch satt. Komm, *gato, gato, gato.* Komm, El Doctor.«

Raoul winkte mir kurz zu, und dann schoben die beiden frisch Verliebten ab. Aus dem Flur rief er: »Vielleicht ich habe noch Suppe von vorgestern, Maggie – wärme ich auf für dich.«

Ich hörte, wie sich die Wohnungstür öffnete und wieder schloss. Dr. Thoma, du opportunistischer, schleimiger Kriecher! Aber was hatte ich erwartet? Bei Winnies Freund, dem russischen Tänzer Nikolaj, hatte er es auch in null Komma nix geschafft, ihn zum Sklaven zu machen. Dr. Thoma hält sich nicht lange mit irgendwelchen Skrupeln auf – er schnurrt sich einfach von einem Dosenöffner zum nächsten durch.

Ich legte den Brief von meinem Ex auf dem Klodeckel ab und stieg aus der Wanne, zog den Bademantel an, setzte mich auf den Wannenrand und holte bibbernd den Inhalt aus dem Kuvert. Ich zog scharf die Luft durch die Zähne ein ... Alles hatte ich erwartet ... Alles, aber nicht das: ein Flugticket auf meinen Namen. Düsseldorf – Nassau, Bahamas und zurück. In knapp einer Woche sollte es schon losgehen. *Ich weiß, wir sollten nichts überstürzen, aber diesmal bin ich nicht ›too shy‹. Du weißt schon, was ich meine. Ich hoffe, deine Antwort ist: Ja,* stand auf dem gelben Post-it, das auf dem Ticket klebte.

Ist ja irre – der Knipser bezeichnet sich selbst als ›too shy‹? Oder war ihm auf die Schnelle kein anderes Musikzitat eingefallen? Too shy für was? Mit mir zusammen zu sein? Für einen, der Flavio Briatore in Sachen Models-Abschleppen locker das Wasser reichen konnte?

Schon wieder hatte ich dicke Backen gemacht und blies endlich die Luft aus. Ich war verwirrt.

Wie es aussah, brauchte ich auf die Schnelle jemanden, der mir sagte, wie bescheuert das Ganze war. Aber Wilma war ja irgendwo in Amerika unterwegs. Winnie auf dem Handy in St. Petersburg anzurufen, überstieg mein Budget gewaltig. Ich hielt das Flugticket in der Hand und schwankte ein bisschen vor und zurück. Es war, als würde nach langen Jahren in einem muffigen, feuchten Kerker jemand die Türen aufmachen und Sonne und Luft hereinlassen. Aber Sonne und Luft sind viel zu hell und frisch – schmerzhaft hell und atemberaubend frisch. Ich kniff die Augen zusammen und ballte die Fäuste, um nicht spontan in einen brasilianischen Eckpfosten-Tanz auszubrechen. ›Bitte, sag ja.‹

Meine innere Stimme hatte auch schon gemerkt, dass Wilma nicht da war, und mischte sich ein: *Sag ja … sag ja …* Verkauf deine Seele … Genauso gut könntest du mit dem Teufel persönlich … Ich schlug mit der Hand ins heiße Badewasser, dass der Schaum bis an die Decke spritzte. Halt – die – Klappe! Halt einfach die Klappe!

Meine innere Stimme verstummte prompt, aber eine Sekunde später machte sie den Mund doch wieder auf. Ich kam ihr zuvor und argumentierte: Siehst du, alles wird wieder so, wie es sein soll. Der Knipser und ich – da steckt mehr dahinter als nur ein kleiner Flirt. In einer so langen Beziehung gibt es Aufs und Abs. Aber alles wird gut. Jetzt wird … vielleicht … endlich alles wieder gut.

Und wenn nicht?, kreischte meine innere Stimme hustend – den

Mund voll Badewasser – was, wenn alles so weitergeht wie immer? Kaum, dass er dich wiederhat, poussiert er mit allem rum, was nicht bei drei auf dem Baum ist, und du kannst wieder sehen, wo du bleibst! Nämlich auf der Strecke! Maggie … Maggie … Tu dir das nicht an! Du kennst den Kerl doch in- und auswendig!

Ich hörte die Wohnungstür aufgehen, dann einen zartes Gemaunze und Raouls Stimme, der dem Kater auf Spanisch einen schönen Abend wünschte. Jetzt macht er für den Kater schon die Türen auf und zu! Dr. Thoma kam ins Bad getapst, ein Grinsen wie die Edamer Katze im Gesicht und in den Schnurrhaaren ein paar Makrelenstückchen. Er sprang auf den Badewannenrand und starrte mich an.

»Na, hast du gekriegt, was du wolltest?«, schniefte ich, denn mir liefen die Tränen übers Gesicht. Daran konnte ich ablesen, dass ich definitiv unter Schock stand. Der Kater fuhr sich mit einer Pfote über die verklebten Schnurrhaare, sprang von der Badewanne und stolzierte hinaus, den Duft von gegrillter Makrele hinter sich herziehend.

Ich wickelte den Bademantel fester um mich und ging ihm hinterher. Was für eine Idee! Eine Einladung in die Karibik – dabei habe ich für so eine Reise gar nichts anzuziehen. Mein Handy piepste, eine SMS vom Knipser: *Mach dir wegen Outfit keine Sorgen – in Miami vier Stunden Aufenthalt! Sag ja.*

Das war einfach zu schön, um wahr zu sein. Und weil es so schön war, wollte ich es ganz für mich alleine haben. Mich heute Nacht mit bräsigen Fahrgästen herumzuschlagen, konnte ich mir nicht vorstellen. Ich wollte mich lieber wieder ins Bett legen und mir ausmalen, wie der Knipser und ich Hand in Hand am Strand von Paradise Island entlangspazieren. Dramatische Sonnenuntergänge, Cocktails an der Strandbar, im flachen Wasser Rochen streicheln, mit dem Speedboot zum Delphinresort düsen … Und, und, und … Und wenn ich damit durch wäre, dann könnte ich immer noch entscheiden, ob ich ja sage oder nicht.

Only fools rush in, piepste meine innere Stimme mit letzter Kraft und gab dann röchelnd auf.

Ich ließ mich aufs Bett fallen und wählte Kieslowskis Telefonnummer. Mangels Fantasie schob ich eine Fischvergiftung vor. Er war nicht begeistert, aber was sollte er machen? Wenn ich eine Nacht nicht fahre, würde ihn das kaum ruinieren. Da musste er Elli jetzt mal selbst übernehmen. Kaum hatte ich aufgelegt, hatte sich in das Aroma von gegrillter Makrele ein ganz anderer, stechender Geruch gemischt. Dr. Thoma hockte auf dem Notizbuch, das ich dummerweise auf dem Boden hatte liegen lassen, und eine Lache breitete sich darauf aus. Dann richtete er sich auf und kratzte darauf herum, guckte mich triumphierend an und stolzierte steifbeinig mit hoch erhobenem Schwanz an mir vorbei in die Küche, setzte sich aufs Fensterbrett, mitten in meine Gratiskuponsammlung, machte einen steifen Rücken und starrte hinaus auf die Straße.

Ich flog regelrecht aus dem Bett, stellte mich neben ihn und hielt ihm das Flugticket provozierend unter die Nase. Er starrte demonstrativ daran vorbei.

»Also, pass mal auf, Dr. Thoma. Deine kalkulierte Inkontinenz will ich dir diesmal noch verzeihen, aber das hier, das ist eine Sache zwischen Menschen. Kapiert?!«

Sein Rücken wurde noch steifer.

»Ich komme ja wieder, und dann nehme ich dich mit nach Köln. Und wenn ich wieder Drehbücher schreibe, dann sitzt du auf meinem Schreibtisch und darfst mit Papier spielen, so viel du willst. Hm?«

Zwei seiner Schnurrhaare zuckten. Ich versuchte ihm über den Kopf zu streicheln, aber er schlug sofort mit ausgefahrenen Krallen nach mir.

»Okay, wenn du nicht mitkommen willst – okay! Weißt du, ich habe lange genug abgelitten und gebüßt. Und wenn das alles nur dazu gut war, dass zwischen mir und dem Knipser endlich wieder alles in Ordnung kommt, dann war es das wert. Und es ist mir zehnmal lieber, mit dem verfluchten Kerl zusammen auf dem Weg nach Nassau mit dem Flieger abzustürzen, als hier einsam und allein von einem irren Fahrgast mitten in der Nacht aufgeschlitzt zu werden.«

Dr. Thoma drehte sich zu mir um und ließ ein lang gezogenes »Maooo« hören.

»Ja, wenn ich zurück bin, gibt es jeden Tag *Sheba* für dich. Versprochen.«

»Maooo.«

»250 Quadratmeter, inklusive Fotostudio. Reicht das als kleines Königreich für dich? Und jede Menge nette Miezen, die dich bestimmt ganz toll finden.«

Der Kater reckte und streckte sich und stupste mich endlich mit dem Kopf an. Na also, alles wieder im Lot. Bestechung ist alles.

»Und weißt du, die Models, die essen nie alles auf – da bleibt genug für dich übrig. Magerjoghurt und Schinken ohne Fettrand.«

Er sprang von der Fensterbank, ging ins Schlafzimmer und versetzte dem eingepinkelten Notizbuch fauchend einen ordentlich Uppercut. Hatte ich irgendwas Falsches gesagt?

Mit spitzen Fingern hob ich das Notizbuch auf, spülte es mit Wasser ab, öffnete das Küchenfenster und legte es zum Trocknen und Auslüften auf die Fensterbank. Vielleicht war es ja noch zu retten. Und falls nicht, dann lass ich mir vom Knipser eben ein neues kaufen.

06

Bevor ich mich meinen bunten Reisekatalogträumen widmen wollte, schrieb ich dem Knipser eine SMS: *Ich überlege es mir. Warum so plötzlich?*

Zwei Minuten später piepste das Handy wieder. Seine Antwort: *15 Jahre wirft man doch nicht einfach weg. Sag ja.*

Ich warf das Handy aufs Bett und zündete mir eine Zigarette an. War es denn zu fassen? Nein, war es definitiv nicht, aber was war schon normal in meinem Leben? Wenn man es genau nahm, seit Weihnachten letzten Jahres so gut wie gar nichts mehr. Also, warum sollte ich diese Wendung des Schicksals nicht einfach mit offenen Armen und freudestrahlend entgegennehmen?

Weil du dich damit als dümmste Nuss unter der Sonne outest, Maggie Abendroth.

Das Handy piepste wieder: *Wenn ich bis 24 Uhr keine Nachricht von Dir habe, komme ich vorbei und hole sie mir persönlich ab.*

Das nenne ich doch mal eine Ansage. Das wird besser als das Warten aufs Christkind. Zu meiner inneren Stimme sagte ich: Da können wir gleich die Probe aufs Exempel machen. Wenn er kommt, fahre ich – wenn er nicht kommt, dann war's das. Zufrieden?

Nicht wirklich.

Das immer lauter werdende Schrillen des Handys, das direkt neben meinem Ohr lag, katapultierte mich aus den blauen, warmen Fluten der Karibik direkt wieder zurück nach Bochum. Ich brauchte einen Moment, um zu begreifen, dass hier nicht Nassau/Bahamas war. Es regnete in Strömen, welchen Beweis hätte ich sonst noch gebraucht?

Es war noch lange nicht Mitternacht, aber vielleicht wollte der Knipser seine Antwort doch etwas früher? »Finde ich ja schön, dass du es kaum erwarten kannst«, flötete ich ins Handy.

»Mit wem redes' du?«, kam es schnarrend aus dem kleinen Gerät zurück.

»Ähh … mit dem Kater, Berti. Was ist los?«

»Bis du nich im Taxi?«

»Nee, hab mir freigenommen.«

»Dat is gut. Ich bin in fünf Minuten vor deine Tür.«

»Warum denn?«

Berti hatte mich noch nie besucht – ich war alarmiert.

»Herrmanns!«

Mit einem Ruck stand ich auf den Füßen. »Was ist denn passiert?«

»Er lebt, aber et sieht schlimm aus. Kommsse gleich vor die Tür?« Oma Bertis Stimme bröckelte von Satz zu Satz.

»Natürlich.«

Es krachte im Hörer. Berti fluchte: »Scheiß kleine Dinger, kannze ja kaum festhalten.«

»Berti, wo steckst du denn?«

»Am Präsidium, inne Uhlandstraße, und wir müssen gezz ins Krankenhaus, auffe Intensiv … Borowski, gezz quatsch nich' dauernd dazwischen. Glaubse, die weiß nich', wo dat ist?«

Ich konnte mir die Szenerie lebhaft vorstellen. Borowski redet sinnloses Zeug, und Berti versucht, die Situation zu meistern und für zwei zu denken.

»Bleib, wo du bist. Ich bin sofort da.«

Es war vielleicht keine so gute Idee, wenn sich Berti in ihrem aufgewühlten Zustand jetzt noch hinters Steuer setzte.

Keine zwei Minuten später war ich komplett angezogen und rannte die Treppe hinunter.

Als ich kurz darauf völlig außer Atem und pitschnass auf dem Parkplatz des Polizeipräsidiums ankam, sah ich Berti und Borowski auf dem Rücksitz von Bertis altem Benz sitzen. Borowski hielt den Kopf gesenkt, und Berti versuchte, ihm ein Taschentuch aufzudrängen. Er schüttelte den Kopf. Berti nahm Borowski in den Arm und hielt ihn fest an sich gedrückt. Du liebe Zeit, statt Karibikträumen stand mir ein Abend mit Rentnerversorgung ins Haus – ich wäre am liebsten auf der Stelle wieder umgedreht. Ich bin nicht gut in diesen

Dingen. Was sagt man denn bei so einem Unglücksfall? Wird schon alles wieder gut? Bestimmt nicht.

Ich öffnete die Fahrertür, und Berti drückte mir den Autoschlüssel in die Hand. »Knappschaft Langendreer«, sagte sie mit zusammengebissenen Zähnen. »Mach hinne … Vielleicht lebt der schon gar nicht …« Ihre Stimme war nur noch ein Krächzen.

Ich startete den Wagen und gab Gas. Bis Langendreer sagte keiner auch nur ein Wort. Aber die Angst und das Entsetzen hätte man in Scheiben schneiden können, so dick standen sie im Auto. Kaum hatte ich den Wagen vor dem Knappschaftskrankenhaus geparkt, sprang Berti aus dem Auto und zerrte Borowski hinter sich her. Ich hatte Mühe, den beiden auf den Fersen zu bleiben. Vor der Tür zur Intensivstation blieb Borowski plötzlich stehen. »Ich kann da gezz nich rein. Geh du, Berti.« Seine Stimme war ganz dünn, und er drückte sich eine Träne aus dem Augenwinkel.

»Nix da«, herrschte Berti den alten Mann an und betätigte den Klingelknopf für Besucher. »Dat is dein bester Freund, und vielleicht stirbt der jede Sekunde. Du kommst mit. Keine Diskussionen.«

Die Tür wurde von einer freundlich dreinblickenden Krankenschwester geöffnet, und Berti verstummte.

»Ach, Gott sei Dank, dass Sie da sind. Frau Blaschke, Herr Borowski?«

Die beiden nickten. Die Krankenschwester öffnete die Tür noch weiter und ließ die beiden ein. »Wir haben schon gedacht … Also, wir wussten den Mann ja nicht zu identifizieren.«

Oma Berti bat mich, auf dem Gang zu warten, was ich in jedem Fall lieber tat, als mitzugehen. Ich wollte auf keinen Fall vor einem Bett stehen und nicht wissen, was ich sagen sollte. Zu wem denn auch? Die waren da drin ja alle im Koma.

Schlimmstenfalls sind noch Angehörige anderer Patienten da, die das Kommunikationsdefizit mit ihrem stummen Kranken prompt mit den anwesenden Besuchern kompensieren. Wie sich die Komatösen dabei fühlen, wenn ihre lieben Verwandten alles über ihren

Krebs, ihren Unfall oder welche schrecklichen Umstände auch immer dazu geführt haben, dass sie jetzt künstlich ernährt und beatmet wurden, ausplaudern, darüber machte sich niemand Gedanken. Es soll Genesende gegeben haben, die, kaum dem Tod von der Schippe gesprungen, als Erstes ihre Familie zum Teufel gejagt oder unversehens Testamente geändert hatten. Hat meine Oma selig zumindest immer erzählt.

Ich zog meine nasse Jacke aus, hängte sie über die lauwarme Heizung im Flur und setzte mich auf die unbequeme Plastikbank, die neben der Tür zur Intensivstation stand.

Eine Stunde verging und noch eine halbe. Im Gang zog es gewaltig, und ich fing an zu frösteln. Hätte ich doch bloß vorher wenigstens noch meinen Kaffee ausgetrunken. Ich lief ein paar Schritte den Gang auf und ab, spähte durch eine der großen Türen, aber weit und breit war kein Kaffee- oder Süßigkeitenautomat zu sehen. Ich wagte es nicht, auf eine Zigarette nach draußen zu gehen. Berti würde mich auf der Stelle erschlagen, wenn ich meinen Posten verließ. Ich zog die klamme Jacke wieder an und schaute aufs Handydisplay. Die Zeit verrann unerbittlich, schon halb elf. Ich überlegte, ob ich Winnie in St. Petersburg anrufen sollte. Das hier war schließlich ziemlich viel Aufregung für die alten Leute. Berti war zwar zäh und machte immer den Eindruck von unkaputtbar, aber wie schlimm stand es wirklich um Herrmanns, und wie würde Berti reagieren, wenn die schlimmste aller Möglichkeiten eintraf? Sollte Winnie da nicht für seine Oma da sein?

Bevor ich einen Entschluss fassen konnte, öffnete sich die Tür am Ende des langen Gangs mit einem metallischen Klick, und noch mehr kalte Luft zog herein. Zwei uniformierte Polizisten, ein älterer mit Schnäuzer und Hornbrille, an dessen Stiefelhacken ein Milchgesicht mit gerade mal einem Stern an der Uniform klebte, kamen auf mich zu. »Entschuldigung, sind hier eine alte Dame und ein alter Herr reingegangen?«, fragte der Schnäuzer.

»Falls Sie Frau Blaschke und Herrn Borowski meinen, ja.«

Die beiden nickten.

»Vor über einer Stunde schon.«

»Dann warten wir. Kann ja nicht mehr lange dauern.«

»Was wollen Sie denn von denen?«

»Das besprechen wir dann«, sagte das Milchgesicht zackig. Ich stand von der Bank auf und gab Schnäuzer die Hand, ohne Milchgesicht eines Blickes zu würdigen. »Ich bin eine Freundin von Frau Blaschke, hab die beiden hierhergefahren. Maggie Abendroth«, stellte ich mich vor.

»Das ist gut, dass sich jemand kümmert«, sagte der Ältere. »Ziemlich starker Tobak, die ganze Geschichte.«

»Wir müssten nämlich in die Wohnung von dem verunfallten Herrn Herrmanns«, pflichtete der Jüngere plötzlich bei. »Um diese Uhrzeit ist natürlich keiner vom Ordnungsamt zu kriegen, aber wenn die beiden Freunde von dem Unfallopfer sind, dann geht das auch.«

»Geht was?«

»Dass sie als Zeugen mit uns in die Wohnung des Herrn Herrmanns gehen. Wir müssen zur Feststellung der Identität nach Papieren suchen. Der hatte nämlich keine dabei, deshalb haben wir ja den Aufruf bei Radio Bochum gemacht. Morgen steht das dann auch in der Zeitung.«

»Ja«, sagte Schnäuzer mit einem strafenden Blick auf seinen plötzlich so gesprächigen Kollegen. »Wir können froh sein, dass Frau Blaschke das gehört und so schnell reagiert hat.«

»Ach, Sie haben eine Beschreibung von Herrmanns übers Radio rausgehen lassen?«

»Ja. Kennen Sie den Mann etwa auch?«

»Natürlich.«

»Na, dann können Sie ja auch mitkommen. Es ist besser, Sie begleiten die beiden und sorgen hinterher dafür, dass sie sicher nach Hause kommen.«

Wie schön, dass die beiden Ordnungshüter über meine Freizeitgestaltung so genau Bescheid wussten.

»Jetzt sagen Sie mir wenigstens, was dem Herrmanns passiert ist. Die beiden konnten vor Aufregung gar nichts erzählen.«

Die Polizisten wechselten einen kurzen Blick, dann berichtete der Schnäuzer, dass Herrmanns von einem Spaziergänger, der seinen Hund um halb sechs Uhr morgens vor die Tür gelassen hatte, am Rande des Weitmarer Holzes schwer verletzt gefunden worden war. Der Mann hatte sofort einen Krankenwagen herbeigerufen und die Polizei verständigt. Nur wenig später, und Herrmanns wäre nicht mehr gewesen.

»Wann war das?«

»Vor zwei Tagen.«

»Aber da hab ich den Herrmanns doch noch gesehen.«

»Wann?«, fragten sie unisono.

»Irgendwann um …? Halb drei, also morgens. An der Hattinger Straße.«

»Und was hatten Sie da zu suchen?«

»Um diese Uhrzeit?«

Die beiden hatten sich breitbeinig vor mir aufgebaut, und Milchgesicht schrieb schon mit.

»Ich fahre Taxi, Nachtschicht. Ich hab da oben am chinesischen Restaurant Pause gemacht, also auf dem Parkplatz. Und da kam der Herrmanns direkt an meinem Taxi vorbei. Ich hab ihn sogar gefragt, ob ich ihn irgendwohin mitnehmen kann, aber er hat nein gesagt. War ziemlich muffig. Und nicht ganz nüchtern. Dann habe ich eine Fahrt gekriegt und bin los, und er war weg.«

»Aha, Nachtschicht. Bisschen gefährlich für eine Frau. Meinen Sie nicht? Heutzutage«, sagte der ältere Polizist. »Sie sollten sich wenigstens Pfefferspray zulegen.«

Auch du, Brutus – als sei Pfefferspray das Allheilmittel gegen alle Bösewichte dieser Welt. Aber sie meinten es nur nett, so nett, dass Milchgesicht mir eine Dose Pfefferspray entgegenhielt. »Hier, nehmen Sie das. Für alle Fälle. Ich hab ja noch die da.« Er klopfte stolz auf sein Pistolenholster.

Ich bedankte mich artig. Das wäre dann die sechste – oder siebte? Bis an die Zähne bewaffnet – ich könnte jetzt auch in den Irak einmarschieren. Bedenkenlos. Und Georgie Bush hätte endlich Recht mit seinem Giftgaslager.

»Also, um noch mal auf den Herrmanns zurückzukommen. Unfall mit Fahrerflucht? Oder hat ihn jemand angegriffen?«, fragte ich.

»Sieht nach Unfallflucht aus. Der Arzt vor Ort hat gesagt, das sieht man an der Art der Verletzungen. Mensch, wer macht denn so was? So einen alten Mann einfach liegen lassen.« Der Schnäuzer nahm die Dienstmütze ab und kratzte sich am Kopf.

»Vielleicht ist er auch vors Auto gelaufen – wer weiß? Wenn es ein Lastwagen war, dann muss der Fahrer das noch nicht mal mitgekriegt haben«, sagte das Milchgesicht.

»Was willste denn mit einem Lastwagen auf der engen Straße? Um die Uhrzeit? Da geht's runter zur Sternwarte und zum Forsthaus«, machte sich der Schnäuzer wichtig und wandte sich mir zu: »Wissen Sie denn, was der Herr Herrmanns da gemacht hat?«

»Nee, weiß ich nicht. Ehrlich. Ich kann mir nix vorstellen, außer noch irgendwo einen gehoben, vielleicht? Aber um die Uhrzeit? Ich frage mich, wie der da mit dem Koffer hingekommen ist.«

Milchgesicht kratzte sich am Kopf und sagte: »Vielleicht mit einem Taxi? Straßenbahn fährt ja keine mehr um die Uhrzeit.«

»Finden Sie es raus. Wäre nicht uninteressant.«

Die Tür ging auf, Berti und Borowski kamen heraus. Borowski weinte.

»Der Herrmanns is kaum wiederzuerkennen«, sagte Berti und bedachte die beiden Polizeibeamten mit einem Nicken.

»Überall Schläuche, und er is ganz grün und blau im Gesicht«, schniefte Borowski.

»Sei ma froh, dat der nich weiß is im Gesicht, weil dat wäre schlechter. Und jetzt reiß dich ma 'n bissken zusammen, Borowski. Von deine Flennerei wird der gezz auch nich schneller wach.«

Die beiden Polizeibeamten waren vor Oma Berti einen halben Schritt zurückgewichen.

»So!«, sagte Berti. »Sie wollen gezz mit uns zu Herrmanns' Wohnung fahren?«

»Das muss nicht heute sein. Ehrlich gesagt, wir können das auch morgen machen, wenn Ihnen das alles zu viel wird«, sagte das Milchgesicht und versuchte ein Lächeln.

»Mir zu viel?«, sagte Berti. »Dat hättet ihr alles schneller haben können. Ich war schon vorgestern auf'm Revier und wollte eine Vermisstenanzeige aufgeben, aber die Jungbullen da meinten, der alte Herr könne hingehen, wohin er wollte. Er wär ja schließlich erwachsen, und der wäre nich krank und braucht keine Medekamente oder so, und deshalb wär keine Gefahr im Verzuch.« Berti schnaubte. »Da habt'er den Salat!«

»Wir warten dann mal draußen«, verabschiedeten sich die beiden Polizisten und strebten zum Ausgang.

»Berti, vielleicht machs du dat mit den Herrn alleine, ich will nach Hause«, jammerte Borowski.

»Nix da. Wir machen gezz, wat nötich is. Los, komm.«

»Mir is nich wohl dabei«, bäumte sich Borowski auf.

»Is doch gezz auch egal«, sagte Berti, »dann kommt et eben raus.«

Hinter den beiden Polizeibeamten schloss sich gerade die Tür.

»Was kommt raus?«, fragte ich Berti.

»Dat der Herrmanns gar nich wirklich bei Borowski wohnt, verflucht nochma'! Der is da nur gemeldet. Für dat Amt, damit der seine Sozialrente und so'n Zeuch ...«

»Ja, wo denn dann? Wo wohnt der?«

»Inne Laubenkolonie. Und dat is verboten.«

»Aha. Aber da müssen wir jetzt hin? Papiere holen?«

»Genau, und dann kricht der Herrmanns einen dran, wegen Missachtung von wegen Meldegesetz.«

»Genau«, mischte sich Borowski ein, »und dann muss der Strafe zahlen. Dat geht doch nich.«

»Eben, Borowski. Das geht nicht. Ich glaube nicht, dass die Polizei ein Interesse daran hat, einen halbtoten Sozialrentner vor den Kadi zu zerren«, sagte ich.

Oma Berti guckte mich mit zusammengekniffenen Augen an. »Maggie Abendroth, hüte deine Zunge!«

»Berti, beruhige dich mal. Ich denke doch nur praktisch. Ihr fahrt jetzt zu Herrmanns' Bude, und die Polizei wird ein Auge zudrücken, besonders, wenn du denen erzählst, wer dein Enkel ist.«

»Kommst du nicht mit?«, flehte Borowski.

»Warum sollte sie? Wir schaffen dat alleine, komm«, sagte Berti und zog an Borowskis Jacke.

»Natürlich komm ich mit. In dem Zustand fährt keiner von euch beiden auch nur einen Meter, wenn ich es verhindern kann.«

07

Eine Stunde später saßen Oma Berti, Borowski und ich im spärlichen Licht einer Camping-Gaslampe in Herrmanns' illegaler Bleibe, einer Gartenlaube im Kleingartenverein ›Glück auf‹, nicht weit von Oma Bertis Kiosk entfernt. Borowski sah zum ersten Mal an diesem Abend etwas entspannter aus und kramte in einem fettbespritzten Küchenschränkchen herum, auf der Suche nach einer Flasche Bier. Berti hatte aus Herrmanns' spärlichen Vorräten einen passablen Kaffee auf einem kleinen Gaskocher gebraut, während ich die beiden Polizeibeamten noch bis zum Gartentor gebracht hatte. Schnäuzer und Milchgesicht waren mit Herrmanns' Personalausweis und seiner Krankenkassenkarte, die wir sofort in einer abgewetzten Brieftasche auf der Fensterbank gefunden hatten, abgezogen, ohne über Herrmanns' Wohnverhältnisse auch nur ein Wort zu verlieren. Dass Berti ihnen mehrfach unter die Nase gerieben hatte, dass Kriminalhauptkommissar Winfried Maria Blaschke ihr Enkel war, mag dazu beigetragen haben.

Bevor die beiden Polizisten in ihren Wagen gestiegen waren, hatte ich sie noch gefragt, ob am Unfallort ein Koffer gefunden worden war – ein großer Koffer. Sie verneinten. Er hatte nur dabei, was er am Leibe trug – und stark alkoholisiert sei er auch gewesen, erklärten sie mir. Und einen Flachmann? Negativ. Ich gab zu bedenken, dass die Geschichte wohl nicht ganz so einfach war wie eine simple Unfallflucht. Irgendjemand hatte seine Sachen mitgehen lassen.

Ob Herrmanns denn hatte verreisen wollen, fragten sie mich noch. Ich konnte nur mit den Schultern zucken. Hätte Herrmanns eine Reise vorgehabt, hätte er das bestimmt erwähnt. Und zwar mehrmals täglich!

»So, Borowski, und jetzt mal Butter bei die Fische. Wat wollte der Herrmanns mitten inne Nacht da draußen?« Berti war gerade dabei, eine Tüte Kekse von unbestimmter Provenienz und mit nicht mehr lesbarem Haltbarkeitsdatum aufzureißen.

»Dat weiß ich doch nich, Berti«, jammerte Borowski und knallte die Tür des wackeligen Küchenschränkchens zu, denn bis auf eine kleine Scheibe Käse, vermutlich eine nahe Verwandte meiner vertrockneten Käsescheiben, war das Schränkchen leer. Mit hängenden Schultern ließ sich Borowski auf einem wackeligen Hocker nieder.

Berti stippte einen Keks in ihren Kaffee, schaute mich auffordernd an und fragte: »Wat meinst du denn, Maggie? Wat hatte, deine Meinung nach, der alte Mann mitten inne Nacht auffe Straße zu suchen?«

Borowski sank immer weiter in sich zusammen. Nervös knibbelte er an der ausgefransten Wachstuchtischdecke herum, die über den wackeligen Gartentisch gebreitet war. »Ich habe keine Ahnung«, sagte ich, während ich die restlichen Besitztümer von Herrmanns betrachtete, die sich von seinen drei verbeulten Töpfen neben der Kochplatte und seinen ausrangierten Campingmöbeln drastisch unterschieden. Ich war verblüfft, über wie viel mobiles Kapital der Sozialrentner Herrmanns verfügte. Ein Safe, gut 80 Zentimeter hoch und breit, machte den Anfang. Der stand direkt neben einem sehr alt aussehenden Kanonenofen. An der rechten Wand des kleinen Zimmers war vom Boden bis zur Decke ein Regal eingepasst worden, auf dem eine Sammlung Porzellan untergebracht war. Herrmanns besaß so ziemlich jede Tasse und jeden Teller, auf dem das Gesicht eines britischen Royals prangte.

»Sag mal, Borowski, ist Herrmanns anglophil und Royalist?«

»Musse gezz ausgerechnet noch auf dem rumtrampeln und deine blöden Scherze treiben?!«, blaffte er mich an.

»Ich … Was?«

»Borowski, Maggie fragt, ob er die Königsfamilie verehrt hat und England gut fand«, klärte Berti das Missverständnis auf.

»Ja«, knurrte Borowski. »Geht doch keinen wat an, wat der Herrmanns gut fand und wat nich. Wir sollten gezz gehen.«

Borowski stand auf, aber Berti blieb sitzen. Also setzte sich Borowski auch wieder hin. »Wat sollen wir denn hier noch?«

»Deinen Kaffee trinken, sonz kannze deinem Kumpel auffe Intensiv bald Gesellschaft leisten«, ordnete Berti an und drückte Borowski einen Keks in die Hand, den er nur widerstrebend entgegennahm.

Mittlerweile hatte ich das komplette Regal abgescannt, und mein Herz machte einen Luftsprung, als ich die Tasse mit dem Gesicht von Prince Charles neben der mit dem Konterfei von Queen Elizabeth entdeckte. Herrmanns, du wirst mir immer sympathischer. Es war genau die Tasse mit den Ohren als Henkel, die ich jahrelang wie einen Schatz gehütet hatte, die mir aber kürzlich bei einem Wortgefecht mit Winnie auf dem Boden zerschellt war, weil er mich mit seinen Faxen zu Tode erschreckt hatte.

»Lass die Finger von Charles«, sagte Berti und lutschte an ihrem Keks.

»Also bitte, glaubst du, ich steck mir die jetzt in die Tasche? Ich kann mich wohl beherrschen.«

»Bei dir kann man nie wissen«, sagte Berti, aber sie grinste dabei, und ich grinste zurück.

»Also, wie kann der Herrmanns sich so teure Sachen leisten?«, fragte ich.

»Muss du gerade fragen«, maulte Borowski. »Wir haben auch ma' bessere Zeiten gesehen. Kannze glauben.«

»Der eine kauft für seine Kohle eben Schuhe und Klamotten, der andere investiert in 'n anderes Hobby«, sagte Berti.

Auf der anderen Seite des Kanonenofens, schräg vor dem Regal, stand eine dunkelgrüne, abgewetzte Schlafcouch und daneben eine Stehlampe. Darüber hing ein goldgerahmtes Foto. Es zeigte Winston Churchill, in der üblichen Pose mit seiner Zigarre und dem Bowler auf dem Kopf. Das Foto war signiert. Ich versuchte, die Widmung zu entziffern: *To Mary, 1937.* Wer auch immer diese Mary gewesen sein mag.

In der Küchenecke, die mit einem staubigen, braunen Vorhang vom Rest des kleinen Zimmers abgetrennt werden konnte, gab es noch jede Menge kleinerer Fotos zu sehen. Herrmanns in verschiedenen Phasen seines Lebens, aber immer dieselbe Szene: Glücklich grinsend, wie Churchill eine Zigarre im Mundwinkel, hielt er ein Pferd am Zügel. Mal hatte das Pferd einen Kranz mit einer Schleife um den Hals, mal hielt Herrmanns einen Pokal in der Hand und strahlte das Pferd an. Irgendwo im Hintergrund konnte man unscharf noch einen kleinen Mann in Rennkleidung erkennen, umringt von einer Schar exquisit gekleideter Menschen.

»Wo ist das hier aufgenommen?«, fragte ich Borowski.

»Australien.«

»Was? Australien? Herrmanns war in Australien?«

»Herrmanns war Trainer und deswegen überall, wo Pferde Rennen gelaufen sind, verstehsse?«, sagte Oma Berti.

»Und das hier? Wo ist das aufgenommen?«

»Deauville, Clairefontaine.«

Ich kam zu einem weiteren Bild und zeigte auf einen kleinen Mann, der stolz neben Herrmanns stand. Beide hielten die Zügel eines Pferdes in der Hand, dessen großer Kopf sie hoch überragte. Borowskis Knollennase stand größenmäßig der des Pferdes in nichts nach. »Bist du das, Borowski?«

»Ja. Da waren wir in England. Ende der 60er«, sagte er mit Wehmut in der Stimme.

»Hast du gewonnen?«

»Allerdings. Ich bin eigentlich nur der Pferdewirt, verstehsse, aber an dem Tag war der Jockey plötzlich mit Magen-Darm außer Gefecht. Et ging nich anders, also bin ich rauf auf den Sulky. Der Herrmanns war ja viel zu schwer für so'n Trabrennen, und wat soll ich dir sagen? Ich hab gewonnen. Nix Großes, aber gewonnen. Nachher hat der Herrmanns gesacht, dat hätte der Gaul auch alleine gemacht. Blödmann.«

Oma Berti warf Borowski einen scharfen Blick zu. Aber Borowski war aufgestanden und hatte sich neben mich gestellt. Froh darüber, dass er einen Grund hatte, Bertis Inquisition über Herrmanns' Treiben in der Nacht vor drei Tagen entronnen zu sein.

Er zeigte mit seinem nikotingelben Finger auf ein weiteres Foto.

Es war ein bisschen verwackelt, aber man konnte trotzdem erkennen, wer da abgelichtet war. Niemand Geringeres als Queen Elizabeth II. von England höchstpersönlich. »Hab ich gemacht«, sagte Borowski stolz. »Sie hat ihm sogar die Hand gegeben, aber dat is nich drauf, weil da war mein Film alle.«

»Wahnsinn«, sagte ich. »Ihr seid ja ganz schön rumgekommen. Deswegen auch der Koffer.«

»Welcher Koffer?«, fragte Berti. »Du meinz doch nich etwa dat Riesending?«

»Doch«, sagte Borowski, »der große Koffer, wo is der überhaupt?«

Berti wusch die Kaffeetassen in dem winzig kleinen Spülbecken ab und sagte: »Guck ma in'n Schuppen.«

»Brauchst du nicht, Borowski. Der Herrmanns ist ja an dem Abend mit diesem riesigen Koffer auf der Hattinger Straße unterwegs gewesen. Hab ich doch selbst gesehen.«

»Wat denn, du has den gesehen?!«

Berti und Borowski guckten mich fragend an. Also berichtete ich, was ich in jener Nacht beobachtet hatte, und führte sehr sorgfältig aus, dass ich ihm angeboten hatte, ihn kostenlos nach Hause zu bringen. Bei der Erwähnung des Koffers und des Flachmanns wurde Borowski bleich.

»Also, so wat. Und keiner hat den Koffer gefunden?«, wollte Berti sofort wissen.

»Der … Koffer …«, hauchte Borowski, »der hat mal 'ner sehr hochgestellten Persönlichkeit gehört. Sacht jedenfalls der Herrmanns.«

»Angeblich vonne Auktion in London«, schob Berti hinterher.

Ich nahm ein Foto von der Wand. Darauf war der Koffer zu sehen. Borowski und Herrmanns, fröhlich in die Kamera grinsend, elegant in Anzügen im Stil der 50er-Jahre, standen auf einem Bahnsteig und neben ihnen, auf einem Gepäckwagen, der Koffer. »Das ist er ja. Und wem hat der mal gehört?«

»Hat er nie verraten«, sagte Berti enttäuscht. Borowski schnäuzte sich die Nase.

»Greta Garbo vielleicht. Die ist doch immer mit so was gereist. Ganze Kubikmeter davon hat die um die halbe Welt geschleppt. Oder Zarah Leander«, mutmaßte ich.

Borowski guckte an die Decke, als erhoffte er sich von dort oben Beistand. »Der Koffer wech und der Flachmann. Dat wird den umbringen.«

Ganz abgesehen davon, dass gerade was ganz anderes dabei war, Herrmanns womöglich umzubringen. »Ist der Flachmann nicht vielleicht doch bei seinen Sachen im Krankenhaus?«, fragte ich.

»Der war nich bei seine Sachen«, klärte Berti mich auf. »Die Krankenschwester hat mir seine Sachen gezeicht. Da war keiner bei. Frach mich nich, wat da passiert is, aber vielleicht war et doch ein Überfall. Könnte doch sein.«

»Hab ich den Polizisten auch schon gesagt. Nach simpler Unfallflucht sieht es nicht aus. Oder?«

»Geld hamse auch keins bei ihm gefunden«, wandte Borowski ein.

»Seit wann hatte der Herrmanns Geld inne Tasche? Der lässt überall anschreiben.«

»Könnte es sein, dass die Sanitäter lange Finger gemacht haben?«, stellte ich als Möglichkeit in den Raum.

»Ach wat. Wat soll denn ein Sanni mit so'n Koffer. Der Flachmann, na ja, der war versilbert. Aber dat glaub ich nich.«

»Oder die Person, die ihn gefunden hat, vielleicht?«

»Da kümmer ich mich drum. Aber sowat glaub ich nich«, sagte Berti überzeugt von der Ehrlichkeit des Retters.

»Sollen wir gezz nich ma lieber gehen?«, schlug Borowski vor. »Ich kann nich mehr.«

»Hass' ja Recht. Komm, morgen is au' noch'n Tach«, sagte Berti.

Borowski drehte dem Gaslämpchen den Hahn zu, schloss hinter uns die Laube ab und deponierte den Schlüssel unter einem Blumentopf.

»Willst du den Schlüssel nicht mitnehmen?«, fragte ich ihn.

»Nee, ich hab einen eigenen. Dat da is Herrmanns', und der bleibt da. So macht der dat immer, und ich werd da nix dran ändern.«

»Aber …«

»Nix *aber!* Wenn Herrmanns zurückkommt, dann muss dat genauso sein wie immer.«

Oma Berti knuffte mich in die Seite, und ich hielt den Mund.

Wir gingen über den dunklen Gartenweg in Richtung Ausgang. Zwei Wege weiter wurde eine Party gefeiert. Der Weg zu der Partylaube war von großen Kürbissen gesäumt, in denen Teelichte brannten.

»Warum wohnt denn der Herrmanns hier und nicht in einer normalen Wohnung?«, fragte ich.

»Weil er nich will«, sagte Borowski fast beleidigt. »Dat hier reicht ihm völlig; von Mietshäusern hat der die Schnauze voll. Zu viel Nachbarn und neugierige Nasen und Flur putzen und Schnee schippen und allet. Da hat er keinen Sinn für – der is sein eigener Herr.«

»Nicht gerade bequem für so einen alten Mann«, sagte ich. »Kein Strom, kein Bad, kein nix.«

»Wozu braucht der Herrmanns denn auch 'n Bad«, kicherte Oma Berti.

Stimmt, wozu brauchte Herrmanns ein Badezimmer? Seine Devise war ja: Alkohol reinigt von innen.

Als ich um Viertel nach eins im Café Madrid ankam, saß nur noch ein Gast an der Theke: der Knipser. Wegen der ganzen Aufregung um Herrmanns hatte ich ihn völlig vergessen. Kaum hatte ich auch nur eine Sekunde in seinem Lächeln gebadet, kam Raoul aus der Küche gefegt und raunzte: »Hätte ich machen können Feierabend schon vor eine Stunde.«

»Das hätte aber Kai-Uwe nicht gerne gesehen. Cheffe sein heißt nicht, auf und zu machen, wann man will.«

»Gast ist Gast«, sagte der Knipser, »und wir gehen ja jetzt.«

Raoul griff sich den letzten Bierdeckel vom Tresen und warf ihn in den Mülleimer.

Der Knipser ließ einen Zehner auf der Theke liegen. Wir nahmen die Feuerschutztür zum Hausflur. Auf dem Weg in die Wohnung begleiteten uns Raouls spanische Flüche.

»Stell dir vor, Maggie, der Laden rappelvoll und der schickt die Bedienung nach Hause.«

»So isser halt, unser spanischer Grande.«

»Der hat mir noch nicht mal was zu essen gemacht. Auf meinen Kaffee hab ich eine halbe Stunde gewartet. Wo warst du überhaupt? Der Spinner hat gesagt, du hättest frei und er wüsste nicht, wo du wärst und ob du jemals wiederkommst.«

»Es gab einen Unglücksfall, ich musste helfen.«

»Was war denn?«

»Ein Unfall … Aber das dauert jetzt zu lange, um das alles zu erklären.«

Ich setzte Kaffee auf, kickte die Stiefel von den Füßen und setzte mich an den Küchentisch. Aus dem Augenwinkel konnte ich sehen, dass das *Moleskine*-Notizbuch auf der Fensterbank im Regen auf die doppelte Größe aufgequollen war. Ich rutschte mit meinem Stuhl vor das Fenster, damit der Knipser es nicht sehen konnte.

Bis die kleine *Bialetti* anfing zu gurgeln, schwiegen wir verlegen. Er setzte sich auf die andere Seite des Tisches und fing an, meine Rabattkupons zu sortieren. Seine neuen Schuhe hatte er vorsorglich angelassen, obwohl keine Gefahr bestand. Der Kater war nirgends zu sehen. Wahrscheinlich hatte Raoul ihm schon ein Kissen in die Küche gelegt.

Endlich war der Kaffee fertig, und nach dem ersten Schluck sagte der Knipser: »Kriege ich eine Antwort?«

NEIN!, bellte meine innere Stimme und versuchte, das Kommando über meine Stimmbänder zu übernehmen.

»Vielleicht«, sagte ich spontan. »Obwohl ich nicht weiß, ob ich mir nicht mein eigenes Grab schaufele. Oder?«

»Hey, sei mal nicht so pessimistisch. So kenne ich dich gar nicht.«

»Ich hoffe, ich erkenne dich in den nächsten zehn Jahren auch nicht wieder.«

»Da ist sie ja wieder, die gute alte gemeine Maggie.«

»Sag mir einfach nur, warum. Und lass es bitte plausibel klingen, okay?«

»Ich weiß nicht, warum. Ich weiß einfach nur, dass es das Richtige ist. Mehr kann ich nicht sagen. Ich vermisse dich. Ehrlich. Ich hab dich die ganze Zeit vermisst. Ich ... Was soll ich noch sagen, Mensch ...«

Tja, was soll man zum Thema Drama, Liebe, Wahnsinn auch schon viel argumentieren? Da fehlen selbst dem Hartgesottensten die Worte. Ich wollte gerade ein ›Ja ich komme mit‹ über meine Lippen schieben, da sagte er: »Wie du hier lebst, und so ... Das ist doch gar nicht ... dein Stil.«

Mein was?! Und jetzt gab es für meine innere Stimme kein Halten mehr. Sie drängelte sich an mir vorbei und übernahm das Kommando.

»Nicht mein Stil? Witzig. Mein Stil ist gerade, bis Oberkante Unterlippe in der Scheiße zu sitzen. Ich hab keinen Knopf auf der Naht, meine Wohnung ist eine Baustelle, weswegen ich auf die Gnade anderer Leute angewiesen bin, und du redest über Stil?«

»Entschuldige, ich meine nur ... Ich finde ...«

»Was? Ich sollte es besser haben mit 38? Ja?! Finde ich auch – lässt sich aber grad nicht einrichten. Sorry, falls der Anblick meiner prekären Situation dein Stilempfinden stört. Du musst ja nicht hingucken.«

»Entschuldige, das wollte ich damit doch gar nicht sagen. Ich wollte sagen ... Komm einfach mit und mach dem Spuk hier ein Ende.«

»Spuk? Das hier, mein Lieber, ist meine Realität. Schon mal von gehört? Realität! Was glaubst denn du, wie ich mich mit dem ganzen Hallass fühle? Und das seit fast zwei Jahren. Hm?! Illona, Veronica, Sandrine, blah, blah, Gracia und wie sie alle hießen! Und jetzt tauchst du auf und erzählst mir was von Stil! Der Mann, der in den letzten Jahren bewiesen hat, dass man durchs Leben kommen kann, indem man ausschließlich mit den Eiern denkt?! Ich weiß, dass ich nicht ausseh' wie'n Model, aber ich hab immer gedacht, zwischen uns wäre mehr. Ich will ja nicht abgedroschen klingen, aber vielleicht so was wie Gemeinsamkeiten. Was, glaubst du, hat mich dazu gebracht, 15 Jahre mit dir zu verbringen? Bestimmt nicht die Tatsache, dass *du* aussiehst wie 'n Model! Da kenn ich andere! Und ich hab sie, im Gegensatz zu dir, nicht angegraben. (Ich muss ihm ja nicht sagen, dass

Nikolaj schwul ist.) Und warum hab ich das nicht getan? Weil ich so was wie *Stil* habe. Dafür hab ich nicht 90/60/90!«

Der Knipser hatte während meiner Schimpftirade mit zitternden Fingern mehrere Rabattkupons zerbröselt. »Das weiß ich. Und … Mann, ich bin eben auch nur 'n Kerl. Und du hast ja Recht. Hey, es tut mir echt leid. Ich … Ich will doch nur …«

Und schon lagen wir uns in den Armen. Der Tisch wackelte, der Kaffee schwappte aus den Tassen, die Kupons segelten vom Tisch, und die Tür ging auf, und Borowski stand mit hängenden Schultern im Türrahmen. »Entschuldigung.«

Raoul, der hinter Borowski hereingekommen war, sagte: »Keine Problem. Gehen Sie …«

Der Knipser setzte sich wieder auf seinen Stuhl, und ich versuchte, mein Gesicht zu sortieren.

»'tschuldigung, ich geh mal lieber wieder«, sagte Borowski und wollte wieder auf den Flur. Aber Raoul quetschte sich an ihm vorbei und schnitt eine Grimasse, die wohl so viel bedeuten sollte, dass es um Leben und Tod ging. Er schob den alten Mann noch einen Meter in den Raum hinein und ging.

Borowski stand mitten in der Küche. Von seinem abgewetzten, braunen Mantel tropfte das Regenwasser.

»Borowski, was ist denn los?«

Er trat noch einen Schritt näher und starrte den Knipser an.

»Borowski«, sagte ich etwas lauter, »was willst du hier? Ist was mit Herrmanns?«

»Ich geh mal nach nebenan«, sagte der Knipser und raunte mir ins Ohr: »Wäre schön, wenn es nicht zu lange dauern würde, gnädige Frau.«

»Ja, ja. Ich lauf ja nicht weg«, sagte ich übellauniger, als ich eigentlich wollte.

Nachdem die Schlafzimmertür zugeklappt war, kam Borowski an den Tisch und setzte sich. Er guckte auf die Rabattkupons und sagte: »Die hab ich auch. Aber wat soll ich mit so viel Milch?«

»Ich habe die Hälfte Berti gegeben. Hat sie im Kiosk verbraucht.«

»Der Herrmanns hat gesacht, kauf dir lieber dat Radio. Milch is wat für Säuglinge.«

Ungeniert trank Borowski aus der Kaffeetasse des Knipsers.

»Ich hätte dir gerne eine saubere Tasse gegeben.«

»Bier wär' mir lieber«, sagte Borowski.

»Werd mal nicht unverschämt. Es ist mitten in der Nacht! Warst du vorhin nicht sturzmüde? Was willst du hier?«

»Nach dem Koffer suchen! Und nach dem Flachmann. Wenn der Herrmanns stirbt, dann will der mit dem Flachmann begraben werden! Ich dachte, du holst dat Taxi und wir fahren dahin, nach'n Weitmarer Holz, und gucken, ob dat Zeuch da irgendwo liecht.«

»Spinnst du? Warum?!«

»Weil ... Hab ich doch schon gesacht, Mann! Dat sind die wichtigsten Sachen in seinem Leben. Wenn der Herrmanns wüsste, dat alles wech is ...«

»Wenn du ihn nicht aus dem Koma quatschst und petzt, dann wird er es vorläufig nicht erfahren. Du kannst doch morgen bei Tageslicht da hinfahren. Mitten in der Nacht findest du da gar nix. Außerdem ...«, ich ließ eine Kunstpause auf Borowski wirken, und er ging tatsächlich darauf ein und fragte: »Wat, außerdem?«

»Außerdem glaube ich, dass du mehr weißt, als du sagst, oder? Raus damit, aber zackig. Wie du siehst, habe ich Besuch und heute noch was anderes vor.«

Borowski guckte in die Kaffeetasse, knallte sie plötzlich auf den Tisch und stürmte, ohne auf Wiedersehen zu sagen, hinaus.

Ich beschloss spontan, dass es auf eine Minute mehr oder weniger jetzt auch nicht ankam, und auf einen Streit mehr oder weniger mit Kieslowski über Telefonrechnungen auch nicht, und wählte Winnies Handynummer. Die Mailbox sprang an, und ich sagte schnell: »Ruf mich bitte zurück«, und legte wieder auf.

Der Knipser steckte den Kopf durch die Tür. »Was war das denn?«

»Mein Schneider. Ich brauch ja wohl Klamotten für Paradise Island.«

08

Als ich am nächsten Morgen aufwachte, war der Knipser schon weg. Ich schlurfte in die Küche.

Auf dem Tisch lag aufgeschlagen das aufgequollene *Moleskine*-Notizbuch. Der Knipser hatte mir eine Nachricht hineingekritzelt: *Wie schön, dass sich manche Dinge niemals ändern. Ich ruf dich an. Und wenn es irgendwie machbar ist, fahr bitte nicht mehr Taxi. Ich mach mir Sorgen um Dich …*

Ich klappte das Buch zu. Es war also abgemachte Sache – in drei Tagen werde ich nicht mehr hier sein. Ich werde einfach noch mal von vorne anfangen. Wir spulen den Film ein paar Monate zurück und schneiden einen neuen Take rein. Manchmal kann das Leben wie im Fernsehen sein. Romantic Comedy mit Happy End. Na, bist du jetzt zufrieden?, zickte meine innere Stimme. Ja, du alte Miesmacherin, das bin ich. Wenn du mich jetzt für die nächsten Jahre bitte mal in Ruhe lassen würdest?

Der Kater war nirgends zu sehen und auch nicht der Hauch einer verräterischen Pfütze irgendwo. Wie aufs Stichwort erschien der kleine spanische Teufel Raoul in dem Moment, als die Espressokanne auf dem Herd gurgelte und fauchte. Er setzte sich wortlos an den Tisch und nahm seine Kochmütze ab. Ich zündete mir eine Zigarette an und wartete. Raoul lehnte sich mit beiden Ellbogen auf die Tischplatte und starrte mich an. Je länger er mich mit seinen dunklen Augen fixierte, desto näher rückten seine buschigen Augenbrauen zusammen, bis er fast so aussah wie *Isnogud der Großwesir.* Ich nippte am Kaffee und beobachtete das Schauspiel der Augenbrauenwanderung; ich nahm noch einen Schluck Kaffee – immer noch keine Reaktion von Raoul.

»Willst du auch Kaffee?«

»No.« Seine Augenbrauen schoben sich schon fast übereinander.

»Was dann?«

»Was gehte hier vor?«

»Äh …? Gar nichts. Und selbst wenn, geht es dich vermutlich nix an.«

»Gehst du weg?«

»Jepp.«

»Mit diese Ex… Mann?«

»Jepp.«

»*Buen viaje.*« Raoul sprang auf, schnappte sich seine Kochmütze und ging hinaus.

»Und was soll das jetzt?«, rief ich ihm hinterher. Er drehte sich um und zischte: »Hast du das mit El Doctor besprochen?«

»Was?«

»Was soll werden aus Kater? Was werde Kai-Uwe sagen? Du hast versprochen auf Wohnung aufpassen!«

»Ich hab *was* versprochen? Du bist doch die ganze Zeit hier. Freu dich, sturmfreie Bude für dich und deine Kellnerinnen. In ein paar Tagen bin ich wieder zurück, und dann hol ich den Kater. Wo ist das Problem? Ihr schnurrt doch eh schon den ganzen Tag zusammen rum.«

»Du hast nicht mehr alle.«

»Aber du!«

Die Küchentür knallte zu, und die Gläser auf dem Regal klirrten. Eine Sekunde später fiel auf der anderen Seite des Flures die Tür vom kleinen Büro krachend ins Schloss. Ja, Raoul, geh du nur in deine Schmollecke – und sammle auf dem Weg die Bilder ein, die gerade von der Wand gefallen sind.

Das Handy piepste. Eine SMS – von Winnie: *Kannst du sprechen?*

Ich funkte zurück: *Ja.*

Nach diesem bizarren Dialog, eines französischen Films würdig, wusste ich Winnies Sinn für Realität sehr zu schätzen und freute mich, ein paar Sekunden später seine Stimme zu hören.

»Winnie, wie geht es euch?«, fragte ich enthusiastisch. Keine Spur mehr von Eifersucht auf Nikolaj. Man muss auch jönne könne, sagt der Kölner.

»Sehr gut. Und dir?«

»Hmm, grad erst aufgestanden. Ich nippe am Espresso.«

»Was ist los? Erzähl.«

»Ich musste dich gestern anrufen. Der Herrmanns ist verunglückt. Wahrscheinlich vom Auto angefahren. Fahrerflucht oder Absicht, wir wissen es nicht. Er liegt im Koma auf der Intensivstation in Langendreer. Schädeltrauma. Keiner weiß, ob er es überlebt. Berti versucht, den Kopf über Wasser zu halten, aber der Borowski ist keine Hilfe dabei. Ich war gestern mit den beiden im Krankenhaus. Herrmanns musste erst mal identifiziert werden, weil er keine Papiere bei sich hatte, als es passiert ist.«

»Du liebe Scheiße. Arme Oma Berti. Sie hätte mich doch anrufen können.«

»Ich glaub, sie will dir den Urlaub nicht verderben, deswegen mach ich es … Falls nämlich irgendwas Schlimmes passiert – ich werde nicht da sein. In drei Tagen fahre ich weg.«

»Ach, wohin denn?«

Wie meine Oma selig immer sagte: Wovon das Herz überläuft, quatscht der Mund. Ich platzte geradezu vor Mitteilungsbedürfnis.

Egal, was Winnie dazu sagen würde, egal, wie sehr er zetern wird, dass ich das Falsche tue …

»Maggie? Bist du noch da?«

»Ja, Winnie, ja. Also es ist so: Der Knipser und ich … Wir sind wieder zusammen. Er hat mich eingeladen. Er macht ein Foto-Shooting auf den Bahamas, und ich begleite ihn. Und danach … Tja …«

»Ziehst du wieder nach Köln. Ende, Abspann, Musik«, vollendete er meinen Satz. Hätte nur noch ein triumphierendes ›Tataaaa!‹ gefehlt.

»Ja, so sieht es wohl aus.«

»Und warum hörst du dich an, als würdest du jemanden beerdigen? Freust du dich denn gar nicht? Habt ihr euch endlich mal ausgesprochen? Was ist? Willst du mir nicht die ganze Geschichte erzählen? Ich liebe Liebesgeschichten.«

Ich musste lachen. Winnie liebt Liebesgeschichten. Natürlich.

»Willst du mir die Sache denn gar nicht ausreden?«

»Nein! Wieso denn? Offensichtlich liebt ihr euch doch. Ich gratuliere. Ehrlich. Das ist toll.«

»Ich dachte, du machst ein Fass auf, von wegen: Maggie hat den Verstand verloren und so.«

»Hast du ja auch, aber das muss man jemandem, der den Verstand verloren hat, nicht mehr sagen. Es kommt sowieso nicht an. Aber egal. Mensch, ich hoffe, das wird eine Fünf-Sterne-Versöhnung. Gratuliere. Wir sprechen noch darüber, wenn ich wieder da bin. Und ich will das ganze Gesülze, bitte. Nichts auslassen.«

»Du willst'n SAT1-FilmFilm.«

»Genau. So, und jetzt rufe ich Berti an.«

»Tu das, und lass dir von ihr nix einreden. Es geht ihr miserabler, als sie zugibt. Und von mir hast du das nicht, verstanden?!«

»Keine Sorge, ich besorg' mir einen Flug, so schnell es geht. Das wird schon irgendwie klappen.«

Aus dem Hintergrund hörte ich Nikolajs Stimme: »будет им?«

»Was sagt er?«

»Er fragt, wer da ist.« Er rief: »Maggie на телефоне.«

Ich hörte ein Rascheln, dann wilde Zigeunermusik im Hintergrund. Winnie lachte, und dann hatte ich Nikolaj am Apparat: »Hey, Как вы? Wie geht's, wie geht's, Maggie?«

»Hervorragend, Nikolaj. Ist bei euch schon Winter?«

»Fast. Es hat schon geschneit. Aber Winnie hält mich warm. Aua, hey, die Polizei schlägt mich. Ich gebe ihn dir wieder. Vielleicht bis bald.«

»Tschüss, Nikolaj. Machs gut.«

Die beiden lachten und gackerten, dann klappte eine Tür zu, die Musik im Hintergrund brach ab. Dann hatte ich wieder Winnie am Apparat.

»Scheint super mit euch beiden zu laufen. Nikolaj ist ja nicht wiederzuerkennen.«

»Tja, ein Russe in seiner natürlichen Umgebung.«

»In einer Badewanne voller Wodka. Schon mit der Troika durch St. Petersburg gedüst?«

»Äh …? Nein. Wie kommst du auf Troika?«

»Was ist jetzt so falsch an der Troika? Ist doch russische Folklore, oder?«

»Das bedeutet hier … was anderes … Kann man so sagen.«

Ich verschluckte mich fast an meinem Kaffee. »Wow, habe ich gerade das Rätsel um die berühmte Petersburger Schlittenfahrt gelöst?«

Aus dem Hintergrund rief Nikolaj: »Was will sie mit einer Troika?«

»Okay, okay, Nikolaj, sie hat's verstanden.«

»Ihr seid ja voll albern. Ihr trinkt euren Tee bestimmt nicht pur?«

»Warum auch? Es ist … halt lustig hier.«

»Ich kann's mir lebhaft vorstellen. Wann muss Nikolaj wieder nach Amsterdam?«

»In zwei Wochen. Dann fangen die Proben für ein neues Stück an. Er choreografiert einen Shakespeare, stell dir das mal vor. ›Viel Lärm um nichts‹. Die Musik dazu wird der Hit. Wir hängen hier dauernd mit so einer Zigeuner-Band ab. Nikolaj nennt es Proben, ich nenne es den totalen Irrsinn. Erzähl ich dir alles später. Jedenfalls hat Nikolaj schon Premierenkarten für uns alle reserviert.«

»Na dann, ich wünsch ihm viel Glück. Wir machen besser mal Schluss, du vertelefonierst dein gesamtes Urlaubsbudget. Lass noch was für Oma übrig.«

»Bis bald, Maggie. Wir sehen uns bestimmt noch, bevor du fährst. Ich ruf dich an, wenn ich den Flug bestätigt habe.«

»Machs gut, Winnie. Danke, dass du angerufen hast.«

Zwei Stunden später hatte ich das Taxi geholt und stand vor Bertis Kiosk. Ohne einen Cent in der Tasche wollte ich nirgendwohin fahren. Also war die einzige Lösung, noch zwei Nächte zu arbeiten, um mir wenigstens einen Espresso auf dem Flughafen leisten zu können. Der Knipser soll sich ruhig Sorgen machen – oder Geld dalassen.

Nachdem ich von Berti erfahren hatte, dass es Herrmanns unverändert schlecht ging, war ich überrascht zu hören, dass Borowski

Herrmanns' Job übernommen hatte. Am Morgen, als Berti und Borowski im Krankenhaus gewesen waren, war dort ein Mann aufgetaucht, der sich als Chef von Herrmanns vorgestellt hatte. Adrian Van der Baack – Oma Berti zeigte mir seine Visitenkarte. Allerfeinstes Papier, bestimmt nicht im Internet bestellt oder am Automaten selbst gemacht. Als ich die Adresse las, blieb mir erst mal die Luft weg. Ihm gehörte die größte Villa am Stadtpark – und ich erinnerte mich, seinen Namen kürzlich in einem Artikel über Bochums Kulturmäzene gelesen zu haben. Irgendwie ging es um ein klassisches Musikfestival und Sponsoren, die sich zusammentun wollten. Tja, Erbe müsste man sein, dann könnte man sich den ganzen Tag mit schöngeistigem Kram beschäftigen und hätte sogar noch die Nerven, einen Herrmanns als Gärtner zu ertragen.

Herr Van der Baack hatte die Suchmeldung in der Zeitung gelesen – besser gesagt, seine persönliche Assistentin Frau Heckel hatte sie gelesen und ihm davon berichtet. Der feine Herr hatte sofort alle Termine abgesagt und sich auf den Weg ins Krankenhaus gemacht. Berti hatte ihn über Herrmanns' Zustand informiert und ihn gleich gefragt, was der Herrmanns denn so Wichtiges für ihn zu erledigen gehabt hätte an dem Tag, als der Unfall passiert war. Van der Baack hatte geantwortet, dass es gar nichts Wichtiges gegeben habe. Gar nichts. Die Rosenstöcke aus England seien angeliefert worden, und Herrmanns war es, der sie unbedingt hatte sehen und versorgen wollen. Er sei in großer Sorge gewesen, dass sie nicht richtig gelagert würden.

»Der hat irgendwat vonne Rose gesacht, die Schultheis getauft worden is. Von so 'nem Briten. Furchtbar teuer. Als der Herrmanns fertig war mitte Rosen, war et wohl spät geworden, und dem Van der Baack seine Assistentin hat den Herrmanns nach Hause gefahren. Wat der dann noch später auffe Straße zu suchen hatte, wusste der auch nich.«

»Und warum macht der Borowski jetzt Herrmanns' Job? Wie ist der denn da drauf gekommen?«

»War gar nicht Borowskis Idee, sondern die von dem Van der Baack. Der braucht dringend jemanden für sein Anwesen. Der sprach so, als würde der glauben, dat der Herrmanns in ein paar Tagen widder auf'em Damm is. Weiß der feine Pinkel nich, wat 'n Koma is?, hab ich so gedacht. Jedenfalls: Der Borowski macht dat nur so zwischendurch. Ehrensache, damit sein Kumpel den Job widderkricht, wenn er wieder gesund is.«

»Bestimmt besser für Borowski, hat er ein bisschen Ablenkung.«

»Kannze wohl sagen. Ich musste mit dem vorm Besuch im Krankenhaus schon nach'en Weitmarer Holz fahren. Ich kenn in dem Wald gezz jeden Strauch und jeden Baum.«

»Was gefunden?«

»Nee. Gar nix. Keine Spur von dem Koffer und von dem Flachmann. Bisse sicher, dat du den gesehen has, dat der dat dabeihatte?«

»Sicher. Der hat sich fünf Meter vor meiner Motorhaube einen gekippt. Und der Koffer war nicht zu übersehen. Also muss das Zeug ja irgendwo sein.«

»Bestimmt geklaut. Ich hab schon im Krankenhaus alle wild gemacht. Aber die haben dat nich. Bin ich mir sicher.«

»Und der Mann, der Herrmanns gefunden hat?«

»Da waren wir auch. Der is froh, dat er noch lebt, über 80 is der, und sein Köter kann auch kaum noch laufen. Der Kerl is jetzt noch völlig vonne Rolle. Der hat nix geklaut.«

»Gibt's Neuigkeiten von der Polizei? Die suchen doch nach dem Auto, oder?«

»Würden se ja gerne, wennse nur wüssten, nach wat für'n Auto. Keiner hat wat gesehen oder gehört. Wonach sollen die dann suchen?«

»Da hast du auch wieder Recht.«

»Die schönste Neuigkeit is, dat der Winnie wiederkommt. Er hat vorhin angerufen, und ich hab ihm allet erzählt. Der wird denen Beine machen, dat sach ich dir. Wurd abber auch Zeit.«

»Das ist toll. Hat er gesagt, wann?«, heuchelte ich völlige Unkenntnis.

»Der schickt dir wat auffem Handy. Er is immer noch Warteliste. Aber dat klappt schon. Da werden die Kollgen auffem Revier für sorgen. Die haben da so ihre Kanäle.«

Ich konnte es schon direkt vor mir sehen, wie die lieben Kollegen Karin und Peter wilde Faxe mit dem Briefkopf der Bochumer Polizei an die Behörden in St. Petersburg schickten, um Winnie aus Russland wieder ins Ruhrgebiet zu expedieren.

»Was macht eigentlich deine Aushilfe?«, fragte ich.

»Nich gekommen. Ich kann den auch gar nich erreichen. Kannst du nich am Samstag für mich nochma' zum Großmarkt?«

»Würde ich gerne, Berti. Ehrlich, aber da sitze ich selbst im Flieger. Und um es kurz zu machen: Ich habe mich mit meinem Ex versöhnt. Ich begleite ihn zu einem Job auf die Bahamas.«

Ich schaute Berti an und versuchte herauszufinden, was sie dachte. Aber ihr Gesicht war völlig ausdruckslos. Nicht eine ihrer Lachfalten zuckte. Nach einer kurzen Denkpause sagte sie: »Dann is ja gezz alles widder im Lack, ne?«

»Ja. Sieht so aus.«

»Ziehsse widder nach Köln?«

»Denke schon. Doch ... Ja.«

»Wat kucksen so? Is doch alles tutti gezz, oder nich? Schreibse mir ma'ne Karte?«

»Aber sicher, Berti. Ist das etwa alles, was du dazu zu sagen hast?«

»Wat denn noch?«

»Willst du mir keine Standpauke halten?«

»Mussi' nich. Oder?«

»Aber du würdest gerne?«

Berti steckte sich eine kleine, weiße Brauseeule in den Mund und kaute.

»Weisse, wat ich dieset Jahr zu Weihnachten mach?«

»Lenk nicht ab – du bist doch sonst nicht so zurückhaltend.«

»Ich mache Brause-Buddhas mit Mango-Geschmack.«

»Super. Okay, ich geh dann mal. Die Schicht ruft.«

Kaum hatte ich mich umgedreht, um zum Wagen zu gehen, sagte sie: »Dat da, an dein' Hals. Dat macht man nich'.«

»Wie schön, dass wir mal drüber gesprochen haben. Wusste gar nicht, dass ein Knutschfleck für so viel Aufregung sorgt.«

»Du has gefracht, und ich hab geantwortet.«

»Sag mal, kennst du eine Elli, oder habe ich irgendeinen Konsens über Knutschflecken nicht mitgekriegt?«

»Klar kenn ich die. Hat als Kind 'n paar Häuser weiter gewohnt, aber die war viel jünger ... Sach bloß, du fährss die mitten Taxi rum? Is die etwa immer noch auffen Kiez?«

»Allerdings. Soll ich die mal von dir grüßen?«

»Ach nee, lass ma' lieber.«

Es war schon halb eins in der Nacht, als ich Elli vor ihrer Haustür ablieferte. Sie war an diesem Abend etwas abwesend und ihre Chiffon-Montur in arger Unordnung. Sie aß ihre Wurst nicht auf, sondern gab die Hälfte ihrem ›Schätzken‹, das sich vor Glück kaum einkriegen konnte. Sie bat mich auch nicht darum, dass ich sie noch eine Runde um den Block fuhr. Dass sie beinahe ihren Pudel in meinem Wagen vergessen hätte, als sie ausstieg, passte zu ihrem schlechten Allgemeinzustand. Nur mit Mühe schaffte sie es, um den Wagen herumzugehen. Sie musste sich schwer an der Motorhaube abstützen. Ich kurbelte das Seitenfenster herunter.

»Elli, ist irgendwas mit dir?«, fragte ich. »Du hast deine Wurst noch gar nicht aufgegessen, und bitte, vergiss deinen Hund nicht.«

»Ach, ich bin so müde.«

Angeschickert würde wohl eher passen.

»Heute waren wieder die beiden Bekloppten mit der Kohle da. Ich hatte gar kein Bock auf die. So abgewichste Säcke. Heute hatten se neue Klamotten an, haben den Mädels die teuren Uhren unter'e Nase gehalten und alles. Rumgeprahlt wie Graf Koks. Die haben sich ein amerikanisches Auto gekauft. Weisse, so'n Cadillac El Dorado oder so – für 30 dicke Schleifen. Wir mussten alle raus auffen Parkplatz und Aah! und Oooh!, wie toll. Die Jessi hätte fast in den Wagen gekotzt, aber der Typ wollte in der Karre einen geblasen kriegen. Die glauben wohl, die könnten die Puppen tanzen lassen, wie se wollen. Sekt ausse Schuhe trinken, verstehsse? So'n perversen Quatsch. Wie ich dat hasse. Kleinbürgerscheiße.«

Oh-oh! Da hatte jemand Elli aber mächtig auf die Zehen getreten.

»Hm. Verstehe. Aber du kennst doch das Geschäft. Wie lange gleich noch? Über 30 Jahre, da wirste dir doch von so ein paar Idioten nicht den Abend verderben lassen.«

»Die beiden kommen aber bestimmt wieder. Im Lotto gewonnen oder geerbt, weisse, dat sind die Schlimmsten. Erssma Juchhei, bis die Kohle durchgeheizt is, und dann hocken se dir auffe Bude und heulen sich für't selbe Geld noch mal aus. Und dann kommen se an und wollen sich wat von dir leihen. Also – erzähl du mir nix von Abend verderben lassen. Du biss ja nächste Woche nicht mehr hier.«

»Woher weißt du …? Sag mal, hat der Kieslowski das über die Taxizentrale verbreiten lassen, dass ich gekündigt habe?«

Ich hatte ihm natürlich erzählt, dass ich in die Karibik fliege und dass ich danach auch nicht mehr wiederkomme, sondern nach Köln ziehe. Wahrscheinlich hat die Nachricht ihn dann doch tiefer getroffen, als er zugeben wollte. Kiez-Kieslowski war in seinem ganzen Leben als Taxifahrer noch nicht weiter als bis zum Düsseldorfer Flughafen gekommen.

»Der Kieslowski is eben 'ne Plaudertasche. Und neidisch.«

Warum lässt er es nicht gleich im Radio ausrufen! Mach doch einen Werbespot draus, Kieslowski.

Elli sortierte mit wenig Erfolg ihre Klamotten. Dabei landete beinahe ihr gesamter Tascheninhalt auf dem Bürgersteig. Sie schnappte die Tasche in letzter Sekunde und presste sie an sich, als suche sie Halt, nach all der Haltlosigkeit dieser Nacht auf dem Kiez.

»Dat ging abber flott mit euch, ne?« Elli zwang sich zu einem Lächeln. Ihre Schminke war verschmiert und ihre Haare zerzaust.

»Wie meinste das?«

»Na, erss der Knutschfleck und jetzt schon ab inne Karibik und zack! Schon geht et in die gemeinsame Wohnung. Hasse auf Elli gehört, wat die Männer angeht?«

»Häh?!«

»Tut so, als hätte se von Tuten und Blasen keine Ahnung, die kleine Prinzessin. Weisse, Schätzken, sach doch einfach, danke, Elli, war

’n guter Tipp mit den *Fellatio* – wie man so sacht in euern Kreisen. So, und gezz gute Nacht. Man sieht sich.«

Elli nahm den Zwergpudel auf den Arm und eierte auf ihre Haustür zu. Der Hund kläffte aus Leibeskräften. Elli schwankte bedenklich – es konnten noch Wetten abgeschlossen werden, ob sie auf zwei Beinen ihre Haustür erreichen würde. Ich wartete ab, ob sie sicher ins Haus kam. Aber kaum hatte ich mal eine Sekunde nicht hingesehen, krabbelte sie schon auf allen Vieren herum, und der Pudel saß zitternd auf dem Bürgersteig.

Das konnte ich mir keine Sekunde länger mit ansehen und stieg aus, um ihr zu helfen.

»Elli, was machst du da?«

Sie stierte mich aus glasigen Augen an.

»Elli, steh auf. Es ist kalt.«

Ich reichte ihr eine Hand und zog mit aller Kraft, um ihre Masse wieder in die Senkrechte zu ziehen.

»Mirisderschlüssel … Verdammdescheisseich …« Sie wischte sich mit der flachen Hand durchs Gesicht und schnaufte.

»Elli.«

»Ich such meinen Schlüsselverdammtescheiße!«

»Ist ja gut. Wir finden den. Guck mal hier.«

Am Ring meines Wagenschlüssels hing eine kleine, aber starke Taschenlampe. Unverzichtbar für Taxifahrer auf der Nachtschicht, um sich den Weg durch dunkle Hofeinfahrten zu bahnen und in finsteren Hauseingängen Klingelschilder zu lesen. Ich leuchtete den Bürgersteig ab und fand den Schlüssel in der nächsten Sekunde. Elli, die schwer atmend an der Hauswand lehnte, versuchte ein Lächeln. Der Pudel guckte besorgt zu ihr hoch.

»Soll ich dich bis zur Wohnungstür bringen?« Ohne ihre Antwort abzuwarten, schloss ich die Haustür auf und machte Licht im Flur.

»Nee. Schon gut … Schon gut.«

»Wie du meinst.«

»Ne, und immer dran denken, Prinzesschen – nache Hochzeit Blaskonzert nur noch, wennze wat brauchs. Hör auf Elli.« Ihr Lachen klang gequält. Sie drehte sich um und zerrte den Pudel hinter sich her, der ängstlich fiepte und seinen Schwanz zwischen die Hinterbeine geklemmt hatte. Elli murmelte im Weggehen: »Ich bin zu alt für sonne Scheiße. 35 Jahre blasen … ich kann gaar nich' so viel essen, wie ich kotzen möchte …«

Ich drückte ihr den Wohnungsschlüssel in die Hand und ließ die Haustür zufallen. Als ich auf den Wagen zuging, wurde in der ersten Etage ein Fenster geöffnet, und eine sehr kaputte Stimme sang:

… be careful not to gamble
on a guy with a suitcase
and a ticket gettin' out of here
it's a tired bus station
and an old pair of shoes
but it ain't nothing but an
invitation to the blues …

Der Knipser hatte Recht – für mich war es allerhöchste Zeit, von hier zu verschwinden. Ich guckte in den Himmel und versuchte, irgendeinen Stern auszumachen, auf dem meine Oma selig sitzen könnte. Ich fand, sie hätte durchaus mal was zu alldem sagen können. Aber der Himmel war bewölkt.

09

Da von Raoul derzeit keine Nahrungsmittelspenden zu erwarten waren, hatte ich mir für meine Mitternachtspause eine Pizza von Tonis Koppheisterbude in der Brüderstraße geholt und mich damit an den Halteplatz vorm Schauspielhaus verkrümelt. Seit über einer halben Stunde war es still auf Bochums Straßen. Der Regen hatte alle Leute in ihre Wohnungen gespült. Wer jetzt noch den Hund ausführen musste oder einen Schnaps brauchte, war arm dran. Es hatte zwar endlich aufgehört, wie aus Kübeln zu schütten, aber es regnete immer noch. Ich verriegelte die Türen, aß meine Pizza aus der Pappschachtel und machte mir Notizen, was ich vor meinem Abflug noch alles zu erledigen hätte.

1. Souterrain kündigen.

Anruf bei Vermieter sollte genügen. Der wunderte sich bestimmt sowieso schon, warum ich ihm noch keinen Anwalt auf den Hals gehetzt hatte. Aber gegen Schimmel und gebrochene Wasserrohre kann auch ein Dr. Dr. Herzig nichts ausrichten. Und gegen sechsfingrige Mutantenhandwerker auch nicht. Die stehen bestimmt unter Artenschutz.

2. Reisepass nicht vergessen
3. Matti anrufen
4. Bikini kaufen

Ein Blick auf die Pizza, und Punkt 4 wurde von der Liste gestrichen. Kein Bikini. Nicht mit den Speckrollen. Nicht vor den versammelten Beach-Beautys. Nicht im direkten Vergleich. Schon gar nicht vor den Augen des Knipsers – was weiß ich denn, wie blind Liebe wirklich macht? Stattdessen notierte ich:

4. Seidenpyjama – Rundungen umspielend. Dessous-Ensemble (teuer)
5. Stadtexpress-Ticket zum Flughafen kaufen
6. Mit Raoul über die Versorgung von Dr. Thoma reden!

Das Handy meldete sich: eine SMS vom Knipser: *Ich freue mich auf*

Freitag. Bis dahin viel zu tun. Wir sehen uns um 12 am Flughafen. Gute Nacht.

Ich schrieb zurück: *Ich freue mich auch. Ist das alles wahr?*

Keine halbe Minute später piepste das Handy wieder: *Kein Zweifel.*

Okay, dann wird es wohl wahr sein. Ich machte das Radio an. Es hatte angefangen zu hageln.

Außen/Tag Paradise Island

Strahlender Sonnenschein. Eine weiße Stretchlimousine fährt vor.

Maggie Abendroth entsteigt elegant dem Wagen. Sie trägt ein blendend weißes Leinen-Ensemble von Armani, das ihre perfekte Figur umspielt. Um ihren zarten Teint zu schützen, setzt sie ihre Gucci-Sonnenbrille auf und zieht sich das weiße Golfkäppi tiefer ins Gesicht. Ein Hotelpage eilt herbei, um ihr Louis-Vuitton-Gepäck aus dem Kofferraum zu holen.

Sie betritt die kühle Lobby des Hotels. Alle Augen sind auf sie gerichtet. Der Hotelmanager überreicht ihr mit einem Lächeln den Schlüssel für die Präsidentensuite.

Hotelmanager

Madame Abendroth. Wie schön, Sie wieder als Gast bei uns begrüßen zu dürfen. Ihr Gatte bittet Sie, an der Bar auf ihn zu warten.

Maggie

Sind meine Tennisschläger da?

Hotelmanager

Naturellement, Madame. Der Bespanner wartet auf Ihre Anweisungen. Ich soll Ihnen das hier überreichen …

Hotelmanager reicht ihr auf einem silbernen Tablett ein weißes Kistchen.
Maggie Abendroth bedeutet ihm mit einem huldvollen Kopfnicken, es zu öffnen. Der Hotelmanager klappt den Deckel auf. Sie lüpft die Sonnenbrille. Eine Porzellantasse mit dem Gesicht von Prince Charles …

»Ey! He! Mach'se gezz ma endlich die Schotten auf!«

Meine Tasse, verflucht noch mal. Ich hatte mich so erschreckt, dass dem Hotelmanager in meinem SAT1-FilmFilm ›Maggie Abendroth und die Liebe unter Palmen‹ das Silbertablett aus der Hand gerutscht und die Tasse klirrend auf dem Marmorfußboden zerschellt war.

Ich sammelte hektisch meinen Block und meinen Stift aus dem Fußraum ein und stieß mir den Kopf am Lenkrad. Der Hagel prasselte auf das Dach des Wagens. An der Beifahrertür machte sich eine Gestalt zu schaffen.

»Ey, machse gezz ma auf! Ich bin schon klatschnass«, fluchte eine Männerstimme.

Ohne den Mann aus den Augen zu lassen, öffnete ich die Klappe vom Handschuhfach und nahm ein Pfefferspray heraus. Sicher ist sicher. Wenn ich jetzt noch wüsste, wie man das Ding benutzt. Aber Abschreckung hilft ja auch. Dann öffnete ich die Zentralverriegelung. Der wütende Mann riss die Tür auf und stieg ein.

»Pass doch mal auf. Du machst mir den ganzen Wagen nass.«

»Ja, Mann. Et reechnet wohl, ne?! Und ich steh da schon seit Tagen, und du wirss nich wach.«

»Borowski«, sagte ich erleichtert. »Wozu brauchst du ein Taxi, du wohnst doch da vorne.« Ich warf die Spraydose zurück ins Handschuhfach und knallte die Klappe zu.

»Ich will ja auch eigentlich gar keinen Wagen. Ich brauch dich.«

»Aha.«

»Ich muss wat mit dir besprechen. Et geht um den Herrmanns.«

»Aha?!«

»Du warss doch ma' beim Fernsehen. Und dat mit dem Herrmanns muss an die Öffentlichkeit.«

»Na gut. Und was genau muss an die Öffentlichkeit? Dass dein Kumpel vors Auto gelaufen ist?« Genau genommen hatte Herrmanns seine berühmten fünf Minuten ja schon bei Radio Bochum 98,5 gehabt.

»Eine Verschwörung ...«, presste Borowski hervor, als bereite ihm das Wort Magenschmerzen.

Ich hielt die Luft an und machte dicke Backen, denn was mir als Antwort auf der Zunge lag, war nicht druckreif. Bei mir löst das Wort ›Verschwörungstheorie‹ nämlich auf der Stelle eine kataleptische Starre aus. Eine Verschwörungstheorie ist die neurotische Reaktion eines Journalisten auf eine Recherche, die nicht das gewünschte Ergebnis bringt.

»Bisse baff, ne?«

»Wie viel hast du intus, Borowski?«

»Ich bin nich blau. Aber wennze nich willz. Geh ich nache BILD-Zeitung, eben.«

Na gut, es war eh nichts los auf Bochums Straßen, und Borowski machte mir den Eindruck, kurz vorm Herzinfarkt zu stehen. Wenn er was loszuwerden hatte, dann bitte schön. War ja egal, womit ich mir die Zeit vertrieb, bis jemand endlich meine Transportdienste in Anspruch nehmen wollte. Oder bis endlich Feierabend war. Außerdem würde Oma Berti mir die Hölle heißmachen, wenn Borowski petzt, dass ich ihm meine Hilfe verweigert habe.

»Nein, jetzt bleib sitzen. Du bist also nicht betrunken. Gut. Herrmanns ist doch wohl nicht gestorben?«

»Nein. Aber er hat immer zu mir gesacht: ›Borowski, wenn mir wat passiert, dann muss du dat an die Öffentlichkeit bringen‹. Ich musste schwören.«

»Und warum kommst du mir erst jetzt damit? Hab ich dich nicht gestern schon gefragt?«

»Weil du übermorgen wech bis, sagt die Berti. Deswegen hab ich dich doch überall gesucht. Glaubse, dat macht mir Spass, hier im Regen rumzurennen?!«

»Ja gut, aber warum erzählst du das alles nicht der Polizei?«

»Weil die glauben, dat ich einen anne Kirsche hab. Verstehsse?!«

Und was machte Borowski so sicher, dass ich nicht dasselbe dachte? Er schaute mich ernst an, als wollte er überprüfen, ob ich nicht vielleicht doch die falsche Person für seine Sensation war.

Ich musste davon ausgehen, dass der alte Mann, wie jeder ›Auserwählte‹, wirklich glaubte, was er sagte. Was die ganze Sache nur noch schlimmer machte, obwohl ich noch gar nicht wusste, worum es ging. Ich trommelte mit den Fingern auf dem Lenkrad herum.

Borowskis Haare, aus denen immer noch das Wasser troff, klebten auf seiner Stirn. Sein alter Wollmantel roch muffig nach nassem Köter. Ich hatte den Eindruck, von einem Extraklasse-Primetime-Movie mit Happy-End-Garantie unter Palmen in ein französisches Nouvelle-Vague-Drama in Schwarz-Weiß katapultiert worden zu sein. Jetzt könnte mich eigentlich nur noch ein Filmriss retten. Ich sollte die Dinge lieber beschleunigen, sonst würde ich im Morgengrauen immer noch hier sitzen – totgewartet.

»Und was sagt Berti dazu? Hat sie dir gesagt, dass du damit zu mir kommen sollst?«

»Nee, is besser, wenn die nix weiß – dat is sicherer für die. Herrmanns wollte die nich in Gefahr bringen.«

»Ach, aber mich?!«

»Bisse gezz dabei? Willze die Sensation oder nich?«

Also Maggie, was hast du zu verlieren, säuselte meine innere Stimme. Tu dem alten Mann einen Gefallen. Und: Sensationen bekommt man nicht alle Tage auf dem Silbertablett präsentiert. Apropos Silbertablett … Die Prince-Charles-Tasse …

»Willst du nicht lieber auf Winnie warten? Der kommt morgen oder übermorgen aus St. Petersburg zurück. Wenn die Sache so gefährlich ist, ist sie bei ihm wohl besser aufgehoben, oder? Der ist schließlich bewaffnet.«

»Ach der …«, sagte Borowski abfällig.

»Was, *ach der* …«, insistierte ich.

»Der is nich der Richtige für sowat«, sagte Borowski und kramte etwas aus seiner Manteltasche. »Du muss' dat au' nich umsonst machen. Hier.« Er hielt mir etwas entgegen, das in Zeitungspapier eingewickelt war. Ich packte das Päckchen aus und hielt die Prince-Charles-Tasse in der Hand. Du meine Güte, Borowski machte wirklich ernst.

»Woher hast du die?«

»Aussem Regal.«

»Das ist Herrmanns' Tasse. Nimm sie wieder zurück. Du kannst doch nicht einfach …«

»Dat is okay. Ich hab den Herrmanns gefracht.«

»Ich denk', der ist im Koma. Borowski, du bist ja doch besoffen.«

»Ich kann mit meinem Kumpel reden, auch wenn der …«

Das hatte doch alles keinen Zweck. Um die Diskussion abzukürzen, wickelte ich die Tasse wieder in die Zeitung ein und steckte sie in meine Tasche.

»Na gut, ich bin dabei«, sagte ich schnell und dachte an die zwei Kästen Bier und die zwei Flaschen *Jägermeister,* die mir Herrmanns und Borowski im Sommer für einen simplen Observierungsjob aus dem Kreuz geleiert hatten. Ich konnte die Tasse ja bei Gelegenheit wieder zurückgeben.

Borowski machte die Tür wieder zu und sagte unwirsch: »Dann fahr doch endlich ma' los.«

Ich glaube, ich behalte die Tasse doch.

»Und wohin?«

»Zu Herrmanns' Garten natürlich, wohin denn sonz? Dat fängt ja gut an …«

Ich behalte Charles ganz bestimmt.

Keine Viertelstunde später standen wir in Herrmanns' Laube. Der Hagel prasselte auf das Wellblechdach, und ich fröstelte.

»Hör mal, Borowski, hier ist es echt schattig. Kannst du mal den Ofen anmachen?«

Borowski guckte mich an, als hätte ich ihm einen unsittlichen Antrag gemacht.

»Was ist? Gibt's kein Holz? Soll ich welches holen, draußen aus dem Kabuff?«

»Et gibt kein Abzugsrohr! Guck doch mal richtich hin.«

»Aber da ist doch ein Abzugsrohr.«

»Aber et is nich angeschlossen, Mann.«

Herrmanns mochte ja ein harter Knochen sein und Wind und Wetter trotzen, aber ich nicht.

»Dann beeil dich mal. Wo ist das Geheimnis denn? Im Safe?«

»Nee. Dat is hier.« Borowski öffnete die Ofenklappe, schob den Ärmel seines Wollmantels hoch und zog eine dicke, zusammengerollte Mappe heraus.

»Ich nehme das mit ins Taxi. Da kann ich wenigstens die Standheizung anmachen.«

»Du wirst dat nich mitnehmen. Dat muss hier bleiben. Wer weiß, hinterher lässt du dat irgendwo liegen, oder et wird dir geklaut.«

Borowski presste die Mappe an seine Brust. Jetzt war ich schon so weit gegangen, dann wollte ich wenigstens für fünf Minuten einen Blick drauf werfen.

»Also gut …«

Ich zündete den Camping-Gaskocher an, setzte Wasser auf und suchte nach den Überresten des Instant-Kaffees.

»Hier is Herrmanns' Geheimnis«, sagte Borowski feierlich und klopfte mit der flachen Hand auf die Mappe.

»Von dem du glaubst, dass es dazu geführt hat, dass er angefahren wurde?«

»Ich glaub' gar nix. Ich red von Tatsachen. Umgebracht werden sollte der. Ausradiert!« Aus Borowskis Gesicht war jede Farbe gewichen. Mit zitternden Händen streckte er mir die Mappe entgegen.

Dann drehte er sich wieder um und kramte noch ein Päckchen Briefe aus dem Ofen. »Dat is ein Skandal, den hat die Welt noch nich' gesehen. Die werden die Geschichte neu schreiben müssen, sacht der Herrmanns.«

Ich legte Mappe und Briefe auf den Tisch. Na gut, dann wird Maggie Abendroth den Skandal mal auf seine Trächtigkeit hin begutachten.

»Wehe, es ist nur ein Skandälchen, Borowski. Und ich gebe gerade dafür meine halbe Taxischicht her und hol mir hier in diesem Eiskeller den Tod.« Im Übrigen tue ich das nur für Prince Charles, hätte ich noch hinzufügen können, aber Borowski machte nicht den Eindruck, dass er jetzt noch einen Scherz hätte vertragen können.

Ich setzte mich an den Tisch, steckte mir eine Zigarette an und schnupperte an der Mappe. Obwohl die ganze Bude muffig und nach kaltem Essen roch, duftete die Mappe nach Lavendel. Ich schlug die erste Seite auf. Borowski machte sich grummelnd unter der dreckigen Spüle zu schaffen. Er zog und zerrte an einem Elektrokabel.

»Was wird das jetzt? Ich dachte, hier gibt's keinen Strom.«

»Hat der Herrmanns nebenan abgezapft, damit er'n bisken den Heizlüfter anmachen kann.«

Wenn ihn der Alkohol und der Unfall nicht dahinraffen, dann wird diese Bude eines schönen Tages noch durch Kabelbrand in Schutt und Asche liegen und Herrmanns als Grillhähnchen enden.

Borowski ging nach draußen, rumorte im Kabuff herum und kam ein paar Minuten später mit einem Vorkriegsmodell von Heizlüfter wieder herein. Funken sprühten, als er den Stecker in die Dose steckte. Die Heizspirale glühte knisternd auf, und sofort verbreitete sich angenehme Wärme in dem kleinen Raum. Ich guckte besorgt aus dem Fenster, in der Erwartung, dass im ganzen Ehrenfeld die Lichter ausgehen würden. Aber nichts dergleichen geschah. Borowski setzte sich auf das Schlafsofa und zündete sich ungeniert eine von Herrmanns' Zigarren an. Ich drehte das Gaslämpchen etwas höher, schlug die erste Seite auf und las: ›Die wahre Geschichte von Freddy Winston Herrmanns‹.

Als ich zwei Stunden später mit der Lektüre fertig war, glühte mein Gesicht. In der kleinen Laube war es erstickend heiß geworden. Ich zog den Stecker des Heizlüfters aus der Dose und öffnete das Fenster einen Spalt weit. Zur Sicherheit zündete ich einen Kerzenstummel an, der auf der Fensterbank lag, denn das Gaslämpchen verlor sekündlich an Kraft. Borowski lag auf dem Schlafsofa und schnarchte, die kalte Zigarre fest zwischen seinen Lippen.

Ich zündete mir die neunte Zigarette seit Seite 1 an und wünschte mich in einen anderen Teil des Universums. Vom kalten Luftzug aufgeweckt, ächzte Borowski und setze sich mühsam aufrecht hin. Er rieb sich die Augen und steckte umständlich den Zigarrenstumpen wieder in Brand.

»Na, gut geschlafen?«

»Meine Güte, wat'ne Hitze hier drin.«

»Ich hab die Höllenmaschine schon aus gemacht.«

Borowski paffte ein paar Züge. »Und, wat sach'se? Dat is doch wohl die Sensation, oder?«

Tja, wie sag ich's meinem Kind? Es gibt keinen Weihnachtsmann, keinen Osterhasen und kein Christkind. Und es gibt auf gar keinen Fall eine Verschwörung. Was ich gelesen hatte, war mit Sicherheit samt und sonders Herrmanns' verstiegener Fantasie entsprungen. Eine von ihm persönlich beschriebene Ufo-Landung mit Fotos der Außerirdischen hätte nicht skurriler sein können.

»Na wat, bisse platt, oder warum sach 'se nix dazu?«

»Doch, Borowski, ich sag dir jetzt was dazu.«

Augen zu und durch, auch wenn du einen alten, verwirrten Mann ziemlich brutal auf den Boden der Tatsachen holen musst. »Borowski, hör mal zu. Das, was der Herrmanns sich hier zusammengeschrieben hat, ist einfach nicht wahr. Glaub mir. Der hat sich was zusammenfantasiert. Vermutlich, weil seine Mutter ihm eine tolle Geschichte aufgetischt hat, um ihren Jungen davor zu bewahren, sich wie der letzte Dreck zu fühlen. 1937 als uneheliches Kind geboren zu werden war bestimmt das Allerletzte, was man sich wünschen konnte. Und Herrmanns ist drauf reingefallen. Kein Wunder, diese Geschichte ist bestimmt viel schöner als die Wahrheit, egal, wie die wohl ausgesehen hat. Aber was sich damals wirklich abgespielt hat, da werden wir nicht mehr hinterkommen, fürchte ich.«

Borowski paffte desinteressiert an seiner Zigarre, als hätte er gar nicht gehört, was ich gesagt hatte.

»Hörst du mir überhaupt zu? Dein Freund Herrmanns ist auf gar keinen Fall der illegitime Sohn von Winston Churchill! Auf gar keinen Fall.«

Borowski lehnte sich zurück, und die Porzellanpreziosen im Regal klirrten leise. Ich fürchtete, dass ihm gleich einer der Royals auf den Kopf fallen würde.

»Und warum nich? Fräullein Oberschlau? Wie kommse dadrauf? Wat is denn nich logisch an die Geschichte?«

»Kann ich dir sagen: Churchill war meines Wissens nie bei den Olympischen Spielen in Berlin anno '36. Der hätte sich lieber das linke und das rechte Ohr abgeschnitten und seinen steifen Bowler gefressen, als vor der versammelten zivilisierten Welt Hitler das Händchen zu geben. Soweit ich weiß, war Churchill erst in Deutschland, als der Krieg von den Alliierten schon so gut wie gewonnen war. Und das ist eine geschichtliche Tatsache.«

»Und woher weisse dat?«

»Weil ich ab und zu auch mal aufgepasst hab im Geschichtsunterricht.«

»Ach, die Historiker, die lügen doch auch! Und der war ja auch gar nich in offizielle Mission in Berlin. Der war da heimlich, als Spion, und da hat er die Mutter vom Herrmanns im Adlon getroffen, die da Zimmermädchen gewesen war. Glaubs du, dat die Churchills dat zugeben würden, wenn ihr Winston in Berlin inkognito rumpoussiert, mit'ne Deutsche! – die dann auch noch'n Kind von dem kricht? Und auch noch'n Sohn?! Einen Erben. Mach's dir doch kein Begriff von, um wie viele Millionen dat da geht.«

Ja, so lautete Herrmanns' Argumentation, die er in aller Ausführlichkeit niedergeschrieben hatte: Churchill war angeblich inkognito in Berlin gewesen, um die Lage der erstarkenden Nazi-Nation vor

Ort zu sondieren. Wie allerdings das Gesicht eines Winston Churchill inkognito hätte bleiben sollen, das erklärte Herrmanns nicht. Sein Glaube beruhte auf dem, was seine Mutter ihm aufgetischt hatte: dass es in den Gästelisten des Adlon einen Randolph Blenheim gegeben habe. Blenheim hieß der Besitz der Churchills, also der Herzöge von Marlborough. Die Gästelisten seien während des Krieges verloren gegangen, sodass ein echter Beweis leider nicht mehr aufzutreiben war. Seine Mutter habe, so erklärte Herrmanns in seinen Aufzeichnungen, nach dem Krieg einen Brief an Churchill geschrieben, aber nie eine Antwort erhalten. Danach hatte sie es aufgegeben. Wie sie ihrem Sohn erklärt hatte, wollte sie nicht auf Knien nach England rutschen – dazu war sie zu stolz gewesen. Also hatte sie ihrem Filius einen standesgemäßen Namen verpasst und sich mit dem Kleinen in den nächsten Jahren alleine durchgeschlagen.

Wäre die Geschichte wahr, dann hätten wir eine historische Sensation gehabt. Aber alles klang so fadenscheinig und zusammengereimt, eben der Fantasie einer verzweifelten alleinerziehenden Mutter entsprungen, die ihrem Kind etwas mehr auf den Weg geben wollte als Brot und Stippe und die traurige Geschichte eines von wem auch immer verführten Zimmermädchens.

In den 25 Briefen, die ich durchgesehen hatte, beschwerte sich die Familie Churchill von Mal zu Mal heftiger über das Ansinnen von Herrmanns, einen offiziellen DNA-Test durchführen zu lassen. Kein Wunder, möchte ich mal meinen. Der letzte Brief aus dem Jahr 2001 war, soweit man das bei den britischen Höflichkeitsfloskeln sagen konnte, so was wie eine Androhung gerichtlicher Schritte, wenn Herrmanns sie nicht in Ruhe lassen würde. Das Schreiben kam von einer Anwaltskanzlei in London mit mächtig vielen Namen im Briefkopf. Seitdem hatte er es wohl aufgegeben, den endgültigen Beweis einzufordern, denn es gab keine weiteren Eintragungen in seiner Akte und keine Antwortschreiben mehr.

Herrmanns hatte zu allem Unglück zudem irgendwann dieses Foto mit der Widmung ›Für Mary‹ bei einer Auktion ergattert und hielt es für ein Geschenk von Churchill an seine Mutter. Die hatte

Maria geheißen, war aber von allen immer nur Mary genannt worden, wie er lang und breit in seinen Akten ausführte, und das war für ihn der gültige Beweis seiner Herkunft. Er war sich sicher, dass das Bild immer neben dem Bett seiner Mutter gestanden hatte. Es sei im Krieg zunächst verschollen, aber er hatte es Jahre später auf einer Auktion wiedergefunden.

Armer Herrmanns.

Ich hatte mir früher auch gerne vorgestellt, ein vertauschtes Kind zu sein, das eigentlich ganz woanders hingehörte, aber auf gar keinen Fall in mein Elternhaus. Ein paar Jahre lang hatte ich mich mit dem Gedanken getröstet, dass ich in feine Schweizer Internate und nicht auf die Annette-von-Droste-Hülshoff-Mädchenrealschule gehörte. So sehr ich auch hoffte, nie kam irgendein Anwalt in feinem Zwirn aus Zürich, um mich meinen Entführern zu entreißen und endlich meiner richtigen Familie zuzuführen. Einer adligen Familie nämlich, die weit, weit weg in Afrika eine Kaffeeplantage betrieb.

Irgendwann hatte ich einsehen müssen, dass so etwas nie passieren würde, weil ich wahrscheinlich doch bei meinen richtigen Eltern aufwuchs. Was ich allein daran erkennen konnte, dass ich dieselben Locken wie mein Vater hatte, die leichten O-Beine meiner Oma und den Starrsinn meiner Mutter.

Herrmanns hatte das Märchen, das ihm seine Mutter erzählt hatte, geglaubt und nach Beweisen und Bestätigung gesucht. Warum auch nicht? Wenn man alles von seinem Standpunkt aus betrachtete, entbehrte die Geschichte auch nicht einer gewissen Logik. Wie gesagt, sie hinkte nur an einer Stelle, allerdings an der alles entscheidenden: Churchill war 1936 nicht in Berlin gewesen.

So viel zum Thema Verschwörungstheorien. Sie hinken immer, und da tritt dann der feste Glaube an die Stelle, wo die fehlenden Tatsachen ihre Lücke hinterlassen, und kittet das Ganze zusammen. Und einen Glauben zu erschüttern ist schwerer, als eine Tatsache zu widerlegen.

»Ich geh damit nache BILD-Zeitung. So mach ich dat. Ich lass doch meinen Freund nich im Stich, nur weil du ihm nich glaubs.«

Borowski war aufgestanden, hatte sich in Pose geworfen, fuchtelte mit der brennenden Zigarre herum und zeigte auf das Foto von Churchill. »Guck dich ma die Nase von den Herrmanns an und die von dem Churchill, und die Ohren. Guck doch mal. Setz dem Herrmanns so'n englischen Hut auf, dann hasset. Eins zu eins.«

Ich brauchte gar nicht hinzusehen, es stimmte durchaus, dass Churchill eine markante Knollennase hatte. Aber Herrmanns hatte keine – er hatte einen Zinken. Wer hier eine Knollennase hatte, war Borowski. Und die Ohren, na gut, vielleicht ... Aber um so was biometrisch zu bestimmen, braucht es einen Experten.

»Und beide rauchen dieselben Zigarren und allet. Die Statur und so ... Und dat die Mary ihren Filius den zweiten Namen Winston gegeben hat.«

»Ja, mein Gott, vielleicht hatte sie tatsächlich anno '36 ein Techtelmechtel mit irgendeinem Winston aus Gottweißwoher. Aber daraus kann man doch keinen Verwandtschaftsnachweis bis zu den Churchills führen!«

Borowski stippte die Zigarre in die dreckige Spüle, wo sie zischend ausging.

Ich wusste, dass ich gegen Borowskis Nibelungentreue keine Chance hatte, und sagte: »Wenn du zur BILD-Zeitung gehst, dann kann ich dich nicht dran hindern, aber lass dir gesagt sein, du machst einen Fehler. Warte ab, bis Herrmanns wieder zu sich gekommen ist. Wer weiß, vielleicht will er das gar nicht mehr rumposaunen.«

»Aber die Churchills haben doch dat Attentat auf den verübt. Die haben den inne Falle gelockt und dann, zack, umgefahren. Die Bande is natürlich längst über alle Berge. Und gezz lachen die sich kaputt. Hasse den Brief von dem feinen Anwalt da aus London nicht richtich gelesen? Der droht doch! Die haben dat genauso gemacht wie bei Lady Diana, um ihre Weste sauber zu halten.«

Klassiker! Zur Untermauerung einer löchrigen Verschwörungstheorie zieht man die nächste heran. Fehlte nur noch ein weißer Fiat Uno.

»Ich will, dat die feinen Pinkel dafür bezahlen!«

Herrje, und am Ende des Tages geht's wieder nur ums Geld.

»Borowski, mach, was du willst. Ich kann dir nicht helfen. Tut mir leid, dass die Weltgeschichte jetzt nicht neu geschrieben werden muss.«

Ich schaute auf die Uhr, die über der Küchenzeile hing. Es war schon kurz vor vier. Ich war über drei Stunden auf dem Funk nicht zu erreichen gewesen. Kieslowski würde mich umbringen. Ich schob die Papiere auf dem Campingtisch zusammen und gab sie Borowski zurück. »Lass es einfach sein. Bitte. Wenn der Herrmanns das glauben will, lass es ihn glauben. Aber mach kein Fass auf damit. Und wenn du wirklich ein Freund bist, dann halt du ihn davon ab, ein Fass aufzumachen.«

Borowski nahm die Mappe und die Briefe entgegen. Er verstaute alles wieder im Ofen. »Du willz also nich«, grummelte er. »Da will sich keiner die Finger dran verbrennen. Ihr habt doch alle Schiss inne Buxe.«

»Genau. Ich werde mich nicht grundlos mit den Herzögen von Marlborough anlegen. Soll ich dich noch irgendwo hinfahren? Nach Hause vielleicht?«

Er blinzelte müde und musste wohl erst darüber nachdenken, ob er mir eine Abfuhr erteilen sollte oder ob ihm heute der Hintern näher als die Hose war.

»Dat wär' nett. Ich muss morgen um acht bei dem Van der Baack sein. Am Wochenende is der und seine Frau Heckel nich da, dann soll ich den Pool sauber machen. Der will mir noch zeigen, wie man dat macht. Und wenn die wech sind, kann ich schön noch 'ne Runde schwimmen. Sieht ja keiner, ne?«, gluckste Borowski. Er drehte das Gaslämpchen herunter, ich blies die Kerze aus, und wir verließen die Laube. Regen und Hagel hatten sich verzogen und einem tiefschwarzen, klaren Himmel Platz gemacht.

»Wie ist der Herr Villenbesitzer denn so?«, fragte ich, als wir den dunklen Weg durch die Kleingartensiedlung nahmen.

»Ach, der fraacht einem Löcher in den Bauch, sach ich dir. Will allet wissen über den Herrmanns, als wär'et sein bester Kumpel. Der kümmert sich echt. Hat sogar mit dem Arzt in Langendreer gesprochen und gesacht, et soll dem Herrmanns an nix fehlen. Und er will sofort informiert werden, wenn der widder zu sich kommt. Der is sogar noch ma' mit mir dahin gefahren, wo der Herrmanns umgenietet worden is. Der hat sogar gefracht, wo der Herrmanns wohnt und ob er wat für den tun könnte. Aber ich wollte dem nich erzählen, dat der im Schrebergarten wohnt. Wie gesacht, dat hätte der Herrmanns nich gewollt. Aber, echt, wie der Van der Baack sich kümmert ... Also, ich find den sympathisch. Und seine Frau Heckel, die kocht wie'n Weltmeister. Ich krich da immer wat zu Mittag. Tofften Job, echt. Hat der Herrmanns ma' richtich inne Vollen gegriffen.«

Ein stinkreicher Altruist? War ja kaum zu glauben. Aber wenn es Borowski da gefiel, warum sollte er nicht den Garten machen?

Zehn Minuten später setzte ich ihn vor seiner Haustür in der Hugo-Schultz-Straße ab. Ohne Gute Nacht zu sagen, stieg er aus.

»Willst du die Tasse zurück?«, fragte ich.

»Nee, behalt mal«, grummelte er. »Hab ja nix anderes von dir erwartet.« Borowski schlug die Beifahrertür mit lautem Knall zu.

Wie kuriert man spinnerte Ideen? Zumal für Borowski das, was Herrmanns sagte, ehernes Gesetz war. Die beiden hatten schließlich nur sich und ihre kleine Welt. Na gut, wenn sie sich die ab und zu etwas größer fantasierten, als sie war, dann sollte man sie lassen. Man musste nur aufpassen, dass sie es nicht an die große Glocke hängten und damit fürchterlich auf die Nase fielen. Wenn hier eine weiß, was Medienirrsinn ist, dann doch wohl ich. Eine Neuauflage von ›Maschendrahtzaun‹ mit einem feixenden Stefan Raab war das Letzte, was die beiden gebrauchen konnten.

Ich nahm mir vor, mit Berti darüber zu sprechen. Sie könnte ein Auge auf Borowski haben, damit es gar nicht erst so weit kam.

Der Instant-Kaffee, den ich in Herrmanns' Laube getrunken hatte, brachte mich fast bis an den Rand des Herzkaspers. An Schlaf brauchte ich jetzt nicht zu denken. Als ich auf den Taxihof in die Gußstahlstraße fuhr, war auf dem Kiez weniger los als bei einem Totentanz. Ich klopfte an die Scheibe von Kieslowskis Büro, und unser Nachtwächter schob sie auf, um mir sofort zu berichten, dass ich die Fahrt mit den beiden neureichen Geldsäcken und ihren Lieblingsmädels nach Düsseldorf verpasst hatte und somit mindestens 150 Euro.

Borowski, so viele Tassen hast du gar nicht im Schrank, um das wiedergutzumachen.

10

Am darauf folgenden Nachmittag saß ich in der Küche und sortierte meine Rabattkupons neu. Alle bunten Schnipsel, die was mit Körperpflege zu tun hatten, landeten im guten Töpfchen – Milch, Radios und alles andere im schlechten. Ich guckte zwischendurch aus dem Fenster, das direkt auf den Nordring hinausging. Es regnete wieder in Strömen. Die paar Menschlein, die bei diesem Sauwetter unterwegs waren, hasteten mit umherwirbelnden Schirmen über den Bürgersteig. Das würde eine zähe Nacht werden, aber ich musste dringend noch ein paar Euro einfahren, um meine Reisegarderobe aufzurüsten. Vor allem meine Nachtbekleidung sollte dem Anlass entsprechen, und schon bei dem Gedanken allein war ich wieder sauer auf Borowski und seine Nacht-und-Nebel-Aktion in Sachen Verschwörungstheorie. Ich trank schon den dritten Espresso aus meiner neuen Prince-Charles-Tasse, deren Gegenwert seit gestern Nacht auf 150 Euro gestiegen war, und bemerkte, dass es außerordentlich ruhig in der Küche war. Der Kater hatte offensichtlich Raoul als neuen Dosenöffner erwählt, und Raoul selbst mied die Küche – oder mich, ganz wie ich das auslegen wollte. Ich hörte ihn ein paarmal im kleinen Büro rumoren, aber er streckte den Kopf nicht durch die Tür, und Frühstücksomelettes oder andere wilde Kreationen aus seiner Versuchsküche fanden erst recht nicht den Weg auf den Küchentisch. Tja, Charles, das kannst du dir gar nicht vorstellen, so ganz ohne Personal …

Ich ging im Bademantel die Treppe hinunter und holte die Post. Eine Karte von Wilma. Zehn Sticker Wilma und Acki. Sie hatten es mittlerweile bis Key West geschafft. Und immer noch enthusiastisch, die beiden. Eine Karte von Kajo aus Osaka. Diesmal ein Bild von einer Geisha vor dem Fudschijama. Das nenne ich mal eine gelungene Mischung von All-inclusive-Karte. Kajo schrieb, alles sei wunderbar, wie immer, und er hoffe, dass mein Souterrain wieder fertig sei. Die Japaner im Allgemeinen lieben klassische Musik, und die Konzerte sind immer ausverkauft.

Tja, man müsste Klavier spielen können, dachte ich, da lässt man eine Stunde oder zwei die Finger auf den Tasten tanzen, spielt Sachen von Leuten, die schon lange tot sind und die das Publikum sowieso schon kennt, und bekommt Applaus; dann geht man wieder ins Hotel und am nächsten Tag: andere Stadt, anderes Publikum, selbes Stück und wieder Applaus. Man muss noch nicht mal seine Koffer selber tragen. Plötzlich meldete sich die Stimme meiner Oma selig zu Wort: Hättest ja auch was Ordentliches lernen können, Kind, dann stünde dir die Welt offen, und du wärst nicht auf die Gunst deines Ex angewiesen, um aus Bochum rauszukommen.

Also, weißt du, Oma, hast du jetzt die ganze Zeit auf deinen Einsatz gewartet? Ich bin auf niemanden angewiesen. Noch nie gewesen!

Oma ordnete den Kragen ihres blauen Kleides und machte ein spitzes Mündchen: Du wirst schon sehen.

Gar nichts werde ich sehen!

Ich pinnte die Karten mit Heftzwecken an die Küchentür und betrachtete mein Werk. Nächste Woche wird hier auch eine Karte von mir hängen, dachte ich. Ätschbätsch. Ich konnte mir nicht verkneifen, der Ansichtskarte aus der Toskana von Kai-Uwe und Rita, auf der Pinien oder Zypressen oder welche Bäume auch immer aussehen wie Regenschirme, die Zunge rauszustrecken.

Als ich damit fertig war, fiel mir auf, dass kein Briefumschlag von Matti dabei war, was mich daran erinnerte, dass ich bei ihm vorbeifahren sollte, um ihm von der Veränderung meiner Lebensumstände zu berichten. Und ich könnte auch mal schauen, wie es Mia in ihrem neuen Job erging. Bis jetzt hatte sie noch nicht um Hilfe schreiend hier angerufen, also musste es wohl gut laufen. Bei dem Gedanken an Matti war ich mir nicht ganz sicher, wie er es aufnehmen würde, dass ich mich aus Bochum verabschieden wollte. Irgendwie schien er ja wohl einen Narren an mir gefressen zu haben. Aber er hatte auch nicht viele Freunde zur Auswahl. Für einen großen Freundeskreis hatte er in den letzten Jahren viel zu zurückgezogen gelebt. Als wir zusammen gearbeitet hatten, war es mir zunächst sogar so vorgekommen, als habe er überhaupt kein Zuhause. Im metaphorischen Sinne stimmte das ja sogar. Matti hatte sich in einer Art von Zwischenstadium bewegt – versunken in die Trauer um seine schon vor Jahren verstorbene Frau und den Gedanken, dass er schuld an ihrem Tod gewesen war, weil er auf der Autobahn nicht aufgepasst hatte. Ganz allmählich, im Laufe der letzten Monate, war endlich wieder so etwas wie Leben in ihn zurückgekehrt. Selbst seine Zeit in der Untersuchungshaft schien eine positive therapeutische Wirkung auf ihn gehabt zu haben. Und er hatte zumindest einen neuen Freund gefunden. Der verrückte Rudi tat ihm gut, hatte ich festgestellt. Totschlag hin oder her. Der brachte Leben in die Bude, und Mia würde die beiden schon auf Trab halten und ihnen die Krawatten gerade rücken.

Kaum war ich angezogen, rief Berti an, um mir mitzuteilen, dass sich bei Herrmanns nichts verändert hatte. Er schwebte immer noch zwischen Leben und Tod, und die Polizei hatte keine Hoffnung, den Unfallfahrer zu finden. Berti tröstete sich mit dem Gedanken, dass ihr Winnie das schon richten würde. Ihr Vertrauen in ihren Enkel war grenzenlos. Ja, Winnie würde es schon richten – so, wie er das immer tat. Unter seinem roten Haarschopf und hinter seinen grünen Augen steckte ein verdammt gut arbeitendes Gehirn. Außen elegant und innen schlau, eigentlich eine perfekte Kombination für einen Mann. Und immer zur rechten Zeit am rechten Ort – sonst wäre ich ja nicht mehr am Leben. Ein romantischer Held – wie aus einem meiner Drehbücher. Nur leider schwul. Man kann nicht alles haben. Ob er mich wohl mal in Köln besuchen wird? Wir könnten zusammen auf der Ehrenstraße einkaufen gehen … Und hinterher mache ich im Fotostudio ein Shooting mit ihm. Winnie, das perfekte Model. Das wird ein Spaß …

Es klingelte an der Haustür. Kieslowski kam höchstpersönlich, um mir das Taxi zu bringen. Er übergab mir Schlüssel und Papiere und muffelte: »Auf Wiedersehen, und bring die Karre heile zurück«, und weg war er. Ich hatte die Tür noch nicht zugemacht, da kam er wieder die Treppe raufgehastet. »Da liegt 'ne Vorbestellung nach Düsseldorf Flughafen für dich im Auto. Ankunft 21.45 Uhr.«

»Gibt's einen Namen?«

»Nee … du wüsstest Bescheid.«

Das konnte nur eins bedeuten: Winnie und Nikolaj.

»Okay. Dann weiß ich Bescheid.«

»Okay, dann weiß ich Bescheid«, äffte Kieslowski mich nach und schob ein noch affektierteres »Okaaaay« hinterher.

»Was soll das denn? Deutschland sucht den Zicken-Star? Du meinst, ich hab die Fahrt nicht verdient, was?«

»Nee, hasse auch nicht! Und wehe, du machst den Taxameter nicht an … für deine *Freunde.*«

»Meine Güte. Bleib mal locker. Was regst du dich so auf?«

»Weil ich wieder mal sehen kann, wo ich bleib. So wie gestern! Ich frag lieber gar nicht, wo du stundenlang warst!«

»War es nicht lustig in der Düsseldorfer Altstadt? Das hat doch richtig Kohle gebracht – die du nicht mit mir teilen musstest!«

Kieslowski schnappte nach Luft. Tja, argumentieren will gelernt sein. Wenn er keine Lust hat zum Fahren, dann meckert er, weil ich nicht da bin. Jetzt bin ich da und fahre nach Düsseldorf, und es ist ihm auch wieder nicht recht, weil er mir das Geld nicht gönnt. Versteh mir einer die Kerle.

»Du hättest mich auf dem Handy anrufen können.«

»Ich wollte das *Schäferstündchen* mit deinem neuen Ex nich' stören.«

»Oh wow! Kieslowski weiß ja Sachen. Ich war überhaupt …«

»Und überhaupt, und überhaupt! Erst bettelste um 'n Job, und dann haust du von eine Tag auf den andern wieder ab. Hättest mir mal ein paar Tage vorher Bescheid geben können.«

»Mann, es hat sich halt vorher nicht ergeben.«

»Ich bin die Spontiaktionen leid, verdammt noch ma'! Und wer fährt jetzt die Elli?«, grummelte er und ging die Treppe hinunter.

»Dann fahr du doch zum Flughafen. Meine enttäuschten Freunde abholen!«, rief ich ihm hinterher.

»Bin ich bekloppt? Ich muss auch mal schlafen!«

Na dann – gute Nacht, Kieslowski.

Mia saß hinter dem Schreibtisch, als ich hereinkam, und machte den Eindruck, als hätte sie ihr Lebtag nichts anderes getan. Sie legte eben den Telefonhörer auf und machte einen Haken auf einer langen Liste.

»Hallo, Mia. Habt ihr schon geöffnet?«

»Maggie! Schön, dass du mal vorbeikommst. So gut wie. Am Montag. Rudi hat die Inserate schon aufgegeben. Ich bin ziemlich aufgeregt, kann ich dir sagen. Aber Herr Matti ist die Ruhe selbst.«

»Das siehst du falsch, der ist bestimmt im Zuckerkoma.«

»Da sagst du was. Also, was die beiden hier verfuttern … du liebe Zeit.« Sie zeigte auf das Sideboard, auf dem jetzt drei Schmuck-Urnen standen und sagte: »Gummibärchen, Pfefferminzblöcke und Oma Bertis Brause-Eulen. Und in der Schublade da unten befindet sich das Schokoladenarsenal.«

»Wird Zeit, dass hier mal jemand Gemüse auf die Speisekarte setzt.«

»Tja, Rudi meint ja immer, man kommt mit diesen neumodischen Energy-Drinks und Gummibärchen durch den Tag. Und Herr Matti …«

»… ist ein Nordmensch, der sich von Fett, Kohlenhydraten und Rentierfleisch ernährt«, vollendete ich den Satz. »Ich weiß.«

Mia lachte. »Vor allem, weil die beiden mit Krafttraining angefangen haben. War Rudis Idee. Er meinte, Herr Matti braucht was auf die Rippen, wenn sie andauernd Särge Treppen rauf und runter schleppen müssen.«

»Ist Matti denn hier?«

»Nein, leider nicht. Er ist unterwegs. Er hat mehrere Sachen zu erledigen. Willst du warten? Ich könnte ihn auf dem Handy anrufen.«

»Nein, nicht nötig.«

Mir fiel, ehrlich gesagt, ein Stein vom Herzen, ihm jetzt nicht Auge in Auge erklären zu müssen, warum ich mich so plötzlich verabschiedete. Ich würde ihn vor meinem Abflug noch mal anrufen. Bestimmt.

Rudi stand plötzlich auf der Wendeltreppe. »Die Frau Abendroth, sieh an. Hallo.«

»Hallo, Rudi. Alles okay?«

»Und wie. Guck dich doch mal um. Das wird super hier. Ich bin total aufgeregt. Mannomann. Willste mal die Sargausstellung sehen?«

Er schob mit großer Geste die eichenvertäfelte Tür auf, hinter der sich zu Pietät Sommers Zeiten auch der Showroom für die Särge verborgen hatte. Stapelweise Holzkisten mit nicht sehr unterhaltsamen Preisschildchen dran. Aber Rudi strahlte und war so enthusiastisch, da wollte ich ihm den Spaß nicht verderben und sagte ja.

»Tadaaa!«

Ich betrat den Raum, der viel größer aussah, als ich ihn in Erinnerung hatte. Vor allem um einiges höher.

»Heidewitzka«, entfuhr es mir.

»Hab ich gebaut. Toll, was?«

Ich stand vor einem … Dings, für das ich keine Bezeichnung parat hatte. »Hat diese Maschine einen Namen?«, fragte ich Rudi.

»Sargriesenrad, würde ich sagen.«

Mia war hereingekommen und stellte sich dazu. »Nein, Rudi, das klingt zu albern. Dazu ist es zu ausgefallen.«

Worüber wir rätselten war eine Konstruktion, die vom Boden bis zur Decke reichte, die jetzt gut fünf Meter hoch war, und auf der die Särge in Dreiergruppen wie die Teppichrollen in einem Baumarkt rotierten.

»Wir haben die Decke durchgebrochen. Das ist das ehemalige Schlafzimmer von der Wohnung obendrüber. Da, wo Sommer gewohnt hat.«

»Und wer wohnt da jetzt? Ohne Schlafzimmer?«

»Ich«, sagte Rudi. »Der Matti hat immer noch seine alte Wohnung auf der anderen Straßenseite, und ich hab gesagt, zwei Zimmer reichen mir auch.«

»Und die Statik? Du kannst doch nicht einfach die Decke rauskloppen.«

»Sieht doch keiner. Und hält.« Rudi guckte mich triumphierend an, als erwarte er Applaus für seinen gelungenen Streich.

»Oh nee, Rudi, also …«

Mias Mundwinkel zuckten. Ich war verwirrt.

»Reingefallen«, lachte Rudi. »Haha, da haste nicht mit gerechnet. Guter Witz. Ich lern dazu.«

»Allerdings.«

Mia lachte. »Das war der reine Glücksfall. Es gab schon Pläne für einen Umbau, die hatte der Sommer vom Statiker berechnen lassen. Und du musst Maggie nicht so auf den Arm nehmen.«

»Schon in Ordnung, Mia. Ich hab's wohl verdient. Fehlen dem Bochumer Prater nur noch bunte Lämpchen und Musik.«

»Lämpchen …«, Rudi zog die Stirn kraus.

»Untersteh dich«, sagte Mia.

»Egal, Hauptsache, es funktioniert, ne? Ich baue demnächst auf der linken Seite auch noch so ein Ding für die Urnen. So kann man viel mehr Ausstellungsstücke unterbringen.«

»Lass es dir patentieren, bevor dir jemand die Idee klaut«, sagte ich.

Rudi holte eine Fernbedienung aus der Jackentasche und drückte auf einen Knopf. Die Särge setzten sich lautlos in Bewegung, und er moderierte die Modellnamen: »Pappel, leichter cognacfarbener Sarg mit dezenter Rosenprägung. 590 Euro. Modell Esotico, absolut überzeugend in Form und Finish. Der tiefschwarze Hochglanzlack gibt diesem Sarg das Flair höchster Exklusivität. 2.986 Euro. Und jetzt die absolute Oberklasse deutscher Sargbaukunst: Modell Tannhäuser … 3.600 Euro … Und jetzt haltet euch fest – jetzt kommt die Sensation: Modell Cocoon – wie aus der Weltraumforschung. Ist der nicht toll? 3.526 Euro.«

»Ein Schnäppchen, Rudi.«

Was da an meiner Nase vorbeischwebte, war ein dunkelrot-hochglanzlackiertes, futuristisch anmutendes, elliptoides ›Ding‹, einer Raumkapsel nicht unähnlich.

»Den hat der Colani erfunden. Der Wahnsinn! Da will ich rein, wenn ich abkratze, und dann ffffffffft – ab in den Weltraum«, schwärmte er und beschrieb mit der rechten Hand die Flugbahn, die er gerne nehmen würde. »Rudi Rolinski auf den Spuren von Mr Spock.«

»Jetzt ist aber gut«, sagte Mia. »Maggie kennt sich doch aus mit Särgen.«

»Weiß ich ja – aber wir haben super eingekauft, oder? Ich hab sogar ein echtes amerikanisches Modell – wie aus dieser Serie …!«

»*Six feet under.*«

»Genau. Wo man den halben Deckel aufmachen kann, wenn die noch mal gucken wollen. Und alle Modelle können individuell mit Grafiken, Bildern und so weiter im Airbrushverfahren von einem Designer – natürlich mir – gestaltet werden.« Rudi hielt das Sarg-Karussell an und strahlte über das ganze Gesicht.

»Es ist alles … super geworden. Klasse! Ich wünschte, mein Vermieter wäre mal so schnell mit dem Souterrain gewesen. Rudi, vielleicht solltest du doch noch den Job wechseln. Einen Kunden hätte ich schon für dich.«

»Nee, nee, lass mal. Die Baubranche kannste vergessen. Nix als Mord und Totschlag, was man so hört.«

Wir gingen zurück ins Büro, und Rudi schob die große Tür zu.

Mia machte sich an der Kaffeemaschine zu schaffen und fragte: »Auch einen? Echter Espresso.«

»Ich wollte mich eigentlich verabschieden«, sagte ich betont fröhlich. »Für länger. Also …«

»Verabschieden?«, echote Rudi und nahm sich eine Handvoll Gummibärchen aus einer Urne.

»Wo geht's denn hin, Maggie?«, fragte Mia.

»Ich fliege auf die Bahamas. Mit meinem Ex-Ex. Und dann ziehe ich wieder nach Köln.«

»Wow!«, war alles, was Rudi dazu sagte.

»Wie schön für dich. Oh, so eine weite Reise«, sagte Mia. »Schreibst du uns? Oh bitte. Bahamas, das klingt wie Traumschiff. Meine Güte, ich gratuliere dir.«

»Zum Fernsehen. Mensch, der Hammer! Kannste mir Karten für Harald Schmidt besorgen?«

»Bestimmt.«

»Wann geht's denn los?«, fragte Rudi.

»Übermorgen. Um 13.40 Uhr geht mein Flieger von Düsseldorf nach Miami, und dann ein paar Stunden später nach Nassau.«

»Wahnsinn. Da will ich auch mal hin«, schwärmte er, warf ein Gummibärchen in die Luft und drehte sich einmal um seine eigene Achse. Das Gummibärchen fiel exakt in seinen Mund. Spätestens nächste Woche wird er dabei noch einen Salto schlagen.

»Ja, es ist wirklich toll da.«

»Da warst du schon mal?«

»Ja.« Allerdings unter anderen Vorzeichen, hätte ich hinzufügen müssen. Denn vor zweieinhalb Jahren war ich nach der Trennung vom Knipser dorthin geflogen. Ich hatte gedacht, so ein Urlaub mit Seele-baumeln-lassen unter Palmen könnte mich von meiner Schreibblockade erlösen. Da hatte ich wohl falsch gedacht. Als ich zurückgekommen war, hatte ich meinen Kreditrahmen bei der Bank endgültig gesprengt, und meine Laune war auf dem absoluten Nullpunkt angekommen. Treppenwitz der Geschichte, dass das jetzt der Ort der großen Versöhnung werden sollte.

»Ja, Rudi. Es ist wirklich toll da. Ich schreib euch. Versprochen.«

»Gute Reise«, sagte Mia und schüttelte mir die Hand.

»Ja, gute Reise dann auch«, Rudi klopfte mir auf die Schulter.

»Sagt ihr Matti Bescheid? Das wäre nett. Ich ruf ihn vorher noch an, aber ich hab jetzt jede Menge zu tun. Packen und so.«

»Na klar, machen wir«, sagte Rudi.

»Versprochen. Er wird bestimmt sehr traurig sein, dass er nicht hier war. Aber ich richte es ihm aus. Auf jeden Fall«, fügte Mia hinzu.

Wenn ich vor meiner Schicht noch im Supermarkt vorbei wollte, musste ich mich beeilen. Es gab fünfmal Haarshampoo und einen Reiseföhn dazu. Und ich freute mich auf die erste Fahrt des Abends: Winnie und Nikolaj vom Flughafen abholen. Ich würde endlich mal erfahren, wo der Kerl wohnt. Nach all den Monaten, die wir uns bereits kannten, hatte ich Winnie zwar schon volltrunken vom Bordstein aufgesammelt, aber seine Adresse kannte ich immer noch nicht. Wir hatten uns deswegen sogar mal fast gestritten, aber er hatte sein

Geheimnis bewahrt. Er rettete mir zwar das Leben, aber seine Wohnung war für mich tabu – und für alle anderen auch. Sogar für seinen Lover Nikolaj. Vielleicht, so hoffte ich, war er jetzt nach den Flitterwochen in St. Petersburg und dem anstrengenden Flug durch halb Europa so müde, dass er sofort nach Hause wollte. Ich musste schließlich wissen, wohin ich die Einladungen zu meinen zukünftigen Filmpremieren schicken sollte.

Drei Stunden später tigerte ich aufgeregt in der Ankunftshalle vor den Türen der Gepäckausgabe hin und her. Die Türen öffneten und schlossen sich, aber kein Winnie weit und breit und kein aufgeregt herumtanzender Nikolaj. Übersehen konnte man die beiden ja schlecht: Winnie mit seinen knapp zwei Metern, dessen elegante Erscheinung ich im Blindflug aus einem vollen Fußballstadion herauspicken würde. Und bei Nikolaj musste man nur aufpassen, wo sich eine Menschentraube gesammelt hatte, um das Wunderwerk aus Grazie und Anmut zu bestaunen. Ich ging auf einen der Monitore zu, um zu gucken, ob der Flug vielleicht Verspätung hatte, und stolperte über eine Reisetasche, die mir bekannt vorkam. Etwas haariges wurde mir über den Kopf gestülpt, und zwei schlanke Arme hielten mich von hinten fest umklammert.

»Steht dir hervorragend!«, kreischte Wilma.

Ich schob die Pelzmütze hoch und drehte mich um. Da stand sie, braungebrannt, in einem Ensemble aus den bestsitzenden Jeans und dem schönsten gelben Trenchcoat, den ich je gesehen hatte, und an den Füßen die passenden gelben Lackslipper mit *Courrège*-Beschnallung. Wilma war die einzige Person, die ich kannte, die komplett in Gelb nicht aussah wie die Biene Maja oder ein Fan von Borussia Dortmund. Ich schaute mich um und wartete auf das breite Grinsen von Acki. Also hatte Wilma die Fahrt bestellt. Ich umarmte meine beste Freundin und sagte: »Wo kommst du jetzt her? Und warum jetzt schon?«

»Sagen wir es mal so: Ich war es leid, immer nur auf dem Fahrrad herumzukacheln. Mein Hintern tut weh, und, na ja, im Salon geht das Weihnachtsgeschäft bald los. Gefällt dir die Mütze?«

Ich nahm sie vom Kopf. Zwei Knopfaugen aus Glas guckten mich an. Seit wann tragen Trapper Mützen mit Gesicht?

»Armer kleiner Waschbär.«

»Ich hatte mehr Enthusiasmus erwartet. Die habe ich einem echten Mountie abgeschwatzt, meine Liebe. Der Winter soll kalt werden in Deutschland.«

»Ihr wart mit den Fahrrädern in Kanada?«

»Nein, der Mountie war am Strand.«

»Die Mütze ist … außergewöhnlich. Und warm. Danke.«

Wilma nahm mir den Pelz aus der Hand und setzte mir das Ding wieder auf. »Passt prima zu deinem Parka. Und jetzt lass uns gehen. Ich brauche dringend ein Bad.«

»Warten wir nicht auf Acki?«

»Welchen Acki?«

Und ewig grüßt das Murmeltier: Wilma verkündete soeben das Ende einer wunderbaren Freundschaft.

»*Welcher Acki?* Das ist alles?«

Wilma schnappte sich ihre Reisetasche und ihren Schminkkoffer und schritt in Richtung Ausgang, ohne mir eine Antwort zu geben. Ich dackelte hinterher und betrachtete mein Spiegelbild in der großen Glastür, die sich automatisch vor uns öffnete. Babuschka goes Bahamas.

Ein paar Minuten später verstaute ich Wilmas Reisetasche im Kofferraum und konnte ihrem Gesicht ansehen, dass sie Angst um ihr gelbes Prêt-à-porter-Ensemble hatte.

»Kiez-Kieslowski könnte dir aber mal eine bessere Karre geben, oder?«

»Der war schon stinksauer, dass du mich für diese Fahrt geordert hast. Er fand, ich hätte sie nicht verdient. Außerdem war ich vorher noch an der Tanke und hab die Droschke gesaugt. Keine Gefahr für *Prada* und Co.«

»Wer redet denn von meinem Mantel? Hier geht's um Menschenleben. Hat das Ding auch Bremsen?«

»Wenn du eher Bescheid gesagt hättest, wäre ich vorher in die Werkstatt gefahren.«

Für einen klitzekleinen Moment sah ich Wilma blinzeln, aber das war sofort wieder verschwunden. Kaum, dass sie auf dem Beifahrersitz Platz genommen hatte, klappte sie die Sonnenblende herunter und begutachtete ihr Make-up in dem kleinen Spiegel. »Was treibst du so in der Zwischenzeit?«

»Nix. Ich dachte, du erzählst mir mal, was mit Acki los ist. Heute Morgen erst habe ich eure Postkarte aus Key West bekommen. Was ist passiert?«

»Das Übliche«, sagte Wilma ohne Bedauern und zog ihre Lippen nach.

»Meine Güte, Wilma! Das übliche WAS? Fußnägel schneiden am Frühstückstisch? Falsche Sockenfarbe, falscher Haarschnitt, falsches Unterhosenmodell? Nicht das richtige Restaurant ausgesucht? Was?«

Wilma seufzte und schob die Verschlusskappe vehement auf den Lippenstift zurück. Ein Stückchen Plastik splitterte ab, aber Wilma schien es nicht zu kümmern. Sie warf den Lippenstift achtlos zurück in ihren Schminkkoffer und knallte den Deckel zu.

Es muss was Schlimmeres als das ›Übliche‹ gewesen sein.

»Muss ich dich zwingen?« Um meiner Frage das nötige Ausrufezeichen zu verpassen, ließ ich den Motor aufheulen. Der Wagen schlingerte aus der Parklücke.

»Gib mir eine Zigarette, bevor du uns mit dieser Karre schredderst«, sagte sie.

»Du rauchst? Wilma, was hat der Kerl um Himmels willen verbrochen?«

Sie klappte auf der Suche nach Zigaretten das Handschuhfach auf und fand, was sie suchte, inmitten meiner Reizgassammlung.

Die nächsten Kilometer guckte Wilma stur aus dem Fenster und rollte die Zigarette zwischen ihren Fingern hin und her, ohne sie anzuzünden. Das Regenwasser, so schien es, stand zwei Meter hoch auf der Autobahn, was diverse Lastwagen nicht davon abhielt, uns mit wahnwitziger Geschwindigkeit zu überholen.

»Wilma? Muss ich mir Sorgen machen?«

»Also gut. Heiraten!«

»Was?«

»Er wollte nach Vegas und heiraten!«

»Mit dem Mountainbike?«

»Womit ist doch total egal.«

»Ja und dann?«

»Hab ich meinen Koffer gepackt«, sagte sie, als sei das auf der ganzen weiten Welt die selbstverständliche Reaktion auf ein derart unverschämtes Ansinnen.

»Und was hat Acki gemacht?«

»Er hat keinen Platz mehr in der Maschine gekriegt.«

»Wofür du wahrscheinlich gesorgt hast.«

Wilma drückte auf den Zigarettenanzünder, der sofort wieder heraussprang.

»Der geht nicht, guck mal in meiner Tasche«, sagte ich. »Wo ist der arme Mann denn jetzt?«

»Weiß ich doch nicht. Ich hab seinen Pass in den Hotelsafe gelegt und den Code geändert. Da war er wohl zu spät am Flughafen.«

»Meine Güte, Wilma. Acki ist doch nett. Nur, weil er eine Beziehung möchte, musst du ihn doch nicht gleich abschießen.«

»Nicht *Beziehung!* Heiraten, Maggie, heiraten. Las Vegas! Gibt es etwas, das ich mehr hasse als Las Vegas? Wedding Chapel, weißes Kleid, Jawort, Elvis vom Band, Feier im Casino, Brautstraußwerfen, Flitterwochen! Das volle Programm. Du kannst dir nicht vorstellen … Ach egal. Ich habe von Anfang an gesagt: Acki, alles schön lustig, mein Lieber, aber nix Ernstes, bitte schön. Verstehst du? Ich will nix Festes. Sprich mich nie drauf an. Ich hab die Regeln von vornherein klar formuliert. Warum kann er sie nicht einhalten? Ist das denn so schwer, nichts zu tun, außer sich zu amüsieren?!«

»Weil auch Männer manchmal romantisch sind. Mein Gott, da hätte ein schlichtes Nein doch gereicht.«

Wilma kramte auf der Suche nach einem Feuerzeug in meiner Tasche herum und dozierte weiter: »Männerromantikquark. Ich kann keine feste Beziehung gebrauchen. Geschweige denn eine Ehe. Handschellen, Fußfessel mit Bleikugel ... Kann man als Frau nicht einfach mal seinen Spaß haben, ohne gleich festgenagelt zu werden? Weißt du, was er gesagt hat?«

»Nein, woher soll ich wissen, was für Grausamkeiten Acki noch auf Lager hat?«

»›Wilma‹, hat er gesagt, ›willst du die Mutter meiner Kinder sein?‹ Beim Frühstück! Gleich darauf fand ich einen goldenen Ring in meinem Orangensaft. Ich sage dir, auch ohne schwanger zu sein, überkam mich spontane Morgenübelkeit. Ich sitze mit dem Kerl in Key West, dem lustigsten Fleckchen Erde in ganz Amerika, und alles, was dem einfällt, ist – mich zur Mutter machen zu wollen!«

Das soll vorkommen, wenn man bis über beide Ohren verknallt ist. Auch Männer hegen zuweilen den Wunsch nach Vermehrung, vor allem mit einem so außerordentlich gut aussehenden Modell Mama, wie Wilma eines ist. Dagegen verblasst sogar jedes Mountainbike mit 48 Gängen.

Aber Acki hatte die Rechnung ohne die Wirtin gemacht: Wilma gestaltete ihr Leben wie einen Werbefilm für *3-Wetter-Taft,* warum sollte sie das Genre wechseln und plötzlich Lust auf die *Fruchtzwerge-Familie* haben? Armer Acki, hättest du doch geschwiegen.

Wilma war plötzlich ganz still geworden und zündete sich mit zitternden Fingern die halb zerbröselte Zigarette an.

Ich guckte kurz zu ihr rüber. Sie hatte mein Flugticket in der Tasche gefunden und studierte es interessiert. Ich verfluchte mich für meine Sentimentalität, das Ticket wie einen Talisman überall mit hinschleppen zu müssen.

»Steck das wieder dahin, wo du es hergeholt hast.«

»Was hat das zu bedeuten, Maggie?«

»Steck es wieder weg.«

Wilma klappte das Ticket auf und las es laut vor. Ich riss es ihr aus der Hand, weil ich Angst hatte, dass sie es auf der Stelle zerfetzen und aus dem Fenster werfen würde. Wilma zog heftig an der Zigarette und hustete. »Das ist nicht das, von dem ich glaube, dass es das ist, oder?«

»Was glaubst du denn?« Ich stopfte das Ticket in meine Jackentasche.

»Du fliegst bestimmt nicht alleine auf die Bahamas.« Ihre Stimme überschlug sich beinahe, ganz anders als noch vor wenigen Minuten, als sie Ackis Fauxpas durchaus aufgeregt, aber ohne jedes Schrillen in der Stimme vorgetragen hatte.

»Ich fliege mit dem Knipser«, sagte ich schnell und hoffte, ihr damit den Wind aus den Segeln zu nehmen.

»Maggie, das ist nicht dein Ernst.«

»Mein voller. Wir haben uns wieder versöhnt. Ich ziehe dann auch wieder nach Köln.«

»Meine schlimmsten Alpträume werden wahr. Halt sofort an.«

»Du spinnst.«

»Halt an. Ich will hier aussteigen.«

»Auf der Mintarder Autobahnbrücke? Willst du dich ins Ruhrtal stürzen, weil ich wieder mit meinem Ex zusammen bin?«

»Ich will hier raus. Ich lehne es ab, mit einer komplett Wahnsinnigen in einem Auto zu sitzen.«

Zugegeben, ich hatte mit einer Reaktion gerechnet, aber so?

»Meine Güte, was geht es dich denn an, wenn ich wieder mit dem Knipser zusammen bin?«

»Wie lange soll das denn diesmal gut gehen? Drei Tage? Drei Wochen? Hast du die letzten zwei Jahre vergessen? Die letzten 15 Jahre? Der Kerl hat dich jeden Monat dreimal bis an den Rand des Irrsinns getrieben, und das letzte Mal hatte ich Angst, du überlebst das nicht! Erst hast du drei Wochen gar nichts gegessen und dann alles, was dir vor die Zähne kam! Du hast zeitweise 85 Kilo gewogen. Dann hast du dein Konto überzogen – ohne Sinn und Verstand – bis zum Anschlag. Und seit du in Bochum angekommen bist, bist du nicht mehr du selbst.«

»Ich bin nicht mehr ich selbst?«

»Genau. Du bist irgendwas, als wärst du von Bodysnatchern übernommen worden. Wo ist denn die kreative Maggie? Die lustige Maggie? Die, die … die beste Freundin, meinetwegen. Seit einem Jahr bist du entweder nööööhl, nööööhl, oder aggressiv. Du lässt dich gehen! Genau, so ist das.«

»Sag bloß, du hast gelitten.«

»Habe ich das? Ja, habe ich. Ich kenne die Historie dieser Beziehung in- und auswendig. Wer hat dich denn aufgesammelt, wenn wieder alles den Bach runtergegangen war? Ich doch, die liebe Wilma. Wie viele Nächte habe ich mit dir telefoniert, weil er wieder nicht nach Hause gekommen ist? Wie oft habe ich mir anhören müssen: ›Wilma, es ist aus. Endgültig. Das war das letzte Mal!‹ Und wie oft ich dir die Haare umgefärbt habe, kann ich nicht mehr zählen. Und jetzt soll ich seelenruhig dabei zugucken, wie das ganze Theater wieder von vorne losgeht? Seh ich aus wie 'ne Masochistin?«

»Es geht gar nichts von vorne los. Es fängt neu an.«

»Ich weiß nicht, was er mit dir gemacht hat, aber du redest, als hätte der Kerl dich hypnotisiert. Hast du etwa alles vergessen? Warte mal, ich glaube, ich komme auf 25 Namen, die in den letzten Jahren zwischen ihm und dir gestanden haben. Doris, Susanne …«

»Hier ist Kettwig, ich könnte dich hier rauslassen.«

»… Georgia, Sandra, Gracia, Caroline, Lucky, Amber, Viktoria, nochmal Gracia …«

Wilma streckte mir bei jedem Namen einen weiteren Finger entgegen.

»Hör schon auf damit. Du tust ja gerade so, als wäre er …«

»Der Kerl wird doch nicht erwachsen. Kapier das doch endlich mal«, fiel sie mir ins Wort.

Essen-Haarzopf, zu spät, um die Ausfahrt noch zu nehmen.

Wilma drückte die Zigarette im Aschenbecher aus und zündete sich gleich die nächste an.

»Kann ich auch eine haben?«, quengelte ich.

»Du rauchst sowieso zu viel.«

»Oh, danke.« Weil ich im Handschuhfach nach einer Zigarette suchte und Wilma mir kein bisschen dabei half, sah ich den Stau, der sich vor mir bildete, beinahe zu spät. In letzter Sekunde rauschte ich haarscharf am Heck des letzten Wagens vorbei und nahm die Ausfahrt Essen-Bergerhausen. Die Radlager machten sich mit einem dumpfen Rumpeln bemerkbar, und der Wagen geriet ins Schlingern. Hinter uns wurde heftig gehupt.

»Hör auf, so zu fahren!«

»Hättest mir ja eine Zigarette anzünden können. Und hör mal endlich auf, rumzuzetern. Der Knipser und ich, wir sind erwachsen. Hat vielleicht lange gedauert. Er ist zu mir gekommen und hat sich entschuldigt. Er hat mich gebeten, mitzukommen. Er will mich wiederhaben, weil er jetzt endlich kapiert hat, dass es das Richtige ist, dass ich die Richtige für ihn bin. Gib der Sache doch mal eine Chance.«

»Jetzt erzähl mir bloß noch, du bist glücklich. Liebe, Vertrauen und eine rosige Zukunft sind zu dir zurückgekehrt.«

»Ja. Ich wollte mein Leben zurück, und da ist es.«

»Und du glaubst dem Mann, dessen Gehirn in zwei kleinen Beuteln zwischen seinen Beinen hängt? Hey, was war im Sommer bei dem Shooting in Rom? Da hat er versucht, mich anzugraben! Mich, deine beste Freundin. Der macht vor gar nichts halt, außer du schneidest ihm die Eier ab.«

»Das ist jetzt vorbei. Er wird das nicht wieder machen.«

»Wie naiv kann man sein? Hörst du eigentlich nicht, was ich dir sage? Komm mir bloß nicht an, wenn wieder alles schiefgelaufen ist. Ich wette, es dauert keine drei Tage, und du bist wieder am Boden zerstört. Ruf mich dann bloß nicht an. Fürs Scherbenaufsammeln stehe ich nicht mehr zur Verfügung. Ich hab das Spielchen bis oben hin satt. Der Kerl sagt: ›Spring‹, und du fragst nur noch: ›Wie hoch?‹«

Na toll, waren wir beide also genauso weit wie Herrmanns und Borowski.

Ich sah auf dem Parkstreifen an der Ruhrallee eine Lücke und hielt an.

»Bitte schön, du wolltest aussteigen. Viel Vergnügen. Du als Miss Bindungsunfähig hast gut reden. Lässt einen netten, harmlosen Kerl, der dir 'ne falsche Frage gestellt hat, mitten in Amerika einfach stehen. Wohlgemerkt eine Frage, auf die andere Frauen ihr Leben lang warten! Ruf mich bloß nicht an, wenn es dir in zwei Tagen leidtut.«

»Ich sage jedem klar und deutlich, was ich will und was ich nicht will! Aber der Knipser lügt, wenn er nur den Mund aufmacht. Der sagt zu jeder und zu jedem, was er hören will. Und weißt du, was an dem Blödmann am allerschlimmsten ist? Der glaubt zu jeder Sekunde des Tages den Müll, den er von sich gibt. Und du, meine Liebe, solltest schlauer sein.«

Wilma stieg aus dem Auto und knallte die Tür zu. Dann riss sie ihre Reisetasche aus dem Kofferraum und ging weg, ohne sich noch einmal umzudrehen.

»Du mich auch, Wilma.«

Ich fädelte mich wieder in den Verkehr ein. Na super, Wilma, wie soll ich die unbezahlten Kilometer jetzt Kieslowski erklären? So ein Mist! Ich guckte in den Rückspiegel, aber Wilma war schon verschwunden. Keine Spur mehr von ihrem knallgelben Mantel. Die wird sich den Tod holen, dachte ich. Mit nackten Füßen in Lackballerinas kommt man hier Ende November wenigstens bis Ausfahrt ›Blasenentzündung‹, wenn nicht gar bis ›Bronchitis‹ und dann noch zwei Kilometer und Sie sind in ›Lungenentzündung‹ und haben Ihr Fahrtziel erreicht. Aber das konnte mir ja jetzt egal sein. Frau Wilma Korff wird mich nicht anrufen, und ich sie auch nicht. Das Handy piepste, und ich ging sofort ran, in der Hoffnung, dass es doch Wilma war, die lieber trockenen Fußes nach Hause wollte. Aber es war Oma Berti, die, ohne einen Umweg zu machen, losplapperte: »Ich hoffe, du bis noch nich' am Flughafen. Winnie und Nikolaj kommen heute nich'. Die sind eingeschneit. Et geht kein Flug.«

»Nicht so schlimm, Berti. Danke für die Nachricht. Hat er gesagt, wann er morgen kommt?«

»Nein, die wissen nix. Sind erss ma' zurück zu Nikis Eltern. Tschüss dann. Der Winnie wird sich melden. Ich soll dich grüßen.«

»Okay, bis dahin.«

Väterchen Frost, ich könnte dich erschießen! Nach allem, was ich über den russischen Winter wusste, würde Winnie es bestimmt nicht schaffen, rechtzeitig vor meinem Abflug hier zu sein.

Plötzlich schoss mir ein Gedanke durch den Kopf: Wilma hatte gar kein Taxi bestellt! Sie war mir am Flughafen versehentlich in die Arme gelaufen. Sie hatte sich heimlich nach Bochum zurückschleichen wollen. Wenn ich nicht über ihre Tasche gestolpert wäre …

Ich schlug mit der flachen Hand aufs Lenkrad ein. Verflucht und zugenäht, ich hatte sie ertappt, und jetzt war es zu spät, daraus Kapital zu schlagen. Kein Wunder, dass sie so ausgeflippt war. Ich hatte ihr gründlich die Tour vermasselt – sie hatte keine Zeit gehabt, sich eine Geschichte zurechtzulegen und das dazu passende, coole Gesicht zu machen. Erwischt! Ich stopfte die Trappermütze ins Handschuhfach. Schmor da drin, bis aus dir ein Waschbärbraten geworden ist!

Bis zur Alleestraße in Bochum war mein Triumphgefühl längst verflogen. Unter anderen Umständen hätten wir nicht so viel Geschirr zerschlagen – aber warum konnte sie auch nicht ehrlich sein?

Was jetzt zählte, war die gute Ausrede, die ich Kieslowski auftischen konnte. Gegen Väterchen Frost und stornierte Flüge war eben kein Kraut gewachsen.

11

Am Freitagmorgen fegte ein eiskalter Wind über Gleis 3 hinweg. Ich saß natürlich nicht im geheizten Wartehäuschen, sondern auf der kalten Bank, draußen in der Raucherzone, qualmte vor Aufregung eine nach der anderen und fügte dem Wind meine eigenen Wölkchen hinzu. Meine Nase fühlte sich von der Kälte schon ganz taub an, aber irgendwie musste ich mich für den langen Flug nach Miami ja vorbereiten – also auf Vorrat rauchen. Was hätte ich drum gegeben, wenn ich jetzt Wilmas Trappermütze dabeigehabt hätte. Aber die hatte ich im Taxi gelassen, genauso wie die acht Dosen Pfefferspray.

Beinahe unvorstellbar, dass ich in ein paar Stunden schon am anderen Ende der Welt an einem strahlend weißen Strand liegen sollte. Neben mir der Mann meines Herzens. Man würde uns Drinks an den Pool servieren, und alle halbe Stunde käme ein Boy und würde den Sonnenschirm dem Sonnenstand gemäß um unsere Liegestühle herumschieben, und ein anderer würde unsere Sonnenbrillen in einem kleinen, geflochtenen Körbchen mit goldenem Hotelemblem einsammeln, sie putzen lassen und wieder zurückbringen und uns fragen, ob wir noch irgendwelche Wünsche hätten. ›Ach ja, den Schirm bitte noch ein bisschen weiter links. Danke sehr. Bitte sehr.‹ In ein paar Wochen würde mich nichts mehr an die entwürdigenden Monate in meiner alten Heimat erinnern. Was, der Knipser und ich getrennt? Na, bestenfalls eine kleine Auszeit. So eine Art Beziehungs-Sabbatical – kommt in den besten Familien vor. Und schließlich hatte das Ganze ja auch ein Happy End: Maggie Abendroth ist wieder in ihrer natürlichen Umgebung – am richtigen Ende der Nahrungskette.

Nachdem Wilma mir für mein neues Leben bereits den Teufel an die Wand gemalt hatte, hatte auch Raoul seinem Unmut noch mal richtig Luft gemacht. Können meine lieben Freunde nicht einfach sagen: Gute Reise, Maggie, und amüsier dich?

Ich hatte alle Punkte auf meiner kleinen To-do-Liste abgehakt – Wohnungsschlüssel fürs Souterrain abgegeben, Dessous, Badeschlappen und einen Seidenpyjama gekauft –, da war es im Café Madrid zwischen Raoul und mir bei einem Tellerchen Wildreis unter dem Motto ›Relativer Waffenstillstand‹ fast doch noch zu einem Duell gekommen. Widerwillig hatte er versprochen, auf El Doctor aufzupassen, bis ich in fünf Tagen wieder da sei, und während ich erleichtert seinen Reis lobte, packte er ungefragt meine Einkaufstüten aus.

Beim Anblick des winzig kleinen Preisschildchens, das an meinem neuen Dessousensemble hing, tanzten schon wieder seine Augenbrauen.

»Hoffentlich er isste das wert«, sagte er und holte die neuen Strandschuhe aus ihrem Karton. Ein Hauch von Nichts auf Ledersohle von *Prada,* und ein absolutes Sonderangebot.

»Jeden Cent, mein Lieber. Leider ist mir die Kohle ausgegangen, sonst hätte ich noch ein Ganzkörperpeeling machen lassen. Machen deine Mädels sich nicht schön für dich?«

»Pah!«

»Was *pah?!* Was trägt die spanische Mutter denn so drunter?«

Raoul befingerte kopfschüttelnd den Seidenpyjama, legte ihn zusammen und schraubte den neuen Lippenstift auf.

»Du renntest einfach weg von hier. Er macht Schnipp mit das Finger, und du folgst.«

Ja, ja, den Spruch hab ich jetzt schon in verschiedenen Variationen gehört. Es reicht.

»Ha! Lass du deine fettigen Finger davon! Und was ist gegen Liebe einzuwenden? Und überhaupt, hier hat keiner geschnippt!«

»Hier du haste Freunde. El Doctor. Winnie, sein Oma, die komische finnische Mann, die nie spricht, deine Freundin Wilma … Alles lasst du zurück. Auf einmal. Du weißt nicht, wer sind Freunde. Alle haben sich gekümmert nach deine Desaster. Und jetzt? Señora fliegt in Karibik. Ha! Du wirst einsam sterben.«

»Ich glaube, du verwechselst da was. Das hier ist das Leben und kein Schundroman, Maître. Ich habe mich mit meinem Freund wieder versöhnt. Das ist nicht nur romantisch, das ist auch höchst erwachsen. Wir arbeiten eben an unserer Beziehung. Manchmal knallt's dann auch mal. Und dann verzeiht man sich wieder. Wenn man sich liebt, natürlich. Und meine Freunde bleiben immer noch meine Freunde.«

»Wer glaubt, wird selig.«

»Ich bin schon selig.«

»Und was ich soll Kai-Uwe sagen, wenn du plötzlich bist weg?«

»Gar nichts. Kai-Uwe wird froh sein. Seine Großherzigkeit tut ihm sowieso schon leid. Tut es nämlich immer. Egal, um was es geht. Kai-Uwe hat einen Igel in der Tasche. Der hat mich hier nur wohnen lassen, damit ich auf dich aufpasse. Und dir hat er wahrscheinlich erzählt, dass du auf mich aufpassen sollst, damit ich keinen Unfug in seiner Wohnung treibe. Vermutlich verbringt er seine Reise zum größten Teil in dem Wahn, ich könnte seine Plattensammlung bei Ebay versteigern.«

»Woher du weißt, was Kai-Uwc mir gesagt?«

»Ich weiß es einfach. Ich war jahrelang mit dem auf der Schule. So, und jetzt mal zu dir«, wechselte ich das Thema. »Wie und warum hast du denn deine Heimat verlassen? Auf die sanfte Tour etwa? Kein weinendes Mütterlein zurückgelassen? Unser Ethikpapst Raoul ist aus wohl überlegten Gründen mit drei Jahren Vorbereitungszeit zu dem Entschluss gekommen, dass Bochum seine Zukunft ist? Weil hier, ausgerechnet Nordring, Ecke Uhlandstraße, der Nabel der Küchenwelt ist und die Pilgerstätte eines jeden Gourmets?«

Raouls Augenbrauen waren wieder gefährlich in Richtung Stirnmitte gewandert, aber ich war nicht beeindruckt.

»Weißt du, Raoul, du bist hier gestrandet. Genauso wie ich. Das ist es. Nach Bochum geht man nicht, wenn man die Wahl hat, verstehst du? Da geht man nach New York oder so.«

Es dauerte einige Minuten, bis Raoul endlich widerwillig sagte: »Was du vestehst von Notfalle.«

»Ah, ha, ha ... jede Menge. Wessen Frau hast du geschwängert? Hoffentlich niemanden von Adel.«

Raouls Augenbrauen führten ein Tänzchen auf.

»Erzähl mir nicht, du bist von einem spanischen Grande mit gezücktem Degen aus dem Land gejagt worden.«

»Degen ist altmodisch«, sagte er, »auch Adel schießt heute. *Quan estava sobre el precipici, duia els collons per corbata.*« Er zuckte mit den Schultern, und das war die traurige Geschichte des großen spanischen Frauenhelden Señor Raoul Masdéu-Canals Sáez de Astorga gewesen.

»Gibt's Dessert?«, hatte ich ihn noch gefragt, und er war mit hängenden Schultern in der Küche verschwunden.

Dr. Thoma war nicht so kompromissbereit wie Raoul. Selbst als ich meine Reisetasche genommen hatte, war er nicht aufgetaucht. Ich hatte es mit ›Dr. Thoma, ich fahre jetzt‹ versucht. Sogar mit: ›Ich geb hier nicht die Holly Golightly für dich und renne im Regen hinter dir her! Frühstück bei Tiffany war mit Audrey Hepburn in der Hauptrolle und nicht mit dir.‹ Kein Effekt. Dr. Thoma glänzte durch Abwesenheit.

Genauso wie alle anderen auch, von denen ich dachte, sie würden meine Freunde bleiben.

Niemand war auf den Bahnsteig gekommen, um mir zum Abschied zu winken. Berti nicht, die ja längst ihren Kiosk aufgemacht hatte; Borowski nicht, der bei Van der Baack den Garten harkte; und erst recht keine Spur von Wilma. Matti, Rudi und Mia würden die letzten drei Tage vor der großen Eröffnung auch mit sinnvolleren Dingen zu verbringen wissen, als mich zum Bahnhof zu begleiten.

Dann eben keine Winkehändchen, Tränen und Taschentücher.

Ich rieb meine eiskalten Hände und steckte mir bibbernd die nächste Zigarette an. Dann holte ich das Flugticket aus meiner Tasche und schaute, ich weiß nicht zum wievielten Male, drauf. Kein Zweifel. Nassau, Bahamas. Umsteigen in Miami.

Ich tastete in meiner Tasche nach meinem Reisepass und war beruhigt. Er war da, und er war nicht abgelaufen, was ich seit vorgestern auch schon mehrfach kontrolliert hatte. Nicht, dass sich das

Ablaufdatum wie von Geisterhand plötzlich auf gestern verschoben hätte.

Der Lautsprecher auf dem Bahnsteig kündigte den in Kürze eintreffenden Stadtexpress nach Aachen über Düsseldorf Flughafen an. Ich trat die Zigarette auf dem Boden aus und nahm meine Reisetasche. Wenn ich es geschickt anstellte, ginge die in ihrem schmalbrüstigen Zustand sogar als Handgepäck durch. Nach dem Zwischenstopp in Miami würde das allerdings ganz anders aussehen. Der Knipser glaubte wohl, dass ich während vier Stunden Aufenthalt mit seiner Kreditkarte nicht so viel Schaden anrichten könnte. Eigentlich sollte er mich besser kennen.

Als der Zug einfuhr, hätte ich am liebsten laut gejubelt und auf einem Bein getanzt. Endlich ging es los. Raus aus dem Desaster, rein in mein neues altes Leben. Mein Herz bubberte und machte einen Stolperer. Mir wurde für einen kurzen Moment übel. Es ist Realität. Ich fahre, ich fahre, ich fahre. Keine billigen Sandsäcke mehr in meinem Leben – für diese Flut von Realität war ich bereit, die Türen sperrangelweit aufzureißen.

Ja, Maggie, du fährst, sagte meine innere Stimme gelangweilt. Gute Reise.

Kommst du etwa nicht mit?, fragte ich sie. Aber meine innere Stimme zuckte nur mit den Schultern, drehte sich um und sagte: Ich fahre nicht mit der Bahn. Bevor ich mir Gedanken darüber machen konnte, was sie damit meinte, hielt der Zug mit kreischenden Bremsen im Bahnhof. Die Türen öffneten sich, und eine Hand legte sich sanft auf meine Schulter. Ich drehte mich erschrocken um.

Da stand Matti in feinstem, grauem Zwirn, wie immer bei solch arktischen Temperaturen ohne Mantel, und lächelte mich an.

Ich hatte ihn natürlich nicht angerufen. Ehrlich, ich hatte es nicht übers Herz gebracht. Und jetzt stand er hier und guckte mich mit seinen blauen Augen an und sagte wie immer: nichts.

»Herr Matti. Wie schön …«, stammelte ich.

Er nahm mir die Reisetasche aus der Hand und ging in Richtung Treppe.

»He, Herr Matti, halt! Stopp! Wo wollen Sie denn hin? Ich muss in diesen Zug.«

Er drehte sich um. »Ich fahre Sie selbstverständlich, Frau Margret. Und dann verabschieden wir uns ordentlich.«

Na klar, man muss ordentlich von der Welt gehen, hatte Matti mir mal gesagt. Vermutlich erstreckte sich das ›Ordentlich‹ nicht nur auf den Übergang in die Ewigkeit, sondern auch auf simple Ortswechsel.

»Sie fahren mich nach Düsseldorf? Das müssen Sie nicht. Ich hab doch eine …«

»… Türen schließen selbsttätig, Vorsicht bei der Abfahrt …«, quäkte es aus den Lautsprechern. Die Türen schlossen sich, und der Zug rollte los. Matti war schon halb die Treppe hinuntergegangen. Mir blieb nichts anderes übrig, als ihm hinterherzulaufen.

»Matti, was ist, wenn wir in einen Stau kommen? Dann kriege ich meinen Flieger nicht!«

»Da ist kein Stau.«

»Was Sie nicht sagen. Sind Sie Hellseher?«

»Ich fahre Sie.«

Ja, danke für die Feststellung. Es ist immer Stau auf der A40. Immer!

Matti hatte schon die Heckklappe des Leichenwagens geöffnet und meine Tasche hineingestellt.

Rudi und Mia saßen auf den Notsitzen und winkten frenetisch, als sie mich sahen. Ich stieg ein, und Rudi überreichte mir ein Carepaket, eine Tüte voller Süßigkeiten, bevor ich überhaupt Hallo gesagt hatte.

»Weißt du eigentlich, Rudi, dass ich das bis Miami aufgegessen haben muss? Die Amis dulden keine Lebensmitteleinfuhr. Die verhaften dich schon für ein mitgebrachtes Kaugummi.«

»Du sollst es ja auch essen. Kannst ja von abgeben, wenn es zu viel ist.«

Matti setzte sich hinters Steuer und ließ den Wagen an. Mia reichte mir einen wunderschönen Schminkkoffer aus Aluminium. Genau dasselbe Modell, das Wilma hatte. »Tadaa! Alles drin, was man braucht, Maggie. Damit die da nicht doof gucken, wenn du ankommst. Von Matti und von mir.«

Ich konnte nur noch ein Dankeschön stammeln, als ich den Koffer öffnete. Es war alles drin, was Margret Abendroth so brauchte und was sie sich gestern nicht mehr hatte leisten können. »Wie … also, was …«, murmelte ich.

»Lass mal gut sein, Maggie«, sagte Mia. »Ist doch das Richtige, oder?«

»Total. Sonnenschutzfaktor 35. Au Mann, vielen Dank.«

»Keine Ursache«, sagte Matti und fuhr los.

Ich verstaute die Süßigkeiten im Schminkkoffer. Eigentlich hatte ich mir vorgenommen, bis Miami noch 6 Kilo abzunehmen.

Rudi quatschte die ganze Zeit über alles, was er im Internet über die Karibik gelesen hatte und wovon er glaubte, dass ich es mir unbedingt anschauen müsste. Ich ließ ihn quatschen. Mein Besichtigungsprogramm würde anders aussehen. Es würde jeden Morgen damit beginnen, die schöne Aussicht in den braunen Augen meines Liebsten zu bewundern. Und wenn ich damit fertig war, könnte ich immer noch einen Blick aufs Meer werfen.

Matti fuhr nicht über die Autobahn, sondern die Strecke durch Wattenscheid und Essen. Mia zeigte Rudi, wo sie gewohnt hatte. Etwas abseits der Straße konnte man tatsächlich hinter einem Wäldchen ein Stück Dach ihres ehemaligen Hauses sehen. Sie seufzte hörbar auf, als sie von ihrer Prachtsau Sophie erzählte, die jetzt beim Nachbarn im Stall stand. Matti versprach ihr, auf dem Rückweg einen kleinen Zwischenstopp einzulegen, damit sie Sophie Guten Tag sagen konnte. Rudi war begeistert. Ein Schwein als Haustier, das hatte er nicht für möglich gehalten. Ich konnte ihm ansehen, dass er schon dabei war, zu überlegen, ob er ein weiteres Zimmer im ersten Stock umbauen sollte. Ob mir anzusehen war, dass ich geistig schon beim Kauf eines neuen Liebeslagers für den Knipser und mich angekommen war? Das Bett, das er mit Gracia und wie sie noch alle geheißen hatten, zwischenzeitlich geteilt hatte, war ein Fall für den Sperrmüll. Ich werde mir am Flughafen auf jeden Fall eine *Elle Decoration* kaufen und mich auf die bevorstehende Diskussion vorbereiten. Bei diesem Neustart unserer Beziehung, dem hoffentlich letzten für alle Zeiten, wird es mit einem simplen Matratzenaustausch nicht getan sein.

»Ist das groß hier«, sagte Rudi, und ich erwachte aus meinen Einrichtungsträumen. Eben war ich noch im Entscheidungsnotstand – Teak oder Metall, einssechzig oder zwei Meter breit, Futon oder Wasserbett, und im nächsten Moment parkte Matti den Wagen direkt vorm Abflugterminal. Mit einem Leichenwagen zu parken ist ein Kinderspiel, man wird nämlich nirgendwo blöde angequatscht, egal, wo man das Ding hinstellt.

»Ich begleite Sie zur Tür, Frau Margret«, sagte Matti.

»Na dann, tschüss, ihr beiden«, sagte ich. »Man sieht sich.«

»Nicht vergessen zu schreiben, Maggie.«

»Und alles aufessen«, rief Rudi. »Nicht, dass du da verhaftet wirst. *Miami Vice* ist echt 'ne Scheißserie.«

Ich stieg aus, Matti nahm meine Reisetasche, und ich hielt stolz meinen kleinen Alukoffer in der Hand. Vor den Türen der Abflughalle blieb Matti stehen. »Sie gehen jetzt besser alleine weiter«, sagte er und nahm meine Hand.

»Herr Matti … Vielen Dank für die Fahrt«, stotterte ich und guckte in Richtung Leichenwagen, weil Mia und Rudi winkten und Faxen machten. Mein Blick fiel auf die Beifahrertür, auf der noch immer kein Firmenname stand. ›Bestattungen …‹, Rudi hatte schon seine Designidee verwirklicht und um das Firmenlogo einen zarten rosa-orangefarbenen Rahmen gesprüht.

Was soll's, Maggie – du bist ja weg. Und wenn es ihm eine Freude macht?

Ich holte tief Luft und sagte: »Vielen Dank für alles. Wir sehen uns bestimmt bald. Sie kommen mich in Köln besuchen. Versprechen Sie das.«

»Ich verspreche es«, sagte er steif und deutete mit einem Kopfnicken einen Diener an. »Gute Reise.«

»Matti, noch etwas, ich habe es mir überlegt. Nehmen Sie meinen Namen, wenn Sie ihn für den richtigen halten. Nennen Sie Ihr Unternehmen *Bestattungen Abendroth,* okay?«

Er trat einen Schritt zurück und wurde knallrot im Gesicht.

»Ja. Gern … Frau Margret.«

»Na gut. Jetzt muss ich los. Alles Gute für Ihr Geschäft, und passen Sie gut auf die beiden auf.«

Matti ließ endlich meine Hand los und hängte mir meine Reisetasche über die Schulter. »Gute Reise, Frau Margret. Vielen Dank. Es ist … schade, dass Sie weggehen. Bleiben Sie gesund.« Er griff in seine Jackentasche und gab mir eine Postkarte. Eine Ansichtskarte aus Kemijärvi – eine Aurora borealis.

Ich steckte die Karte schnell in meine Tasche. »Wenn's zu warm wird, werde ich sie anschauen und mir mit dem Anblick des finnischen Winters ein bisschen Kühlung zufächeln. Hm …?«

»Nein, wenn es dunkel ist«, sagte er. »Sie leuchtet.«

»Toll. Danke.«

Ich drehte mich um und ging durch die Tür. Bei jedem Schritt spürte ich Mattis Blick auf meinem Rücken. Es war, als würde er mir mit einem Laser ein Loch in die Jacke brennen. Ich war froh um jeden Meter, den ich zwischen ihn und mich legte. Die automatische Tür zum Terminal schloss sich hinter mir mit einem leisen Fffft. Der Laser wurde schwächer. Ich drehte mich noch mal um und winkte, aber der Leichenwagen war schon vom Parkplatz verschwunden.

12

»TOTALE: KAMERASCHWENK DURCH DIE ABFLUGHALLE.

ZOOM: MAGGIE ABENDROTH. EIN ZITTERN GEHT DURCH IHREN KÖRPER. DAS ZITTERN WIRD HEFTIGER. AUS DEM KAFFEEBECHER, DEN SIE IN IHRER LINKEN HAND HÄLT, SCHWAPPT KAFFEE.

IHR KOPF WECHSELT DIE FARBE VON WEISS ZU ROT.

FADE IN: DAS GERÄUSCH EINER BRENNENDEN LUNTE.

FADE IN: DAS SCHREIEN PANISCH FLÜCHTENDER MENSCHEN. CHAOS IN DER WARTEHALLE. DIE MENSCHEN RENNEN UND STOLPERN. FALLEN ÜBEREINANDER.

FADE IN: IMMER HÖHER WERDENDER PFEIFTON.

KAMERA FOLGT DEN FLÜCHTENDEN AUS DER HALLE. REISSSCHWENK AUF DIE GLASFRONTEN DER AUSSENWÄNDE.

DAS GERÄUSCH EINER GEWALTIGEN DETONATION.

BLUT KLATSCHT AN DIE SCHEIBEN. DER BLUTIGE KOPF VON MAGGIE ABENDROTH FLIEGT AN DER KAMERA VORBEI.

KAMERA FOLGT DER FLUGBAHN DES KOPFES. AM HÖCHSTEN PUNKT SEINER FLUGBAHN EXPLODIERT ER. BLUT UND HIRNMASSE REGNEN AUF DIE SCHREIENDEN MENSCHEN NIEDER. DER KOPFLOSE KÖRPER VON MAGGIE ABENDROTH TAUMELT, EINEN ÜBERSCHWAPPENDEN KAFFEEBECHER IN DER LINKEN HAND, AUF DIE TÜREN ZU …«

»Frau Margret. Hören Sie mich? Bitte. Frau Margret.«

»Matti, wir sollten lieber einen Arzt rufen. Das geht jetzt schon seit Stunden so. Das ist doch nicht normal, wenn du mich fragst.«

Verflucht noch mal, wer quatscht denn hier an meinem Filmset rum? Warum sind denn plötzlich die Scheinwerfer aus? Mein Gott, bin ich müde.

»Hm. Rudi, für Frau Margret ist das eigentlich normal. Sie spricht in … in … na ja – Filmsprache.«

»Ich kapier's aber nicht. Was filmt sie denn gerade? Klingt wie das Kettensägenmassaker Teil 24.«

Wie oft soll ich es noch sagen, der Film heißt ›Dreams End Revisited‹. Und nicht ›Teil 24‹.

»Vielleicht müssen wir nur warten.«

»Bis der Film fertig ist? Auf den Schluss? Matti, du hast Nerven.«

»Ich könnte doch mal versuchen … Also, vielleicht …«

»Genau … Sag du doch mal was in Filmsprache, Matti. Irgendwas. Vielleicht hakt ja ihre Dings … Festplatte oder so … Na, so, wie eine Schallplatte hängt …«

»Ich kann doch nicht einfach … Rudi, das ist doch ihr Film.«

Natürlich ist es mein Film!

»Versuch mal … Bevor wir sie in die Klapse bringen müssen.«

»Hmm … Kameraschwenk … äh … in die Abflughalle. Frau Margret sieht sich um.«

»Hey, das war gut, Matti.«

»Psst, Rudi.«

»EINE GRUPPE FRÖHLICH LACHENDER MENSCHEN, DIE UM EINEN TISCH IN EINEM CAFÉ SITZEN. SIE ESSEN POMMES FRITES.«

»Hey, Matti, das funktioniert …«

»Rudi, leise. Schwenk … Schwenk auf die einzelnen Gesichter.«

»Und Action!«

»Rudi …!«

»DER KNIPSER, SEIN ASSISTENT UND DREI MODELS – EINS DAVON IST …«

Das steht hier nicht in meinem Script, Freunde. Wer schreibt hier in meinem Drehbuch rum?!

»Wir verlieren sie … was … Frau Margret, bitte, erzählen Sie weiter …«

»Weggekippt. Schade.«

»Wir brauchen eine Regieanweisung, Rudi.«

»Close up!«

»Sehr gut.«

»Hab ich mal in ’nem Film gesehen. Also: Close up … Äh … Gesicht Model.«

»GRACIA.«

»Wer ist denn Gracia?«

»Oh weh … Rudi …«

Das hatten wir schon abgedreht … warum … muss … ich das noch mal sehen?

»GRACIA NIMMT SICH POMMES FRITES VOM TELLER DES KNIPSERS UND STOPFT SIE SICH LACHEND IN DEN MUND. DER KNIPSER LACHT SIE AN, ZIEHT SIE LIEBEVOLL AN SICH UND KÜSST IHR BLONDES HAAR. DANN FÜTTERT ER SIE MIT NOCH MEHR POMMES FRITES …«

»Erstickt sie gerade? Matti, jetzt mach doch mal was. Mund-zu-Mund-Beatmung oder so.«

»Was sagen die denn noch beim Film? Ich weiß nicht. Umschnitt? Gibt es das Wort?«

Umschnitt? Ich schneid' das raus! Das kommt mir nicht in den Film. Director's Cut. Da kann sich der Produzent auf den Kopf stellen …

»Diese Schlampe hat mir gerade noch gefehlt. Niemand darf vom Teller des Knipsers essen außer Maggie Abendroth! Warum kann er die Finger nicht von ihr lassen?«

»War das jetzt ein Untertitel?«

»Auf jeden Fall war es deutlich.«

»KAMERA ZOOMT AUF MAGGIE ABENDROTH. EIN ZITTERN GEHT DURCH IHREN KÖRPER. DAS VIBRIEREN WIRD HEFTIGER. IHR KOPF EXPLODIERT IN EINER BLUTFONTÄNE …«

»Cut, Frau Margret, Cut!«

»Hey, Cut ist gut, das schreien sie auch immer in den Serien.«

Der Take ist gestorben. Klappe und Umbau für Szene 86.

»Oh weh, arme Frau Margret …«

»Da ist ja wohl voll was danebengelaufen … Jetzt is' sie wieder komplett weggetreten. Lass uns endlich einen Arzt anrufen.«

»… ohne Arzt kein Totenschein und ohne Totenschein kein Abtransport.«

»Was sagt sie? Das klang mal nicht nach Film.«

»Ich will nicht verbrannt werden.«

»Frau Margret, niemand wird verbrannt. Niemand. Sie sind in Sicherheit, bei mir und Rudi. Wachen Sie endlich auf …«

Ich könnte gar nicht wacher sein.

»KLAPPE 86 DIE ERSTE …

DAS GERÄUSCH EINER GEWALTIGEN DETONATION.

BLUT KLATSCHT AN DIE SCHEIBEN. DER ZERFETZTE KOPF VON MAGGIE ABENDROTH FLIEGT AN DER KAMERA VORBEI …«

Plötzlich gab es ein klatschendes Geräusch, das nicht in meinen Film gehörte. Meine Wange brannte wie Feuer. Der Schmerz war so heftig, dass er einen Toten aufgeweckt hätte. Ein zweiter Schlag traf meine andere Wange.

»Was?!«, schrie ich und riss die Augen auf. Rudis Augen starrten direkt in meine, und seine krumme Nase berührte meine beinahe.

»Cut!«, wurde ich angebrüllt. »Na geht doch. Hallo, wieder da? 'tschuldigung für die Backpfeife.«

Rudis Nase wanderte links aus dem Bild, und Mattis aschfahles Gesicht schob sich vor meine Augen. Er stammelte irgendetwas, das ich nicht verstand. Beschützend legte er einen Arm um meine Schultern. Hinter ihm tauchte wieder Rudis krumme Nase auf.

»Reg dich ab, Matti. Hat doch geholfen. Sie ist wieder da. Ich geh mal Kaffee machen.«

Warum bin ich wieder da? War ich denn weg?

»Das wollte er nicht, Frau Margret. Das war … das ist …«

Ich rieb meine brennende Wange und spürte, wie mir Tränen über das Gesicht liefen. Doch nicht etwa meine Tränen?

»Okay, okay«, krächzte ich. »Okay. FADE TO BLACK. TITLE. CREDITS. THE END.«

Als ich die Augen aufschlug, war es hell. Ich sah mich um – 1a Einrichtung – meine Güte, so ein Jetlag konnte einen ganz schön umhauen … Ich schlug die Decke zurück und setzte mich mühsam auf. Mir tat jeder Knochen im Leib weh – hatte ich mich gestern nach dem Abendessen etwa doch noch auf ein Tennismatch eingelassen? Falls ja, hiermit notieren, dass das nie wieder passieren wird. Nicht nach vierzehn Stunden Flug.

Auf dem Nachttisch standen eine silberne Isolierkanne und eine blütenweiße Porzellantasse. Ich schraubte die Kanne auf und roch daran – frischer Espresso. Wie schön, dass der Knipser mir einen hatte aufs Zimmer bringen lassen, dachte ich und schenkte mir ein. Der ist bestimmt schon mit seinem Assistenten zur Location gefahren und wollte mich nicht wecken. Ich fand meine Zigaretten auf dem

Nachttisch und steckte mir eine an. Nach drei Schlucken Espresso und der ersten Zigarette fühlte ich mir bereit, dem neuen Tag und dem weiten, blauen Ozean ins Auge zu blicken. Vor dem Bett, ordentlich bereitgestellt, fand ich meine *Prada*-Latschen. Ich schlüpfte hinein, schlurfte zum Fenster und drehte die schwere Holz-Jalousie auf.

Es regnete in Strömen.

›Bestattungen Abendroth‹ prangte in riesigen, mattgrauen Lettern an der Fassade des gegenüberliegenden Gebäudes.

Ich drehte die Jalousie sofort wieder zu, nur um sie noch einmal, diesmal wesentlich langsamer, aufzudrehen … Wenn jetzt nicht sofort der Ozean auf der anderen Seite – der Ozean und Palmen!

Regen. Kein Ozean, keine Palmen. Mattgraue Schrift. ›Bestattungen Abendroth‹.

Ich muss sofort die Rezeption anrufen, die sollen mir einen Arzt schicken – ich brauche diese Pillen gegen Jetlag.

Meine Hände zitterten, mein Mund war trocken, und ich hatte das dringende Gefühl, mich übergeben zu müssen, als mein Blick den Spiegel traf. Wer war denn dieses Mopsgesicht? Probeweise fasste ich mir an die Nase. Die Hand im Spiegel tat dasselbe. Ich fuhr mir durch die … Nichts! Ich packte mit beiden Händen meinen Kopf und zerrte daran. Aber es half gar nichts. Dem Kopf im Spiegel fehlten rundum ein halber Quadratmeter Locken. Und nicht nur das – die Haare standen in ungeordneten Restbüscheln vom Kopf ab. Das war doch keine Frisur! Das war KURZ! Wo ist meine Mähne? Wo sind meine Locken?

Meine rechte Hand schoss nach vorne und berührte den Spiegel. Er war kalt. Mich überkam ein seltsam vertrautes Gefühl – wie ein Déjà-vu. Verdutzt schaute ich meine linke Hand an, aber da war kein Kaffeebecher, wie ich es erwartet hatte. Warum dachte ich jetzt an einen Kaffeebecher? Da war gar nichts außer meiner Hand, die sich gerade krampfhaft an einer Stuhllehne festhielt. Ich versuchte auszuatmen, aber es gelang mir nur unter allergrößter Anstrengung, und ich wankte zurück zum Bett. Der Stuhl fiel um. Ich ließ ihn liegen und plumpste auf die Bettkante, nur um im nächsten Moment wieder aufzuspringen. Alles drehte sich um mich herum. Ich schleppte mich durch die Tür ins nächste Zimmer. Ich brauchte ein Telefon, schnell!

Dieses Zimmer kam mir bekannt vor. Aber es sah nicht aus wie ein Hotelzimmer. Es erinnerte mich an … Mattis Wohnzimmer. Aber irgendetwas war anders, als ich es in Erinnerung hatte; es roch nach frischer Farbe. Das Zimmer war vollständig renoviert, und die Möbel sahen komplett neu aus. Nur der leere Vogelkäfig stand immer noch vorm Fenster, als sei er bei der Renovierung einfach vergessen worden. Er war genauso leer und staubig wie noch vor einem Jahr.

Hinter mir ging die Tür auf. Eine Stimme sagte: »Du bist ja wach … Meine Güte, wir dachten schon …«

»Bringen Sie mir einen gebutterten Toast und Orangenmarmelade … Ach ja, und bitten Sie den Hotelarzt, mir diese Jetlag-Pillen hochzuschicken. Mir geht es nicht gut.«

»Haha, guter Witz, Maggie …«

»Haben Sie nicht zugehört?! *English breakfast and coffee … no milk … And please, I need to see the doctor.*«

»Hallo, ich bin's, Rudi Rolinski. Ich bring dir gerne was zu essen, aber hör endlich mit dem Quatsch auf. Ich kriege bei deinen Filmen das Gruseln.«

Meine Knie gaben nach, und ich hörte noch, wie mein Kopf dumpf auf dem Teppich aufschlug. Rudi kreischte: »Scheiße, jetzt denken wieder alle, dass ich das war!«

13

Ich schlug die Augen auf. Kein Zweifel. Da saßen Rudi und Matti auf der Bettkante und schauten mich fragend an. Und ich wusste sofort, wo ich war und was am Flughafen passiert war. Aber wie ich in dieses Bett, offensichtlich Mattis Bett, gekommen war, konnte ich mir nicht erklären. Ich hatte einen Filmriss, mindestens von der Länge der Indiana-Jones-Trilogie. Die beiden sahen aus, als erwarteten sie irgendwas von mir. Also versuchte ich ein Lächeln. Die beiden lächelten synchron zurück.

»Was ist? Mir geht es gut«, sagte ich. Erstaunlicherweise gehorchte mir meine Stimme. Kein Krächzen, kein Flattern.

»Ja … Aber …«

»Am Flughafen ist alles schiefgelaufen, Rudi. Ich weiß nur nicht, wie ich hierhergekommen bin.« Und warum, hätte ich noch anfügen können. »Aber keine Sorge, ich werde auch sofort wieder verschwinden.«

»Das müssen Sie nicht, Frau Margret. Sie können gerne bleiben.«

»Wo willst du denn jetzt auch hin? Du hast deinen Wohnungsschlüssel abgegeben und alles …«

Ich musste geistig Gas geben, um mit Rudis Geschwindigkeit, die Dinge auf den Punkt zu bringen, mitzuhalten. Konnte ich zurück in Kai-Uwes Wohnung? Für kein Geld der Welt gucke ich mir den Siegestanz von Raoul an, wenn ich da wieder auftauche. Überhaupt wäre es am allerbesten, wenn niemand von alldem was erfahren würde.

»Kein Problem«, hörte ich mich selber sagen. »Ich weiß schon, wo ich unterkomme. Weiß jemand außer euch, dass ich hier bin?«

»Nein«, sagten beide unisono.

»Dann soll es auch so bleiben. Kein Wort zu niemand, dass ich in Bochum bin. Bitte. Auch nicht zu Mia, zu niemandem. Versteht ihr doch, oder?«

»Natürlich, Frau Margret.«

»Wir schweigen wie zwei Gräber«, fügte Rudi hinzu.

Bei Matti konnte ich mir auch nichts anderes vorstellen. Aber Rudi? Der war gedanklich schon wieder in ganz anderen Angelegenheiten unterwegs und sagte: »Natürlich plaudern wir nix aus – aber was ist denn überhaupt passiert? Soll ich dem Kerl die Fresse polieren? Musste nur sagen. Echt, das mach ich … Ich steck dem die Finger in die Augen …!«

»Rudi … Rudi …«, flüsterte Matti und legte eine Hand auf seine Schulter. Rudi verstummte sofort und wurde rot.

»Matti hat Recht. Tu bitte gar nichts, okay? Schwöre.«

»Okay. Ich schwör …«

»Gut. Sehr gut, Rudi«, sagte Matti. »Wir werden niemandem etwas tun und niemandem was sagen. Wir akzeptieren, dass Sie darüber nicht reden möchten. Aber tun Sie bitte nichts Unüberlegtes, Frau Margret. Sie können hierbleiben. Ich werde so lange drüben schlafen, wenn Ihnen meine Anwesenheit unangenehm sein sollte.«

»Herr Matti. Das ist wirklich nett, aber ich weiß schon, wo ich hingehe. Und ich möchte jetzt lieber alleine sein.« Ich hatte nicht den Hauch einer Ahnung, wohin ich gehen sollte, aber wenn ich erst alleine wäre, dann würde mir schon was einfallen.

»Ja klar, verstehen wir. So'ne Kröte muss man erst mal verdauen, was? Und dieser … dieser Wichser hat wirklich dieses Model … diese Gracia aufs Haar geküsst und Pommes gegessen?«

»Woher weißt du das?«

Matti stöhnte auf und warf einen strengen Blick auf Rudi, der aber munter weiterplapperte: »Du hast es erzählt, du hast die ganze Zeit gequatscht – ej, echt – totales Komaquatschen. Voll gruselig. Klang wie ein Drehbuch für'n Splatterfilm. Explodierende Köpfe und überall Blut – das ist doch nicht wirklich so passiert?«

»Du hast doch gehört, dass Frau Margret nicht darüber sprechen möchte«, sagte Matti gequält.

Wie es aussah, hatte ich das schon längst ausgiebig getan. Und was? Ich hatte ein Drehbuch erzählt – mit explodierenden Köpfen? Würde es laut rasseln, wenn ich meinen Kopf schüttelte?

Was, um Himmels willen, hatte ich denn noch von mir gegeben? Etwa auch die Szene, wie ich mich, nachdem ich das ganze Ausmaß der Katastrophe zwischen dem Knipser und mir endlich kapiert hatte, so lange auf einem Klo eingeschlossen hatte, bis der endgültig letzte Aufruf für den Flug nach Miami durchgegeben worden war? Daran konnte ich mich nämlich noch erinnern, aber nicht mehr daran, was ich danach gemacht hatte. War ich von Düsseldorf nach Bochum gelaufen? Hatte ich den Zug genommen? Ein Taxi? Ich wusste es nicht. Wo waren meine Haare? Entsetzlich! Hatte ich mich ins Koma gesoffen? Aber wie sollte ich es denn dann bis hierher geschafft haben?

Herrschaften. Was für ein Desaster. Sogar für meine Verhältnisse.

»Frau Margret? Geht es Ihnen gut?«

»Ja, Matti. Ist okay. Wirklich. Gucken Sie mich nicht so an. Es ist okay. Kleiner Synapsenkollaps. Ich zieh mich jetzt mal an, und dann geh ich. Machen Sie sich keine Sorgen. Bin ich überhaupt mit meinen Sachen hier angekommen?«

»Ich hole sie«, sagte Matti und verließ das Zimmer.

»Danke.«

Rudi blieb auf der Bettkante sitzen. »Ej, ich weiß, wie das ist. So'n Filmriss«, begann er stockend. »So war das, nachdem ich meine Mutter … Also, ich erzähl das jetzt nicht. Ich meine nur … Ich war wie im Tunnel und dann auch wieder nicht. Also, was wollte ich noch sagen …? Mir fehlen bis heute sechs Stunden. Bis heute. Ich weiß noch nich mal, ob ich das wirklich war, mit dem Hammer … Äh … also, der Staatsanwalt hat gesagt, ich war's, aber ich bin mir nicht sicher … Das Einzige, was sicher ist … war, meine ich …«

»Was, Rudi?«, sagte ich streng, in der Hoffnung, es schnell hinter mich zu bringen.

»Dass ich den blutigen Hammer in der Tasche hatte, als sie mich verhaftet haben. Ich weiß nicht, wie der da hingekommen ist.«

»Gab es denn noch andere Kandidaten für die Tat?«

»Nee. Keinen einzigen. Da war gar nix mehr dran zu löten.«

Na, gut, dass wir das jetzt auch geklärt hatten.

»Weißt du, ich hab mich gefühlt, wie … so'n Tier im Zoo. Verstehste, alle glotzen einen an und fragen dies und das … und man weiß ja nix, ne? – Und dann … vertraut man sich selber nicht mehr. Dat Hirn is gar keine sichere Bank. Man is gar nicht mehr so … man selbst.«

»Aha.«

Rudi hatte soeben genau meinen Gemütszustand analysiert. Maggie Abendroths Hirn war keine sichere Bank.

Ist das jemals anders gewesen?, meldete sich meine innere Stimme. Kannst du nicht wenigstens warten, bis ich halbwegs wieder beisammen bin? Ich pfeife auf deine Schlaumeiereien, meine Liebe. Kotz dich woanders aus.

Rudi hatte es sich auf dem Bett bequem gemacht und eine Tüte Gummibärchen aus der Hosentasche gezaubert. Das war jetzt nicht ganz das, was ich brauchte. Ich fand seinen Versuch, nett zu sein, wirklich ehrenwert, aber mir war nicht nach der Lebensbeichte eines Ex-Knackis und seiner Analyse meiner Verfassung. Rudi sah das wohl anders und redete schon weiter: »Der Matti, der ist da total anders. Der weiß immer, wer er ist. Der hat mir auch die ganze Geschichte erzählt, die ihr beide erlebt habt. Man darf da im Knast nicht drüber reden, tut aber trotzdem jeder … Echt starker Tobak, die Nummer. Meine Fresse, hab ich gedacht, der ist doch total bekloppt, vor allem, wie ich rausgekriegt hab, dass der noch nicht mal lesen und schreiben konnte … Aber wie ich so öfters mit dem geredet hab, hab ich gemerkt, so bekloppt is der gar nich … Der is einfach so. Und jetzt kann er ja lesen und schreiben. Hat der echt fix gelernt.«

Ja, Rudi, Matti ist einfach so. Er ist einfach immer nur Matti. Und die gute Nachricht ist eben – er weiß es auch.

»Er ist einfach immer nur Matti«, sagte Rudi im selben Moment.

Okay, ich hatte das Konversationsvermeidungsspiel verloren. Rudi würde nicht aufhören zu reden, also nahm ich mir eine Zigarette und zündete sie an. Wenn man schon was über sich ergehen lassen muss, dann war es besser, man hielt sich an was fest.

»Du hast ihm immer den Süßkram angeschleppt, und er hat mir

immer was abgegeben, total bekloppt, das macht da keiner, freiwillig was abgeben, aber Matti schon.«

»Aha.« Kommt jetzt noch 'ne Liebeserklärung?

»Meine Güte, guck mich nich so an … Ich bin nich sentimental. Ich bin dem einfach nur dankbar. Der hat dem Oberarsch von der Obergang im Knast 'n Leberhaken verpasst, als die mich rumgeschubst haben, dass der drei Tage nich mehr aufstehen konnte.«

»Was?! Matti hat sich geprügelt? Im Knast?«

»Erssma nich. Matti hat den so lange angeguckt und nix gesagt, bis die von mir abgelassen haben. Da …«, er zeigte auf eine knubbelige Stelle direkt unter der Nasenwurzel, »… volle Kanne mit dem Stiefel in die Fresse. Vier gegen einen. Weisste, die gucken sich immer einen aus, auf dem sie rumhacken können, und in dem Monat war ich dran. Ich hatte keine Kohle, keine Zigaretten, kein gar nix, und wenne nix zu ›spenden‹ hast, lassen die ihren ganzen Frust an dir aus. Und noch viel mehr …« Rudi rieb sich die Nase. »Ich muss da bloß dran denken, dann tut die wieder weh … Na ja … Wie gesagt, ich lag schon am Boden, und Matti stellt sich da bloß hin und sagt nix. Und die sind echt abgehauen. Und später wollte der eine Freak aber keine Ruhe geben und hat Matti beim Freigang ein Bein gestellt. Da ging das bloß noch zack-zack, das hat gar keiner mitgekriegt. Und seitdem war Ruhe.« Rudis Stimme war nur noch ein Flüstern. »Weisste, an wen der mich erinnert?«

»Nein.«

»Ich auch nich … Der ist wie … als wär' der gar nicht von dieser Welt.«

»Ja, Rudi. Auf der Skala von eins bis zehn für seltsames Verhalten pendelt Matti permanent zwischen elf und zwölf.«

»Da sagste was.«

»Ich kann ja jetzt nur hoffen, dass ich in meinen verloren gegangenen Stunden keinen umgebracht hab – so zwischendurch, ne? Zeit genug hatte ich ja.«

»Sauer genug biste bestimmt gewesen. Scheißtyp. Wenn ich den erwische … dann … dann … werd' ich zum Tier.«

»Vergiss es. Das Einzige, was den wirklich ärgern würde, ist ein Kratzer an seinem Scheiß-Volvo …«

»Welchen fährt der denn?«

»Denselben wie ihr.«

»Wo steht die Karre?« Rudi bekam einen abwesenden Blick, und ich konnte es in seinem Gehirn buchstäblich rattern hören.

»Rudi, vergiß es. Das wird zu teuer. Und Rache muss kalt gegessen werden.«

»Schon gut, Gewalt gegen Sachen ist nicht mein Ding.«

»Da bin ich aber beruhigt.«

Ich steckte mir eine neue Zigarette an.

»Zehn Cent für deine Gedanken, Maggie.«

»Am Abflugterminal. Im Parkhaus … Wie bin ich hier überhaupt angekommen?«

»Was?«

»Na, wie ich hier hingekommen bin. Zu Fuß? Taxi?«

Rudi drehte die Thermoskanne auf und goss mir Kaffee ein.

»Du hast einfach vor der Tür gestanden. Matti und ich haben grad Chemikalien im Thanatopraxie-Raum eingeräumt, war schon dunkel, so halb zehn … Und da stehst du plötzlich. Also drüben, im Bestattungsinstitut an der Anlieferungsrampe. Total gespenstisch, ej, echt. Du hast ausgesehen wie so'n Zombie. Total nass, die Haare ab. Deine Tasche um die Schulter und den Schminkkoffer im Arm. Und du hast nix gesagt. Gar nix. Nur dagestanden. Ich weiß nicht, wie lange, weil Matti und ich ja da rumgefuhrwerkt haben. Es hat in Strömen geregnet. Irgendwann haben wir die Tür aufgemacht, um mal frische Luft zu schnappen, und da stehst du da … Wie gesagt, also …«

»Und dann?«

»Dann ist Matti mit dir in die Sauna. Zum Aufwärmen. Wir dachten, du erfrierst oder so. Wer weiß denn, wie lange du schon so nass durch die Gegend gelaufen bist. Deine Finger waren total blau, und du hast gezittert, dass du kaum stehen konntest.«

»In die Sauna? Matti war mit mir in der Sauna? In welcher Sauna denn?«

»Unsere Sauna … im Keller«, sagte Rudi, als wäre es das Selbstverständlichste von der Welt, im Keller eines Bestattungsinstitutes eine Sauna einzubauen. »Matti hat gesagt, Finnen brauchen eine Sauna. Sonst sind sie nicht glücklich.«

Oh – mein – Gott!

»War ich … etwa … nackt?«

»Glaub schon, so geht man doch in die Sauna. Aber es war alles ganz anständig. Nicht, was du denkst. Ich war da gar nicht bei. Ich hab deine Klamotten in die Waschmaschine gesteckt und so und hier drüben das Bett für dich gemacht. Und dann hast du stundenlang gepennt und zwischendurch immer und immer diesen Film erzählt, mit dem fliegenden abgerissenen Kopf und so und überall Gehirnmasse. Meine Herren, echt Splatter.«

Ich wusste nicht, was gerade mehr in meinem Kopf splatterte, der abgerissene fliegende Kopf oder die Vorstellung, dass mich Matti nackt in die Sauna geschleppt haben soll.

»Wie spät ist es, Rudi? Äh … Und welcher Tag?«

»Es ist Samstag, gleich halb drei.«

»Aha.«

»Was machst'n jetzt?«

»Ich ruf den Kieslowski an, hol mir mein Taxi wieder und fertig. Nachts fahre ich, lass mich nirgendwo blicken, und wenn ihr beide die Klappe haltet, wird keiner merken, dass ich es gar nicht bis ins Flugzeug geschafft habe.«

»Dann plan mal schön für die nächsten Tage täglich eine Stunde Sonnenbank ein, sonst wird dir keiner glauben. Außerdem wirste'ne Wohnung brauchen. Was ist denn überhaupt so schlimm da dran, dass du wieder hier bist?«

»Kann ich dir sagen: weil alle genau damit gerechnet haben, nur ich nicht. Könnte man bekloppter dastehen vor seinen Freunden? Oh, Karibik … Wie romantisch … Die haben genau gewusst, dass ich nicht weit komme. Auf mir liegt ein Fluch.«

Prompt erschien vor meinem geistigen Auge das Gesicht von Wilma – der Rechthaberin. Sie wird ihr Hab-ichs-doch-gewusst-Gesicht aufsetzen, und wahrscheinlich wird sie mir nicht die Haare machen, weil sie zufällig keinen Termin frei hat. Nein, bei diesem Freudentänzchen wollte ich nicht dabei sein. Auf gar keinen Fall rufe ich Wilma an.

Oma Bertis Kiosk für ein paar Tage zu meiden war kein Problem … Und Elli? Na ja, notfalls drohe ich ihr mit Bratwurstrationierung, damit sie den Mund hält. Eigentlich musste ich allen nur noch knapp vier Tage aus dem Weg gehen. Das sollte doch wohl zu schaffen sein. Mitten in meine Überlegungen hinein kam Matti mit meiner Reisetasche ins Zimmer und stellte sie neben dem Bett ab. »Wir gehen, damit Sie sich anziehen können.«

»Wohl nicht mehr nötig, Herr Matti. Sie haben ja schon alles gesehen.«

Rudi ging aus dem Zimmer und sagte: »Bis bald dann mal.«

Er zog die Tür vor Mattis Nase zu. Matti blieb vor der verschlossenen Tür stehen und wandte mir den Rücken zu. »Es ist nicht so, wie Sie denken.«

»Was denk' ich denn? Besser gesagt, was soll ich denn denken? Mich in die Sauna zu schleppen! Sie haben mich ausgezogen! Herr Matti, was haben Sie sich dabei gedacht?«

Jetzt drehte er sich doch um. »Sie waren unterkühlt. Das war das Beste für Sie.«

»Und Sie haben auch nicht hingesehen, als Sie mich ausgezogen haben?«

»Frau Margret … Es ist nichts passiert.«

»Nichts passiert? Ich war nackt, Sie waren nackt …!«

»Wie kommen Sie darauf?«

»Sie haben sich gar nicht ausgezogen? Das ist ja noch viel schlimmer! Eine finnische Peepshow!«

»Frau Margret … Ich habe schon so viele Menschen entkleidet …«

»Tote!«

Matti machte zwei Schritte auf mich zu, blieb dann abrupt stehen und sah mir direkt in die Augen. »Wo ist der Unterschied?«

Mir blieb die Luft weg. Es soll keinen Unterschied zwischen mir und einer Leiche geben? »Also … Das ist doch …! Sie sind …!«

»Es macht keinen Unterschied, weil alle denselben Respekt verdienen. Und … Letztendlich sind wir alle nackt«, sagte er, drehte sich um und öffnete die Tür.

Das war jetzt mindestens eine 15 auf Mattis Kuriositätenskala.

Rudis Kopf tauchte plötzlich im Türrahmen auf. »Hast du eigentlich noch Kohle?«, fragte er atemlos.

Matti ging aus dem Zimmer, ohne auch nur noch ein Wort zu sagen.

»Ja, hab ich, Rudi. Kein Problem.«

Knappe garnichtsfünfzig, wenn ich mich recht erinnerte. Aber wenn mein Plan aufging, kamen mit Elli heute gleich wieder 30 Euro rein. Und ich hatte ja so gut wie keine Ausgaben. Als Taxifahrerin konnte ich im Ehrenfelder Eck, der Stammkneipe der Nachtschichtfahrer, zur Not auch anschreiben lassen. Dann würde es jetzt mal eine Woche lang dicke Bohnen mit Speck geben anstatt Lammkoteletts und Zauberlinsensuppe von Raoul. Das größte Problem war eigentlich nur: Wie bringe ich den Schwätzer Kieslowski dazu, mir das Taxi wiederzugeben und dann auch noch die Klappe zu halten? Am besten für immer!

14

Alles war viel leichter, als ich dachte. Kieslowski knurrte nur, biss aber nicht zu und gab mir widerstrebend die Schlüssel für die alte Droschke. Als ich ihn bat, niemandem zu sagen, dass ich wieder da sei, sagte er nur: »Interessiert doch sowieso kein Schwein. Und ob du hier bist oder nicht – mein Gott, laber die nächste Parkuhr voll, wirf 50 Cent rein, dann hört sie dir 20 Minuten zu.«

Ich biss mir auf die Zunge. Was zählte, war, dass ich das Auto wiederhatte, das Handy und eine Möglichkeit, Geld zu verdienen.

»Da hat übrigens so'n Typ angerufen, der wollte dich sprechen.«

»Wer?«

»Sagte, er wäre am Flughafen, konnt' ich nich' so genau verstehen. Hat wohl auf dich gewartet oder so.«

Ach du liebe Scheiße. Der Knipser hatte mit Kieslowski gesprochen.

»Was hat er gesagt?«

»Ja nix, eben. Nur, dass er jetzt in den Flieger muss. Und tschüss.«

Und tschüss …

»Hat er noch irgendwas anderes gesagt?«

»Nicht, dass ich wüsste.«

»Und er hat nicht noch mal … eine SMS geschickt, vielleicht?« Meine Stimme wurde dünn, ich hatte Mühe, mich auf den Beinen zu halten, und taumelte zwei Schritte rückwärts.

Kieslowski sah zum ersten Mal von seinen Papieren auf dem Schreibtisch hoch. Ich weiß nicht, was für ein Gesicht ich gemacht habe, aber er sagte grinsend: »Nein, Maggie. Keine SMS. Keine so wie die letzten. Gewöhn dir mal an, den Pornoscheiß zu löschen.«

Ich hätte mich ohrfeigen können. Dass ich da dran nicht gedacht hatte …

»Elli ist krank, übrigens«, sagte er, als ich schon fast draußen war.

Lass dir nix anmerken, Maggie. Gönn ihm das nicht, dachte ich und fragte so beiläufig wie möglich: »Andere Vorbestellungen für heute Nacht?«

»Wo darf es denn hingehen, gnädige Frau?« Er schob ein paar Zettel auf seinem Schreibtisch hin und her, als suche er eine Notiz.

»Hasse dir so gedacht, was? Keine Vorbestellungen für dich. Bis du wieder wat kriegst, will ich erst mal Einsatz sehen.«

Mist! Ich hatte wenigstens mit den 30 Euro von Elli gerechnet. Na gut, dann eben auf die harte Tour: Bahnhof, Halteplätze, Funkzentrale.

»Und mach die Tür zu, et zieht.«

Ich verstaute meine Reisetasche und den Schminkkoffer im Kofferraum und fand die Pelzmütze im Handschuhfach, genauso wie meine Pfefferspray-Kollektion. Ich setzte die Waschbärenmütze auf, betrachtete das Ergebnis im Rückspiegel und entschied mich für räudiger Mops mit Trappermütze statt räudiger Mops mit zerfetztem Flokati auf dem Kopf. In der Brüderstraße kaufte ich beim Schnellimbiss eine Pizza Margherita und eine Cola und warf mich in die Schlacht.

Zwölf Stunden und 23 dämliche Kommentare von Fahrgästen und Kollegen zu meiner Kopfbedeckung später brachte ich den Wagen wieder zurück und hatte sage und schreibe 60 Euro eingefahren, wovon ich 18 behalten durfte. Kieslowskis Nachtwächter nahm die Schlüssel und das Geld entgegen, und ich machte mich samt meinem Gepäck zu Fuß auf den Weg zum Kleingartenverein ›Glück auf‹. In der Not frisst der Teufel Fliegen, und ich war so weit, eine Schrebergartenlaube zu besetzen.

Auf dem Weg zu Herrmanns' Garten lag das Ehrenfelder Eck. Dort wollte ich einen kleinen Zwischenstopp einlegen, frühstücken und mich ein bisschen aufwärmen. In der Eckkneipe am Ehrenbergplatz trafen sich zu jeder Tages- und Nachtzeit die Taxifahrer. Der Laden hatte nur sechs Tische und eine überschaubare, aber sehr wirkungsvolle Spirituosenauswahl. Egal zu welcher Uhrzeit, es gab immer ein warmes Essen, und man durfte bei Helga anschreiben lassen. Dieses kleine Refugium für die Abgedrehten und Ausgelaugten des Bochumer Nachtlebens war immer sehr gut besucht. Allerdings ließ mich der Geruch von Schnaps, Brühwürfeln und Bratensoße, vermengt mit den Gesprächen der Taxikollegen, die sich nicht wesentlich von Herrmanns' und Borowskis Smalltalk unterschieden, meistens einen weiten Bogen um dieses Etablissement schlagen.

Als ich die Kneipe betrat, dudelte die Jukebox mal nichts von Rex Gildo, sondern von Elvis. Und an der Theke saßen nicht die Ehrenfelder Schnapsdrosseln Ingeborg und Marita vor ihrem ersten Herrengedeck. Nein, Ingeborg und Marita wurden von zwei Männern zu den Klängen von *Love me tender* recht unelegant im Klammergriff über den dreckigen Fußboden gebluest. Helga stand mit verschränkten Armen hinter der Theke und betrachtete das Geschehen mit zusammengekniffenen Augen. Ich vermied einen Zusammenstoß mit den Tänzern, setzte mich an den Tresen und bestellte bei ihr Tabak, Blättchen, Kaffee und ein Käsebrötchen. Als das Lied zu Ende war, kam der ältere der beiden Männer auf mich zu, rückte seinen Nadelstreifenanzug zurecht, baute sich vor mir auf und knallte einen 100-Euro-Schein auf den Tresen.

»Wann geht dat denn los hier mit'm Ficken«, sagte er und zwinkerte mir dabei zu.

Helga stellte meinen Kaffee ab und nahm den Hunderter, hielt ihn gegen die nikotingelbe Funzel über der Theke und sagte: »Gemach, gemach, erss die Getränke.«

»Der is echt, hömma«, sagte der Mann. »Lass ma gehen.«

»Bei dir weiß man nie«, antwortete Helga.

Der Nadelstreifenanzug lehnte sich mit dem Ellbogen auf die Theke und sagte zu mir: »Wo der herkommt, da gibt's auch noch mehr von. Willz dir wat verdienen, Russenmütze?«

Ich nahm einen Schluck Kaffee und drehte mich weg. Das hatte mir gerade noch gefehlt. Der Mann ließ die drei goldenen Panzerketten an seinem rechten Handgelenk klimpern. Er schob sich noch weiter über den Tresen und posaunte: »Kannz mir einen blasen, ey, die Elli is krank, ich weiß gar nich, wat ich machen soll. Mir is schon ganz blümerant – untenrum. Du siehss aus, als könnze ma'n paar Piepen gebrauchen.« Er guckte sich Beifall heischend um. Marita, Ingeborg und der jüngere Mann lachten laut.

Helga knallte den Teller mit meinem Käsebrötchen auf die Theke und ranzte den Kerl an: »Wir sind hier nich auffem Puff. Et is am besten, wenn du gehss. Aber zackig. Et reicht für heute, Elvis.« Sie wandte sich wieder mir zu und sagte leise: »Dat geht hier schon die halbe Nacht so. Ich krich einen anne Waffel. Kein Wunder, dat die Elli krank is.«

»Musse gar nich flüstern, dat hab ich auch verstanden. Glaub nich, dat wir dat Etablissemeng nochma beehren. Los komm, Ritchie, wir gehen inne Rote Laterne«, befahl Elvis und stolzierte in Richtung Ausgang.

Ingeborg und Marita hatten den jüngeren der beiden Männer, der noch Flaum am Kinn hatte, wie eine Beute zwischen sich eingeklemmt. Seine Klamotten, die aussahen, als hätte er sie Puff Daddy aus dem Koffer geklaut, inklusive goldenem Dollarzeichen um den Hals, wirkten inmitten des verrauchten Eiche-Rustikal-Schicks im Ehrenfelder Eck auf beinahe lustige Weise deplatziert. Ihm hing die Baggy-Pant fast in den Kniekehlen, und er trug natürlich nigelnagelneue *Air Wolfs* mit offenen Schnürsenkeln.

Marita gab lallend ihren Senf dazu: »Wat wollze inne Rote Laterne. Ich bin die Urlaubsvertretung für die Elli. Sollz ma' nich zu kurz kommen, Elvis. Wat die kann, kann ich nämlich schon lange.«

Sie ließ den jungen Mann los und hängte sich dem Anzugträger an den Hals. »Komm, wir gehen zu mir. Ich hab auch noch wat zu bieten.«

»Genau, ma' schön ab ins Heiabettchen mit euch«, sagte Helga lachend.

Ingeborg schob den jüngeren Mann vor sich her aus der Kneipe. »Wir amüsieren uns gezz. Komm, Marita. Wir müssen unterwechs noch nachtanken. Ich hoffe, Elvis, du has' noch Asche auffe Tasche.«

Marita gackerte und zog ihre Eroberung hinter sich her.

»Tschüss, Pelzmütze. Pass auf, dat da kein Vogel drin Eier leecht …«

Als die Tür hinter dem Quartett zugefallen war, atmete ich endlich aus und drehte mir eine Zigarette. Helga wischte sich mit dem Handrücken die Stirn. Alles an ihr sprach von grenzenloser Erleichterung über den Abgang ihrer Gäste.

»Meine Fresse, gehen die mir auf die Nerven.«

»Wer war das?«

»Richard Nickel, genannt Elvis, und sein Neffe Ritchie. Wenn man glaubt, wat die quatschen, hatten die Glück im Lotto. Dat bekommt denen gar nich, wie man sieht.«

»Ach, das sind die, die auffem Kiez schon seit Tagen Gesprächsstoff sind.«

Ob das wohl der Ritchie war, der Oma Berti im Kiosk im Stich gelassen hatte? So viele mit dem Namen wird es ja nicht geben. Offensichtlich brauchte er den Job nicht mehr. Sein Onkel ließ ja ordentlich die Puppen tanzen.

»Die haben die Kohle schneller verprasst, als Gülle durch'n Gulli rauscht.«

»Wie viel haben die denn gewonnen? Weiß man das?«

»Nee, nix Konkretes. Aber in dem Tempo, wie die dat ausgeben, is dat bald alle – egal, wie viel dat war. Hasse den Schlitten vor der Tür gar nich gesehen?«

»Nee.«

»Alter Amischlitten, frisst 35 Liter auf 100, hat der Elvis erzählt.«

»Ritchie macht ja nicht den hellsten Eindruck. Ist der Bengel überhaupt schon volljährig?«

»Müsste. Ich seh die beiden seit Tagen nur noch abgefüllt. Bald is der Elvis seine Fleppe los. Da freut sich schon die ganze Taxizentrale drauf, wenn dat so weit is.«

»Vorausgesetzt, dass noch was von dem Geld übrig ist.«

»Da sachste wat.«

Die Tür ging auf, und Marita und Ingeborg kamen polternd hereingewankt. Und die beiden sahen gar nicht mehr amüsiert aus. Ich beschloss, dass ich mein Brötchen auch unterwegs essen konnte. Höchste Zeit, hier zu verschwinden, wenn ich nicht Zeuge eines öffentlich vollzogenen Totalabsturzes der beiden Ehrenfelder Schnapsdrosseln werden wollte.

Ich hatte die Türklinke noch nicht in der Hand, als Marita mit dem Finger auf mich zeigte und loszeterte: »Ey, Pelzmütze, bleib ma' schön hier.«

»Ich kann euch nicht fahren – hab' den Wagen schon abgegeben.«

»Wir wollen nich fahren … Wir wollen hier ma' mit dir Klartext reden, ne, Ingeborg?«

Ingeborg kippte sich gerade einen *Bommerlunder* hinter die Binde, den Helga ihr schon auf die Theke gestellt hatte, als die Tür aufgegangen war. Egal, wie nervig die Kundschaft war – für Helga hatte der Service oberste Priorität.

»Ich hab keine Zeit. Tschüss«, sagte ich unfreundlich, wickelte das Brötchen in eine Serviette und steckte es in die Jackentasche. Ich griff meine Tasche und den Kosmetikkoffer und ging an den beiden vorbei. »Wüsste nicht, was ich mit euch beiden an Klartext zu reden hätte.«

Ingeborg kreischte: »Ahh, keine Zeit. Wo musse denn noch hin? Bisse ambulant am Blasen? Hör dich dat an, Marita: Die Tussi meint, sie is wat Besseret wie wir … Die mit ihren Nuttenbereitschaftskoffer … Allzeit bereit … Gezz kapier ich dat auch … Wat Besseret … Deswegen wollte der von uns umsonst einen geblasen kriegen. Und der ollen Paselackenfratze hat er Kohle angeboten.« Sie zeigte mit dem Finger auf mich und guckte Zustimmung heischend Helga an.

Helga versuchte zu beschwichtigen: »Hat er gar nicht. Dat war ein Missverständnis. Und hör mit dem blöden Gequatsche auf.« Sie winkte mit einem Bierdeckel, was bedeuten sollte, dass sie in dieser Situation nicht auf Barzahlung bestand und dass ich endlich gehen sollte.

»Lüch mich nich an, so blau sind wir noch nich«, keifte Ingeborg. »Der hat der Kohle angeboten, hab ich doch selbs gehört! Die wildert in unsern Revier.«

Ingeborg machte einen Schritt auf mich zu und grapschte nach meiner Kopfbedeckung. Ich schwang drohend den Schminkkoffer und sagte: »Qualität hat eben ihren Preis«, und gab Fersengeld.

Helga lachte, und Marita brüllte hinter mir her: »Scheiß dich ein mit deine räudige Ratte auffem Kopp.«

An der Kreuzung Hattinger Straße Ecke Bessemer musste ich an der Fußgängerampel warten. Ich konnte es drehen und wenden, wie ich wollte – ich konnte über die letzte halbe Stunde nicht lachen. Die Ampel wurde grün, und ich überquerte die Straße. Ein paar Kinder trabten an mir vorbei, zeigten auf meine Mütze und feixten: »Ist die Muschi schon lange tot?« Sie stießen sich gegenseitig an und kreischten vor Lachen. Ich hatte noch nicht mal mehr Lust, den Blagen die Köpfe zusammenzuschlagen, und ging weiter.

Vor einem Zigarettenladen blieb ich stehen und betrachtete mich in der Fensterscheibe. Eingepackt in einen billigen Secondhand-Parka, mit Doc Martens an den Füßen und der Pelzmütze auf dem Kopf sah ich aus, als käme ich gerade aus dem Krimkrieg. Die Ohrenklappen der Mütze hingen an beiden Seiten herunter wie die Schlappohren eines Hundes. Nachbars Lumpi auf zwei Beinen – schlimmer kann es doch gar nicht mehr werden, Maggie Abendroth. Was machst du eigentlich hier? Ordne dein Leben, hol dir einen kostenlosen *Stadtanzeiger*, studier die Wohnungsannoncen und lass das Handy heißlaufen; vertelefonier Kieslowskis Geld mit potenziellen Vermietern, anstatt dich mit dem Abschaum der Stadt zu prügeln. Wenn meine Oma selig mich jetzt so sehen könnte ... Sie würde mir in den Hintern treten. Während ich mir ausgiebig selbst leidtat, saß meine innere Stimme in einem warmen Ohrensessel, löste ein Kreuzworträtsel und pfiff zufrieden und voller Selbstgerechtigkeit vor sich hin. Ich schulterte meine Reisetasche. Wenn ich erst mal ein bisschen geschlafen habe, dann kann ich mir immer noch selbst in den Hintern treten. Alles hat seine Zeit.

Ich umwanderte den Bereich von Bertis Kiosk weiträumig. Ich musste aufpassen, wenn ich das Versteckspiel noch dreieinhalb Tage durchhalten wollte. Ich erinnerte mich, dass Borowski ja den Swimmingpool von Van der Baack an diesem Wochenende auf Vordermann bringen sollte. Damit sollte er beschäftigt sein. Wie es Herrmanns wohl ging?

Ich hätte Helga danach fragen sollen. Hätte, wäre, wenn … Hätte ich nicht gesehen, wie der Knipser mit Gracia rumgeknutscht hat, wäre ich nicht hier. Meine innere Stimme blickte von ihrem Kreuzworträtsel auf und sagte mitleidig: Dann hättest du es trotzdem irgendwann gesehen. Vielleicht am Strand, im Hotel, in der Bar … Wäre genauso beschissen gewesen wie am Flughafen – nur bei besserem Wetter.

15

Vor dem schmiedeeisernen Tor der Laubenkolonie ›Glück auf‹ stand eine kleine Menschenmenge. Es war eine aufgeregte Diskussion im Gange. Hatten die da etwa heute, am heiligen Sonntag, ein Gartenfest? Das würde meine Pläne, mich für ein paar Stunden in Herrmanns' Laube aufs Ohr zu legen, empfindlich stören. Nicht nur, dass ich kaum ungesehen bis zu seiner Parzelle käme; wenn da jetzt gleich die Party abginge, würde ich kein Auge zumachen können. Ich ging auf die Gruppe zu. Das Gespräch erstarb, und die kleine Versammlung teilte sich vor mir wie das Rote Meer vor Moses.

»Tach«, sagte ich, ging durch das Tor und lief weiter auf dem Weg in die Schrebergartenanlage hinein. Hinter mir wurde die Diskussion wieder aufgenommen. Aus dem Stimmengewirr hörte ich den Namen ›Herrmanns‹. Er war doch wohl hoffentlich nicht gestorben und die Kleingärtner stritten schon um die Vergabe seines Grundstücks? Unschlüssig blieb ich auf dem schmalen Weg stehen. Eine heftige Windböe fegte mir beinahe die Mütze vom Kopf. Ich band die pelzigen Ohrenklappen unterm Kinn fest und bog in den Gartenweg zu Herrmanns' Laube ein.

Aber da, wo mal sein Heim gestanden hatte, war nur noch ein verkohlter Haufen Schutt, aus dem Rauch aufstieg. Stechender Brandgeruch hing in der Luft. Ich blieb mitten auf dem Weg stehen und stellte meine Tasche ab. So viel zu meiner Karriere als Hausbesetzerin. Benommen setzte ich mich auf den Kosmetikkoffer und drehte mir mit klammen Fingern eine Zigarette. Ich war mit meinem Latein definitiv am Ende.

Allerdings hatte, bedingt durch plötzliche Funkstille in meinem Hirn, ein völlig neuer Gedanke eine Chance bekommen, auf sich aufmerksam zu machen: Herrmanns im Koma, sein Koffer weg, der Flachmann weg, und jetzt auch noch seine Gartenhütte in Schutt und Asche. Für meine Begriffe, und auch nach zwölf Stunden Taxi und bei völliger Übermüdung, blieb das eine sehr unwahrscheinliche Bilanz von Zufällen. Würde die Familie Churchill so weit gehen, einem alten Mann die Bleibe über dem Kopf anzuzünden? Um Beweismaterial zu vernichten? Nein, Maggie, spring jetzt bloß nicht auf diesen irrsinnigen Zug auf. Verschwörungstheorien führen auf direktem Weg in die Klapse. Es reicht, wenn Borowski und Herrmanns spinnen. Fang du nicht auch noch damit an. Aber dass es zu viele Zufälle waren, das war nicht von der Hand zu weisen. Was war denn bloß mit Herrmanns los, dass sich plötzlich alle Welt auf seine Besitztümer stürzte? Und, nicht zu vergessen, vielleicht auch auf sein Leben?

Kaum hatte ich meinen dürftigen Gedankenfaden zu Ende gesponnen, kam ein Mann auf mich zu. Hinter ihm trottete steifbeinig ein zotteliger alter Schäferhund. Der stramme Rentner hielt eine Schaufel in der Hand und baute sich breitbeinig vor mir auf. »Hier gibt's nix mehr zu sehen.«

Der Schäferhund blieb wie angewurzelt hinter Herrchen stehen.

»Was?«

»Was glotzen Sie denn so? Hier hat es gebrannt. Und hier gibt's nix mehr zu sehen.«

Ich ignorierte den Rauswurf und inhalierte tief. Dem Mann schienen die Worte ausgegangen zu sein, denn keine Reaktion auf seinen Marschbefehl hatte er wohl nicht erwartet. Ich musterte ihn mit müdem Blick von oben bis unten und wieder zurück. Er trug Gummistiefel, ein wattiertes Hemd, das sich fest über seinem Bauch spannte, Arbeitshosen und eben eine Schaufel.

»Und wer sind Sie, wenn ich fragen darf?«, trat ich die Flucht nach vorn an.

»Alfons Wieczorek, Vereinsvorsitzender Schrebergarten ›Glück auf‹.«

Wieczorek starrte mich sekundenlang an, dann huschte ein Lächeln über sein Gesicht. Er streckte seine rechte Hand aus, und ich schüttelte sie, obwohl ich nicht wusste, was ihn dazu gebracht hatte, so plötzlich seine Meinung zu ändern.

»Sind Sie etwa die … also, die Frau vom Fernsehen?«

Bin ich die Frau vom Fernsehen?

Könnte sein, könnte nicht sein – kommt ganz drauf an.

Hast du eigentlich keine anderen Sorgen, Frau Abendroth?, sagte meine innere Stimme. Was soll das denn jetzt werden?

»Ich hatte Sie erwartet«, verkündete Wieczorek.

»Bin ich zu spät?«, schoss ich einen Versuchsballon ab.

»Ich dachte schon, Sie kommen nicht mehr. Wir waren doch gestern verabredet.«

Das hatte sein Gutes – dann würden die Kollegen, die sich offensichtlich für gestern angemeldet hatten, nicht mehr kommen.

Er nahm meine Reisetasche und ging los. Ich taperte mit meinem Schminkkoffer hinterher, und das Schlusslicht bildete der Schäferhund, der sich mühsam um seine eigene Achse gedreht hatte und den Trott wieder aufnahm.

Maggie! Lass das sein!

Warum? Hab ich was Besseres vor? Außerdem ist mir kalt, und ich würde gerne wissen, was mit Herrmanns' Gartenhäuschen passiert ist. Außerdem hab ich nie gesagt, dass ich vom Fernsehen bin. Ich sehe einfach nur so aus wie Antonia Rados nach einer Nacht unter Beschuss, live aus Bagdad.

»Ich habe erst gar nicht erkannt, dass Sie vom Fernsehen sind.«

»Tja, bin ein bisschen im Stress. Sind Sie Augenzeuge des Vorfalls?«, ignorierte ich das Angebot eines Smalltalks.

»Na ja … Es gibt keine Augenzeugen. Ich bin der Vorsitzende vom Verein, ne? Also hab ich hier das Sagen.« Er drehte sich um und schrie knapp an meinem rechten Ohr vorbei: »Loki, mach hinne!«

Wie gut, dass ich die Ohrenklappen zusammengebunden hatte, sonst wäre auf der Stelle mein Trommelfell geplatzt. Der Hund schnaufte. Entschuldigend sagte Wieczorek zu mir: »Die braucht manchmal eine kleine Aufmunterung … Und taub ist die Loki auch. Aber egal, es ist nicht mehr weit, meine Laube ist direkt zwei Parzellen weiter. Gott sei Dank hat es hier keinen anderen erwischt. Das Feuer hätte sich wer weiß wohin ausbreiten können. Nur die Laube vom Kollegen Herrmanns, die ist platt.« Er hielt kurz inne und seufzte: »Und die *Sir Winston Churchill Dickson* auch. Eine Schande ist das.«

»Wer?«

»Die Rosen. Sehr seltene Teehybriden, nur noch in England zu bekommen ... Drei prachtvolle Pflanzen ... Eine Schande ... Sie machen sich keine Vorstellung, wie wunderbar die duften ...«

»Wann ist das ... Unglück ... passiert?«, fragte ich.

»Vorgestern Nacht. Genaue Uhrzeit kann ich nicht sagen. Bis das Feuer bemerkt wurde, dauerte das einige Zeit. Wir hatten eine Vereinssitzung, da hinten, im Vereinshaus.« Er zeigte mit dem Spaten auf einen kleinen Flachdachbungalow, der am anderen Ende der Kleingartenanlage stand. »Ging hoch her. Bis wir das Feuer bemerkt hatten, brannte die Bude schon lichterloh.«

»Wie schnell war die Feuerwehr hier?«

Wir hatten das Tor zu seinem Garten erreicht. Fein säuberlich gestutzte Bäume, die Laube blütenweiß mit rotem Schindeldach. Kein Staubkorn lag auf dem gepflasterten Weg. Der ganze Garten wirkte wie abgestaubt und abgesaugt und blank poliert. Nur eines ließ der Garten schmerzlich vermissen – Gartenzwerge. Kein einziger weit und breit. Noch nicht einmal ein Hufeisen über der Tür.

Drinnen war es genauso piccobello sauber, und es roch streng nach Desinfektionsmitteln, Mottenpulver und anderen Chemikalien. Kein Vergleich zu Herrmanns' Resterampe. Irgendwie erinnerte mich der Geruch an den Thanatopraxie-Raum von Matti.

Wieczorek bot mir einen Platz an einem kleinen Eichentisch an und machte Kaffee. In seiner Küchenecke gab es sogar eine Mikrowelle. Er stellte zwei mit Wasser gefüllte Tassen hinein und drückte auf Start. Langsam hatten sich meine Augen an die spärliche Beleuchtung gewöhnt, und ich guckte mich um. Unzähliges ausgestopftes Kleingetier vom Eichhörnchen bis zum Maulwurf und sogar eine weiße Katze waren in mehr oder weniger natürlichen Posen auf Holzbrettchen fixiert. Die Exponate hingen an der Wand, standen auf Regalen, und sogar unter der Decke verteilten sich mehrere präparierte Elstern, als befänden sie sich im Kamikaze-Angriff auf die Kaffeetassen. Die alte Schäferhündin ließ sich ächzend auf den Boden fallen. Dann verharrte sie wie versteinert in ihrer Position und starrte meine Fellmütze an. Vielleicht war Loki auch ausgestopft und mit einer Mechanik versehen? Ich guckte die Hündin an und versuchte herauszufinden, ob sie auch Glasaugen hatte wie der Waschbär auf meinem Kopf. Endlich seufzte sie tief auf und legte ihren großen Kopf auf die Vorderpfoten. Na ja, ein bisschen Leben steckte wohl doch noch drin.

»Tolle Präparate, was?«, sagte Wieczorek. »Ich erwisch jeden, der in meinem Garten Unfug treibt. Der da«, er zeigte auf einen klitzekleinen Maulwurf, »sechzehn Hügel! Sechzehn! Aber ich hab ihn erwischt.«

Das soll mir eine Warnung sein, hier Unfug zu treiben. Nicht, dass ich auch noch ausgestopft an der Wand lande. Und damit das nicht geschah, musste ich mich so professionell wie möglich geben und erinnerte mich rechtzeitig daran, dass ich jetzt wenigstens so tun musste, als würde ich mir was aufschreiben. Das gehörte sich so, wenn man was recherchierte. Mir fiel ein Stein vom Herzen, als mir einfiel, dass sich das *Moleskine*-Notizbuch, das der Knipser mir geschenkt hatte, in der Reisetasche befand. Jetzt nach einem Blatt Papier zu fragen wäre der erste Schritt gewesen, so zu enden wie Kollege Maulwurf.

Ich holte das Notizbuch heraus, schlug es auf und zückte den Kugelschreiber. Die Mikrowelle machte *pling*. Ich setzte mein schönstes Fernsehgesicht auf (interessiert gucken und ein Mona-Lisa-Lächeln).

Wieczorek betrachtete wohlwollend mein Handwerkszeug, stellte beflissen die Kaffeetassen auf den Tisch und setzte sich auf einen kleinen Hocker.

»Zucker?«

»Nein, danke.«

»Milch?«

»Nicht nötig. Kaffee schwarz ist vollkommen in Ordnung.« Vor allem, weil er erst sich den Zucker und die Milch in die Tasse gegeben, umgerührt und den Löffel abgeleckt hatte, bevor ihm eingefallen war, mich zu fragen. Er steckte den abgeleckten Löffel zurück in den Zuckertopf.

Der erste Schluck raubte mir den Atem. Das Zeug war so gallebitter, dass ich mir auf der Stelle die Zunge rasieren wollte.

»Wem gehört die abgebrannte Hütte ... äh Laube, meine ich.«

»Dem Freddy Herrmanns, der ist aber nicht da. Liegt im Krankenhaus, Koma. Der ist vor ein paar Tagen angefahren worden. Auch so eine undurchsichtige Geschichte, was man so hört. Angeblich ist er betrunken vors Auto gelaufen. Aber Fahrerflucht ist es allemal. Und ich hab gehört, dem sind Sachen abhanden gekommen. Da könnten Sie auch mal recherchieren. Sein bester Kumpel, der Borowski, der tut so geheimnisvoll, erzählt was von einer Verschwörung und lauter so undurchsichtiges Zeug. Ich weiß nicht, ob der noch alle Tassen im Schrank hat ... Aber jetzt, wo auch noch die Laube gebrannt hat, da reimt man sich doch einiges zusammen, oder?«

»Das ist ja äußerst interessant. Wo, sagten Sie, kann ich ...«, ich guckte interessiert auf mein Gekritzel, »diesen ... Borkow ... Borowski finden?«

»Bei Oma Berti am Kiosk, da hängt der immer ab. Aber jetzt ist der bei seinem Job. Der macht so lange den Gärtnerjob vom Herrmanns, bis der wieder fit is. Bei so einem feinen Pinkel am Stadtpark.«

»Aha.« Ich malte ›Das-ist-das-Haus-vom-Nikolaus‹ in das Notizbuch. »In welchem Krankenhaus, sagten Sie gleich, liegt dieser Herrmanns? Wie war der Vorname gleich noch ...?«

»Freddy. Der ist im Knappschaftskrankenhaus in Langendreer, Intensivstation. Aber wie gesagt – Koma. Den können Sie nix fragen.«

»Aha. Und wo ...?« ... finde ich den Borowski, hatte ich fragen wollen, biss mir aber noch rechtzeitig auf die pelzige Zunge. Aufpassen, Maggie, das hattest du schon.

»Das Knappschaftskrankenhaus? Ach ja, Sie sind ja nicht von hier. Also: Die Wittener runter, fünf Kilometer ungefähr, bis es nicht mehr geht, und dann rechts. Ist aber auch ausgeschildert.«

»Ähh … danke. Danke …« Na ja, knapp daneben ist auch vorbei. Der kleine ausgestopfte Maulwurf schien erleichtert.

»Was ich noch fragen wollte … Hat denn niemand irgendwas gesehen, bevor das Feuer ausgebrochen ist? Wurde gar nichts Verdächtiges bemerkt? Jugendliche, die hier rumgestreunt sind? Irgendjemand?«

»Nee, auch keine Ausländer oder so … Das ist ja das große Rätsel. Die Feuerwehr ist angerückt, hat noch gelöscht, was zu löschen war, und jetzt kommt das Sensationelle an der Sache: Die haben da im Mülleimer vom Herrmanns jede Menge Haare gefunden, lange, lockige, dunkelbraune Haare. Hab ich selbst gesehen, 'ne ganze *Aldi*-Tüte voll. Die Feuerwehr hat gesagt, die sind nicht verbrannt, weil das ein Metallmülleimer mit Deckel ist, der draußen im Kabuff gestanden hat. Da sind die nur so leicht angeschmort gewesen. Jetzt fragt man sich natürlich, wo kommen die her? Da muss doch einer gewesen sein.«

Ich nahm schnell noch einen Schluck Gallebitter. War jetzt auch egal, wovon mir die Luft wegblieb. Am liebsten hätte ich laut aufgeschrien: Das sind meine!

Waren es denn meine? Hatte ich mich etwa in Herrmanns' Laube versteckt, als ich vom Flughafen zurückgekommen war? Unter der Pelzmütze staute sich die Hitze. Hatte ich die Laube angezündet? Warum sollte ich? Na ja, wenn ich, was ich ja nicht wusste, vielleicht betrunken gewesen war? Bin ich womöglich irgendwann da weggetorkelt und hab den Heizlüfter angelassen? Himmel hilf!

»Is Ihnen warm? Sie können Ihre Kappe ruhig abnehmen.«

»Was? Warm? Nein, danke.«

»Tolles Stück, was Sie da auf dem Kopf haben.«

»Wir waren bei den Haaren … Äh …«

Wieczorek erzählte munter weiter: »Ja, man musste zunächst vermuten, dass da jemand in der Hütte verbrannt ist. Die Feuerwehr und die Polizei haben alles durchgesiebt. Aber nix. Keine Knochen oder so …«

»Ähm … Und Sie sagten, es war vorher nichts bemerkt worden?

Es muss sich doch jemand dort aufgehalten haben. Ich gehe mal davon aus, dass der Herr … Herrmanns keine langen, lockigen Haare hatte?«

»Natürlich nicht … Aber wie gesagt. Wir haben keinen gesehen. Ich hab natürlich den Borowski sofort angerufen, und der ist auch mitten in der Nacht gekommen, die Berti vom Kiosk im Schlepptau. Der war kurz vorm Herzinfarkt, kann ich Ihnen sagen, … stammelte was von wertvollen Akten und Porzellan. Die Berti hat das bestätigt. Das ist wohl alles weg. Ich weiß auch, dass der Herrmanns so englisches Zeug hatte, jede Menge, angeblich wertvoll, na ja … was man so wertvoll nennt, ne? Ich meine, wenn sich jemand für so Zeug interessiert. Das ist definitiv alles weg. Nicht verbrannt – weg!«

»Hat die Feuerwehr denn was zur Brandursache gesagt?«

»Na ja, nur die ersten Erkenntnisse. Nach Brandbeschleuniger hat es nicht ausgesehen. Das konnten die ausschließen.«

»Vielleicht ein Elektrogerät?«, tastete ich mich vor und hatte Mühe, meine Stimme unter Kontrolle zu behalten. »Ein Heizlüfter vielleicht? Es ist ziemlich kalt.«

»Nee, haben nix gefunden, was die Vermutung zulassen würde. Da muss wohl einer Feuer in dem Ofen angemacht haben, der da in der Hütte stand. Aber der war gar nicht angeschlossen. Der war da nur so zur Zierde, ne … Darf man ja auch gar nicht, einen richtigen Ofen in der Laube. Steht in der Vereinssatzung. Vermutlich haben die Einbrecher das warm haben wollen, und weil das Ofenrohr nicht angeschlossen war, sind die Flammen da rausgeschlagen, und dann brennt das alles in null Komma nix wie Zunder. Normal.«

»Um noch mal auf die geheimnisvollen Haare zurückzukommen … Wie lang, sagten Sie, waren die?«

»Na, wie so'ne richtige Mähne … Fünfzig, sechzig Zentimeter? Die werden im Labor untersucht. Ach, und in dem Schutt hab ich noch so'ne halbverkokelte Ansichtskarte gefunden … als die Feuerwehr schon weg war. Ich hab gedacht, die hat dem Herrmanns gehört, vielleicht ist das ganz gut, dass ich die aufbewahre … Für alle Fälle, wer weiß …«

»Kann ich die mal sehen?«

Wieczorek griff hinter sich auf die Fensterbank und gab mir einen Briefumschlag. Ich nahm ihn entgegen und hoffte, dass er das Zittern meiner Hände nicht bemerken würde. Die Aurora borealis war kaum noch zu erkennen. *Sie müssen sie anschauen, wenn es dunkel ist … Sie leuchtet …*

Von einer Sekunde auf die nächste wollte ich meinen Kopf auf die Tischkante legen und schlafen. Nur noch schlafen.

»Is Ihnen nich gut? War der Kaffee zu mau?«

»Nein, nein … Ich, ich hab ein bisschen Jetlag. Ich komm sozusagen grade vom Flughafen, und da haben die mich gleich hierhergeschickt. Ich bin nur ein bisschen müde… Ja, und jetzt muss ich wohl gleich weiter … Mal sehen, ob ich den Herrn Borowski finde, und dann mal sehn, was an der Geschichte dran ist. Klingt ja alles superinteressant.«

Wieczorek nahm den Briefumschlag wieder an sich und sagte: »Sie lassen auch nicht locker, wat? Hartes Geschäft für 'ne Frau.«

Reiß dich zusammen, Maggie, du willst nicht neben dem Maulwurf landen.

»Na ja, geht so. Ich kenn es ja nicht anders. Heute hier, morgen dort … Das Nachrichtengeschäft ist hart. Ich bin nur froh, dass ich dieses Jahr nicht nach Bagdad muss«, trumpfte ich auf. »Sagen Sie noch mal, wann ist das Feuer ausgebrochen?«

»Wie gesagt, das kann man nicht so genau sagen … Wir haben das um halb elf Uhr bemerkt, also 22.30 Uhr, da muss das aber schon länger im Gange gewesen sein …«

Da war ich aber schon längst bei Matti gewesen … Und ich habe kein Porzellan dabeigehabt. War es möglich, dass nach mir noch jemand in der Laube gewesen ist? Warum nicht? Die schlimmere Vorstellung war – was wäre passiert, wenn die Besucher mich angetroffen hätten? Ich wäre wohl nicht in einem Zustand gewesen, um mit dieser Situation umzugehen. Blieb nur noch die Frage: Warum hatte ich mir die Haare abgeschnitten?

Meine innere Stimme meldete sich aus ihrer Kuschelecke: Weil man das so macht, wenn der Kerl 'ne andere hat. Neue Frisur, neues Leben. Zum Gesamtpaket fehlt noch ein Wellness-Tag im Spa, aber so weit sind wir nicht gekommen, und Vitamintabletten waren aus.

»Sagen Sie mal, soll ich Ihnen nicht doch noch einen Kaffee …? Sie sehen schwer angeschlagen aus.«

»Nein, danke … Es ist nichts. Alles in Ordnung. Und es ist niemand anders zu Schaden gekommen?«

»Nee, Gott sei Dank nicht … Wollen Sie einen Apfel oder so?«

Wieczorek stand auf, kramte in einem Schrank herum und legte drei kleine, schrumpelige Äpfel auf den Tisch. »Vom eigenen Apfelbaum. Bio. Bitte schön.«

»Danke. Aber ich glaube, mein Magen … Ich steck einen ein. Für später …«

Nicht wegnicken und nicht ausflippen. Aufrecht sitzen bleiben!

»War der Herr Herrmanns beliebt im Verein? Hat der Feinde?«

»Ach, der is'n Spinner. Aber ganz in Ordnung. Hier wollte dem keiner was. Ich weiß, dass der eigentlich hier sogar gewohnt hat, was ja verboten ist, aber glauben Sie, ich schubs einen alten Mann auf die Straße? Der war schon ganz patent, und wat die Rosen anging … Fachmann. Nur rumgeprahlt hat der immer. Der kann quatschen wie'n Maschinengewehr. War ja auch viel rumgekommen, von Berufs wegen. Aber vor allem hat der mit seinem neuen Job die Welle gemacht … Was sein Chef alles hat und wie reich der ist … Aber Mann, wat soll's? Hat doch jeder so seine Macken, ne?«

Wie man unschwer erkennen konnte … Mittlerweile, um nicht auf der Stelle einzuschlafen, hatte ich die ausgestopften Tiere gezählt und war bis 33 gekommen, die noch atmende Loki nicht mitgerechnet. Noch eine Minute hier drin und ich falle schnarchend vom Stuhl.

»Dann will ich mal. Kiosk von Oma Berti, welche Straße noch gleich? Und ich brauch Ihre Telefonnummer, für alle Fälle.«

Meine schauspielerische Glanzleistung hatte mir alles abverlangt. Wieczorek dagegen war hochzufrieden mit seinen 15 Minuten Berühmtheit und begleitete mich auf dem Rückweg.

Ich blieb vor Herrmanns' Gartentörchen stehen. Das Areal rund um die Laube war noch mit Flatterband abgesperrt. Erst jetzt bemerkte ich den Kanonenofen, der wie ein tapferer Soldat aufrecht inmitten des Schutthaufens stand. Die offene Ofenklappe hatte sich durch die Hitze verbogen. Es sah aus, als riefe der kleine Ofen ein letztes Mal um Hilfe. Etwas fehlte in dem Suchbild. Wo war der Safe?

»Möchten Sie mal einen Blick drauf werfen?«, fragte Wieczorek.

»Nee, nee, hat die Polizei ja abgesperrt. Da lässt man lieber die Finger davon. Stell dich gut mit der Polizei, haste immer was zu berichten …«

Wieczorek lachte. »Sie sind mir ja 'ne ganz Ausgebuffte.«

Kommt drauf an. »Ist das Areal noch genauso wie nach dem Brand?«

»Ja.«

»Ist keiner gekommen, um irgendwas abzuholen, was vielleicht für den Herrmanns noch von Wert sein könnte?« Wenn du nicht gleich antwortest, frag ich, wo der Safe ist, und dann lande ich mit Glasaugen an der Wand!

»Nee …« Wieczorek starrte auf den rauchenden Schutthaufen. »Obwohl … doch.«

Na? Na?

»Da war so'n Safe … Den hat aber die Berti abholen lassen.«

Danke!

»Ich ruf Sie an, wann wir ein Kamerateam schicken. Vielen Dank, Herr Wieczorek.«

»Immer gern, Frau … Frau?«

»Korff, Wilma Korff. War nett, Sie kennengelernt zu haben.«

»Übrigens, die Mütze, ist die echter Waschbär?«

»Allerdings. Hat mir die kanadische Bergwacht geschenkt. Aber nicht weitererzählen.« Und den Namen hab ich mir grad von meiner ehemals besten Freundin geklaut. Sollte Wilma das je erfahren …

Wieczorek machte große Augen. »Sie kommen ja ganz schön rum.«

Kann man wohl sagen.

Mittlerweile war es schon 13 Uhr durch. Ich wusste nicht, wohin. Mein Abgang bei Matti war nicht gerade freundschaftlich verlaufen. Sollte ich da jetzt wieder aufkreuzen und so tun, als wäre nichts gewesen? In jedem Fall würde es ein Gespräch erforderlich machen. Und ich hätte zwangsläufig die längeren Sätze, das war mal klar. Ich war mir außerdem immer noch nicht sicher, was ich von Mattis Saunaaktion halten sollte. Da musste ich mindestens noch ein oder zwei Stunden drüber nachdenken. Aber dazu musste ich wach sein.

Wilma um Hilfe zu bitten verbat sich von selbst. Also doch zu Raoul ins Café Madrid? Um Himmels willen. Zu Berti? Und wenn sie die Haare gesehen hatte? Hatte sie die erkannt? Berti ist spitzfindig und schlau … Aber sie hat den Safe. Aber den hat sie morgen auch noch.

Ich könnte ins Hotel gehen. Wenigstens ein bisschen schlafen. Ich könnte für vier Tage einchecken. Die würden mich nicht nach Geld fragen, jedenfalls nicht, bevor die vier Tage rum waren. Bis dahin hätte ich vielleicht genug mit dem Taxi eingefahren. Und wenn nicht, frage ich Winnie, wenn er denn endlich wieder da ist, ob er mir was leiht.

Mit letzter Energie machte ich mich sofort daran, meine geniale Idee in die Tat umzusetzen, und scheiterte kläglich. In den beiden Hotels in der City, die ich zu Fuß erreichen konnte, folgte auf einen Blick des Concierge auf meine Erscheinung die sofortige Bitte um Vorlage einer Kreditkarte, und die hatte ich nicht.

Im Hauptbahnhof holte ich mir einen Kaffee und eine Brezel und stellte fest, dass ich zu erschöpft war, um loszuheulen. Ich stand an der Kaffeebar am Haupteingang, und mein Blick fiel auf die wartenden Taxen am Halteplatz. Da hätte ich auch schon vor zwei Stunden drauf kommen können.

Ich holte den Wagen und fuhr bis zum Gelände der Jahrhunderthalle. Dort gab es einen riesigen Parkplatz, auf dem am Sonntag nichts los war. Ich verriegelte die Türen, stellte die Standheizung ein und machte mich auf der Rückbank lang. Noch während ich den Weckruf vom Handy einstellte, fielen mir die Augen zu.

16

Als ich wach wurde, wusste ich für einen Moment nicht, wo ich war. Ein Handy klingelte ununterbrochen irgendwo in meiner Nähe. Benommen richtete ich mich auf. Das Handy hörte nicht auf zu rappeln. Ich tastete im Fußraum des Wagens danach, fand drei Schrauben, einen Kugelschreiber und unzählige Kaugummipapierchen und am Ende dann auch endlich das kleine Telefon.

Dass mir das jetzt bitte nicht einreißt, dachte ich noch, als ich das Telefon anstarrte, das munter weitervibrierte und klingelte. Alle paar Tage irgendwo aufzuwachen und nicht zu wissen, wo ich bin, schlägt mir aufs Gemüt. Ich drückte wild auf der Tastatur herum, und eine Stimme rief plötzlich meinen Namen. Ich starrte das Handy an. Wieder rief jemand meinen Namen. Ich hoffte und fürchtete zugleich, es würde der Knipser sein, und sagte mit aller Neutralität, zu der ich fähig war: »Hallo?«

»Frau Margret, sind Sie das?«

»Herr Matti?«

»Ich brauche Ihre Hilfe. Kommen Sie bitte zur Villa des Herrn Van der Baack am …«

»Ich weiß, wo die ist«, unterbrach ich Matti. »Was ist denn?«

»Wir haben eine Leiche.«

Glückwunsch, die erste Kundschaft, und das noch vor der offiziellen Eröffnung, wollte ich sagen, aber Matti fuhr fort: »Bitte, kommen Sie. Wir warten im Garten der Villa«, und legte auf.

Ich zündete mir auf diese Absurdität eine Zigarette an. Wir haben eine Leiche. *Wir?* Wer ist *wir,* in Dreiteufelsnamen?

Ich stieg aus dem Wagen und streckte meine Glieder. Noch so eine Nacht und ich laufe so steifbeinig durch die Gegend wie der alte Schäferhund vom Gauleiter aus dem Kleingartenverein. Ich holte den Schminkkoffer aus dem Kofferraum – Frühstück für arme Mädchen. Gummibärchen und Marshmallows, und zur Zahnreinigung dürfte der verschrumpelte Apfel aus Wieczoreks Garten gerade noch taugen. Den Deckel vom Schminkkoffer klappte ich schnell wieder zu, denn aus dem Spiegel schaute mir eine total zerzauste Maggie Abendroth aus verquollenen Augen, Alarmstufe Rot, entgegen.

Meine Haut fühlte sich sehr trocken an und spannte – keine Dusche seit? … der Sauna, stellte ich fest. Dank der Sonnenmilch, die ich nach meinem Frühstück auf meinen Armen und im Gesicht verteilte, duftete das Taxi in der nächsten Sekunde wie ein Sommertag in Rimini – in einem Rauchsalon.

Nach der Katzenwäsche setzte ich mich hinters Steuer, stopfte mir zum Nachtisch noch einen Marshmallow in den Mund und zündete mir die nächste Zigarette an. Wenn ich jetzt noch einen Kaffee gehabt hätte, wäre es das perfekte Urlaubsfeeling gewesen.

Warum brauchte Matti meine Hilfe? Hatte Rudi beim Anblick seiner ersten Leiche etwa schlappgemacht und das Weite gesucht? Wer könnte das besser verstehen als ich?

20.30 Uhr. Die Villa von Van der Baack. Der Waschbär sitzt.

Vor dem Haus stand Mattis Leichenwagen, und der neue Firmenname strahlte mir entgegen: *Bestattungen Abendroth – immer für Sie da.*

Ich umrundete das Haus auf einem gepflasterten Weg und erschrak jedes Mal, wenn alle paar Schritte eine im Boden eingelassene Lampe anging. Bewegungsmelder. Holla! Vom Gartentor aus sah ich Licht, es schimmerte blau. Zarter Nebel schwebte über dem Licht. Ein beheizter Pool? Hatte Matti zum Einstand als Unternehmer etwa eine Wasserleiche? Doch wohl nicht Borowski, den es beim Schrubben dahingerafft hatte? Ich ging über den Rasen auf die Lichtquelle zu. Hinter mir erloschen die Bodenlampen. An der Stirnseite des Pools saßen, mit dem Rücken zu mir, auf einer niedrigen Mauer Matti und Rudi in ihren schwarzen Bestatter-Mänteln; dazwischen Borowski in seinem hellbraunen Wollfilz. Es sah aus, als hätten zwei Raben ein räudiges Karnickel unter ihre Fittiche genommen.

Ich rief leise Mattis Namen, um die drei nicht zu erschrecken. Er drehte sich um und deutete auf den Pool.

Am liebsten wäre ich sofort wieder gegangen. ›Immer für Sie da‹ ist nicht mein Motto.

Rudi hatte mich auch bemerkt, stand auf und kam mir entgegen. Selbst in dem fahlen Licht konnte ich erkennen, dass er rote, geschwollene Augen hatte. Borowski bewegte sich nicht.

»Der ist doch nicht etwa tot?«, flüsterte ich und zeigte auf Borowski.

Rudi nahm seine schwarze Wollkappe ab und knetete sie zwischen seinen Händen. »Nein. Mensch, gut, dass du da bist. Das hier ist eine riesengroße Scheiße. Der Besitzer von dieser Villa, der Van der Baack, hat ein Loch im Schädel«, flüsterte Rudi zurück.

»Warum flüstern wir?«

»Wenn ich nicht flüster, fang ich an zu schreien«, sagte er und setzte seine Mütze wieder auf.

Wir nahmen neben Matti auf der Mauer Platz. Ich riskierte einen Blick in den Pool. Vielleicht würde ich ja gleich anfangen zu schreien? Aber da war nichts zu sehen, außer dem Schein der Poolbeleuchtung und den Nebelschwaden.

»Wo ist die Leiche?«, fragte ich Matti.

»Im Haus.«

»Aber da gehört sie nicht hin, weil dieser … Borowski die im Pool gefunden hat«, preschte Rudi vor.

»Aha.«

»Ich konnte den doch nicht im Wasser liegen lassen«, heulte Borowski plötzlich auf. »Der hat sich doch den Anzug ruiniert!«

»Ähm … Moment mal?! War er da schon tot? Oder nicht? Borowski?!«

»Da floss Blut aus dem raus«, jammerte er. »So'n dünner roter Faden … Der Kopf war ganz anders als wie sonst. Kaputt.«

»Ganz ruhig«, sagte Matti.

»Wie konnte dat passiern?«, heulte Borowski.

Tja, ich weiß gar nicht, ob ich das so genau wissen will.

»Matti! Ein Toter mit eingeschlagenem Schädel im Pool, und der alte Mann holt den da raus und schleppt den ins Haus. Überall Spuren, überall Blut. Und dann ruft der ausgerechnet uns an anstatt einen Arzt. Ich geh auch noch ans Telefon, und der sagt, da wär 'ne Leiche abzuholen! Und ich Blödi sag auch noch, wir kommen.« Rudi war aufgesprungen und fuchtelte mit den Armen in der Luft herum, im Gesicht die nackte Angst. Ich erinnerte mich daran, was er in Mattis Wohnzimmer gesagt hatte, als ich umgekippt war: ›Jetzt denken bestimmt wieder alle, dass ich das war …‹

»Rudi, beruhige dich. Wir klären das auf«, sagte Matti und nötigte ihn, sich wieder hinzusetzen. Rudi stopfte sein weißes Hemd zurück in die Hose und knöpfte seinen Mantel zu. »Ich könnte meine Mütze fressen! Herrgott!«

Mattis Zuversicht zu teilen fiel mir schwer. Ich ließ meinen Blick durch den Garten wandern. Heute hatte es mal nicht geregnet, aber es war sehr kalt. Spuren auf dem kurz geschnittenen Rasen waren nicht auszumachen, jedenfalls nicht bei der schwachen Beleuchtung.

»Borowski, solltest du nicht den Pool winterfest machen? Das Wasser rauslassen und so?«

»Wollt' ich ja …! Aber erssma noch ma' ne Runde schwimmen. Is ja beheizt, und danach wollt ich den leer machen, weil der Van der Baack morgen widder hier sein wollte.«

»Hast du den umgehauen?«, fragte ich rundheraus. »Oder war es ein Unfall?«

Könnte ja sein, Van der Baack kommt nach Hause, sieht den halbnackten Borowski in seinem Pool und ist nicht begeistert … Oder: Borowski will in den Pool, Van der Baack kommt, Borowski denkt, es ist ein Einbrecher, und zack! Weiß man ja, was sich alles aus so einer Situation entwickeln kann.

»Nein …«, schluchzte er. »Das war ich nicht, aber wie ich den gesehen hab, hab ich gedacht, dat die Pollzei bestimmt denkt, dat ich dat war. Wieso war der überhaupt hier? Der ist doch weg, bei 'ne Messe in München.«

»Auf die Idee, den Notarzt anzurufen, bist du nicht gekommen?«

»Aber der war doch schon tot.«

Herrschaftszeiten!

»Ist was gestohlen worden? Ist die Tür aufgebrochen? Irgendwas, das uns weiterbringt?«, fragte ich.

»Das ist ja das Komische. Borowski sagt, die Tür war zu und abgeschlossen, und da war nix Ungewöhnliches«, erklärte Rudi. »Am besten guckste mal selbst.«

»Ich soll da reingehen? Bist du bescheuert?« Ich wusste nur allzu gut, was es heißt, seine Fingerabdrücke, und sei es auch nur aus den allerunschuldigsten Motiven, an einem möglichen Tatort hinterlassen zu haben.

»Habt ihr wenigstens einen Krankenwagen angerufen? Die Polizei?«

»Nee, ich hab dem Matti gesagt, dass die uns dann sofort festnehmen. Hey, ein Ex-U-Häftling wegen Totschlags und ein verurteilter Mörder auf Bewährung und ein Toter mit eingeschlagenem Schädel. Soll ich mal lachen? Ich hab vorgeschlagen, wir lassen den Van der Baack verschwinden. Oder wir verschwinden. Aber die Nachbarn werden den Leichenwagen gesehen haben … Wär ich doch bloß nicht ans Telefon gegangen …«

»Mein Gott, es passiert euch doch nix«, sagte ich. »Hier gibt es doch Spuren, und die werden nicht auf dich und nicht auf Matti oder Borowski hinweisen. Vielleicht wurde der ja auch gar nicht umgebracht? Warum redet ihr die ganze Zeit von Mord? Der kann doch auch ausgerutscht sein … Am Pool vielleicht? Wäre doch auch eine Erklärung.«

Matti schüttelte den Kopf. Rudi vergrub seinen Kopf in den Händen.

»Okay … Okay … Mord … Wenn ihr es sagt. Wir müssen jetzt nur das Richtige tun, und alles wird sich aufklären …«

»Tut es nie!«, jetzt jaulte Rudi auch noch. Matti, wie immer die Ruhe selbst, sagte: »Wir rufen Herrn Winnie an.«

»Das hättet ihr sofort machen sollen.«

Matti stand vom Mäuerchen auf. Borowski, der während der ganzen Diskussion vor sich hin geschnieft hatte, wollte seine Hand nicht loslassen.

Matti sagte: »Rudi, du bleibst bei Herrn Borowski. Frau Margret, kommen Sie bitte mit.«

Widerstandslos folgte ich ihm in Richtung Haus. Auf den Stufen zur halbkreisförmigen Veranda, die von acht steinernen Säulen eingefasst war, blieb Matti stehen und gab mir Plastiküberzieher für die Schuhe und ein paar Einweghandschuhe. Standardausrüstung für Bestatter – man konnte schließlich nie wissen, wo man eine Leiche abzuholen hatte und in welchem Zustand sie war.

»Das mach ich nicht, Matti. Das geht gar nicht. Ich geh da nicht rein. Da liegt eine Leiche, und ich will keine sehen. Punkt!«

»Frau Margret, da gibt es etwas, das Sie sich anschauen sollten. Es ist wichtig. Wir werden nichts berühren und nichts anfassen. Bitte.«

»Hören Sie auf mit Ihrem *Bitte*, Herr Matti. Wir rufen jetzt Winnie an und fertig.«

»Der Herr Borowski hat etwas gefunden, das ihm Angst macht. Ich will, dass Sie sich das auch anschauen und mir sagen, ob es berechtigt ist, was er sagt. Er fürchtet um sein Leben. Er sagte, Sie wüssten Bescheid.«

Ihr macht mich alle wahnsinnig. Komplett wahnsinnig! Matti hielt mir stur die Überzieher für die Schuhe entgegen, und ich streifte sie über meine Stiefel, zog die Gummihandschuhe an und sagte: »Aber nur eine Sekunde! Nur für eine Sekunde, Matti.«

Die Verandatür war angelehnt. Im Haus brannte Licht, und es war nicht schwer, Wasserlachen, Gras, Erdklumpen und Blutspuren, die Borowski beim Transport der Leiche hinterlassen hatte, zu umgehen. Auf Zehenspitzen gingen wir durch den Salon auf eine große Holztreppe zu. Für den Wert eines jeden einzelnen Bildes, das da im Treppenaufgang hing, hätte ich mir vermutlich eine Eigentumswohnung kaufen können.

»Der tote Herr Van der Baack liegt da rechts im Rauchsalon auf dem Sessel«, flüsterte Matti. »Kein schöner Anblick, das müssen Sie sich nicht angucken.«

»Da bin ich aber froh … Und wo gehen wir jetzt hin?«

»Ins Musikzimmer.«

Die Treppe knarzte leise unter unseren Schuhsohlen, und schlagartig meldete sich meine Blase mit einem Zwischenbericht von über 14 Stunden stetiger Füllung ohne Boxenstopp. Als wir den Treppenabsatz erreichten, sah ich auf der anderen Seite des Gangs eine schmale Tür mit der diskreten Aufschrift ›Gäste‹ und ging stracks hinein. Nach drei Minuten war ich wieder draußen, um ungefähr 26 Liter leichter. Schneller konnte ich beim Anblick eines dreckigen Schuhabdruckes auf weißen Fliesen nicht pinkeln.

»Ich denke, Sie machen sich Sorgen um die Spuren«, sagte er, als ich aus der Toilette kam.

»Manchmal mache ich mir auch Sorgen um meine Organe. Aber apropos Spuren, ich habe eine gefunden. Da drin, und die ist eindeutig.« Ich schob die Tür wieder auf, und Matti warf einen Blick in den kleinen, bis zur Decke gekachelten Raum. Auf den Bodenfliesen, direkt vor dem Handwaschbecken, war deutlich das grobe Profil einer Schuhsohle zu sehen.

Die Klobrille drehte sich plötzlich wie von Geisterhand, und der Duft von Lufterfrischer machte sich in dem kleinen Raum breit. Wir ließen erschrocken die Tür zufallen.

»Die Polizei wird den Schuhabdruck identifizieren«, sagte ich.

»Ja, das wird sie hoffentlich.«

Wir gingen den Gang entlang auf eine offene Flügeltür zu. Auf der Schwelle blieben wir stehen und schauten uns in dem riesigen Raum um, der von drei großen Kristalllüstern in gleißendes Licht getaucht wurde.

»War das Licht die ganze Zeit an?«, fragte ich Matti.

»Ja.«

Mindestens 60 Quadratmeter gediegene Spielfläche für Hausmusiker und Gäste, aber bitte nur höchstens 30, sonst musste man sich so quetschen. Zur Linken standen ein Bösendorfer Flügel, Notenständer und Stühle. Einige davon waren umgefallen. Ein Notenständer war verbogen, einen Stuhl hatte es besonders hart erwischt, er streckte alle vier filigranen Beinchen von sich.

An zwei Wänden zogen sich Bücherregale bis zur Decke. Ein paar Bücher lagen auf dem Boden, als seien sie achtlos aus den Regalen gezerrt und hingeworfen worden. Zwischen und vor den Regalen standen Vitrinen mit Notenhandschriften und Instrumenten, die ich noch nie zuvor gesehen hatte. An einer Wand hingen noch mehr alte Musikinstrumente: Gitarrenähnliches, Geigen, Flöten und etwas, das aussah wie ein kleiner Leierkasten. Inmitten der Ansammlung fiel mir ein heller Fleck auf. Ein birnenförmiger, heller Fleck mit einem langen Stiel. »Da fehlt ein Instrument«, sagte ich und zeigte auf die ausgeblichene Stelle.

»Und diese Vitrine dort ist leer«, Matti wies nach rechts, wo Glasscherben den Holzfußboden bedeckten. Die schmale Vitrine war umgekippt und das Holz an einigen Stellen geborsten.

»Sehen Sie, da sind noch mehr Abdrücke auf dem Teppich.«

»Ja, dasselbe Profil wie im Gästeklo, soweit ich das von hier aus beurteilen kann. Was könnte denn in dem Schaukasten drin gewesen sein?« Ich machte einen weiteren Schritt in den Raum hinein, aber Matti hielt mich zurück.

»Ich habe vorhin nachgesehen. Der runden Aussparung in der Staubschicht nach zu urteilen, vielleicht ein Teller.«

»Vielleicht klebt da ein Zettel drin – so eine Beschreibung, was ...«

»Nein.«

»Hm ... Aber das ist doch nicht das, was Sie mir zeigen wollten?«

»Nein. Machen Sie einen Schritt nach rechts, Frau Margret. Schauen Sie bitte zum rechten Fuß des Flügels.«

Na gut, wenn es der Wahrheitsfindung dient. Ich beugte mich vor und tat wie mir geheißen. »Da ist nichts.«

»Richtig, da war etwas.«

»Sie schleppen mich hier rauf, um mir zu zeigen, dass auf dem Boden nichts mehr liegt?«

»Herr Borowski hatte das hier in der Tasche, als wir eintrafen.«

Matti griff in seine Manteltasche und zeigte mir einen silbernen Flachmann in einer Plastiktüte.

»Und jetzt haben Sie ihn in der Tasche. Herr Matti, was wird das hier?«

»Man kann doch kein Beweismaterial entwenden.«

»Genau, warum tun Sie es dann?«

»Als ich es angefasst habe, wusste ich nicht, dass es Beweismaterial ist. Herr Borowski hat daraus getrunken, dann hat Rudi ihm den Flachmann weggenommen, weil er nicht wollte, dass der alte Mann sich betrinkt, und ihn mir gegeben. Dann erst hat Borowski gesagt, dass er ihn hier oben gefunden hat und dass er eigentlich seinem Freund, dem Herrn Herrmanns, gehört. Da an der Stelle neben dem Flügel hat der Flachmann gelegen.«

»Lassen Sie mal sehen. Vielleicht ist gar nicht …« Am unteren Rand war etwas eingraviert. Ich straffte die Plastiktüte über der Gravur und las: *Britons never shall be slaves.*

»Der Gravur nach ist es Herrmanns' Flachmann. Dieser Liedtext, so was sieht man nicht allzu häufig. ›Rule, Britannia! Britannia rule the waves. Britons never shall be slaves‹.«

Matti summte leise die Melodie des Liedes.

»Abgesehen davon, dass es hier hoch hergegangen sein muss, finde ich es erstaunlich, dass kein Blut zu sehen ist. Und soweit man es beurteilen kann, fehlen nur zwei Dinge. Entweder, die Diebe sind gestört worden – eben durch Van der Baack, oder sie haben gezielt zugegriffen.« Letztere Version kam selbst mir in Anbetracht der Werte, die hier überall herumstanden, fraglich vor. Die Diebe, einmal im Haus, hatten die freie Auswahl gehabt und dann nur zwei Dinge mitgenommen? Warum die Zurückhaltung?

»Auf der Treppe liegt ein Hemdenknopf«, sagte Matti. »Es fehlt am Hemd von Van der Baack aber kein Knopf. Vielleicht hat der Dieb ihn verloren.«

»Rufen wir Winnie an. Wir werden ihm erklären, wie die Fingerabdrücke auf den Flachmann gekommen sind«, sagte ich.

Matti berührte meine Schulter und sagte: »Im Präsidium haben sie gesagt, er habe noch Urlaub. Da habe ich aufgelegt. Ich wollte das vor Rudi nicht sagen. Er ist so nervös.«

»Aha. Ich dachte, Winnie wäre vielleicht mittlerweile doch schon angekommen. St. Petersburg versinkt im Schnee, wissen Sie, Herr Matti? Er muss warten, bis wieder Flüge gehen. Da kann man nichts machen.«

»Er kann auf dem Landweg bis Helsinki fahren und ab dort fliegen.«

»Sie kennen sich ja aus.«

Matti gab mir sein Handy und nickte mir zu.

»Ich soll jetzt anrufen?«

»Bitte. Das ist ein Notfall.«

›… bitte hinterlassen Sie eine Nachricht …‹ Ich atmete tief durch und sprach Winnie auf die Mailbox, dass er sofort zurückrufen soll. Es ginge um Leben und Tod.

»Tut mir leid, es war die Mailbox«, sagte ich und legte auf.

»Nun ja …«, Matti starrte für einen Moment irgendeinen Punkt im Universum an und beendete den Satz nicht. Er griff in seine Manteltasche und holte ein Gummibärchen hervor. »Möchten Sie auch eins?«

»Nein, ich will lieber raus hier.«

»Wissen Sie, warum Herr Borowski so viel Angst hat?«

Wir machten einen Schritt rückwärts und standen wieder im Gang.

»Weil er ein Spinner ist. Er denkt, dass Herrmanns das Opfer einer Verschwörung geworden ist, deren Drahtzieher die Familie Churchill ist. Fragen Sie mich nicht, die Story ist zu absurd. Er sieht mittlerweile hinter jedem Busch eine Zigarre und einen Bowler. Dieser Idiot. Herrmanns wurde vor einer Woche nachts angefahren und liegt im Koma. Und Borowski spinnt sich was zusammen. Aber eines ist nicht von der Hand zu weisen: Derjenige, der Herrmanns umgefahren hat, hat seinen Flachmann geklaut und hier wieder verloren. Könnte man jedenfalls annehmen. Wenn der Flachmann zwischendurch nicht den Besitzer gewechselt hat. Ich erzähl Ihnen die ganze Geschichte später.«

»Herr Borowski hat gesagt: ›Das ist ein Zeichen.‹ Er fürchtet sich zu Tode.«

»Ja, Herr Matti. Das glaube ich ihm aufs Wort. Die Frage ist, was machen wir jetzt? Winnie nicht da, und dann noch dieses Beweisstück mit Ihren und Rudis Fingerabdrücken drauf. Wenn Sie sich damit der Polizei …«

»Wir machen das, was vor der Nase liegt, Frau Margret«, fiel Matti mir ins Wort, »wir müssen die Polizei rufen. Wir werden erklären, was passiert ist.«

Das wüsste ich aber, mein Lieber. Ich steckte den Flachmann in meine Tasche. Matti schüttelte den Kopf und sagte: »Es wäre besser …«

»Es wäre besser, wir warten erst mal ab, wer von der Truppe kommt. Ich weiß, Sie wollen das nicht, aber jetzt lassen Sie mich mal machen, bevor Sie sich mit Ihrer Ehrlichkeit in Schwierigkeiten bringen.«

»Frau Margret. Nein.«

»Wenn Sie den Flachmann wiederhaben wollen, müssen Sie mich umnieten. Aber zuerst werde ich mal Borowski ein paar Fragen stellen.« Ich ging die Treppe hinunter. Matti folgte mir ohne Widerrede, und der Flachmann blieb, wo er war – in meiner Tasche.

Während wir aufgereiht auf dem Mäuerchen am Pool saßen und auf die Polizei warteten, erfuhren wir von Borowski, dass an der Wand im Musikzimmer, solange er in dem Haus arbeitete, nichts gehangen hatte. Und in der Vitrine, so meinte er sich zu erinnern, sei wohl ein Teller gewesen. Während Borowski versuchte, den Ablauf der Ereignisse zu schildern, zitterte seine Stimme, und er verhaspelte sich bei jedem Satz. Ich fragte mich, ob ein Schnaps der Sache dienlich wäre. Aber woher nehmen, wenn nicht stehlen? Noch einmal ins Haus zurück und eine Flasche holen wollte ich auf gar keinen Fall. Ich hätte auch gar nicht gewusst, wo ich suchen sollte.

»Und du hast im Haus nichts bemerkt? Warst du nicht oben im Musikzimmer und hast das Chaos gesehen?«

»Nein. Da hatte ich doch nix zu suchen.«

»Borowski!? Erzähl mir keinen Scheiß. Du hast doch den Flachmann da oben gefunden!«

»Ach, ja ...?«

»Ja!«

Borowski guckte mich flehend an. »Ist da noch ein Schluck drin?«

»Nein. Was hattest du da oben zu suchen?«

Die Antwort hätte ich mir auch selber geben können.

»Der Cognac unten im Salon war alle. Da bin ich da rauf ... und ... da ... hab ich ...«

»Ich dachte, du wolltest den Pool sauber machen? Was treibst du dich dann im Haus rum?«

»Ja, aber ... War doch keiner da, und ich wollt erssma 'n bissken Fernseh gucken.«

»Okay. Lass gut sein. Du hast also gesehen, dass da oben was nicht in Ordnung war – und dann?«

»Hab ich Angst gekriegt, wie ich den Flachmann gesehen hab, und bin raus.«

»Und da hast du Van der Baack draußen im Pool gefunden.«

»Jaaaa ...«, heulte er auf, »... und da war allet noch viel schlimmer ... Erss hab ich gedacht ... Diebe ... und ich muss die Pollzei holen, und dann dat!«

»Wer hat Schlüssel zu dem Haus? Hattest du einen?«

»Ja klar. Und der Herrmanns hatte einen und Frau Heckel und der Van der Baack. Dat Haus war zu, als ich hier angekommen bin.«

»Und die Alarmanlage?«

»Weiß ich nich mehr.«

»Wie? *Weiß ich nich mehr?* Van der Baack und seine Assistentin sollten doch das ganze Wochenende weg sein. Hast du mir erzählt. Sag nicht, du hast gestern vergessen, die Alarmanlage scharf zu machen?«

»Ich weiß et doch nich mehr. Hör doch ma auf mit der Fragerei, du machs mich ganz durchenander.«

Matti klopfte Borowski auf die Schulter. »Sie meint es doch nur gut.«

»Was meinst du, was die Bullen dich gleich noch alles fragen«, sagte Rudi, und Borowski sank noch weiter in sich zusammen.

»Wo ist Herrmanns' Schlüssel?!«, ließ ich nicht locker.

»Weiß ich doch nich. Bestimmt inne Laube verschmort.«

Da wäre ich mir mal nicht so sicher.

»Was für eine Laube?«, fragte Rudi.

»Herrmanns' Hütte is doch abgebrannt. Die Unterlagen, alles wech … Nur noch Asche … Wat meinze, warum mir die Düse geht?! Die sind uns auf'n Fersen …«

»Von wem redet der Kerl?« Rudis Augen wurden immer größer.

»Erklär' ich dir später, Rudi«, sagte ich.

»Die Berti war stinksauer auf mich, als dat passiert is. Die hat gesacht, dat ich dat bestimmt war, wegen dem Heizlüfter … Und der Herrmanns hat gezz gar nix mehr. Gar nix … Und überhaupt«, Borowski wurde plötzlich laut. »Is der Winnie denn gezz endlich ma' da?«

Ach, auf einmal! Wenn dem Herrn Borowski so richtig der Arsch auf Grundeis geht, dann vergisst er seine Homophobie und greift nach einem rosa Strohhalm.

Die Beamten von der Mordkommission kamen einer nach dem anderen durch das Gartentor auf das Grundstück. Um sie zu begrüßen, erhoben wir uns und gingen ihnen entgegen. Angeführt wurde die Truppe von einem schmächtigen Mann um die fünfzig, in einem abgewetzten Wollmantel, dem von Borowski nicht unähnlich. Er trug eine Schiebermütze. Rudi, der neben mir stand, stöhnte leise auf und taumelte einen Schritt zurück. »Oh nein …«

»Hauptkommissar Seidel, guten Abend«, sagte der Mann. Dann stutzte er und ging direkt auf Rudi zu. »Wen haben wir denn da? Den Herrn Rolinski.« Seidel drehte sich zu seiner Truppe um. »Das nenne ich aber mal ein schnelles Wiedersehen.«

Ein paar der Männer lachten.

Eines wurde mir auf der Stelle klar: Der Tag hatte nicht gut angefangen, und wie es aussah, würde er auch kein gutes Ende nehmen. Ich stellte mich und Matti vor und wies hinter mich in Richtung Mäuerchen und sagte: »Und das da ist Herr Borowski, der Aushilfsgärtner von Herrn Van der Baack. Er hat den Toten gefunden.«

»Borowski. Aha.« Seidel wandte sich wieder zu seinen Leuten um und zeigte hinter mich in Richtung Pool. »Borowski. Können alle Herrn Borowski gut sehen?« Die Truppe lachte laut. Ich drehte mich um.

Borowski war nicht mehr da.

Seidel klopfte Rudi aufmunternd auf die Schulter und feixte in die Runde: »Ich hoffe für Sie alle, dass wenigstens die Leiche noch da ist.«

Ich wünschte mir auf der Stelle genau das Gegenteil.

Um 4 Uhr morgens hatten wir endlich das Präsidium verlassen dürfen. Wir hatten das Taxi zurückgebracht und saßen in Mattis Küche vor einer großen Schüssel Marshmallows und tranken heißen Kakao dazu. Ich hatte ohne Erfolg in Mattis Kühlschrank nach etwas Herzhaftem gefahndet und zwei Eier gefunden, die ich gekocht hatte. Die lagen mir jetzt wie ein Betonklumpen im Magen. Ich legte noch einen Marshmallow obendrauf – war ja sowieso alles egal.

Rudi tigerte nervös hin und her und rang in seiner Verzweiflung die Hände. Hätte er Haare gehabt, er hätte sie sich gerauft, bis nichts mehr davon übrig wäre. Er hatte so fest daran geglaubt, dass er mit Mattis Hilfe in nichts mehr ›reingeraten‹ würde … Tja, das war schneller gegangen, als er sich hatte träumen lassen. In was reinzugeraten ging sogar schneller, als die Polizei erlaubt.

Ich erzählte den beiden ausführlich die Geschichte von Herrmanns' Unfall und der abgebrannten Laube. Und dass Borowski allen Ernstes glaubte, das gehe alles auf das Konto des englischen Geheimdienstes. Das erklärte zumindest, dass er uns in seiner Panik in Van der Baacks Garten einfach so im Stich gelassen hatte.

Seidel hatte uns die Existenz eines Herrn Borowski zunächst nicht abgekauft. Jedenfalls so lange nicht, bis einer seiner Beamten endlich Van der Baacks Assistentin Frau Heckel erreicht hatte, die bestätigen konnte, dass es einen Herrn Borowski tatsächlich gab.

Danach waren sie ein wenig freundlicher geworden. Aber nicht freundlich genug, um ihnen den Flachmann mit den Fingerabdrücken von Matti und Rudi auszuhändigen. Als wir auf dem Gang vor Seidels

Büro für einen Augenblick alleine gelassen worden waren – die Beamten hatten sich nach der Neuigkeit über die Existenz von Borowski kurz zur Beratung zurückgezogen –, hatte Rudi auf meine Tasche gestarrt, und ich hatte mit einem dezenten Kopfschütteln geantwortet.

Matti sagte: »Tun Sie das lieber nicht.«

Aber Rudi hatte heftig genickt und geflüstert: »Keiner weiß davon. Matti, bitte. Ich flehe dich an. Die machen uns fertig …«

So, wie Seidel an die Sache heranging, bestätigte er Rudis Befürchtungen. Der Kommissar hatte seine Täter schon im Visier. Was konnte es auch Schöneres an einem Tatort geben als einen verurteilten Totschläger und einen ehemaligen Untersuchungshäftling, getarnt als Bestatter? Damit ließ sich mit wenig Fantasie und Spucke eine prima Theorie aufstellen. Jedenfalls solange Borowski verschwunden blieb und unsere Aussage nicht bestätigen würde. Und was wäre, wenn sie ihn fänden? Mit seinem Abgang hatte sich Borowski hochgradig verdächtig gemacht. Und Seidel würde wahrscheinlich in absehbarer Zeit auch für mich noch eine passende Rolle in dieser Posse finden. Allein die Tatsache, dass das Bestattungsunternehmen meinen Namen trug, machte mich verdächtig.

Wären Winnies Kollegen Karin und Peter dabei gewesen, ich hätte den Flachmann auf den Tisch gelegt. Ich hatte gehofft, die beiden im Präsidium anzutreffen, aber sie tauchten nicht auf. Also sagten wir kein Sterbenswörtchen über das Fundstück, und ich war auch sonst nur so ehrlich, wie es die Situation erforderte. Als Beruf gab ich Schriftstellerin an, und in meinem Ausweis stand immer noch die Adresse vom Souterrain. Leider musste ich dann doch zugeben, dass ich Taxi fuhr, denn einer der Beamten hatte den Wagen vor der Tür von Van der Baacks Villa durchaus bemerkt und danach gefragt. Daraufhin war mein Ansehen bei Seidel noch weiter gesunken. »Tintenpisser und Taxifahrer«, hatte er doziert, »kommen gleich vor Terroristen. Womit wir schon bei vier Ts sind. Totengräber, Tintenpisser, Taxifahrer, Terroristen.«

Die Einzigen, die in dem Büro nicht lachten, waren wir. Warte nur, du Heiopei, bis Winnie wieder da ist. Dann wird sich alles aufklären. Winnie würde uns glauben, dass die Fingerabdrücke von Matti und Rudi versehentlich auf den Flachmann geraten waren. Wenn wir ganz viel Glück hatten, war der Fingerabdruck des Mörders auch drauf und bereits in der Datenbank der Polizei gespeichert, und wir würden sehr schnell wissen, wer Herrmanns überfahren hatte und wer für Van der Baacks Tod verantwortlich war. Im Geiste zündete ich eine Kerze für den russischen Wettergott an – möge der Schnee endlich schmelzen.

»Winnie wird mich anrufen, und dann klären wir das alles auf«, versuchte ich zum x-ten Male, Rudi zu beruhigen. »Wenn ich dem Seidel den Flachmann gegeben hätte, wärt ihr beide schon längst hinter Gittern.«

»Aber er hat noch nicht angerufen! Wo ist dein Herr Superkommissar?!«

»Rudi, das weiß ich nicht. Er hat sich nicht bei mir gemeldet. Aber ab halb sieben können wir Berti im Kiosk anrufen, und dann werden wir fragen, ob sie Neuigkeiten hat.«

»Wir hätten die Leiche verschwinden lassen sollen und abhauen. Jetzt haben wir den Salat«, sagte Rudi schon wieder. »Der Seidel wird mir das anhängen. Die Gelegenheit lässt der sich doch nicht entgehen. Ich bin auf Bewährung! Ich fass das nich …«

»Du solltest etwas schlafen, Rudi, wir haben ab morgen um acht unser Geschäft geöffnet und am Nachmittag einen kleinen Umtrunk. Das wird ein langer Tag«, sagte Matti.

»Und du? Willst du nicht schlafen?«

»Ich lege mich auf die Couch. Aber um halb sieben werde ich Frau Berti anrufen. Ich bin nicht müde.«

Matti seufzte, als endlich die Wohnungstür hinter Rudi zufiel. »Der Arme.«

Durchs Küchenfenster konnten wir ihn im Licht der Straßenlaterne mit müden Schritten auf das Bestattungsinstitut auf der anderen Straßenseite zugehen sehen. Ein paar Minuten später ging das Licht im ersten Stockwerk an. Zwei Rollos wurden heruntergelassen.

Es sah aus, als würden dem Haus vor Erschöpfung die Augen zufallen. Ob Rudi für den Rest der Nacht ein Auge zumachen würde, wagte ich zu bezweifeln. Wir hatten ihn mehrmals gefragt, wo er in der fraglichen Zeit, die der Rechtsmediziner als erste Schätzung der Todeszeit, zwischen 13.00 und 19.00 Uhr, angegeben hatte, gewesen sei, aber er wollte es nicht sagen. Es gab eine Lücke von zwei Stunden zwischen 16.00 und 18.00 Uhr. Matti hatte ihm tief in die Augen geblickt, und Rudi hatte ganz ruhig gesagt: »Ich war das nicht. Ehrlich. Ich hab nix gemacht. Ich bin mit dem Auto rumgefahren, weil ich mich dran gewöhnen wollte. Ich bin doch so lange nicht Auto gefahren.«

Damit war für Matti die Sache erledigt. Für meine Begriffe hatte Rudi vor dem Wörtchen ›nix‹ einen Wimpernschlag zu lange gezögert.

Matti nahm sich noch einen Marshmallow. Wie konnte er in dieser Situation nur so ruhig sein? Auch er hatte für die zwei Stunden kein Alibi. Er war allein im Bestattungsinstitut gewesen und hatte gearbeitet. Niemand hatte angerufen, niemand konnte Mattis Aussage bestätigen. Das war natürlich Wasser auf die Mühlen von Seidel.

»Frau Margret, wo könnte Herr Borowski hingegangen sein?«

»Ich habe keine blasse Ahnung. Zu Hause ist er bestimmt nicht. So blöd kann er nicht sein. Zu Berti geht er nicht. Die reißt ihm alle Haare einzeln aus, wenn sie herausgefunden hat, was passiert ist, das schwöre ich. Und das weiß er auch. Wir werden ihn suchen müssen. Ich habe kein großes Vertrauen in Seidel und seine Truppe, dass sie ihn so schnell finden werden.«

In meinem Magen rumorte es, und ich musste einen Eierrülpser unterdrücken. Zur Ablenkung drehte ich mir noch eine Zigarette. Matti starrte an die Decke und sagte plötzlich in die Stille hinein: »Es muss jemand sein, der sowohl Herrn Van der Baack als auch Herrn Herrmanns kennt. Es gibt eine Verbindung.«

»Tja, die gute alte Regel … Was sich aber beinahe schon ausschließt«, antwortete ich. »Zwischen Herrmanns' und Van der Baacks Biotopen liegen doch Welten. Der eine ist ein Diener, der andere ein Herr. Nur, weil die zuweilen dieselbe Luft atmen …«

»Das ist die typische Sicht von oben«, sagte Matti.

»Wollen Sie mir etwa Arroganz vorwerfen?«

»Nein, Frau Margret. Es ist eine Frage des Standpunktes, der Interessen oder des Charakters. Ganz neutral betrachtet.«

Ich war verwirrt. In welcher Glaskugel hatte er das denn gesehen?

»Aber Sie sollten jetzt auch schlafen, Frau Margret. Wir sprechen morgen weiter darüber.«

»Gute Idee. Darf ich mal Ihr Bad benutzen?«

»Aber sicher. Schlafen Sie gut.«

Ich wollte eben die Küche verlassen, schon ganz erstaunt, dass er nicht auf die Geschichte mit dem Flachmann zurückgekommen war, als Matti sagte: »Wo ist der Flachmann?«

»Das wollen Sie nicht wissen, Herr Matti. Es hat ihn nie gegeben, und keiner wird ihn zu sehen kriegen. Jedenfalls nicht, solange Winnie nicht da ist. Gute Nacht.«

Als ich aus dem Bad kam, lag Matti auf der ausgeklappten Couch im Wohnzimmer und schlief tief und fest. Ich hatte meinen sündhaft teuren neuen Seidenpyjama an und fühlte mich darin wie in einer eisernen Jungfrau. Ich hatte mit diesem Pyjama woanders sein wollen. Nicht hier, nicht wieder mitten in einem Desaster. Und nicht schon wieder eine Leiche, dachte ich noch. Wie mein Kopf aufs Kissen sank, bekam ich schon längst nicht mehr mit.

17

Jemand rüttelte an meiner Schulter. »Frau Margret, bitte wachen Sie auf.«

Ich war doch erst vor fünf Minuten ins Bett gefallen …

»Bitte wachen Sie auf.«

»Hmm, Matti, was?«

Im Zimmer war es dunkel, und ich konnte die schemenhaften Umrisse von Matti nur erahnen. Ich zog mir die Decke über den Kopf und grummelte: »Was gibt's?«

»Es ist 6.40 Uhr. Ich habe mit Frau Berti gesprochen. Sie weiß nicht, wo Herr Winnie momentan ist. Nur, dass er alles versucht, einen Flug zu kriegen.«

»Herrje.«

»Sie hat gesagt: Herrmanns geht es immer noch unverändert. Sie hat eben mit dem Krankenhaus telefoniert.«

Plötzlich war ich hellwach. Ich knipste die Nachttischlampe an. Matti saß auf der Bettkante. Er war schon wieder geschniegelt und gebügelt und fertig für seinen ersten Tag als selbstständiger Unternehmer im Bestattungsgewerbe.

»Wie machen Sie das, Herr Matti?«

»Mache ich was?«

»Als ich aus der Dusche kam, lagen Sie auf dem Sofa und haben tief und fest geschlafen. Und jetzt sitzen Sie hier, sind topfit und fertig angezogen. Wie machen Sie das?«

»Der Schlaf des Jägers. Im Winter am Nordpolarkreis kann langer Schlaf tödlich sein.«

»Aha? Abgesehen davon, dass hier nicht der Nordpolarkreis ist, sondern Heizungsland … Haben Sie Berti was über gestern Abend erzählt?«

»Nein. Ich habe gefragt, wo Herr Winnie ist und ob ich ihn zum Umtrunk heute Nachmittag erwarten kann.«

»Ach, der Umtrunk. Kommt Berti?«

»Wenn sie es einrichten kann.«

»Das wird ja eine schöne Geschäftseröffnung.«

Matti verzog keine Miene, dabei wollte ich so etwas wie Optimismus verbreiten. »Nix für ungut, Herr Matti.«

»Es gibt Champagner.«

Den gab es kurz vorm Untergang der Titanic auch.

»Wen haben Sie noch alles eingeladen?«

»Frau Carmen und Dr. Dr. Herzig. Sie werden vorbeikommen.«

»Die beiden sind wieder da?«

»Ja, seit gestern. Herr Hasselbrink kommt nicht.«

»Wohl kaum. Der schwirrt in der Toskana herum.«

»Nein, er ist auch wieder da. Ich glaube, es hat nicht so … funktioniert … mit Frau Rita.«

Armer Raoul, jetzt kehrt wieder gähnend langweilige Routine in die Küche des Café Madrid zurück. Und arme Maggie … Kai-Uwe wieder in seiner Wohnung bedeutete, dass ich auf gar keinen Fall mehr dort übernachten konnte.

»Frau Wilma hat noch nicht geantwortet. Sie kommen doch hoffentlich auch?«

»Was …? Vielleicht lieber nicht. Wilma und ich … Also …«

»Soll ich den Umtrunk lieber absagen? Aufgrund der Ereignisse?«

»Nein. Sie und Rudi machen business as usual. Sie haben nichts zu verbergen, und je mehr Leute kommen, desto besser. Vor allem Herzig. Ich meine, nur für den Fall, dass Seidel hier auftaucht. Ich geh Borowski suchen. Ich habe noch ein paar Fragen an ihn, und dann zerre ich ihn aufs Revier. So einfach geht das nicht – der alte Feigling. Aber zuallererst will ich einen Kaffee, und dann erklären Sie mir zwischendurch, wie man als Jäger am Nordpolarkreis schläft. Wer weiß, wofür es gut ist.«

Matti lächelte und sagte: »Dieser Pyjama steht Ihnen sehr gut, wenn ich das bemerken darf.«

»Danke«, sagte ich, und mein Gesicht wurde heiß.

»Sie sind nicht mehr böse, dass ich Sie in die Sauna gesteckt habe?«

»Nein … Nein … Vermutlich haben Sie mir das Leben gerettet,

und Sie haben meine Speckrollen gesehen, was soll's. Sie haben ja auch meine abgeratzten Haare gesehen, und Sie haben schon gesehen, wie ich aussehe, wenn ich gerade erwürgt werde … Und nicht zu vergessen: meine Reaktion auf meine erste Leiche. War auch nicht so richtig witzig, oder?«

Die Hitliste meiner fünf peinlichsten Momente im Leben konnte ich locker auf zehn erhöhen, wie mir soeben auffiel. Und die meisten davon hatten in Mattis Gegenwart stattgefunden.

Jetzt lief Mattis Gesicht rot an, aber er lächelte immer noch. Noch zehn Sekunden, und er kommt ins finnische Guinness Buch der Rekorde.

»Lachen Sie mich aus?«

»Nein. Ich gehe und mache Ihnen Kaffee.«

»Herr Matti …«

»Ja?«

»Sind Sie denn noch sauer, dass ich nicht mit Ihnen arbeite? Und dass ich Sie angelogen habe?«

»Nein. Wir sind doch jetzt zusammen.«

»Wobei wir schon wieder festgestellt haben, dass wir über diverse Verfahrensweisen uneins sind.«

»Das wird sich geben«, sagte er und ging aus dem Zimmer.

Und ich nächtige bei Ihnen, schon zum zweiten Mal, hätte ich noch hinzufügen können. Und das Bestattungsinstitut trägt sogar meinen Namen.

Ist es nicht erstaunlich?, fragte meine innere Stimme gähnend, Matti bekommt immer, was er will.

Ich schwang meine Füße aus dem Bett. »Nein, Herr Matti, ich gehe und mache Kaffee. Sie können mir dabei zugucken und von der Robbenjagd erzählen«, rief ich ihm hinterher.

»Eisangeln.«

»Und wenn wir damit fertig sind, dann machen wir eine Liste. Dieses ganze Chaos braucht Struktur. Fakten, Fakten, Fakten.«

Matti setzte sich an den Küchentisch und summte einen finnischen Tango. Mein Handy klingelte. Winnie, endlich!

»Hast du die Pfanne heiß, Abendroth?!«, schrie mir Kieslowski entgegen, ohne sich mit irgendwelchen Begrüßungsfloskeln aufzuhalten.

»Tut mir leid, Chef, ich war die ganze Nacht im Polizeipräsidium. Eine Leiche finden und dann noch Aussagen machen und, und, und. Das dauert eben.«

»Du, du … du hast definitiv 'n Ratsch am Kappes!«, brüllte er und schmiss den Hörer auf.

Eine Stunde später zickzackte ich auf der Suche nach Borowski durch Bochum-Ehrenfeld. Aus sicherer Entfernung beobachtete ich Oma Bertis Kiosk. Fehlanzeige. Ich verwarf die Idee, Berti einen persönlichen Besuch abzustatten. Es war gut, wenn ein paar Leute nicht wussten, dass ich nicht in der Karibik unterm Sonnenschirm lag. Ich schaute kurz bei Helga im Ehrenfelder Eck vorbei und fragte nach Borowski, aber auch sie hatte ihn nicht gesehen.

Eine halbe Stunde lang stand ich vor seiner Haustür und klingelte in regelmäßigen Abständen, aber nichts tat sich. Als ein Nachbar herauskam, schlüpfte ich hinein, stellte mich vor Borowskis Wohnungstür, klingelte, klopfte und lauschte. Nichts. Ich trampelte ein paar Treppenstufen hinunter und schlich auf Zehenspitzen wieder zurück in der Hoffnung, Borowski würde darauf hereinfallen und die Tür aufmachen, um nachzusehen, aber nichts dergleichen geschah. Zurück auf der Straße, beobachtete ich noch minutenlang die Fenster, ob sich dort nicht vielleicht verräterisch eine Gardine bewegte. Ergebnislos.

Danach rief ich auf der Intensivstation im Krankenhaus in Langendreer an und fragte die Krankenschwester, ob zufällig der Freund von Herrn Herrmanns da sei, aber sie verneinte. Mein letzter Versuch führte mich zum Kleingartenverein ›Glück auf‹, aber die Laube von Wieczorek war verriegelt. Vom ersten Vorsitzenden und seinem Hund war weit und breit nichts zu sehen. Wo ich schon mal da war, kletterte ich über den Zaun von Herrmanns' Gartengrundstück und stocherte halbherzig in der kalten Asche herum, in der Hoffnung, seinen Schlüssel zu Van der Baacks Villa zu finden. Nach einer halben Stunde hatte ich genug davon, klopfte mir den Staub von der Hose und ging. Ich vermutete sowieso, dass der Schlüssel an dem Abend von Herrmanns' Unfall schon den Besitzer gewechselt hatte. Und da ich mir ziemlich sicher war, Herrmanns' Laube nicht angezündet zu haben, muss das wohl der Porzellan-Dieb gewesen sein. Ob der die Laube dann vorsätzlich oder versehentlich hatte in Flammen aufgehen lassen, war eher nebensächlich. Aber, schoss es mir durch den Kopf, woher wusste der Dieb von der Existenz der Laube? Das konnte nur jemand wissen, der Herrmanns gut genug kannte. Das würde Mattis logischen Ansatz bestätigen. Es ging kein Weg dran vorbei – ich brauchte Borowski, um ihm all diese Fragen zu stellen. Mit wem hatte Herrmanns denn außerdem noch Kontakt, außer mit Berti und seinen Laubenpiepern?

Aber Borowski hatte sich in Luft aufgelöst. Jedenfalls für den Moment. Ich wurde wütend. Wie konnte der Alte bloß so feige sein? Der findet die Leiche seines Chefs, ruft einfach Matti an und glaubt, der würde das Malheur mal eben so beseitigen?! Ich wusste ja, dass Herrmanns und Borowski nicht die Allerhellsten waren, und Helden waren sie schon gar nicht, aber das schlug doch dem Fass den Boden aus. Da machte sich Borowski einfach davon und ließ uns alle in der Patsche sitzen. Ihm musste doch klar sein, dass er uns in Teufels Küche brachte! Fragte sich bloß, in welcher Hölle er gerade schmorte. Hatte er uns alles erzählt, was er wusste? War vielleicht doch alles ganz anders gewesen? Hatte er uns angelogen, was den Ablauf der Ereignisse betraf?

Bei dem Gedanken an eine Küche, wessen auch immer, knurrte mein Magen. Ich ging zurück zum Ehrenfelder Eck in der Hoffnung, bei Helga noch mal anschreiben lassen zu dürfen.

Die Kneipe war um diese Uhrzeit leer. Keine tanzenden Elvisse, keine Schnapsdrosseln, nur Helga und ihr Putzlappen.

»Wo ist denn der Big Spender?«

»Tach, Maggie. Schon wieder da?«

Sie war so freundlich und spendierte mir auf Kredit noch eine Packung Tabak und Blättchen, solange ich versprach, ihr beim Putzen nicht im Weg zu sein. Ich verkrümelte mich in die hinterste Ecke und grübelte, was ich noch unternehmen könnte, um dieses Durcheinander aufzuklären. Ich nahm mein Notizbuch hervor und notierte:

1. Borowski finden! (und erwürgen!)

2. Winnie sprechen.

Und 3. …? Keine Ahnung.

Helga schrubbte die Theke und lief zwischendurch immer wieder in die Küche. Von dort machte sich schon der allerlieblichste Duft von frisch gebratenem Kotelett und Blumenkohl breit. Und plötzlich wusste ich, wen ich dringend zu interviewen hatte. Frau Heckel, die Assistentin von Van der Baack. Sollten nicht beide auf einer Tagung in München gewesen sein? Hätte ich doch bloß gestern Nacht besser aufgepasst, als der Polizeibeamte im Nebenzimmer von Seidels Büro mit ihr telefonierte. Na ja, wenn man selber in der Bredouille steckt, dann ist man weit davon entfernt, wie Emma Peel geistesgegenwärtig alle Bälle in der Luft zu behalten. Aber jetzt, der akuten Gefahr entronnen, stellte sich bei mir so was wie Recherchefieber ein. Wenn ich für einen Kleingarten-Gauleiter die Journalistin geben konnte, dann auch vor Frau Heckel. Ich würde für sie die Journalistin wiederbeleben, ein bisschen frisch machen, und mal sehen, ob sie bereit war, dem Lockruf der Medien zu folgen. Ich hatte zwar keine Kamera dabei, aber es muss nicht immer Fernsehen sein. Auch die Landschaft der Printmedien bot jede Menge Möglichkeiten. Ich würde mir die gute Frau Assistentin erst mal anschauen und spontan entscheiden, für welchen Arbeitgeber ich unterwegs war. Notfalls auch für die *New York Times.*

Ich bat Helga um das Telefonbuch von Bochum und machte mich an die Arbeit.

Als ich eine Stunde später aus der Tür des Ehrenfelder Ecks trat, war ich nicht nur rundum satt und zufrieden, sondern die Journalistin Wilma Korff, die eine Verabredung zu einem Interview mit Frau Heckel hatte, das im Tagungszentrum in Herne stattfinden würde. Ich hatte eine lange Liste mit Fragen in der Tasche, noch genau zehn Euro im Portemonnaie und schrieb für den *Stern.*

Rasanter Aufstieg, Maggie Abendroth, rumorte Oma selig in meinem Kopf. Hat dein Herr Matti nicht gesagt: Eine Lüge ist die Mutter von zehn neuen? Du bist schon bald bei zwölf.

Ja, aber diesmal wirklich, wirklich für einen guten Zweck.

Kind, du hast einfach zu viel Fantasie. Die bringt dich nur in Schwulitäten, referierte Oma weiter. Hör doch mal endlich auf das, was die Leute dir sagen. Ich weiß noch, wie du uns alle glauben machen wolltest, dass du adoptiert bist …

Diese Geschichte ist jetzt definitiv zu lang, Oma, und ich hab was Dringendes zu erledigen. Auf mich wartete immerhin eine Fachausstellung für alte Musikinstrumente mit dem Titel: *Trumscheit und Lirone, Vihuela und Viole.* Frau Heckel hatte die Worte für mich buchstabieren müssen. Möge sich einen Reim drauf machen, wer auch immer sich dazu bemüßigt fühlt. Ich hatte nicht den geringsten Hauch einer Ahnung, was ich dort zu sehen bekommen würde. Ich hoffte nur, dass nichts davon eine ansteckende Krankheit war.

Auf dem Weg zur U-Bahn wählte ich wieder Winnies Handynummer, bat um dringenden Rückruf (mein genauer Wortlaut war: ›Mir fliegt hier alles um die Ohren, und dein Kollege Seidel ist ein Arschloch und verdächtigt Matti und Rudi, einen Mord begangen zu haben; Borowski, der alte Irre, ist auf der Flucht, und deiner Oma geht's auch nicht gut!‹) und gab ihm den guten Rat, auf dem Landweg, meinetwegen mit einer Troika, nach Helsinki zu fahren und dort ein Flugzeug zu besteigen.

Die U-Bahn sauste durch den Tunnel. Ich hielt das Handy in der Hand und kontrollierte regelmäßig, ob ich auch tatsächlich Empfang hatte. Es konnte doch nicht sein, dass ganz St. Petersburg zu einem einzigen Funkloch geworden war?!

Nach einer Viertelstunde hielt die Bahn in Herne an der Haltestelle Archäologiemuseum/Kreuzkirche. Ich stieg aus und hielt mich, wie Frau Heckel mir aufgetragen hatte, am Ausgang der Station links, marschierte am Archäologiemuseum vorbei und memorierte derweil die Fragen, die ich ihr stellen wollte. Die Frau hatte sich schon bei meiner harmlosen Begrüßung am Telefon als harte Nuss geoutet. ›Entgegenkommend‹ nenn' ich was anderes. Auch das Zauberwort ›Presse‹ hatte nicht die erwartete Wirkung gezeigt, denn die Kollegen von BILD und *Ruhr Nachrichten* waren ihr schon in aller Herrgottsfrühe auf die Bude gerückt, und ich musste ihr mehrmals versichern, dass ihr Name in meinem Artikel nicht vorkommen würde. Fotos durfte ich von ihr auch nicht machen. Alles Wünsche, die ich jederzeit erfüllen konnte: Weder hatte ich einen Auftrag vom *Stern,* noch besaß ich einen Fotoapparat. Ich hatte das Telefonat mit ihr mit völlig reinem Gewissen beendet.

Als Helga genau in dem Moment an meinen Tisch gekommen war, um mir das Mittagessen zu servieren, hatte sie mich mit großen Augen angeschaut und gesagt: »Hat der Wieczorek ja doch Recht gehabt mit der Journalistin. Ich wusste ja gar nicht, dat du undercover und so ...«

»Genau Helga, undercover. Und so soll es auch bleiben. Wir verstehen uns.«

Helga hatte genickt und gesagt: »Deswegen die Mütze.«

»Genau. Und falls Borowski bei dir auftaucht, kette ihn an die Theke, bis ich wieder da bin.«

»Wieso?«

»Helga! Füll ihn notfalls ab. Wahrscheinlich rettest du sein Leben.«

Sie war zu verblüfft, um weitere Fragen zu stellen.

Nachdem ich endlich den Eingang der Herner Beton-Bausünde, genannt Tagungszentrum, im Halbkeller gefunden hatte – warum soll man auch einen Eingang zu ebener Erde anbieten, wenn man seine Besucher so schön foppen konnte? –, betrat ich das Foyer. Frau Heckel hatte mich hierher bestellt, weil sie für Van der Baack einen Ausstellungsstand mit alten Musikinstrumenten betreute, der wegen seines plötzlichen Todes vorzeitig abgebaut werden musste. Durch Van der Baacks Tod war die Fachwelt der Freunde der Alten Musik unversehens um einen engagierten Gönner ärmer, hatte sie mir am Telefon erklärt. Da würden einige Experten aus dem Ausland, die sich nur wegen seiner Sammlung angemeldet hatten, sehr enttäuscht sein, dass sein Ableben ihnen einen Strich durch die Rechnung gemacht hatte.

Ich ließ meinen Blick schweifen und stellte fest, dass ich unversehens in eine Twilight-Zone geraten war. Eine Welt, in der es zum guten Ton gehörte, erdfarbene Pullunder zu tragen, versonnen vor sich hin zu gucken und horrende Preise für alte, vergilbte Notenblätter zu bezahlen. Einige Pullunder trugen dicke Bücher unterm Arm, und zu meiner grenzenlosen Verwunderung konnte man hier Schallplatten erstehen, echte, schwarze Schallplatten in kunstvoll aufgemachten Schubern. In der Twilight-Zone war die CD also noch nicht angekommen. Ich hätte mir gern einen Ausstellungskatalog gekauft, aber fünf Euro überschritten mein Budget gewaltig. Während ich im Geiste noch meine Barschaft zählte und die umherwandernden Pullunder beobachtete, flog plötzlich die Tür auf, und eine Grundschulklasse strömte lärmend ins Foyer. Die Pullunder zogen die Köpfe ein, die Frau am Noten-Verkaufsstand breitete ein großes, weißes Tuch über ihr Angebot, legte ein handgemaltes Schild auf ihre abgedeckten Waren mit der Aufschrift ›Berühren verboten!‹ und verfügte sich. Die Kinder warfen ihre Ranzen und Mäntel in eine Ecke neben der offiziellen Garderobe, was zu einem kleinen Aufstand mit der Garderobiere führte, die von allen je einen Euro und das korrekte Aufhängen der Mäntel an die dafür vorgesehenen Haken verlangte, die sie verwaltete. Ich hätte das Scharmützel zwischen Lehr- und Verwaltungskörper gerne noch weiterverfolgt, aber Frau Heckel wartete, und meiner Einschätzung nach würde sie das nicht eine Sekunde länger tun als verabredet.

Ich nahm die Treppe, die hinauf in den ersten Stock und in die Ausstellung führte, und begann meine Wanderung durch eine Zeit ohne Verstärker, E-Gitarren, Soundcomputer und sonstigen Schnickschnack moderner Musikproduktionen. Die international besetzte Instrumentenbauer-Riege hatte ihre schönsten Stücke mitgebracht, die sie interessierten Pullundern aus aller Herren Länder präsentierten. Ganz allmählich fanden sich zu den exotischen Begriffen, wie Gambe und Vihuela, die dazugehörigen Exponate, und ich stellte fest: Ganz hübsch, aber wer braucht so was? Na ja, das würden die Pullunder beim Betreten eines *Gucci*-Flagshipstore sich wahrscheinlich auch fragen.

Zu kleinen Grüppchen formiert standen die interessierten Besucher zusammen und sprachen sehr leise miteinander. Die meisten von ihnen trugen ein schwarzes Trauerband am rechten Oberarm. Die Nachricht vom Tode Van der Baacks war also bereits angekommen. Hier und da probierte jemand ein Instrument aus, zupfte oder strich über die Saiten, was in meinen Ohren klang wie Zwölftonmusik dargeboten auf Eierschneidern. Ich nahm das Informationsblatt eines Ausstellers vom Niederrhein von seinem Verkaufstisch. Er gab vor zu wissen, wie man ›Chitarronen‹ baut. Ich steckte kopfschüttelnd den Handzettel ein. Chitarronen? Ich war mir sicher, dass es sich dabei um Außerirdische aus dem Sternensystem des Beteigeuze handelte. Als ich gerade fragen wollte, ob er mir so einen Chitarronen mal zeigen könnte, tauchten die ersten Köpfe der Kinder am Treppenabsatz auf. Die Händler stoben auseinander, um hinter ihren Ausstellungsständen Posten zu beziehen und zu retten, was noch zu retten war. Die Lehrerin erreichte nach Luft schnappend den Treppenabsatz und keuchte: »Nichts anfassen, Kinder«, aber es war schon zu spät. Irgendein Superschlau hatte sich zwei kleine Holzschlegel gegriffen und klöppelte auf einer liegenden Harfe, so sah das Instrument jedenfalls aus, bereits den ›Ketchup Song‹. Die Klassenkameraden bejubelten den jungen Künstler, und einige Mädchen versuchten sich an der Choreographie. Es sah eher aus wie der Ententanz, aber ihrem Enthusiasmus hatten die Pullunder nichts entgegenzusetzen.

Ich ließ die Viertklässlerperformance hinter mir und flüchtete an einen Stand weit ab vom Geschehen. Der gehörte einem Briten. Er handelte mit Arpeggione und Zistern. Der Mann sah entgegen meiner Erwartung gesund aus und trug definitiv den schmucksten Pullunder. Er stellte sich mir als Stephen vor. Ich outete mich sofort als kompletter Laie von der Presse, woraufhin er für mich enthusiastisch ein paar Takte auf einer, wie er es nannte, Barockgitarre zupfte, die nicht nach den *Bravo*-Charts klangen, sondern wie etwas, das schon Heinrich VIII. das Dinner verhagelt hatte. Dabei erklärte er mir in einem sehr schnell gesprochenen englisch-deutschen Mischmasch die Vorzüge seiner Handwerkskunst. Während ich den Briten dozieren ließ, blätterte ich im Ausstellungskatalog und tat interessiert, und auf Seite 70 war ich das plötzlich auch wirklich. Da war ein Instrument abgebildet, dessen Umrisse genau zu dem hellen Fleck an der Wand von Van der Baacks Musikzimmer passte. Neben der Abbildung stand: *Viola d'amore, Stadler, 1714. Sammlung Van der Baack.*

Ich unterbrach Stephens Vortrag und zeigte auf das Instrument: »Ist das hier?«

»Oh, Sie sind doch ein Expert, was? No, sorry«, fuhr er betrübt fort, »es hätte sollen sein hier.«

»Ach? Warum ist es nicht da?«

»Miss Heckel sagt, Van der Baack hat es sich überlegt anders … Irgendwelche Problems mit Versicherung. Das war ein große Disappointment für alle.«

»Ach so. Bestimmt wahnsinnig wertvoll?«

»Absolutely. Die People kommen aus ganz Europa, um das zu sehen. And now? Keine Stadler. Very disappointing.«

»Hm, schade.«

»Und keine hatte das geglaubt mit die Insurance.«

»Und warum nicht?«

»Because …«, Stephen sprach nicht weiter. Sein vorher so freundliches Gesicht verzog sich schlagartig zu einer reservierten Maske, und er deutete in den hinteren Bereich des großen Saales. Dort stand eine Frau an einem halb abgebauten Stand. Sammlung *Van der Baack/Wolkensteinharfe 1420* stand groß an einer leeren Vitrine, die noch nicht fortgeräumt worden war. 1420, war das jetzt der Preis oder der Jahrgang?

»Ist das Frau Heckel?«

»Oh yes.«

»Was wollten Sie denn grad noch sagen?«

»Isch? Oh nothing. I am sorry.«

Das war ja ein schneller Sinneswandel. Interessant war, dass er offensichtlich durch den Anblick von Frau Heckel hervorgerufen worden war.

»Dann muss ich mal los. War nett, mit Ihnen zu plaudern«, sagte ich zu Stephen und ging auf Frau Heckel zu.

»Do not touch! Don't even think about it. Please …«

Ich drehte mich noch mal um. Stephens Stand war von der Schulklasse eingenommen worden. Er ragte aus der wogenden Menge hervor und schaute mir hinterher wie ein Ertrinkender. Schon erklang wieder der ›Ketchup Song‹, diesmal gezupft und nicht geklöppelt.

Frau Heckel war um die 40, mittelblond und sehr schlank. Sie trug ein Kaschmir-Twinset, Perlenkette, Rock bis zum Knie, und flache Pumps. Ihre ganze Ausstrahlung war irgendwie … beige. Mattbeige, stumpfig, lehmig beige. Auch ihren hellbraunen Augen fehlte jeglicher Glanz. Sie lächelte nicht einmal aus Höflichkeit, als ich ihr die Hand entgegenstreckte. Drückte sie die Trauer um ihren Chef etwa dermaßen nieder?

»Korff, Redaktion *Stern* … Guten Tag, Frau Heckel. Mein Beileid.«

Mit einem strengen Blick auf mein Äußeres sagte sie: »Ich hätte nicht gedacht, dass der *Stern* seine Redakteure so schlecht bezahlt.«

Okay?! Ich hätte sagen können, zu viel Beige macht plump, selbst Ihre schlanken Fesseln, aber die Journalistin Wilma Korff hielt sich nicht lange mit spitzen Bemerkungen auf. »Tut er auch nicht, Frau Heckel, ich bin bloß seit drei Wochen nicht zu Hause gewesen, weil mich die Redaktion von einem Ort zum anderen jagt; und leider, leider hab ich keine Assistentin, die für mich zum Waschsalon geht und mir die gebügelten Socken mit UPS hinterherschickt. Können wir uns hier irgendwo ungestört unterhalten?«

»Ja, nebenan gibt es eine Kneipe.«

Zwei verschwitzte junge Männer hievten die Vitrine weg.

»Das alles hier muss noch in den Transporter. Ich bin in einer halben Stunde wieder da. Und wenn eins von den kleinen Frettchen auch nur irgendwas anfasst, knallt's«, befahl Frau Heckel, und die beiden nickten ergeben. Ohne sich zu vergewissern, ob ich ihr auch folgte, bahnte sie sich rücksichtslos einen Weg durch die herumwuselnden Kinder, lief die Treppe hinunter zur Tür hinaus, eine andere Treppe wieder hinauf, bog links ab und marschierte in die angrenzende Kneipe, die zum Tagungszentrum gehörte. Sie setzte sich an den nächstbesten Platz direkt neben der Tür. Es war nur noch ein weiterer Tisch am anderen Ende des Raumes besetzt. Dort saßen drei Männer, die schweigend ihr Bier tranken. Den schwarzen Trauerbinden nach zu urteilen, gehörten sie ebenfalls zu den ›Freunden der Alten Musik‹.

Ich setzte mich und packte mein Notizbuch aus.

»Was möchten Sie trinken?«

»Kamillentee.«

»Kuchen?«

»Ich esse keinen Kuchen«, sagte sie spitz.

Kamillentee lag voll in meinem Budget, und ich bestellte einen für sie und für mich einen doppelten Espresso.

»Sind Sie schon von Kommissar Seidel befragt worden?«, eröffnete ich das Gespräch. Den Namen des leitenden Beamten zu nennen und so zu tun, als pflege man allerbeste Beziehungen zur Schaltzentrale, brachte mir von ihr immerhin ein Heben der rechten Augenbraue ein.

»Bin ich, gestern Nacht und heute Morgen um sieben Uhr. Warum interessiert sich ein so großes Magazin für einen Mord in Bochum?«

»Weil Herr Van der Baack in Kennerkreisen großes Ansehen genossen hat«, schoss ich ins Blaue. Kennerkreise und Anerkennung klingt immer gut – für was auch immer. Was seine Sammlung alter Musikinstrumente anging, konnte ich nicht so falsch liegen. Und ich hatte Recht. ›Miss Beige 2002‹ entspannte sich ein wenig. Der Kamillentee wurde serviert. Die Bedienung ließ den Zuckertopf auf dem Tisch stehen. Umgehend nahm Frau Heckel das Ding und stellte es auf den Nebentisch. »Das sagten Sie schon am Telefon. Ich habe Ihnen etwas mitgebracht, damit Sie sehen können, wie sehr sich Herr Van der Baack engagiert hat.«

Frau Heckel legte den schmalen Ausstellungskatalog auf den Tisch, den ich mir vorhin nicht hatte leisten können. Ich las den Titel noch mal: ›Tage Alter Musik in Herne – 14. bis 17. November 2002‹.

»Schauen Sie rein. Van der Baack hat für die Ausstellung einige Exponate beigesteuert. Sehr wertvolle Exponate.«

Ich blätterte in dem Heft, aber für ihre Begriffe wohl nicht enthusiastisch genug. Frau Heckel nahm mir den Katalog aus der Hand und zeigte auf einige Bilder. »Sehen Sie?«

»Aha«, sagte ich pflichtschuldig und schrieb die Namen der Musikinstrumente in mein Heft.

»Sie brauchen nicht mitzuschreiben, Sie können den Katalog behalten.« Sie sagte es, als würde sie ein üppiges Trinkgeld an mich verteilen.

»Danke«, sagte ich, »aber der *Stern* wird mir den Katalog bestimmt gerne sponsern.«

Als Frau Heckel die Seite 70 überblättern wollte, legte ich meine Hand auf die Seite und sagte: »Die sieht ja toll aus.«

»Ach das …«, Frau Heckel räusperte sich. »Ein außergewöhnliches Stück, in der Tat.« Sie wollte unbedingt weiterblättern, aber ich zog meine Hand nicht weg.

»Sieht sehr schmuck aus. Schade, dass es nicht ausgestellt wurde«, sagte ich.

»Wie kommen Sie denn darauf?«

»Weil Stephen es gesagt hat.«

»So ein Quatsch.«

»Also ist das Instrument hier?«

»Natürlich.«

»Kann ich es mir mal anschauen? Es sieht sehr wertvoll aus.«

»Können Sie nicht. Die ist bereits verpackt.« Frau Heckel zupfte am grünen Tischtuch herum.

»Schade. Hätte sich gut für die Fotostrecke gemacht.«

Du lügst doch, hätte ich am liebsten herausposaunt. Für Stephen gab es gar keinen Grund, mir einen Bären aufzubinden. Aber warum log Frau Heckel?

»Hm. Wo bewahrt Herr Van der Baack eigentlich diese wertvollen Sachen auf?«, schlug ich einen neuen Pfad ein.

Selbst auf dem Schwarzweißfoto konnte man erkennen, dass es sich um ein sehr prachtvolles Stück handeln musste. Die kunstvoll verschnörkelten Intarsienarbeiten auf der Rückseite des Instrumentes, das aussah wie eine Gitarre, nur mit mehr Wirbeln zum Stimmen, waren bestimmt aus Elfenbein.

»Diese gehört ins Musikzimmer, wegen der konstanten Temperatur und Feuchtigkeit. Der Raum ist klimatisiert.«

Wenn dieses Instrument in der Mordnacht im Musikzimmer gehangen hätte – ich hätte es bestimmt bemerkt. Ich beschloss, einen Versuchsballon loszulassen.

»Stephen hat gesagt, Van der Baack konnte das gute Stück nicht ausstellen, wegen der Versicherung.«

Sie wurde bleich und stotterte: »Stephen … Was weiß denn der … Was für ein Unsinn.«

»Warum lügen Sie mich an, Frau Heckel? Ist was mit dem Ding?«

Sie zupfte wieder am Tischtuch, diesmal hektischer, und der Kamillentee schwappte aus dem Glas.

»Soll ich mal raten? Van der Baack hätte es gar nicht ausstellen können.«

Das Gezupfe hörte auf, und sie starrte mich an.

»Weil es gar nicht mehr da ist.« Ich machte eine Pause.

Frau Heckel machte: »Ts!«

Dann setzte ich nach: »Vielleicht ist es gestohlen worden?«

»Wer hat das gesagt?«, schnappte sie und starrte die Herren am anderen Ende der Kneipe an, die angefangen hatten, sich für uns zu interessieren.

Das war ja wie Zen-Bogenschießen. Man zielt, guckt dabei aber nicht hin. Frau Heckel nippte mit kleinen, hektischen Schlucken an ihrem Tee. Offensichtlich hatte mein Pfeil getroffen.

»War Van der Baack also arg in der Klemme wegen dieser Ausstellung? Er hat doch gewusst, dass sie weg ist. Und Sie auch.«

»Ich weiß nicht, woher Sie diese Information haben wollen«, sagte sie brüsk. »Etwa auch von Stephen?«

Ich beschloss, nicht darauf zu antworten. Sollte sie doch denken, was sie wollte.

Frau Heckel nippte wieder an ihrem Glas. Ich zielte noch mal und sagte: »Sollten Sie eigentlich nicht auch mit Van der Baack in München bei einer Tagung sein?«

Frau Heckel fragte sich wahrscheinlich, wo man die Glaskugel kaufen konnte, in der ich offensichtlich gerade las.

Verunsicherung beim Gegenüber ist in diesem Falle sehr gewinnbringend, weil aussagekräftig. Auf welche der beiden unangenehmen Fragen würde sie jetzt wohl antworten? Unter meiner Trappermütze wurde es heiß.

»Ich war nicht mit Van der Baack in München, sondern hier. Irgendjemand musste ja die Ausstellung vorbereiten.«

»Sie scheinen etwas verärgert darüber zu sein.«

»Er hat mich mit dem ganzen Kram einfach sitzen gelassen, weil er wieder mal eigene Wege ging. Ja, ich war ungehalten.«

»Aber wie es aussah, war er gar nicht in München.«

»Vielleicht ist er wieder zurückgekommen. Er machte, was ihm passte. Van der Baack musste schließlich niemanden fragen, was er tun und lassen soll!«

Na gut, das war ja nur das Appetithäppchen. Da sie der ersten Frage ausgewichen war, würde die Antwort darauf wesentlich interessanter und brisanter sein. Nur noch ein klitzekleiner Umweg. »Und Sie waren also die ganze Zeit hier? Und Sie haben Ihren Chef nicht gesehen? Wo er doch gar nicht in München war?«

»Ich war am Wochenende nicht in der Villa, falls Sie das fragen wollten. Ich habe meinen Chef nicht gesehen.«

Jetzt hatte sie es mir aber gegeben. Frau Heckel guckte aus dem Fenster, als sei ich gar nicht mehr da.

»Er schwänzt eine so bedeutende Ausstellung? Für die er sich so ins Zeug gelegt hat?«

»Ich mache für gewöhnlich mit allen relevanten Käufern und Interessenten Privattermine. Van der Baack stellt sich doch nicht hier auf die Ausstellung, was glauben Sie denn?«

»Vor allem, wenn er sich vor seinen von weit her angereisten Expertenkollegen rechtfertigen muss, dass eines der schönsten und wertvollsten Exponate nicht da ist?«

Sie gab mir keine Antwort.

»Frau Heckel, was, wenn ich das der Polizei erzähle? Ein verschwundenes Instrument in Zusammenhang mit einem Mord?«

»Dann sage ich, es ist vor kurzem verkauft worden.«

Reingefallen, Gnädigste.

»Dann brauchen Sie Belege dafür, und die haben Sie nicht.«

Frau Heckels Gesicht wurde regelrecht grau. Jetzt hatte sie auch gemerkt, dass sie mir auf den Leim gegangen war. Es fiel mir schwer, nicht breit zu grinsen.

»Außerdem«, setzte ich nach, »sind Sie doch eine kluge Frau, oder? Es wäre ein Leichtes für Sie gewesen, das verschwundene Instrument als gestohlen zu melden, gestern Abend oder heute Morgen, als die Polizei Sie gefragt hat. Warum haben Sie es nicht getan? In der Presseerklärung der Polizei ist nur von einem *Gegenstand* die Rede. Ich kann Ihnen die Antwort geben: weil die Geschichte dahinter nicht für die Ohren der Polizei geeignet ist. Habe ich Recht?«

Oh Maggie, jetzt aber nicht zu viel Miss Marple! Die Frau ist nicht blöde. Aber was wusste sie schon über Presseerklärungen der Polizei und ob und in welchem Wortlaut irgendwas herausgegeben worden war.

Frau Heckel schwächelte. Sie hatte ihre Teetasse in der Hand, war aber unfähig, sie bis zum Mund zu führen. Ihre Hand zitterte leicht.

»Okay, Frau Heckel, ich geh dann mal zur Polizei. Danke für das Gespräch.« Ich klappte mein Notizbuch zu.

»Einen Moment.«

»Ja?«

»Sie werden meinen Namen aus der Geschichte raushalten?«

»Das habe ich Ihnen zugesichert. Sie kennen bestimmt diese Formulierung: ›Wie aus gut unterrichteten Kreisen verlautet‹ – ein Klassiker.«

Sie setzte die Tasse ab, ohne einen Schluck genommen zu haben. Ich klappte mein Notizbuch wieder auf.

»Sie haben … Also … diese Kataloge werden lange im Voraus gedruckt. Natürlich wäre dieses Exponat ein Highlight der Ausstellung gewesen. Vor ein paar Wochen. Ja … vor ein paar Wochen war die Viola plötzlich weg. Die Diebe waren also gestern nicht zum ersten Mal da.«

Frau Abendroth, rücken Sie vor bis zur Schlossallee! Mein Kugelschreiber flitzte übers Papier. Einmal angefangen, sprudelte es nur so aus Frau Heckel heraus.

»Als die Viola gestohlen wurde, hat Van der Baack keine Anzeige erstattet.«

»Warum nicht?«

»Es gab keine Einbruchspuren … Nichts! Die Versicherung hätte keinen Cent bezahlt. Und dann … eine Woche später, haben die ein Lösegeld gefordert.«

»Die?«

»Na, die Diebe. Sind Sie schwer von Begriff?«

»Lösegeld für eine Klampfe?«

Die Heckel trommelte mit den Fingern auf die Tischplatte.

»Entschuldigung, ich bin ein Kunstbanause«, sagte ich und lächelte.

»Da hat die Redaktion ja die Richtige geschickt.«

»Der Anfängerblick ist immer der schärfste. Behauptet jedenfalls mein Chefredakteur.«

»Der offensichtlich auch ein Anfänger ist«, schoss sie zurück.

»Da kann ich Sie beruhigen.«

Sie schaute nervös auf ihre Armbanduhr. Die halbe Stunde, die sie mir gewährt hatte, war längst um.

»Um es kurz zu machen, Van der Baack hat sich geweigert zu zahlen, und das Instrument ist nie wieder aufgetaucht. Wahrscheinlich gehört es mittlerweile irgendeinem russischen Mafiaboss und hängt in seiner Datscha.«

»Aha.«

»Die reichen Russen lassen stehlen. Der letzte Schrei in deren Kreisen ist nicht *Cartier* und Kaviar, sondern Kultur, oder was auch immer die dafür halten. Glauben Sie es oder glauben Sie es nicht. Die Mafiabosse und Gasmagnaten richten sich Musikzimmer mit echten alten Instrumenten ein. Der Markt ist zahlungskräftig – und es wird mittlerweile auf Vorrat geklaut.«

»Was denn noch? Laut meinen Recherchen fehlen bis jetzt nur zwei Dinge. Haben Sie der Polizei noch was verschwiegen?«

»Nein. Sie sagen *nur* zwei Dinge. Sie wissen ja gar nicht …«

»Genau, Frau Heckel. Dann machen Sie mich doch mal schlau. Sie sind die Expertin.«

Plötzlich änderte sich ihr Gesichtsausdruck. Anstelle von Härte und Ablehnung war da nun tatsächlich so etwas wie Sorge getreten.

»Ach, es ist eine Katastrophe. Der Delfter Teller. Er ist nicht zu ersetzen, und für einen echten Liebhaber alter Musikinstrumente auch unbezahlbar, weil darauf ein Instrument abgebildet ist, das nicht mehr existiert. Die einzige Abbildung, die überhaupt je aufgetaucht ist. Ich weiß nicht, wie Van der Baack in seinen Besitz gelangt ist, ich weiß nur, dass der Teller vor acht Jahren aus einem Museum in England gestohlen wurde. Jahrelang blieb er verschollen, und plötzlich hat mein Chef ihn in der Vitrine. Er hat mir gegenüber behauptet, es sei eine Kopie.«

»Und Sie haben ihm nicht geglaubt?«

»Natürlich nicht. Es hat nie Kopien davon gegeben. Keine aus der Entstehungszeit und keine von heute. Da können Sie jeden Experten fragen.«

»Zum Bespiel welchen?«

»Experten? Die da drüben … Aber wenn Sie es wissenschaftlicher möchten, dann gehen Sie zu Professor Grob, Musikwissenschaftler an der Ruhr-Uni. Oder rufen Sie Timothy Leacham in Manchester an, der Teller ist schließlich aus seinem Museum gestohlen worden.«

Ich schrieb die beiden Namen in mein Notizbuch.

»Aber dann ist ja Van der Baack … ein Hehler?«, entfuhr es mir.

»Sie müssen sich nicht empören, mein Chef war kein Heiliger. Und er war gierig wie alle Sammler. Es gibt eine sehr dehnbare Grauzone. Da können Sie jeden …«

»… Experten fragen, ich weiß. Aber es gibt doch Gesetze?«

»Der Markt legitimiert das. Das ist doch kein Geheimnis.«

»Hat denn Van der Baack keine Angst gehabt, dass er mal Besuch von seinen Musikfreunden … diesem Professor und …«, ich schaute in meinen Aufzeichnungen nach, aber für Frau Heckel mal wieder nicht schnell genug, und sie fiel mir ins Wort: »Leacham. Da musste Van der Baack sich keine Sorgen machen. Die drei Herren sind … waren sich spinnefeind.«

»So spinnefeind, dass sie sich gegenseitig die Preziosen gestohlen haben könnten und die Schädel einschlagen?«

Frau Heckel bekam einen Schluckauf.

»Na? Könnten sie? Wenn doch alle so gierig sind«, setzte ich nach. Aber Frau Heckel hickste nur damenhaft und hielt sich die Hand vor den Mund.

Bisher klang alles wie eine sehr schmucke Räuberpistole. Die Frau trug sie auch ganz ordentlich vor, aber stimmig war sie in meinen Augen noch nicht. Diese Geschichte hatte bis jetzt nur eine Überraschung. Aber ein gutes Drehbuch hat zwei bis fünf. Ich kritzelte Das-ist-das-Haus-vom-Nikolaus in mein Notizbuch, hoffte auf eine Eingebung und legte einen neuen Pfeil auf die Bogensehne.

»Eins noch, Frau Heckel … Russen hin oder her, Grob und Leacham mal ganz außer Acht gelassen … Ich glaube vor allem eines nicht: dass jemand wie Van der Baack seine unersetzliche Fidel Amore nicht zurückkauft, wenn sie ihm angeboten wird. Erstens hatte er einen Ruf zu verlieren und zweitens, das haben Sie selbst gesagt, war er gierig. Ein Sammler. Ich glaube viel eher, dass er …« Mir fiel nichts ein, dass nicht furchtbar nach einem meiner Drehbücher geklungen hätte, und ich vollendete den Satz nicht, sondern fing einen neuen an. »Es hat doch nicht etwa am Geld gelegen? War er in finanziellen Schwierigkeiten?«

Frau Heckel presste die Lippen aufeinander. Für mich sah es so aus, als fürchtete sie, etwas zu sagen, das ihr hinterher leidtun könnte. Ich wollte ihr noch etwas Zeit geben und fragte: »Wie hat die Polizei auf den Diebstahl des Tellers reagiert?«

»Mein Gott, gar nicht. Die wissen doch nicht, um was genau es sich handelt. Ich habe nur gesagt: ein wertvoller Delfter Porzellanteller.«

»Wenn Sie dem Seidel die Wahrheit gesagt hätten, würde er sich vielleicht etwas mehr anstrengen. Oder wollen Sie das gar nicht?«

»Worauf wollen Sie hinaus?«

»Entweder Sie versuchen das Ansehen Ihres Chefs hochzuhalten, oder aber … Sie haben das gute Stück vielleicht selbst geklaut? Und die Viola auch?«

»Sie nehmen den Mund ziemlich voll. Wahrscheinlich müssen Sie als Journalistin so blindwütig herumstochern. Ich will es Ihnen gerne noch einmal sagen: Die Kunst- und Sammlerszene lebt nach eigenen Gesetzen. Das ist für einen Laien nicht leicht verständlich.«

Natürlich nicht. Mord und Totschlag sind auch nicht so leicht zu verstehen. Am Ende läuft sowieso immer alles auf dasselbe hinaus: Geld!

»Okay, Sie sagen, der Teller, falls er denn echt ist, ist unbezahlbar – wie drückt man das in Nullen vor dem Komma aus?«

Frau Heckel zuckte mit den Schultern und starrte an die Decke. Also viele, viele Nullen.

»Und als Kopie?«

»Ein paar Tausend, mehr nicht. Van der Baack hat ihn nicht versichern lassen.«

»Weil er eine Kopie war?«

»Ich sagte Ihnen doch schon, das habe ich nie geglaubt.«

Langsam verstand ich. Die Kunstversicherer sind schließlich auch nicht auf den Kopf gefallen – Van der Baack wäre mit seiner Kopie-Version niemals durchgekommen.

»Und was kostet so eine … Dings-Klampfe?«

»*Viola d'amore!* Diese hier liegt bei zwei Millionen.« Sie tippte mit dem Finger auf den Katalog. »Das jedenfalls sind die Russen bereit, dafür zu zahlen.«

»Wie hoch war das Lösegeld für die Fiedel?«

»*Viola,* schreiben Sie sich das doch mal auf! Nicht Dings und nicht Fiedel!«

Huuuh! Beige ändert die Farbe … Eine leichte Röte überzog ihre Wangen, und kleine Schweißperlen bildeten sich auf ihrer Oberlippe.

»Okay, Viola d'amore«, sagte ich fehlerfrei. »Wie hoch?«

»Hunderttausend«, sagte sie mit verächtlichem Unterton.

Klingt wie ein Schnäppchenpreis, wenn man bedenkt, was das Ding wert sein soll. »Finden Sie das nicht ein bisschen wenig?«

»Um ehrlich zu sein, ja. Das kann nur bedeuten, die Diebe sind die Viola nicht losgeworden und hatten auch keine Aussichten, dass sie sie loswerden oder … es waren Leute, die nicht wussten, was sie da in den Händen hatten.«

»Dagegen spricht aber, dass sie offensichtlich wiedergekommen sind.«

Frau Heckel zuckte mit den Schultern. »Woher soll ich denn wissen, was Diebe denken?«

»Wissen Sie, was jetzt schade ist, Frau Heckel? Dass die Diebe kein Lösegeld für den Teller fordern werden. Es sieht ja fast so aus, als hätten Sie den Teller als Ersatz für ihr Lösegeld stehlen wollen. Vielleicht, um Van der Baack zu zeigen, dass sie auf sein Geld gar nicht angewiesen sind? Wie hieß das Instrument, das da drauf zu sehen ist?«

Frau Heckel räusperte sich vernehmlich.

»Ein großes Cymbal oder auch Pantaleon genannt. Nach seinem Erbauer: Pantaleon Hebenstreit. 18. Jahrhundert. Es sieht so ähnlich aus wie ein Hackbrett mit 185 Saiten.«

So viele? Kein Wunder, dass es keiner mehr spielt. Frau Heckel warf mit noch mehr Namen und Daten um sich – für mich nur böhmische Dörfer. Ich ließ das Referat an mir vorbeirauschen und stieg geistig wieder ein, als sie sagte: »… Hellmann und Gumpenhueber aus Wien zum Beispiel. Es gibt nirgendwo mehr ein erhaltenes Exemplar. Wenn es diesen Teller nicht gäbe, wüsste niemand, wie es ausgesehen hat. Man kann nur noch in Archiven, zum Beispiel am Kaiserhof in Wien, etwas darüber lesen.«

Das-ist-das-Haus-vom-Nikolaus …

»Interessiert Sie das überhaupt?«

Mich interessiert vor allem, was Sie nicht sagen, meine Liebe, aber dazu kommen wir noch.

»Sie wissen außerordentlich gut Bescheid«, sagte ich. Es war Zeit für ein kleines Lob.

»Ich arbeite seit zehn Jahren für Van der Baack. Und ja, ich bin sehr interessiert.«

Ich schwieg. Frau Heckel auch. Ihr waren wohl die Gumpenhuebers ausgegangen. Das Schweigen dehnte sich aus.

Frau Heckel trank ihren Tee aus, glättete ihren Rock und machte Anstalten aufzustehen.

»Gehen Sie bitte nicht«, sagte ich freundlich. »So, wie ich die Sache sehe, ist die Polizei kurz davor, die Falschen zu beschuldigen, unter anderem den alten Herrn Borowski. Und der hat es doch wohl wirklich nicht verdient.«

Ich wartete darauf, dass meine Worte Wirkung zeigten. Jetzt bloß nicht drängeln, Maggie. Dran bleiben, ruhig bleiben. Sie wird sich entscheiden. Wenn nicht jetzt, dann später. Jetzt wäre mir aber lieber.

»Ich weiß gar nicht, wovon Sie reden, Frau Korff.«

»Wie machen sich übrigens die Rosen, um die sich Herrmanns am Tag seines Unfalls kümmern wollte?«

»Welche Rosen?«

»Schultheis, aus England.«

»Sind Sie betrunken?«

»Nein. Ich zitiere nur Ihren Chef.«

Frau Heckel starrte mich an und stotterte: »Wann hat er das …?«

»Waren welche bestellt? Ja oder nein?«

»Nein … was haben denn jetzt Rosen mit …?«

»Ach, unwichtig.«

Ich musste schnell noch einen Versuchsballon loswerden, denn ich wusste nicht, ob ich jemals wieder Gelegenheit haben würde, mit Frau Heckel zu sprechen. Wenn es nicht die Rosen waren, dann war es was anderes, sehr Wichtiges, das Herrmanns für Van der Baack zu erledigen gehabt hatte …

»Vergessen wir mal die Rosen. Mir geht nicht aus dem Kopf, dass Van der Baack das Lösegeld nicht zahlen wollte. Das sind doch Peanuts für den. 100.000 Euro. Ph! Soll ich Ihnen mal erzählen, was ich mir vorstellen könnte?«

»Ich muss jetzt gehen.«

»Bitte, es dauert nur eine Minute.«

Sie setzte sich wieder hin, starrte aber demonstrativ zum Fenster hinaus.

»Meine Geschichte geht so: Van der Baack wollte zahlen, aber das Geld nicht selber überbringen und hat seinen ergebenen Gärtner, den alten Herrn Herrmanns, losgeschickt, um das Instrument wiederzuholen. Leider ging die Geldübergabe schief. Herrmanns kam nicht zurück. Wie gut, dass ein paar Tage später die Suchanzeige der Polizei in der Zeitung war.«

»Woher haben Sie überhaupt die Geschichte mit dem Unfall?«

»Ich rede mit vielen Menschen. Also weiter: Dieser Gärtner … Herrmanns, kommt nicht zurück, liegt in der Klinik und kann nicht befragt werden. Van der Baack wird klar, dass sein Geld und seine Fidel weg sind. Quel malheur. Und deswegen hat er nichts Eiligeres zu tun, als den Samariter zu spielen und bei der Gelegenheit den Freund von Herrmanns zu engagieren, um in der ersten Reihe zu sitzen, sollte Herrmanns jemals wieder wach werden.«

Frau Heckel hielt es kaum noch auf ihrem Stuhl aus. Irgendwas an meinem Lore-Roman musste wohl richtig sein. Vielleicht sogar alles?

Plötzlich sagte sie leise: »Wissen Sie, wie es Herrn Herrmanns geht?«

»Unverändert. Die Ärzte wissen nicht, ob sie ihn durchbringen.«

Sie sank in sich zusammen. Wenn ich jemals jemanden gesehen

hatte, der sich vor lauter Schuldgefühlen auf einen anderen Planeten wünschte, dann war es diese Frau. Ich erinnerte mich an das, was Oma Berti mir über Van der Baacks Besuch im Krankenhaus gesagt hatte, und daran, dass die Frau Heckel den Herrmanns angeblich nach Hause gefahren hatte, weil es schon so spät geworden war, und fragte: »Wohin haben Sie Herrmanns in der Unfallnacht wirklich gefahren?«

»Nirgendwohin!«

»Van der Baack hat was anderes erzählt.«

»Was soll das?!«

»Wissen Sie, wieso ich darauf komme? Ich frage mich die ganze Zeit, wie der alte Mann mit dem großen Koffer nach Weitmar gekommen ist. Er wird wohl nicht hingeflogen sein.«

»Lassen Sie mich doch mit Ihrem Gequatsche in Ruhe!«

»Gleich. Herrmanns' Schlüssel von der Villa ist unauffindbar – und ich glaube, dass er an dem Tag verschwunden ist, als Herrmanns den Unfall hatte. Genau so, wie der Koffer des Herrn Herrmanns verschwunden ist, wie seine Freunde mir berichtet haben. Damit ist er kurz vor dem Unfall gesehen worden. Darin hätte sich prima eine Fidel de Dingsbums transportieren lassen.«

Frau Heckels Unterlippe bebte, aber sie korrigierte mich diesmal nicht. Wenn sie doch wenigstens nicken würde. Ich war kurz davor, die Frau durchzuschütteln, damit sie endlich etwas sagte. Aber sie schien wie in Trance.

»Nur noch eine Sekunde, Frau Heckel, die Geschichte geht noch weiter: Van der Baack wartet nach Herrmanns' Unfall darauf, dass die Diebe sich wieder melden. Eigentlich könnte man sich fragen, warum sollten sie? Sie haben das Geld und das Instrument, das sie jetzt noch mal anbieten können. Aber vielleicht haben sie sich gemeldet, um zu gucken, ob er bereit ist, noch einmal zu zahlen. Und er hat sie sogar selbst ins Haus gelassen. Dafür spricht, dass die Alarmanlage im Haus nicht losgegangen ist. Nur – auch die zweite Geldübergabe geht schief. Die andere Möglichkeit wäre die von mir bereits erwähnte: Die Diebe kommen mit Herrmanns' Schlüssel zurück, weil es so einfach ist, die Preziosen bei Van der Baack aus der Villa zu tragen. Vielleicht brauchten sie aber gar keinen Schlüssel, weil er eine so entgegenkommende Assistentin hat?«

Frau Heckel sprang auf. Das Teeglas fiel vom Tisch und zersprang klirrend auf dem Boden. Die drei Herren guckten zu uns hinüber. Einer wollte Frau Heckel zu Hilfe kommen, aber sie stürmte aus dem Lokal, ohne sich noch einmal umzudrehen.

»Sie ist nur aufgeregt, wegen Herrn Van der Baack«, sagte ich laut, und der Mann setzte sich wieder hin.

Und wie aufgeregt ich erst war. Ich nahm die Getränkekarte und schaute nach, was der Wodka kostete. Einer geht noch, befand ich nach einem Blick in mein Portemonnaie und winkte dem Kellner. Wie es aussah, waren die Geschichten, die das Leben schrieb, noch klischeehafter als meine miesesten Drehbücher. Jetzt müsste ich nur noch rauskriegen, welche von meinen zusammengesponnenen Ideen die richtige gewesen war: die, die Frau Heckel veranlasst hatte, so eilig das Lokal zu verlassen, oder die andere.

Cheers, Stephen, und danke für die Information.

18

Zurück in der U-Bahn und auf dem Weg nach Bochum, holte ich wieder mein Notizbuch aus der Tasche. Das eine Gläschen Wodka rotierte in meinen Gehirnwindungen hübsch im Kreis. Genauso wie meine Gedanken. Die kamen immer wieder und wieder an der Haltestelle ›Mordwaffe‹ vorbei. Matti und ich hatten bei unserer nächtlichen Stippvisite in Van der Baacks Haus nichts entdeckt, was eine Mordwaffe hätte sein können. Ich ärgerte mich, mit Matti nicht doch noch in den Salon gegangen zu sein, um Van der Baacks Leiche anzuschauen. Aber Matti hatte das ja getan, und wenn er was entdeckt hätte, dann hätte er es gesagt. Andererseits, was wusste ich schon, wie viele Zimmer die Villa hatte? Dachboden und Keller, Gartenhaus und Garagen nicht mitgerechnet. Ich notierte:

1. Matti nach der Mordwaffe fragen
2. Das Haus von Van der Baack durchsuchen

   (Alle mal lachen. Maggie, wie willst du das anstellen?)

Dann sprang ich wieder auf den Zug auf. Diesmal blieb mein Gedankenexpress mit quietschenden Bremsen bei Frau Heckel stehen. Die hatte doch alles, was es zu einem gelungenen Mord brauchte: Gelegenheit, Motiv, Ortskenntnis, Haustürschlüssel … Und wenn man das viele Geld bedachte? Dazu kannte sie alle Kanäle, um das Diebesgut mit Gewinn unter die gierigen Sammler zu bringen. Ich schrieb:

3. Heckels Wohnung inspizieren

   (Noch so eine tolle Idee. Die Frau würde mich doch zukünftig nicht näher als 100 Meter an sich ranlassen.)

4. Wo sucht man noch nach Diebesgut?
5. Wie komme ich ohne Winnie an die Obduktionsergebnisse von Van der Baacks Leiche und an weitere Ermittlungsergebnisse?

Und als Antwort schrieb ich gleich daneben: Karin und Peter anrufen. Sollte Winnie noch länger vom Schnee aufgehalten werden, musste ich mein Glück bei den beiden versuchen. Einen anderen Weg gab es wohl nicht. Wenigstens Karin sollte mich in bester Erinnerung haben, denn durch mich hatte sie seit drei Monaten ein Sternchen mehr an der Uniform. Sie würde mir bestimmt auch was über den Schuhabdruck und die Fußspuren im Musikzimmer erzählen können. Fragte sich nur, ob sich Seidel überhaupt würde in die Karten gucken lassen. Karin und Peter waren nicht in seinem Team.

6. Borowski!!!

Ich musste ihn finden. Irgendetwas von dem, was er uns am Pool erzählt hatte, war mir nicht schlüssig erschienen, aber bevor ich es richtig erfassen konnte, war der Gedanke schon wieder verschwunden gewesen. Wir hatten schließlich andere Sorgen gehabt, als Borowskis Gefasel zu entwirren. Ich schloss für einen Moment die Augen und ließ die Szene am Pool wie einen Film vor meinem inneren Auge ablaufen: Er war im Musikzimmer gewesen, und er hatte den Flachmann gefunden. Pausenknopf! Warum hat er da nicht schon die Polizei angerufen? Der Raum war doch verwüstet gewesen? Da musste doch sogar Borowski darauf kommen, dass es sich um Diebe handelt und dass man da auf der Stelle die Polizei ruft? Warum ist er noch in den Garten gegangen? Meine Herren, so viele Fragen …

Als die Bahn hielt, hatte ich die Haltestelle ›Hauptbahnhof‹ dank ausgedehnten Tagträumens verpasst. Ich sprang in Wiemelhausen in letzter Sekunde aus der Bahn. Ich werde Matti und Rudi von den Ergebnissen meiner Recherchen berichten. Vorher rufe ich noch Helga an, ob Borowski bei ihr schon an der Theke hängt, und dann wird die Arbeit aufgeteilt, und dann werden wir sehr bald Ergebnisse haben. Je mehr Rechercheure, desto besser. Und wo würde ich die alle finden? Auf Mattis Einweihungsparty. Ich bin der Überraschungsgast oder die ›Dreizehnte Fee‹. Ganz wie man's nimmt.

Voller Elan betrat ich das Bestattungsinstitut. Mia saß an ihrem Schreibtisch, vor sich eine Packung Kleenex, und starrte mich an, als hätte sie eine Erscheinung. Ihre Augen waren rot und geschwollen. Sie hatte geweint.

»Mia, um Himmels willen, was ist los?«

»Sie haben Rudi mitgenommen … Und Herrn Matti.« Kaum hatte sie die schreckliche Nachricht ausgesprochen, zupfte sie ein Kleenex aus der Packung und schnäuzte sich.

»… wo sind denn die Gäste?«

Unter Zuhilfenahme von weiteren Papiertaschentüchern erklärte sie, dass Dr. Dr. Herzig sofort mit aufs Polizeirevier gefahren sei. Carmen sei zu Berti gefahren, um ihr alles zu erzählen, und Wilma erwarte sie jeden Augenblick.

»Wir haben grad angestoßen, und da sind die hier mit sechs Mann rein … Mit Waffen. Maggie, was hat das zu bedeuten?«

Auf jeden Fall nichts Gutes, denn irgendwas musste die Polizei gefunden haben, das eine Verhaftung rechtfertigte.

»Haben sie den Volvo auch mitgenommen?«

»Nein, nur durchsucht.«

»Mia, du gehst am besten nach Hause. Ich ruf dir ein Taxi. Du schließt hier ab und ruhst dich erst mal aus.«

»Ich gehe nirgendwohin, schon gar nicht ohne eine Antwort von dir.«

»Okay.«

Ich setzte die Kaffeemaschine in Gang. »Ich brauch erst mal einen Espresso. Du auch einen?«

»Nein. Mir zittern sowieso schon die Hände, und ich habe Herzrasen. Das war ja hier wie im Krieg.«

Die Kaffeemaschine gurgelte, und Kaffeeduft verbreitete sich im ganzen Raum.

Mia setzte sich mit einem Ruck aufrecht hin. »Was machst du eigentlich hier? Solltest du nicht in der Karibik sein?«

Ich nahm die volle Tasse und lehnte mich an den Schreibtisch. »Hat Matti gar nichts gesagt?«

»Ich weiß von nix. Maggie, was ist denn nur los?«

Bevor ich Mia alles erzählen wollte, brauchte ich noch eine Antwort von ihr: »Mia, haben die Polizisten gesagt, warum sie Matti und Rudi festnehmen?«

»Sie haben Fingerabdrücke gefunden. An einer Flasche ... die sie, die sie ... in deinem Taxi gefunden haben!«

»Die haben mein Taxi durchsucht?«

Ich hätte es wissen müssen. Hatten sie also den Flachmann gefunden, den ich unter dem Fahrersitz versteckt hatte. Aber wie brachten sie denn den jetzt in Verbindung zu dem, was gestern bei Van der Baack passiert war? Hatten sie etwa mittlerweile Borowski auch gefunden, und der hatte alles ausgeplaudert?

»Hast du die Handynummer von Herzig hier?«

»Sag mal, verstehst du nicht? Die suchen dich auch!«

Oh! Ja, sicher. Umso dringender brauchte ich die Nummer von unserem Staranwalt.

Mia drückte eine Taste auf dem Computer-Keyboard, und das Telefon wählte automatisch eine Nummer. Dann reichte sie mir den Hörer.

Herzig war sofort am Apparat.

»Sagen Sie jetzt bloß nicht meinen Namen, Dr. Herzig«, eröffnete ich das Gespräch. »Ich bin es, Maggie Abendroth.«

Herzig räusperte sich und sagte: »Oh, das tut mir aber leid, Herr, äh ... Ich bin in einer Besprechung. Selbstverständlich rufe ich Sie zurück. In ungefähr zwanzig Minuten.«

Ich rief noch: »Nicht auflegen. Wie geht es den beiden?« Aber Herzig hatte die Verbindung unterbrochen. Was folgte, waren die längsten zwanzig Minuten meines Lebens. Während ich einen Kaffee nach dem anderen trank, erzählte ich Mia, was in den letzten Tagen passiert war. Ihre Augen wurden größer und größer, und sie schüttelte ein ums andere Mal den Kopf. Als ich mit meinem Bericht fertig war, standen wir beide kurz vorm Herzkasper, die Gummibärchenurne war fast leer und die Kleenexpackung auch. Endlich klingelte das Telefon, und Herzig war am Apparat. »Frau Abendroth, wo sind Sie?«

»Im Bestattungsinstitut.«

»Sie verschwinden da auf der Stelle! Die Polizei ist unterwegs dorthin. Aber dalli. Alles Weitere können wir später besprechen.«

»Warum? Was ist denn los?«

»Die Polizei hat Ihr Taxi untersucht und einen Flachmann gefunden.«

»Warum?«

»Was, warum? Sie werden ihn dort wohl versteckt haben! Und weil Rudi Rolinski, entgegen meinem Rat, die Wahrheit und nichts als die Wahrheit gesagt hat, als Seidel ihn verhört hat. Also auch von dem Flachmann. Herr Matti hat die Geschichte von Rolinski bestätigt. Seidel weiß außerdem, dass Sie in Herrn Mattis Wohnung wohnen.«

»Hat er das ausgeplaudert?«

»Nicht direkt – oder eher, nicht freiwillig. Als Seidel festgestellt hat, dass Ihr Souterrain leer ist, hat er Ihren Vermieter angerufen. Der hat erklärt, das Souterrain gehöre Ihnen gar nicht mehr. Und da hat Herr Matti eben auch die Wahrheit gesagt. Da kommt eins zum anderen, Frau Abendroth! Der Seidel wird Sie vierteilen.«

»Okay, okay, war ein Scheißversteck für den Flachmann. Und das mit meiner Adresse … ist mir eben so rausgerutscht … Abgesehen davon, dass es sowieso ein Scheißabend war. Und was war dann?«

»Es sind Fingerabdrücke auf dem Flachmann. Von Matti, von Rudi und von noch drei weiteren, bislang nicht identifizierten Personen.«

Zwei dürften Borowski und Herrmanns zuzuordnen sein, die anderen könnten zum Täter gehören.

»Von mir sind aber keine drauf. Was will die Polizei dann von mir?«

»Sie haben Beweismaterial unterschlagen. Sie haben gelogen und die Ermittlungen behindert. Das reicht völlig.«

Hm. War ja gar nicht so wild. Hauptsache, sie beschuldigen mich nicht auch noch, Van der Baack in den Pool geschubst zu haben.

»Es sind zudem Erd- und Blutreste an der Flasche gefunden worden. Erde aus dem Garten von Van der Baack und sein Blut. Jedenfalls lassen das die ersten Ergebnisse vermuten.«

»Aber so ein kleiner Flachmann ist doch keine Mordwaffe. Und der Borowski hat den nicht im Garten gefunden, sondern im Musikzimmer. Hat er jedenfalls gesagt. Wie soll der plötzlich in den Garten gekommen sein?«

»Sie werden unlogisch, Frau Abendroth«, wurde ich von Herzig gerüffelt. »Darum geht es doch jetzt gar nicht. Wir brauchen auf der Stelle Herrn Borowski, damit er diese krude Geschichte bestätigt. Vor allem, dass er es war, der Herrn Matti und Rudi angerufen hat.«

»Der kommt bestimmt nicht freiwillig. Der ist gestern einfach abgehauen. Der hat uns mit dem ganzen Mist einfach stehen lassen. Wenn ich den finde, bringe ich ihn um!«

»Sagen Sie um Himmels willen nicht solche Sachen. Wo steckt dieser Herrmanns denn? Herr Matti hatte erwähnt, dass er der Besitzer des Flachmanns sei. Was hat der mit der Geschichte zu tun?«

»Der liegt seit Tagen im Koma im Knappschaftskrankenhaus Langendreer.«

»Das wird ja immer schöner!«

»Ich erklär' Ihnen alles später, oder lassen Sie sich die ganze Geschichte von Matti erzählen.«

»Ich bitte darum, Frau Abendroth. Wenn Sie zu Seidel gehen, um die Sache zu klären, dann nur in meiner Begleitung. Haben Sie verstanden?«

»Ich hab gar nicht vor, zu Seidel zu gehen. Da hab ich, weiß Gott, Wichtigeres zu tun.«

»Frau Abendroth!«

Ich konnte es direkt vor mir sehen, wie Herzigs Schuhspitze nervös wippte. Herzig war der Staranwalt von Bochum und bestimmt nicht um Antworten verlegen, aber seit er Matti kennengelernt hatte, war ihm schon ein paarmal die Luft weggeblieben.

»Sind Sie noch dran?«, fragte ich.

»Natürlich, aber was Sie da angerichtet haben!«

»Ich werd's auslöffeln. Aber nicht jetzt, und nicht bei Seidel.«

»Darüber reden wir … Ach was! Jetzt hauen Sie erst mal da ab, bevor es zu spät ist. Ich werde wieder Kontakt mit Ihnen aufnehmen.«

Herzig hatte aufgelegt. Im selben Moment hielten drei Streifenwagen vor dem Bestattungsinstitut. Ich schnappte meine Tasche. Die Türen der Polizeifahrzeuge flogen auf. Seidel stieg aus, und ich war mit meinem Latein am Ende.

»Frau Hoffstiepel! Wo ist Frau Abendroth?! Und geben Sie mir jetzt endlich die Schlüssel für die Wohnung von Herrn Bie…ti…nie«, hörte ich Seidel bellen. Ich konnte Mias leise Stimme kaum verstehen, aber sie antwortete in nicht weniger barschem Ton: »Sie können ja noch nicht mal seinen Nachnamen aussprechen. Ich habe die Schlüssel nicht. Wie oft soll ich Ihnen das noch sagen? Und Frau Abendroth habe ich seit Tagen nicht gesehen. Und jetzt gehen Sie! Ich habe hier einiges zu tun.«

Schweres Schuhwerk polterte über die Mooreichendielen. Die Schritte kamen näher. Ich war mir nicht mehr so ganz sicher, ob Mias Idee, mich in einem der Särge zu verstecken, so gut gewesen war. Rudis Sarg-Karussell setzte sich in Bewegung. Der Sarg, in dem ich lag, Modell ›Rittertruhe, altdeutsch‹, 1.895 Euro, schwankte sanft hin und her. Das Karussell hielt an. Über mir knarrte etwas, und Scharniere quietschten. Jemand pfiff leise durch die Zähne und murmelte: »Wow, luxuriös.« Dann sagte die Stimme wesentlich lauter: »Chef, soll ich die etwa alle aufmachen?«

»Warum nicht? Haben Sie heute etwa noch was anderes vor, Stappenbeck?«, rief Seidel.

»Nach was suchen wir eigentlich?«, grummelte die Stimme, die zu dem Namen Stappenbeck gehörte.

»Einen Delfter Teller und diese Frau, diese Abendroth … Und diesen Borowski.«

»Und die sollen alle in einem Sarg sein?«

Ich presste meine rechte Faust auf den Mund, um nicht laut loszulachen. Das war wirklich nicht der richtige Zeitpunkt für Komik, aber dieser Stappenbeck hatte echt die Ruhe weg und nahm seinen Chef ganz schön auf den Arm.

Über mir klapperte etwas – vermutlich hatte der Polizist den Deckel des Sarges, der über meinem hing, wieder aufgelegt. Kam jetzt ganz drauf an, welche Richtung der Beamte beim Öffnen der Särge einschlagen würde. Entweder hatte ich noch 15 Särge Zeit oder gar keine mehr.

»Sie müssen auf den grünen Knopf drücken«, rief Mia, und etwas unfreundlicher sagte sie zu Seidel: »Im Hinterhof ist noch ein Lager. Viel Spaß mit über einhundert Modellen. Ich mache Ihnen die Deckel nicht alle auf. Wie Sie sehen, bin ich hier grad allein!«

»Öffnen Sie diesen Schrank«, befahl Seidel.

»Öffnen Sie den doch selbst«, sagte Mia. »Wo ist überhaupt Ihr Durchsuchungsbefehl, Herr Seidel!«

»Frau Hoffstiepel, Sie gucken zu viel *Tatort.* Ich brauch hier nur laut ›Gefahr im Verzug!‹ zu schreien, dann darf ich den Laden in die Luft sprengen, wenn ich will!«

»Dann schreien Sie doch!«

Mia kämpfte wie eine Löwin. Und als hätte ich keine anderen Sorgen, stellte ich mir vor, wie Seidel vor der kleinen, adretten Mia kapitulierte. Er rief: »Zwei Mann nach unten, zwei ins Sarglager, Frau Hoffstiepel wird Sie hinführen. Oder ist das zu viel verlangt?«

Ich hörte das leise Schaben der Schiebetür, und das Gespräch zwischen Seidel und Mia war abgeschnitten. Dafür hatten sich noch ein paar Stiefel zu denen von Stappenbeck gesellt. Durchsuchten sie jetzt zu zweit die Sargausstellung? Das würde meine Liegezeit erheblich verkürzen.

Meine Rittertruhe schwankte wieder, und ich stellte erleichtert fest, dass ich nach oben gehoben wurde. Fragte sich jetzt nur, was ich mit der Restzeit anfangen sollte, bis ich mit meinem Sarg vorne wieder angekommen war. Das ›Riesenrad‹ setzte sich mehrmals in Bewegung und wurde wieder angehalten. Ein Deckel nach dem anderen wurde geöffnet und wieder geschlossen. Es gab kein Zurück, in weniger als einer Minute würde ich auffliegen. Ich könnte in der nächsten Sekunde wie ›Jack in the Box‹ aus dem Sarg springen, die Schrecksekunde der beiden Beamten ausnutzen und fliehen. Ja, hätte ich machen können. Aber bevor ich eine Entscheidung getroffen hatte, hob sich der Deckel der Rittertruhe. Ich blinzelte und war wie gelähmt. Zwei Dienstmützen erschienen über dem Rand des Sargs. Dann starrten mich zwei Augenpaare an. »Pst«, kam es von beiden Polizisten.

Ich war unfähig, auch nur einen Pieps herauszubringen. Karin und Peter hatten das fetteste Grinsen auf dem Gesicht, das man sich vorstellen kann. Karin schob sich die Dienstmütze in den Nacken und lehnte sich gemütlich mit beiden Ellenbogen auf den Rand des Sarges, und Peter legte mir meine Tasche in die Hände. »Stappenbeck mein Name, hallo. Abendroth, du musst lernen, dich besser zu verstecken. Deine Tasche hing raus.«

Karin kicherte leise und flüsterte: »Gruß von Winnie, der reißt dir den Arsch auf, wenn der dich findet. Er ist schon auf dem Weg nach Deutschland.«

Meine Kehle war zugeschnürt, und ich brachte nur ein quiekendes »Ährch?« zustande. Wenn ich gewusst hätte, dass Peter mit Nachnahmen Stappenbeck hieß, hätte ich hier nicht Blut und Wasser schwitzen müssen.

»Seidel hat uns ausgeliehen. Wir sind nicht *amused*«, flüsterte Peter, und Karin fügte hinzu: »Wir machen den Deckel jetzt wieder zu. Triff dich mit Herzig und schaff uns diesen dämlichen Borowski ran, wir können nicht ewig vorgeben, blind zu sein.«

»Danke …«, flüsterte ich. »Wie geht es Matti und Rudi?«

»Okay«, sagte Peter, dann ließen sie den Deckel herunter, und ich wäre beinahe an all meinen Fragen erstickt. Das Karussell setzte sich wieder in Bewegung, und Peter rief: »Chef, die Scheißkonstruktion klemmt.«

»Dann machen Sie gefälligst im Lager weiter«, brüllte Seidel zurück.

»Machen wir, Chef«, rief Karin, klopfte vorsichtig an den Sarg und flüsterte: »Und du, Abendroth, bist mit Herzig in spätestens zwei Stunden auf der Wache, am besten mit Borowski, sonst seh' ich schwarz.«

Die beiden Stiefelpaare entfernten sich.

Wann kommt Winnie an? Wann erwarten sie die Obduktionsergebnisse? Warum kümmern sie sich nicht um Frau Heckel, die alte Giftspritze? Wo suchen sie nach dem Teller? Warum habe ich ihnen nichts von der Viola Dingsbums erzählt? Kommt zurück! Holt mich hier raus! Ich kriege eine Panikattacke, und außerdem muss ich aufs Klo!

Je länger es dauerte, desto mehr Energie musste ich darauf verwenden, ruhig zu atmen. Die Panik in der dunklen Kiste schwappte immer wieder bis knapp über die Ufer, und ich zählte in Gedanken von eins bis zehn und wieder zurück, klammerte mich an meine Tasche, um nicht laut schreiend aus meinem Versteck zu flüchten. Unter der Fellmütze fing meine Kopfhaut an zu jucken, aber ich konnte in der engen Kiste den Arm nicht heben, um mich zu kratzen. Was würde Amnesty International dazu sagen?

Plötzlich – es kam mir so vor, als wäre ich drei Stunden in meinem Versteck gewesen – wurde der Deckel angehoben. Was ich sah, ließ mich beinahe ins Koma sinken. Neben Mia erschien das Gesicht von Wilma.

Die hatte mir gerade noch gefehlt. Und als hätte sie nur darauf gewartet, stemmte sie, ganz ›aufgeregte Amphore‹, die Hände in die Hüften und sagte: »Ich hoffe, der Sarg ist all inclusive, Abendroth. Wie ich an deinem Teint sehe, warst du für genau fünf Minuten in der Karibik. Und dafür der lange Flug. Du siehst aus wie ein Modell für ›Vorher-Fotos‹.«

»Tue ich das nicht immer? Im Gegenteil zu dir?«, giftete ich und stemmte mich hoch. »Los, führ schon dein Hab-ich's-nicht-gesagt-Tänzchen auf. Ich kann Aufmunterung gebrauchen.«

Wilma grinste und hielt mir ihre Hand hin, um mir beim Aussteigen aus dem Sarg zu helfen, aber ich beachtete sie nicht, kletterte allein aus der Kiste und verschwand in der Toilette.

»Welche war es diesmal, Maggie?«, hörte ich sie durch die geschlossene Tür rufen.

»Das geht dich gar nichts an«, patzte ich zurück. »Reicht es nicht, dass du Recht hattest? Musst du jetzt auf mir rumtrampeln? Wie geht's denn Acki? Hat er endlich einen Flug nach Hause gekriegt? Oder sitzt er schon in Guantanamo, weil er sich nicht ausweisen konnte?!«

»Jetzt hört doch mal auf, ihr beiden. Wir haben doch wohl schon genug Theater!«, mischte Mia sich ein. Dann war es still.

Mir war speiübel und schwindelig. Der viele Kaffee, die Aufregung und das Sahnehäubchen obendrauf: Wilma, die Recht behalten hatte, was den Ausgang der Geschichte mit dem Knipser anging. Warum erwischt sie mich immer in den Momenten, wenn ich, wie sie es nannte, aussah und mich auch so fühlte wie ein Fall für den Schönheitschirurgen? Dieser Zustand ging weit über das hinaus, was man einen Bad-Hair-Day nannte. Und Wilma sah man rein gar nichts von ihrer Trennung von Acki an. Das war ungerecht!

Noch als ich auf der Toilette saß, riss ich mir die Mütze vom Kopf und kratzte, was die Sache aber nicht besser machte.

Vor dem Spiegel traf mich der Schlag. Mein Haar stand in wilden Büscheln wirr vom Kopf ab. Würde daraus jemals wieder so was wie ein Haarschnitt werden, mit dem ich mich in der Öffentlichkeit zeigen konnte? Nicht, wenn ich mich nicht wieder mit Wilma, der Meistercoiffeuse, vertragen würde. Ich hielt meinen Kopf unter den Wasserhahn und genoss das kalte Wasser und dass der Juckreiz langsam nachließ.

Wie war ich nur auf die abstruse Idee gekommen, den Flachmann einzustecken? In der Villa war es mir wie das Natürlichste von der Welt erschienen – ich wollte ganz einfach Schwierigkeiten für alle vermeiden. Und was hatte ich erreicht? In Sachen Schwierigkeiten auf jeden Fall die volle Punktzahl. Ich konnte Rudi nicht böse sein, dass er die ganze Geschichte vor Seidel ausgepackt hatte. Bei seinem Knasttrauma? Und Matti? Musste dasselbe sagen wie Rudi. Wenn er Seidel was anderes erzählt hätte, würde Rudi noch schlechter wegkommen. ›Eine Lüge ist die Mutter von zehn neuen‹, dröhnte mir Mattis Stimme in den Ohren. Okay, dann sorge ich ab jetzt mal für Geburtenkontrolle.

Ich öffnete die Tür. Wilma war verschwunden. Mia saß am Schreibtisch, hatte die Hände in den Schoß gelegt und sah äußerst angespannt und erschöpft aus.

»Du warst klasse, Mia«, sagte ich und schulterte meine Tasche. »Du warst wirklich große Klasse.«

»Was war das grad mit Wilma und dir?«

»Ach nix. Immer dasselbe Theater. Sie hat Recht, und ich hab meine Ruhe … Da müssen wir jetzt nicht drüber reden.«

»Aha? Na gut. Was machst du jetzt? Du tropfst übrigens aus deiner Mütze.« Mia ging kurz in den Toilettenraum, ich hörte eine Schranktür klappern, und sie kam mit einem Handtuch wieder.

»Danke. Was ich jetzt mache? Keine Ahnung. Mich mit Herzig treffen, vielleicht? Aber der schleppt mich nur mit zur Wache, und dann behalten sie mich auch da, und dann kann hier keiner mehr was unternehmen. Der Seidel wird sich einen Dreck um eine umfangreiche Ermittlung kümmern, wo er doch davon überzeugt ist, dass es Rudi und Matti waren.«

»Ich hatte solche Angst. Warum hat Rudis Maschine geklemmt?«

»Hat sie ja gar nicht. Diese beiden Polizisten, die nebenan die Särge durchsucht haben, sind eigentlich aus Winnies Team. Die wussten Bescheid. Winnie ist schon auf dem Weg. Wenn die nicht gewesen wären, dann wäre ich schon längst hinter Schloss und Riegel. Und vielleicht habe ich es ja auch verdient.«

»Nein, das glaube ich nicht«, sagte Mia und holte eine Schachtel Pralinen aus der Schublade ihres Schreibtisches. »Es war vielleicht ein Fehler, diesen Flachmann mitzunehmen. Aber ansonsten habt ihr alle drei nichts gemacht. Du musst Borowski finden. Mit Herzig kannst du später reden.«

»Was sind denn das für Töne, Mia?«

»Glaubst du, ich lebe hinterm Mond?«

»Nein, das habe ich nie geglaubt.«

Mia biss genüsslich in eine Praline aus dunkler Schokolade, die mit einem rosa Cremehäubchen verziert war. »Du hast mir ja vorhin die ganze Sache erklärt. Und ich stimme dir zu, dass die gestohlenen Gegenstände irgendwie verkauft werden müssen. Wenn du gestattest, werde ich mich darum kümmern und das Internet durchforsten. Das kann ich nämlich gut. Und solange Matti und Rudi nicht hier sind, werde ich wohl kaum Bestattungsaufträge annehmen können. Aber ich kann durchaus etwas für mein Geld tun.«

»Das ist eine gute Idee. Ich hole mein Taxi. Ich darf bloß Kieslowski nicht begegnen.«

»Hast du keine Angst, dass die Polizei dich schnappt, bevor du dich mit Herzig getroffen hast?«

»Weißt du, Mia, der beste Platz, um sich auf einer Party zu verstecken, ist die Tanzfläche.«

Ich steckte mir einen weißen Trüffel in den Mund und verabschiedete mich von ihr. Sie blieb in der Tür stehen und winkte mir zum Abschied mit dem Handtuch. »Ich ruf dich an, Maggie, wenn ich was gefunden habe.«

Kaum hatte ich die nächste Straßenecke erreicht, wurde mir schwindelig. Meine Beine fühlten sich an wie Pudding, und das bisschen Zuversicht, das Mia in mir ausgelöst hatte, als sie versprach, sich an der Suche nach den gestohlenen Sachen zu beteiligen, verpuffte in dem Moment, als die große weite Welt mich wiederhatte. Ein Trost allerdings blieb mir: Karin hatte gesagt, dass Winnie auf dem Weg sei. Aber wo war er jetzt? Schon im Flugzeug? Im Landeanflug? Oder doch erst auf dem Weg nach Helsinki zu einem eisfreien Flughafen?

Als ich die Tür zum Bürocontainer öffnete, saß statt des schusseligen Rentners Kieslowski selbst hinterm Schreibtisch und polkte in seinen Zähnen herum. Meine Zuversicht, einen Wagen zu bekommen, verpuffte, und ich wappnete mich für eine lange Diskussion. Aber zu meinem Erstaunen bekam ich von ihm anstandslos die Schlüssel ausgehändigt. Hatte die Polizei ihn etwa noch nicht nach mir befragt? Das konnte ich mir kaum vorstellen. Wiegt er mich in Sicherheit, und unterm Tisch wählt er schon die Handynummer von Seidel?

»Gibt es keine Vorbestellung für mich?«

»Nee.«

»Flughafen Dortmund? Düsseldorf? Irgendwas?«

»Nee.«

»Gab es heute überhaupt eine?«

»Nee, wie oft soll ich dat noch sagen?«

»Is ja gut. Bis morgen früh dann.«

»Übrigens, Abendroth, die Bullen suchen dich.«

Wusst ich's doch! Ich steckte meine Hände in die Jackentaschen, damit er nicht sehen konnte, wie sie zitterten.

»Weiß ich.«

»Wie – *weiß ich.* Ich könnte mal eben den Seidel anrufen ...«

»Um ihm *was* genau zu sagen? Dass du mir leider die Schlüssel für den Fluchtwagen ausgehändigt hast, bevor du dich dran erinnert hast, dass ich gesucht werde?«

»Ich könnt auch sagen, du hättest ihn geklaut.«

»Was wird das hier?«

»Sagen wir mal so«, Kieslowski legte beide Arme hinter seinen Kopf und lehnte sich entspannt in seinem Chefsessel zurück. »Wir reden darüber, wenn du wieder zurück bist.«

Wenn ich zurückkomme. Was heckte er jetzt wieder aus?

»Red schon, was willst du? Soll ich dir einen blasen?«

Kieslowski grinste und verschanzte sich hinter seiner BILD-Zeitung. »Nimm den Mund bloß nich zu voll, Maggie.«

Ich drehte auf der Suche nach Borowski dieselbe Runde wie am Vormittag. Aber von ihm weit und breit kein Lebenszeichen. Er hatte sich nirgendwo blicken lassen, im Krankenhaus nicht, bei Helga nicht, und zu Hause war er auch nicht. So ein alter Mann konnte doch nicht von der Bildfläche verschwinden? Allmählich begann ich, mir Sorgen zu machen.

Obwohl ich mit meinen Gedanken ganz woanders war, hatte ich erstaunlicherweise ein paar sehr gute Fahrten. Ein paarmal hatte ich zwischendurch die Mütze tiefer ins Gesicht gezogen, weil ein Polizeiwagen an mir vorbeigerauscht war. Den Taxi-Kollegen ging ich geflissentlich aus dem Weg. Ich redete mit niemandem, außer mit meinen Fahrgästen, und da nur das Nötigste. Es gab keine Ansagen auf dem Funk, dass ich gesucht würde. Auch mein Wagen wurde nicht ausgerufen. Was meine Theorie übers Verstecken bestätigte. Seidel konnte sich wohl einfach nicht vorstellen, dass ich die Nerven hatte, mit dem Taxi durch die Gegend zu gondeln, und dass Kieslowski die Nerven hatte, mir das zu ermöglichen. Als ich am Hauptbahnhof vorbeifuhr, um nach ein paar versprengten Nachtschwärmern Ausschau zu halten, zeigte die Uhr halb vier. Herzig hatte mich nicht angerufen. Das konnte nur bedeuten, dass er jede Menge Stress mit Seidel hatte. Oder wartete er darauf, dass ich Borowski fand?

Bei Herzig also Funkstille, und auch sonst hatte sich niemand bei mir gemeldet. Mia hatte vermutlich noch keine Ergebnisse bei ihrer Internetsuche, Berti war bestimmt stinksauer auf mich. Carmen war ja direkt zu ihr gefahren und hatte ihr unter Garantie die ganze Geschichte erzählt. Und Berti hasst nichts mehr, als die letzte in der Nahrungskette zu sein, wenn es um brisanten Tratsch ging; Winnie befand sich irgendwo auf irgendeinem Weg, der irgendwann nach Bochum führen sollte; und Wilma scherte sich momentan einen feuchten Kehricht um mich. Der Bahnhofsvorplatz war menschenleer. Ein paar Kollegen standen am Halteplatz, einige schliefen in ihren Wagen. Es hatte angefangen zu hageln.

Ich wendete mit quietschenden Reifen, um zurück zum Taxihof zu fahren, denn mittlerweile hatte ich irrsinnige Kopfschmerzen, und ich war mir sicher, nicht auch nur eine Sekunde länger die Augen aufhalten zu können.

Ich fuhr einmal zur Kontrolle durch die Gußstahlstraße, um nachzusehen, ob eventuell ein Polizeiwagen vor dem Taxihof stand. Aber die Luft war rein, und ein paar Minuten später parkte ich den Wagen auf dem Hof. Kieslowski guckte kurz von seiner BILD-Zeitung hoch, nahm das Geld in Empfang und sagte: »Du bist gefeuert.«

Das nenn' ich ja mal eine grandiose Eröffnung.

»Das hättest du mir auch vorhin sagen können.«

»Vorhin hatte ich noch keinen neuen Fahrer für morgen. Gib mir das Handy.«

»Was muss ich tun, um den Job zu behalten?«, fragte ich, ohne mit der Wimper zu zucken.

Kieslowski legte die BILD auf den Tisch und strich sie glatt. »Welchen Teil von dem Satz ›Du bist gefeuert‹ hast du nicht verstanden?«

»Ab morgen gebe ich dir fünfzehn Prozent mehr und 'n Zwanni jetzt auf die Hand.«

»Die Bullen sind hinter dir her. Ich kann jederzeit da anrufen … Und dann?«

»Für mich gibt's keine Belohnung. Mach dir keine Hoffnungen. Und was kann ich dafür, dass die Bullen einen an der Klatsche haben? Ich hab nix gemacht. Ich war nur so blöd, eine Leiche zu finden.«

Kieslowski runzelte die Stirn.

»Zwanzig Prozent plus.« Was so viel bedeutete, dass ich auch hätte sagen können: ›Ich fahre ganz umsonst für dich.‹ Es würde noch nicht mal mehr für Kaffee und Zigaretten reichen.

»Okay«, sagte Kieslowski. »Okay. Ich guck mir das mit dir noch genau drei Tage an. Einmal unpünktlich, einmal nicht zu erreichen, noch ein Anruf von der Polizei und das wars.«

Ich nickte. So, Maggie Abendroth, sehen Sieger bestimmt nicht aus. Meine innere Stimme zeigte mit ausgestrecktem Finger auf mich. Bist du total verrückt geworden? Du bettelst! Du fährst für Nüsse, für nix! Du bist ein Sklave, Abendroth, das kann doch nicht wahr sein!

Was soll der Geiz? Mach ich eben ein paar Plattfahrten mehr. Merkt der Kieslowski im Leben nicht.

Da bin ich aber anderer Meinung, keifte meine innere Stimme zurück.

Auf der Gußstahlstraße ging ich ein paar Freiern aus dem Weg, die aus Frau Mahlzahns Gemischtwarenladen gestolpert kamen und Schwierigkeiten hatten, den Eingang von der Roten Laterne zu finden. Wie besoffen kann man sein, keine drei Stufen mehr hochgehen zu können? An der Würstchenbude investierte ich zwei Euro in einen Nachtsnack in der Hoffnung, dass, sollte ich in den nächsten Minuten umkippen, der Mann vom Grill wenigstens so nett sein würde, einen Krankwagen zu rufen. Mit klammen Fingern und klappernden Zähnen aß ich die Currywurst. Es war eisig kalt, und der Wind fegte um die Ecke. Die Ohrenklappen meiner Mütze wehten mir in die Currysoße. Fünf Männer näherten sich wankend und grölend der

Würstchenbude. Sie trugen alle dieselben Mützen und T-Shirts, auf denen zu lesen war: *Sag auf jeden Fall NEIN, wenn dich morgen einer was fragt.*

Unübersehbar ein Junggesellenabschied. Ein paar von den Kerlen torkelten schon gewaltig und mussten von den anderen gestützt werden. Sie waren schon fast an der Würstchenbude vorbei, als einer auf mich zukam. Der Kerl blieb schwankend vor mir stehen. »Hey, willze nich mal mein Würstchen probieren?«, rülpste er mir direkt ins Gesicht und versuchte, nach meiner Mütze zu greifen. Ich schlug ihm die Hand weg und sagte laut: »Zieh Leine und pack dein Würstchen woanders aus!«

Aus dem Augenwinkel sah ich, wie der Mann vom Grill nach seinem Baseballschläger griff, den er immer unter der Theke liegen hatte.

»Ööh, die Alte is wohl …« Weiter kam der Kerl nicht. Seine Kumpels hatten den Baseballschläger gesehen, nahmen ihren Freund in die Mitte und führten ihn regelrecht ab.

»Ey, die hatte … 'ne tote Muschi auffem Kopp!«

Ich würde der Braut raten, vor dem Altar in jedem Falle ›NEIN‹ zu sagen, falls ihr jemand eine Frage stellte. Als die Truppe die Bahnunterführung durchquerte, sangen sie: »Olé, wir gehen in Puff zu Tante Elli … Olé, Oléeee …«

»Da werden die aber enttäuscht sein«, sagte der Mann vom Grill und stellte den Baseballschläger zurück. »Die Elli is immer noch nicht wieder im Dienst.«

»Dann braucht sie bestimmt 'ne Wurst«, sagte ich.

»Und ob. Die hat schon vor 'ner halben Stunde bestellt. Ich komm hier einfach nich weg.«

»Aber ich.«

Zehn Minuten später stand ich mit zwei Bratwürstchen in Alufolie und einer aus der Verzweiflung geborenen Idee im Kopf vor Ellis Haus. Im Parterre brannte Licht. Ich klingelte. Nach ein paar Minuten ging das Küchenfenster auf, und Elli brüllte: »Verpisst euch, ihr Penner. Ich hab frei!«

»Hey, Elli, ich bin es.« Ich hielt ihr die Schale mit den eingepackten Würstchen entgegen. Elli grabschte danach, und die Würstchen wurden mir schneller aus der Hand gerissen, als ich Zapp sagen konnte.

»Dat wurde aber auch Zeit«, sagte Elli und machte das Fenster wieder zu.

Ich ließ den Finger auf dem Klingelknopf. Hagel prasselte mir auf die Mütze, meine Jacke war schon völlig durchgeweicht, meine Füße eiskalt, und ich zitterte vor Erschöpfung am ganzen Körper. Das Fenster flog wieder auf. »Ich zahl morgen. Meine Güte! Ma' keine jüdische Hast. Gute Nacht.«

»Elli, ich bin es. Maggie. Kann ich reinkommen?«

»Nee, ich hab Kundschaft.«

»Ich brauche deine Hilfe, bitte, Elli, mach die Tür auf.«

»Ach du bist das, Prinzesschen. Hab dich gar nich' erkannt mit der toten Ratte auffem Kopp. Schon zurück ausse Karibik?«

Ihr Kopf verschwand aus dem Fensterrahmen, und ein paar Sekunden später summte der Türöffner.

Elli stand in ihrer Wohnungstür und mampfte ihre Wurst, und es sah so aus, als hätte sie ihre Kundschaft für den Moment auf Eis gelegt. Sie trug einen mauvefarbenen Seidenmorgenrock und dazu passende Pantöffelchen mit Pompons aus rosa Daunenfedern. Ihre Haare waren frisch getönt und hingen ihr in langen Locken über die Schultern.

»Kann ich reinkommen?«

»Nee, eher nich. Ich hab jemanden da.«

»Später vielleicht? Elli, ich weiß nicht, wo ich hingehen soll. Die Geschichte ist jetzt viel zu lang, aber ich ... Echt, ich kann mich kaum noch auf den Beinen halten. Bitte. Ich leg mich auch in die Besenkammer, aber bitte schick mich nicht weg. Ich kann nicht mehr.«

Elli biss noch einmal von ihrer Wurst ab und kaute. Der kleine Pudel war an die Tür gekommen und guckte an seinem Frauchen hoch in der Hoffnung, dass ein Bissen für ihn abfiel. Ich guckte Elli an, in der Hoffnung, dass ich mich bei ihr unter die Spüle legen durfte, meinetwegen auch ins Hundekörbchen. Aber Elli biss noch einmal ab und schüttelte den Kopf. Sie griff in die Tasche ihres Morgenrockes, hielt mir einen Fünfziger hin und sagte: »Tut mir leid, Prinzesschen, heute nich. Morgen vielleicht.«

Ich starrte auf den Geldschein und war unfähig, mich auch nur einen Millimeter zu bewegen. Sie schob mir die Tür vor der Nase zu.

»Elli, wer is da?«, kam eine zittrige Männerstimme aus der Wohnung.

So viel zum Thema Kundschaft auf Eis.

Ich hatte Borowski gefunden.

19

Borowski fiel die Kinnlade herunter, als er mich hereinstürmen sah. Ellis Protest ignorierend, hatte ich mich an ihr vorbeigequetscht und war direkt ins Wohnzimmer gerannt.

»Es is nich so, wie du denks«, sagte Borowski wie ein ertappter Fremdgänger in einem schlechten Film. Er thronte auf einer riesigen Couch, die aussah, als sei ein rosa Flokati explodiert. Um ihn herum große und kleine Kissen in allen Schattierungen von Cyclam bis Mauve. Auf dem Couchtisch stand eine halbvolle Flasche Cognac, und im Aschenbecher qualmte eine dicke Zigarre.

Der Qualm und die Hitze im Wohnzimmer raubten mir fast den Atem. Ich ließ mich in einen Sessel fallen und war außerstande, Borowski anzuschreien oder überhaupt ein Wort herauszubringen.

Elli kam kauend ins Wohnzimmer geschwebt und fragte: »Jemand Tee?«

Ich schüttelte den Kopf. Borowski nahm einen Schluck aus der Flasche und kratzte sich das stoppelige Kinn. Elli biss von ihrer Wurst ab und ging wieder hinaus in Richtung Küche. Ihr Pudel trippelte hinter ihr her.

Borowski erhob sich vom Sofa, und endlich fand ich meine Stimme wieder: »Bleib, wo du bist, oder ich bring dich um!«

Prompt sank er wieder in das rosafarbene Inferno zurück und blickte flehentlich in Richtung Küche. Auf seinem aschfahlen Gesicht erschienen zwei knallrote Hektikflecken.

Elli kam mit einem Tablett zurück und verteilte Teetassen, Milch und Zucker auf dem Couchtisch. Dann holte sie eine Schachtel Kekse aus dem Wohnzimmerschrank. »Wie ich sehe … die Herrschaften kennen sich bereits?«

»Nee«, sagte Borowski.

Mir wurde schwarz vor Augen. Aber meine innere Stimme und meine Oma kamen mir zu Hilfe und riefen unisono: Hau dem Penner was auf die Ohren!

»Borowski, spinnst du? Natürlich kennen wir uns. Was machst du hier? Warum bist du gestern weggelaufen? Weißt du eigentlich, was die Polizei gerade mit Matti und Rudi macht? Und mich suchen sie auch! Die glauben, wir haben den Van der Baack umgebracht! So! Und jetzt sag mir noch mal, wir kennen uns nicht! Wage es …!«

Elli legte mir eine Hand auf die Schulter und drückte mich in den Sessel zurück, denn ich war aufgesprungen und soeben im Begriff, über den Couchtisch zu hechten, um Borowski an die Gurgel zu gehen.

»Mal langsam, Maggie. Langsam. Und du, Borowski, bleibst da sitzen, trinkst noch 'n Schlückchen und erzählst jetzt mal Elli, wat los is.«

Borowski setzte wieder die Cognacflasche an die Lippen. Elli und ich warteten darauf, dass er endlich was sagte. Aber Borowski schluckte und schluckte und schluckte. Als die Flasche leer war, sank sein Arm herunter, er starrte uns an und schnappte plötzlich nach Luft. Er griff sich an die Brust, und sein Gesicht lief blau an. Für einen Moment sah es so aus, als würden seine Augen aus den Höhlen springen. Elli flitzte, trotz ihrer Leibesfülle, um den Couchtisch herum und beugte sich über Borowski. »Hey, nippel mir hier nich ab.«

»Luft …«, röchelte Borowski und kippte auf die Seite.

Ohne auch nur eine Sekunde nachzudenken, holte ich das Handy aus der Tasche und wählte den Notruf.

Im nächsten Moment hatte Elli bereits Borowskis Beine auf die Couch gelegt und hielt seine Hand. Sämtliche Anweisungen aus dem Erste-Hilfe-Kurs rasten mir durch den Kopf. Herzmassage, Mund-zu-Mund-Beatmung, Füße hoch …

Ich kam wieder zu mir, als zwei Sanitäter mich von Borowski wegzogen. Wortfetzen rauschten an mir vorbei … »Alles richtig gemacht … Herzmassage … Wie alt ist er? … Hallo, Herr Borowski, können Sie mich hören?«

Elli hielt mir eine dampfende Tasse unter die Nase, und ich nahm den strengen Geruch von Bergamotte wahr. Ich versuchte, die Teetasse festzuhalten, aber meine Hände zitterten, und Elli stellte sie wieder auf den Tisch. Die Sanitäter brachten Borowski auf einer Trage hinaus.

Der Arzt setzte sich an den Couchtisch und breitete ein paar Formulare vor sich aus. Er betrachtete die leere Cognacflasche und schüttelte den Kopf. Draußen wurden die Türen vom Krankenwagen zugeschlagen, aber das Martinshorn blieb stumm. Elli setzte sich neben den Arzt auf die Couch. »Möchten Sie einen Cognac?«

»Nein, danke«, sagte er, »ich hab noch ein paar Stunden.« Einer der Sanitäter kam herein und schüttelte den Kopf.

»Oje«, sagte Elli gedehnt und legte die Hände in den Schoß.

»War er ein Freund von Ihnen oder ein Kunde?«, fragte der Arzt.

Elli antwortete ganz ruhig: »Was ist der Unterschied, Herr Doktor? Er ist tot.«

»Äh … Also gut. Gut … ich …«, sagte der Arzt und trug hastig etwas in sein Formular ein. »Es tut mir leid, dass Herr Borowski … Wir konnten nichts mehr für ihn tun. Und ich dachte …«

Elli seufzte und sagte: »Wem erzählen Sie das? Wir waren schließlich dabei. Füllen Sie einfach Ihre Formulare aus.«

Der Doc nickte und beugte sich tief über seine Papiere. Der Kugelschreiber flog über die verschiedenfarbigen Vordrucke.

Während er schrieb, starrte Elli an die Zimmerdecke und summte. Dasselbe Lied, das ich gehört hatte, als ich sie vor ein paar Tagen betrunken in ihre Wohnung bugsiert hatte. Ich machte die Augen zu. Das war ein Alptraum aus der Hölle. Ich sollte Oma Berti anrufen. Ihr den Morgen verderben, den ganzen Tag, vermutlich die nächsten Monate. Ich sollte sie anrufen und ihr vom Tod ihres Freundes erzählen.

… go or stay and I've got to choose and I'll accept your invitation to the blues …

Vielleicht sollte ich lieber zuerst Herzig anrufen? Vielleicht könnte der bei Berti …?

Ich hörte Schritte und das Geraschel von Seide, war aber zu müde, um die Augen aufzumachen. Aus der Diele kam Gemurmel, dann hörte ich die Tür ins Schloss fallen. Elli hatte aufgehört zu summen. Ihre Pantoffeln klackerten bei jedem Schritt. Das Klackern entfernte sich. Was wird denn jetzt aus Matti und Rudi? Ohne Borowskis Aussage waren wir alle drei geliefert. Ach, wenn doch bloß Winnie endlich da wäre … Ich muss hier weg, aber schnell. Ich gehe zu Wilma. Ich versöhne mich mit Wilma, so schwer kann das ja nicht sein. Sie hatte Recht. Wie immer hatte sie mit allem Recht gehabt … Ich werde hingehen und ihr sagen: Wilma, du hattest Recht … Aber zuerst rufe ich Berti an … Wie soll ich ihr das sagen? Soll ich sagen: Ich hab Borowski angebrüllt, und dann hat er einen Herzinfarkt bekommen? Oder: Er hat den ganzen Cognac in einem Zug runtergeschüttet, und dann hat's ihn umgeschmissen? Er ist vor Angst gestorben? Egal, was ich sagen würde – alles stimmte so ein bisschen und auch wieder nicht. Es war eigentlich egal. Borowski war tot. Es würde kein schöner Tag für Berti werden, und sie wird sowieso denken, dass ich schuld an allem bin …

Jemand rüttelte an meiner Schulter. Ich hörte Elli sagen: »Da isse ja wieder. Ja, Dr. Herzig, sie ist zu sich gekommen. Ja, ich richte es ihr aus.«

Der Arzt zog eines meiner Augenlider hoch und sagte: »Kleiner Schwächeanfall. Geben Sie ihr Tee und irgendwas zu essen. Das wird schon wieder. 'n bisschen dehydriert.«

War der nicht eben erst weggegangen?

»Was war denn … Handy …?«

»Es hat geklingelt, und ich bin rangegangen. Kannst dich wieder beruhigen. Dieser Dr. Herzig ist auf dem Weg hierher. Du sollst auf ihn warten.«

Der Arzt schüttelte meine Hand und ging. Elli schloss hinter ihm die Wohnungstür, kam zurück ins Wohnzimmer und setzte sich auf die Couch. »Prinzesschen, Prinzesschen … Wat machst du bloß für Sachen?«

Sie schlug ihre Beine übereinander und zurrte den Morgenmantel fest um sich. Ihre rechte Fußspitze wippte, und die Federn auf ihrem Pantöffelchen schwebten im Takt auf und nieder – wie die zarten Tentakel einer Seeanemone.

Ich richtete mich mühsam im Sessel auf und wischte mir die Tränen aus dem Gesicht. »War der Arzt nicht schon gegangen?«

Elli schob mir die Teetasse hin und sagte: »Du halluzinierst. Trink mal lieber was.«

Ich tat, was sie sagte, Widerstand war sowieso zwecklos. Kaum hatte ich eine Tasse geschafft, goss Elli mir nach – eine Tasse nach der anderen. Earl Grey sei Dank, konnte ich ein paar Minuten später wieder klarer denken. »Elli, kann ich mal dein Telefon benutzen? Ich möchte Berti anrufen.«

»Hab ich schon gemacht«, sagte sie. »Und der Arzt hat ihr alles erklärt.«

»Du hast …? Ich meine …«

»Ja, ich habe … Wir kennen uns. Wir mögen uns nich besonders, aber in so einer Situation … Da pfeift man auf alte Kriegsschauplätze, oder?«

»Wie hat sie reagiert?«

Elli zuckte mit den Schultern, und die Seide von ihrem Morgenmantel raschelte leise. »Wie Berti eben. Immer alles im Griff – und keiner weiß, wie es in ihr drin aussieht. Ich weiß nich, ob die noch wat mit dem hatte.«

»*Mit dem hatte?* Mit Borowski?«

»Jaahaa …, mit Borowski. Wir waren auch mal jung. Schwer zu glauben, is aber so. Die Berti denkt, ich hätt' ihr den damals ausgespannt. Dabei war sie es, die den Borowski damals am Kino versetzt hat. *Bonnie und Clyde* … Is jetzt auch scheißegal.«

»Ihr könnt euch nicht ausstehen, oder?«

»Na ja. Wir haben Jahrzehnte nich mehr miteinander geredet.«

»Und wann ist der Borowski hier aufgetaucht?«

»Heute Nachmittag. Den hatte ich auch schon jahrelang nich mehr gesehen. Und plötzlich steht der hier vor der Tür und sieht aus, als wär' der Teufel hinter ihm her.«

»Was der Wahrheit ziemlich nahekommt.«

Und in der Zwischenzeit war er etwa stundenlang durch die Kälte geirrt? Hatte sich Borowski von seiner eigenen Angst, vor was auch immer, zu Tode hetzen lassen?

»Der hat mir eine Räuberpistole nach der anderen erzählt … Ich hab dem kein Wort geglaubt. Aber egal, hab ich gedacht, der beruhigt sich wieder.«

»Dann kennst du den Herrmanns wohl auch?«

»Natürlich. Borowski hat gesagt, der liegt im Koma. Is dat wahr?«

»Stimmt. Vom Auto angefahren. Damit hat der ganze Terz angefangen. Oh Mann, hab ich Kopfschmerzen. Ich weiß gar nix mehr … Und ich will auch gar nix mehr wissen.«

»War so schlimm, inne Karibik?«

Elli schob mir die Kekse über den Tisch und goss mir wieder Tee nach.

»Karibik? … Welche Karibik?«

»Sach nich, du bist …«

»Ich bin über das Damenklo im Düsseldorfer Flughafen nicht hinausgekommen.«

»Hallöchen Popöchen … Woran lag's?«

»Jedenfalls nicht am Fellatio. Es war … genau genommen … Pommes.«

»Was is das denn für 'ne Sexpraktik? Hab ich was verpasst?«

Elli stopfte sich drei Kekse auf einmal in den Mund.

»Na, Sex ist es nicht gerade, aber es ist eine Intimität – und wenn man sieht, wie …«

»Intimität«, kreischte Elli, und die Keksrümel verteilten sich auf dem Couchtisch. Ich fühlte mich plötzlich entsetzlich deplatziert. Was tat ich hier eigentlich? Im Morgengrauen in Ellis Wohnung? Über Pommes und Intimitäten reden … Elli schlug sich prustend auf die Schenkel. Der Pudel sprang auf die Glasplatte, um die Krümel zu erwischen, fand aber mit seinen kleinen Pfoten keinen Halt und rutschte, alle viere von sich gestreckt, auf der anderen Seite wieder herunter.

Mittlerweile bebte Elli vor Lachen und mit ihr die ganze Couch. Aus den tiefsten Tiefen meines Bauches rollte ein Grollen heran. Der Tee stieg mir in die Nase, und ich konnte den Lachkoller nicht mehr aufhalten. Tee schwappte auf meine Hose. Der Hund guckte verdattert von Elli zu mir und wieder zurück. Wir prusteten und gackerten, wieherten und giggelten und konnten nicht mehr aufhören. Der Pudel tanzte auf den Hinterbeinchen und kläffte. Mein Zwerchfell tat mir schon weh, aber jedes Mal, wenn wir uns fast wieder beruhigt hatten, mussten wir uns nur angucken, und schon ging es wieder los.

»Pommes!«, kreischte Elli. »Erzähl doch mal …«

»… kann nicht …«, japste ich und hielt mir den Bauch.

»Der Spacko … frisst Pommes … und du …?«

»Hör auf … Mir tut schon alles weh …«

Wir lachten so laut, dass wir das Klingeln beinahe nicht gehört hätten.

Der Pudel raste zur Tür, und Elli stemmte sich schnaufend hoch. Ich wischte mir die Lachtränen aus den Augen. Aus der Diele hörte ich die sonore Stimme von Dr. Dr. Herzig, der formvollendet Elli begrüßte, die immer noch vor sich hin gluckste. Dann hörte ich sie plötzlich sagen: »Albertine! Bitte, komm rein.«

Ich nahm noch einen Schluck Tee und wartete ergeben auf die Dinge, die da kommen würden. Ich rechnete damit, dass Herzig mich umgehend zur Polizei schleppen und an Seidel ausliefern würde, weil ich so blöde gewesen war, den Flachmann mitgehen zu lassen. Vorausgesetzt, Berti würde was von mir übrig lassen. Ich hatte plötzlich mehr Angst vor Berti als vor Seidel und den Folgen meines Beweismitteldiebstahls.

Ich kann nur sagen, wenn man glaubt, es könnte nicht mehr schlimmer kommen, dann hat das Leben immer noch eine Schüppe draufzulegen. Ich hatte ihn schon gerochen, bevor ich ihn sah – Winnie. Zwei Meter finsterste Bedrohung, umweht vom unwiderstehlichen Duft von *Halston,* schoben sich ins Zimmer. Dass Winnie wahrscheinlich noch keine Zeit gehabt hatte, seine Dienstwaffe zu holen, beruhigte mich kein bisschen. Er sah sowieso schon so aus, als hätte er heute kein Problem damit, mich mit bloßen Händen zu erwürgen.

Innerhalb von Sekunden schrumpfte ich auf unter einen Meter zusammen und hätte mich am liebsten unter eines der Sofakissen verkrochen. Oma Berti stand, die Arme vor der Brust verschränkt, hinter ihrem Enkel und schüttelte immer wieder ihren Kopf. Auf ihrer Stirn lief deutlich lesbar ein rot leuchtendes Spruchband mit sämtlichen Flüchen, die Berti kannte. Und sie kannte einige. Herzig postierte sich neben die beiden. Sie erwarteten jetzt irgendwas von mir, aber ich wusste nicht, was ich sagen sollte. Elli brach den Bann und nahm Bertis Arm. »Wir gehen mal in die Küche. Komm, ich mach dir einen Tee.«

»Säusel hier nich rum«, sagte Berti. »Ich will hören, wat Maggie zu sagen hat.«

»Berti, er war nicht mehr zu retten. Maggie hat Herzmassage gemacht und ich Mund-zu-Mund-Beatmung. Er …«

»Deine Mund-zu-Mund-Beatmung kenn ich … Du … du …«

Winnie nahm seine Oma in die Arme und sagte: »Gute Idee. Elli und du, ihr geht in die Küche. Bitte.«

Berti warf mir noch einen flammenden Blick zu und sagte mit beleidigtem Unterton: »Wenn du et sachs …«

»Ich sage es nicht nur, Oma, ich meine es auch so«, sagte Winnie.

»Berti, du musst mir glauben … Es tut mir so leid …«, stammelte ich.

»Ach, halt doch die Klappe«, sagte sie und ließ sich von Elli aus dem Zimmer schieben.

»Und jetzt zu dir, Frau Abendroth«, sagte Winnie und setzte sich auf den Couchtisch, ohne Rücksicht auf Statik und Haltbarkeitsangaben von Rauchglas. Herzig betrachtete mit zusammengekniffenen Augen das Meer von Pink auf der Couch und überlegte wohl, wie sich rosa Flusen auf seinem dunkelbraunen Kaschmiranzug machen würden.

Winnie knöpfte seinen pelzgefütterten Anorak auf, stützte seine Ellbogen auf die Knie und wartete. Ich wäre ihm am liebsten um den

Hals gefallen, aber ich war noch so weit bei Verstand, genau das nicht zu tun. Ich kannte diese Augen, und ich wusste, dass Winnie kurz davor war zu explodieren. Wie viel Stunden er wohl von St. Petersburg unterwegs gewesen war? Er musste wohl eben direkt vom Flughafen gekommen sein, denn sein verwegenes Outfit Marke *Ausgerechnet Alaska* stand in totalem Kontrast zu dem, was er sonst trug – nämlich Maßanzüge und Kamelhaarmäntel mit passenden Schals und Schuhen.

»Klapp bitte deinen Mund wieder zu und fang endlich an zu reden«, forderte er mich auf. »Ich bin auch ein bisschen müde, Frau Abendroth. In den letzten 35 Stunden habe ich sieben Flughäfen gesehen, und überall schmeckt der Kaffee scheiße.«

Herzig wurde sich der drohenden Gefahr bewusst, die von Winnie ausging, und ermahnte mich: »Frau Abendroth, je eher wir die Sache hinter uns bringen, desto besser.«

»Also … Wie geht es Matti und Rudi?«

»Maggie, das ist hier nicht die Frage. Ich will wissen, was du gemacht hast – und zwar genau!«

Ich war kurz davor loszuheulen. Wie oft hatte ich ihn in den letzten Tagen angerufen und um Hilfe geschrien? Und jetzt war er endlich hier, und ich wünschte mich ans andere Ende der Welt.

Herzig sagte versöhnlich: »Ihren Freunden geht es so weit gut, Frau Abendroth. Und ich möchte an dieser Stelle sagen, dass ich den Ausführungen der beiden zu den Vorgängen in der Villa Glauben schenke. Auch, wenn Herr Matti und Herr Rolinski kein lückenloses Alibi haben. Und ich bin auch bereit, Ihren Erklärungen zu glauben. Also bitte.«

Winnie resignierte, stützte seinen Kopf in die Hände und schien den Teppich anzumeditieren, während ich alles von Anfang an erzählte. Aus den Augenwinkeln konnte ich sehen, dass die Küchentür einen Spalt weit offen stand. Von Elli und Berti war kein Mucks zu hören, die beiden hatten ihre Fehde für den Moment vergessen und lauschten in stiller Eintracht. Winnie und Herzig unterbrachen mich nicht. Ich verschwieg auch nicht das kleinste Detail und packte wirklich alles auf den Tisch. Sogar meine Haarschneide-Aktion in Herrmanns' Laube, meine Recherchen unter falscher Flagge bei Frau Heckel und dem Vorsitzenden des Kleingartenvereins. Winnie hatte an manchen Stellen Mühe, die Fassung zu wahren. Seine Mundwinkel zuckten, und als ich erzählte, wie ich mich mit Mias Hilfe vor Seidel in einem Sarg versteckt hatte, musste sich Winnie einen Keks in den Mund stecken, sonst hätte er laut losgelacht. So wütend konnte er also gar nicht mehr auf mich sein. Immerhin hatte er es geschafft, Karin und Peter anzustiften, Seidel bei seinen Ermittlungen zu sabotieren. Als ich endlich fertig war, drehte ich mir aus den letzten Tabakkrümeln eine Zigarette und wartete auf das Zischen der herabsausenden Guillotine.

Winnie schwieg ausgiebig, aber bedeutsam. Er fuhr sich ein paarmal durch seinen roten Haarschopf und sog die Luft scharf durch die Zähne. Jetzt waren nicht nur seine Augen schlammgrün, allmählich bekamen seine Sommersprossen auch einen giftigen Stich ins Gelbe. Herzig wippte mit der rechten Fußspitze.

Nach endlos langen Minuten sagte Herzig: »Also …« Aber in dem Moment kamen Berti und Elli ins Wohnzimmer. Elli trug ein paar Sachen in der Hand – ein paar grobe Stiefel und eine *Aldi*-Tüte.

»Wir haben allet gehört, Maggie.« Mehr sagte Berti nicht. Was viel schlimmer war, als hätte sie eine Gardinenpredigt abgelassen. Sie drehte sich um und zeigte auf die Stiefel. »Winnie, ich glaub, die Profilsohle sollte ins Labor. Wegen dem Abdruck im Klo bei dem Van der Baack, und wegen die Spuren im Musikzimmer. Die Stiefel hier sind von Borowski.«

»Was ist in der Plastiktüte?«, fragte Herzig.

Elli setzte vorsichtig die Tüte auf dem Couchtisch ab. Es klirrte. Sie griff hinein und holte mit spitzen Fingern eine Scherbe hervor. Ich traute meinen Augen nicht, griff ebenfalls hinein und hielt eine Scherbe ins Licht.

»Hey, vorsichtig, die Fingerabdrücke«, rief Winnie.

»Was ist das denn jetzt?«, wiederholte Herzig seine Frage.

Ich legte die Scherbe auf den Tisch, die ungefähr die Größe meiner Hand hatte. Darauf war eine feine Bemalung in zarten, blauen Linien zu erkennen: ein bauschiger Rock, darunter lugten ein paar Pantöffelchen hervor. Am Rand der Scherbe war etwas Eckiges zu erkennen – ein Instrument mit sehr vielen Saiten. Auf der Rückseite das Signet der Delfter Porzellanmanufaktur.

»Elli, sag mir jetzt nicht, dass Borowski das hier angeschleppt hat.«

»Doch. Der hatte das dabei, als er hier ankam.«

»Oh mein Gott, das sind die Überreste dieses Delfter Tellers mit dem seltsamen Instrument drauf. Das unbezahlbare Unikat. Das, was in der Vitrine gelegen hat …«

Herzig beugte sich etwas vor und sagte: »Sie wollen also sagen, Frau Abendroth, dass wir hier das Bernsteinzimmer auf dem Tisch haben?«

»So ungefähr – ja … zumindest für Sammler alter Musikinstrumente. Elli, hat Borowski denn irgendwas dazu gesagt?«

»Nicht viel. Er wollte es wieder zusammenkleben.«

»Du liebe Zeit«, keuchte Berti. »Der ist doch nich mehr ganz dicht.«

Abgesehen davon, dass er tot war, traf diese Aussage hundertprozentig zu.

»Borowski hat den Delfter Teller geklaut und Van der Baack umgebracht?«, stellte ich die Frage in den Raum. »Das glaubt doch kein Mensch.«

Nun linste auch Winnie in die Tüte. Er zog sich seine Lederhandschuhe über und schob vorsichtig die Scherben in der Tüte herum. »Dat glaub ich nich«, kam es von Elli und Berti wie aus einem Mund. Auch Winnie schüttelte den Kopf, streifte die Lederhandschuhe wieder ab und sagte: »Ich auch nicht.«

»Was glaubst du denn dann, Holmes? Welche Schlüsse kannst du aus dem Scherbenorakel ziehen?«, fragte ich.

Herzig guckte mich an und blinzelte.

»Okay … Soweit ich das hier beurteilen kann, ist der Teller nicht die Tatwaffe. Es ist kein Blut dran. Und jetzt zum Hergang: Bei sehr vielen anderen Menschen würde ich dasselbe denken wie Seidel. Und auch das, was hier auf dem Tisch liegt, lässt einen schnellen Schluss zu. Aber – und das stellt alles auf den Kopf – es geht um Borowski. Und da, Miss Marple, gelten andere Gesetze der Logik.«

»So weit kann ich dir folgen. Dass Herrmanns und Borowski auf einem völlig anderen Planeten wohnen als wir, war mir schon lange klar.«

Elli und Berti starrten jetzt Winnie an, der tief Luft holte und dann sagte: »Also: Borowski sagt, er habe *zuerst* die Verwüstung im Musikzimmer gesehen und den Flachmann gefunden, und *dann* erst Van der Baacks Leiche im Pool, weil er in Panik aus der Villa gerannt ist. Dagegen allerdings sprechen die Blut- und Erdspuren am Flachmann. Ich wage folgende Theorie: Der alte Schlawiner hat sich mal wieder was zurechtgebogen. Er hat Van der Baack zuerst gefunden und danach den Flachmann. Hat dann Van der Baack aus dem Pool geholt und auf den Sessel im Salon geschleppt. Weil … ach, egal warum. Vielleicht hat er gedacht, er wäre noch nicht tot. Gut … Dann hat er festgestellt, dass Van der Baack ein Loch im Kopf hat und definitiv tot ist. Borowski, mit all seinen spinnerten Verschwörungstheorien, gerät in Panik.«

Winnie guckte in die Runde.

»Ja, und weiter?«, fragte Elli.

»Borowski in Panik? Da sag ich nur, Cognac!«

»Genau, Maggie. Borowski befindet sich mit der Leiche von Van der Baack im Rauchsalon. Der Flachmann gibt nicht genug her, und vielleicht ist die Bar im Salon abgeschlossen, oder es gibt gar keine – wir werden das feststellen, auf jeden Fall geht er auf der Suche nach Alkohol nach oben. Und sucht auch im Musikzimmer. Er ist total aufgeregt und passt nicht auf. Er steigt auf den Stuhl, von dem du gesagt hast, dass der kaputt auf dem Boden lag, und sucht im Regal. Der Stuhl bricht unter ihm zusammen, und Borowski reißt die Vitrine mit dem Teller um …«

»Und ab da ist ihm klar, dass er bis Oberkante Unterlippe in der Scheiße sitzt«, vollendete ich Winnies Satz.

Herzig strich sich nervös die Hosenbeine glatt. Berti friemelte eine blaurot karierte Papiertüte aus ihrer Manteltasche und hielt sie Herzig hin: »Nehmen Sie ruhig, dat hilft.«

Herzig griff in die Tüte und holte eine weiße Figur heraus.

»Brause«, sagte Berti. »Litschigeschmack. Wer noch 'n Brause-Buddha?«

»Neue Kollektion für Weihnachten?« fragte ich, froh über die plötzliche Ablenkung, und steckte einen in den Mund. »Uöööh ... bisschen seifig.«

Elli griff auch zu und leckte probeweise. »Das ist ja eine Idee?! Sag mal Berti, machen die alle Formen, die du willst?«

»Ja sicher ... Brauchse wat für dein Bisiness zu Weihnachten?«

Winnie rollte mit den Augen. »Ja, Elli, wie wäre es mit nackten Weihnachtsmännern?«

»Nee«, jubelte Elli, »... rote ...«

Berti knuffte Elli in die Seite.

»Was meinen Sie denn?« Herzig guckte erstaunt Elli an.

»Das wollen Sie nicht wissen, Dr. Herzig. Auf jeden Fall nicht jetzt«, sagte ich zu ihm.

Herzig guckte von einem zum anderen. Er hatte bei dieser Achterbahnkonversation den Faden verloren, blieb aber tapfer und lächelte.

»Erzähl doch ma weiter, Winnie ... Wir hören dir zu«, sagte Berti.

»Na dann, wenn jetzt keiner mehr was zu Weihnachten bestellen will ... Okay. Borowski in Panik ...«

»Genau, Winnie«, fiel Berti ihm ins Wort. »Und dann weiß der Heiopei nich mehr, wat er machen soll, verwüstet noch so'n bissken dat Musikzimmer, damit et aussieht, als wären Diebe da gewesen, und dann ruft er den Matti an. Der denkt sich einfach nur, dat der die Leiche abholt und gut is ... Oh Mann, Borowski.« Berti schüttelte den Kopf.

»Ja, das passt zu ihm«, sagte Elli.

»Vielleicht«, sagte Herzig und schob den Brause-Buddha von der linken in die rechte Backe: »... vielleicht wird die Spurensicherung das sogar untermauern können. Wenn keine anderen Spuren da sind als die von Borowski, dann wären wir schon einen Schritt weiter.«

»Dann wird Seidel bestimmt glauben, dass der Borowski der Dieb und Mörder ist.«

»Könnte sein«, sagte Winnie. »Warten wir doch mal die Untersuchungsergebnisse der Rechtsmediziner und der Spurensicherung ab. Noch ist alles Spekulation.«

»Für reine Spekulation haben wir aber jede Menge Ärger«, gab ich zu bedenken. »Der Seidel knotet aus den Hypothesen schon die Schlinge für unsere Hälse.«

»Hey, das war gerade reine Poesie, Maggie.« Elli kicherte und nahm sich noch einen Brause-Buddha.

Die Geschichte, die Winnie erzählt hatte, war schlüssig. Jedenfalls schlüssiger als das, was Borowski versucht hatte, uns weiszumachen. In Winnies Version passten die Puzzleteile wieder zusammen. Borowski war nicht zuerst im Musikzimmer gewesen. Es war, wie so oft, einfach genau andersherum. Und Borowski, wie immer, ein ziemlich schlechter Lügner.

»Bleiben immer noch der Flachmann und die Fingerabdrücke. So schnell holt der Seidel seine Zähne nicht aus Rudis Nacken«, sagte ich.

»Aber Frau Abendroth, dafür bin ich doch da.«

»Das ist aber auch das Einzige, was mich an der Sache beruhigt, Dr. Herzig.«

»Und wer hat jetzt wirklich den Van der Baack umgebracht?«, fragte Elli.

»Und wo ist dat Porzellan aus Herrmanns' Laube?«, setzte Berti nach. »Und wer hat die angezündet? Warss du dat, Maggie?«

»Nein, das war ich nicht. Bestimmt nicht … Was ist eigentlich in dem Safe, den du aus dem Schutt gerettet hast?«, fragte ich Berti.

»Dat weiß ich nich, 'n Safe is'n Safe, weil man den nich so schnell aufkricht. Verstehsse? Der Winnie kümmert sich drum.«

Winnie guckte seine Oma fragend an.

»Erzähl ich dir später. Und wer hat gezz diese Fiedel? Um die geht et doch, oder? Der Teller is doch gar nich geklaut? Bleibt doch nur die Fidel und Herrmanns' Porzellan.«

»*Viola d'amore.* Die Polizei muss den Fahrer des Wagens finden, mit dem Herrmanns umgenietet wurde. Winnie, du musst diese Frau Heckel vorladen und verhören. Vielleicht gibt sie auch endlich zu, dass der Van der Baack den Herrmanns zur Geldübergabe geschickt hat. Die weiß viel mehr, als sie sagt. Ich bin mir sicher, die hat den Herrmanns zur Geldübergabe gefahren. Wenn sie nicht sowieso hinter allem selber steckt.«

»Erstens bin ich gar nicht im Dienst«, sagte Winnie. »Noch habe ich offiziell Urlaub. Und zweitens ist das nicht mein Fall, sondern der von meinem Kollegen Seidel.«

»Ha, ha, von Seidel, aber Karin und Peter ...?«

»Was sagte ich gerade? Offiziell nicht mein Fall, Frau Abendroth.«

»Gezz hab dich ma nich so, Winnie. Et hat schon zwei Tote gegeben, und dein Kollege Seidel befindet sich schwer auffem Holzweg. Und ich hab ein Interesse da dran, rauszukriegen, wat da passiert is. Herrmanns und Borowski sind schließlich meine Freunde, und einer is gezz tot. Gib mich ma'n Cognac, Elli. Dat is mir allet zu viel.«

»Berti, wir reden nachher darüber. Bitte. Und mir auch einen Cognac, wenn du schon mal dabei bist«, sagte Winnie.

»Wenn du et nich machs, dann krich ich dat raus, Winnie, dat schwör ich dir.«

Herzig hob zaghaft seine rechte Hand. Elli nickte und ging zum Wohnzimmerschrank, öffnete eine Tür und holte Gläser und eine Flasche ohne Etikett mit einer bernsteinfarbenen Flüssigkeit heraus. Sie sah mich fragend an. Ich schüttelte den Kopf. »Für mich nicht, Elli.«

Als sie eingeschenkt hatte, hoben alle ihr Glas und ich meine Teetasse. Berti sagte: »Auf Borowski.«

Nach einer angemessenen Gedenkminute brach ich das Schweigen: »Weißt du was, Winnie? Ich habe da eine ganz inoffizielle Idee. Matti und ich haben einen Hemdenknopf, könnte aber auch ein Blusenknopf sein, auf der Treppe in Van der Baacks Villa gesehen. Interessant zu wissen, an wessen Hemd der wohl fehlt.«

»Schon notiert, Miss Marple. Ich ruf gleich mal in der Rechtsmedizin an, ob am Hemd von Borowski ein Knopf fehlt – oder an Van der Baacks …«

»Und lass dir die Blusen von der Heckel zeigen …«

»… die Leiche von Borowski müsste mittlerweile …«

»Winnie! Weisse wat? Dat is mir grad zu viel Information. Bring mich nach Hause, Lieblingsenkel. Bitte.«

Berti war ganz grau um die Augen, aber sie versuchte immer noch, tapfer durchzuhalten. Ich konnte mir kaum vorstellen, wie die alte Dame es schaffte, einen Tiefschlag nach dem nächsten so ruhig wegzustecken. »So«, sagte Herzig, »… Frau Abendroth. Es wird Zeit. Wir gehen jetzt zu Seidel und nehmen das Beweismaterial mit.« Er schaute auf seine Uhr. »Ich denke, das, was wir zu sagen haben, ist interessant genug, dafür steht Herr Seidel gerne mal etwas früher auf.« Er ging in die Diele und zückte sein Handy.

»Wie spät ist es denn jetzt?«, fragte ich.

»Du has nich mehr viel Zeit, dich zu bessern«, sagte Berti und guckte mich streng an.

Vor Erschöpfung kam ich kaum aus dem Sessel. Winnie packte meinen rechten Arm und zog mich hoch, dabei klopfte er mir aufmunternd auf die Schulter. Ich traute dem Braten nicht. Noch immer hatte ich die Worte von Karin im Ohr: ›Winnie reißt dir den Arsch auf …‹

»Hör mal, Winnie … Das tut mir alles so leid. Ich weiß auch nicht …«

»Die Mütze ist echt speziell.«

»Von Wilma. Aus Amerika … Blah, Blah …, einem Mountie abgeschwatzt. Und so weiter … Können wir uns nicht mal für fünf Minuten in Ruhe unterhalten?«

»Habt ihr wieder Streit?«

»Woher weißt du das?«

Winnie lüpfte meine Mütze um ein paar Zentimeter.

»Wusst' ich's doch. Deine Frisur wird noch grauenvoller sein, wenn ich mit dir fertig bin. Du kannst dich schon mal freuen.«

Da stellt mir der Kerl mein Armageddon in Aussicht und grinst mich dabei an. Er zog mich fest an sich, dass mir beinahe die Luft wegblieb, und flüsterte: »Du gehst mit Herzig. Und du tust alles, was er von dir verlangt, Miss Marple, sonst schneid ich dir 'ne Glatze. Obwohl … das könnte sogar besser aussehen als das hier. Ich kümmer mich jetzt um meine Oma. Es reicht hier einer, der am laufenden Meter Unsinn fabriziert.«

Er ließ mich los, und beinahe wäre ich hinten rübergefallen. »Winnie, ich dachte … Ich dachte …«

»Wir sprechen uns noch. Später.«

Er drehte sich zu Berti um, bot ihr galant den Arm und führte sie hinaus.

»Wo bleiben Sie denn, Frau Abendroth?«, rief Herzig. »Seidel ist schon auf dem Weg ins Präsidium.«

Wenigstens einer auf dieser Welt, der sich darauf freute, mich zu sehen.

20

Als Herzig und ich aus dem Polizeipräsidium in der Uhlandstraße wieder herauskamen, war es schon halb neun. Wäre er nicht gewesen, hätte ich das Licht des neuen Tages von der unbequemen Pritsche einer U-Haft-Zelle aus betrachten dürfen. Kommissar Seidel war so erpicht darauf gewesen, mich wegzusperren, dass ihm jedes Mittel recht gewesen war, um sein Vorhaben durchzusetzen. An Ideen hatte es ihm auch nicht gemangelt: Er hatte es mit Anschuldigungen und Mutmaßungen versucht, mit Drohungen; er hatte mich provoziert, indem er mich als ›Ganovenliebchen‹ hingestellt hatte, das mit Matti und Rudi unter einer Decke steckte, und zwar im Wortsinne; er war anzüglich geworden und auch grob, soweit das der Tisch zwischen uns im Verhörraum und Herzigs Standhaftigkeit, eines Jedi-Ritters würdig, zuließen. Seidel hatte uns das gesamte Programm von ›Guter Bulle – Böser Bulle‹ in Personalunion geboten, inklusive aller Zwischentöne. Auch meine Verdienste in zwei Mordermittlungen der vergangenen Monate waren für ihn kein Grund, meinen Erklärungen Glauben zu schenken. Nach zwei Stunden nervenzerfetzenden Gerangels, in einem Moment, als Seidel sich so richtig schön aufgespult hatte, präsentierte Herzig gütig lächelnd das neue Beweismaterial. Es war, als hätte man dem aufgeblasenen Sack die Luft rausgelassen. Karin war gerufen worden und durfte Borowskis Stiefel und die *Aldi*-Tüte mit ihrem klirrenden Inhalt entgegennehmen und alles ins Labor bringen. Das war der erste Lichtblick des Morgens – Karin würde die Beweise garantiert nicht verschwinden lassen, um einer hanebüchenen Theorie nicht den Laufpass geben zu müssen. Sie hatte mir zugezwinkert, als Seidel grad nicht hingeschaut hatte, und war sogar noch mal mit Kaffee zurückgekommen. Ich werde ihr ewig dankbar dafür sein.

Bei Tageslicht betrachtet, sah ich mittlerweile so aus wie etwas, das Dr. Thoma schon zweimal gegessen hatte, während bei Herzig die

Bügelfalten in seinem makellosen Anzug immer noch saßen. Vor der Tür des Präsidiums holte er tief Luft und fragte, wo er mich absetzen könne. Auf alles hatte ich während Seidels inquisitorischem Verhör eine Antwort gehabt, aber jetzt zuckte ich müde mit den Schultern.

»Ich würde Sie ja einladen, zu mir zum Frühstück zu kommen, aber ich habe einen Hausgast. Es tut mir leid.«

»Ja, ja, schon gut. Ich weiß. Carmen ist bei Ihnen.«

»Ja … Was für eine Frau«, seufzte er und schüttelte den Kopf, als könne er sein Glück nicht fassen.

»Die Sie ohne mich nie kennengelernt hätten.«

»Das ist richtig. Da bin ich Ihnen und dem Schicksal sehr dankbar.«

Wir stiegen in seinen dunkelgrünen Rover. Nach den harten Stühlen im Präsidium waren die vorgewärmten Ledersitze wie eine weiche Umarmung, und meine Augenlider senkten sich unaufhaltsam. Um nicht einzuschlafen, kniff ich mir ins Ohr und rieb mir die Nase.

»Also, wo darf es denn jetzt hingehen?«

Na ja, nur, wo Abendroth draufsteht, ist auch Abendroth drin. »Zum Bestattungsinstitut, bitte«, antwortete ich gähnend.

»Wohnen Sie da jetzt wirklich?«

»Nein. Ich leih mir nur hin und wieder einen Sarg zum Übernachten aus.«

Wäre ich wohl sonst so blass?, wie ich im Schminkspiegel der heruntergeklappten Sonnenblende feststellen konnte. Gegen Herzigs Kreuzfahrtbräune war mein Teint weder vornehm noch gesund zu nennen. Die ersten Zuckerpickel machten sich an meinem Kinn breit. Ich fasse das Zeug nie wieder an – und wenn ich verhungere, schwor ich mir und schob die Trappermütze ein bisschen hoch, weil die Klimaanlage den Wagen sehr schnell auf Temperatur brachte und ich binnen Minuten ansonsten Eier darunter hätte ausbrüten können.

Herzig schaute auf meine Mütze und sagte: »Vielleicht möchten Sie doch erst zum Friseur? Soll ich Sie bei Frau Korff absetzen?«

»Nein. Und keine weiteren Fragen, bitte. Mir reichts für heute mit der Inquisition.«

»Wie Sie meinen. Also, auf ins Bestattungsinstitut«, sagte er im Tonfall eines englischen Butlers, der seinem Herrn die gebügelte *Times* ans Bett bringt. Noch während er den Wagen vom Parkplatz lenkte, wählte er eine Nummer auf seinem Handy. Da er die Freisprechanlage eingeschaltet hatte, konnte ich hören, wie Carmen flötete: »Herzilein. Wie schön, dass du dich meldest. Schaffst du es noch zum Put-Training in den Golfclub, oder soll ich alleine fahren?«

Wäre ich ein Seehund gewesen, ich hätte heulend die Flossen über meinem Kopf zusammengeschlagen. Stattdessen sagte ich: »Hallo, Carmen, dein Herzilein hat vergessen, dir zu sagen, dass ich mit im Auto sitze. Also bitte keine weiteren Liebesbekundungen.«

»Du bist das … Maggie!«, rief sie. »Hat er dich rausgepaukt?«

Oh weh, diese Sprache. Was war denn bloß mit Carmen, der frischgebackenen Bauunternehmerswitwe aus Recklinghausen-Süd, während ihres Urlaubs mit dem Staranwalt passiert?

»Ja, hat er. Fürs Erste jedenfalls.«

»Carmen, Liebes, fahr schon mal vor; ich bin in einer halben Stunde im Clubhaus«, unterbrach Herzig unsere kleine Unterhaltung und legte auf, bevor Carmen mir von ihrer Schiffsreise vorschwärmen konnte. Im Gegensatz zu mir hatte sie es mit ihrem Lover wirklich bis in die Karibik geschafft. Carmen müsste man heißen.

Kurze Zeit später hielten wir vor ›Bestattungen Abendroth‹. Die Vorhänge im großen Schaufenster waren zugezogen, aber ein zarter Lichtschein hinter den Gardinen konnte nur bedeuten, dass Mia im Büro war und die Stellung hielt.

»Danke fürs Bringen, Dr. Herzig. Wann holen Sie denn endlich Matti und Rudi raus? Nach dem Putten?«

»So schnell es geht. Das verspreche ich Ihnen. Spätestens morgen sind sie wieder frei. Nach allem, was Winnie Blaschke mir schon berichtet hat, kann die Spurensicherung nicht nachgewiesen haben, dass die beiden direkten Kontakt mit der Leiche hatten.«

»Wann haben Sie denn mit Winnie gesprochen? Sie waren doch die ganze Zeit mit mir im Verhör?«

»Wozu hat man einen *BlackBerry,* Frau Abendroth?«, sagte er und klopfte auf die Brusttasche seiner Anzugjacke. Ich war zutiefst beeindruckt. Unser Herr Anwalt war jederzeit per E-Mail zu erreichen. Ich erinnerte mich, dass er ein paarmal während meines Verhörs aufgestanden war und sich dezent von Seidel und mir weggedreht hatte. Was mein Großinquisitor dazu genutzt hatte, sich weit über den Schreibtisch zu beugen, um mir seinen schlechten Atem ins Gesicht zu blasen. Mich schauderte es jetzt noch, wenn ich daran dachte.

»Und warum hält Seidel die beiden dann noch fest?«

»Er reizt es eben aus.«

»Warum?«

»A – weil er es kann. Noch. Und B – weil ihm nichts Besseres einfällt. Wenn er die beiden gehen lässt, dann kann er ganz von vorne anfangen. Aber machen Sie sich keine Sorgen. Ich kümmere mich darum. Und jetzt schlafen Sie mal ein bisschen. Ich muss vorm Putten noch die Kois füttern.«

»Grüßen Sie Carmen von mir. Und vielen Dank für alles.«

»Warten Sie ab, bis Sie meine Rechnung bekommen.«

»Ich schlage jetzt schon Ratenzahlungen vor. Und wehe, Sie nehmen Geld von Matti für meine Rechnung. Wie ich ihn kenne, wird er es Ihnen bestimmt anbieten.«

»Frau Abendroth – das war ein Witz. Habe ich doch gern getan. Allerdings …«, Herzig klopfte mit den Fingern auf das Lenkrad und machte ein Gesicht, als müsse er eine schwere Entscheidung treffen, »… wenn ich mir Ihre Abenteuerbilanz der letzten Monate so anschaue, plädiere ich für den Abschluss einer Rechtschutzversicherung.«

»Ich werde drüber nachdenken«, sagte ich und schlug die Beifahrertür des Rover zu, die mit einem satten Klack ins Schloss fiel. Danke für den Tipp. Wenn ich zu Geld komme, gerne, aber noch kann man die Prämien für seine Versicherungen nicht im Ehrenfelder Eck auf den Deckel schreiben lassen.

Als ich hereinkam, saß Mia an ihrem Schreibtisch, die Augen starr auf den Computer-Bildschirm gerichtet. Ihre Lesebrille war ihr auf die Nasenspitze gerutscht. Neben der Tastatur stand ein dampfender Becher Kaffee.

»Hallo, Mia.«

Sie nahm die Brille ab und zwinkerte mich an.

»Wie siehst du denn aus?«

»Kann ich den Schlüssel zu Mattis Wohnung haben? Ich kann mich kaum noch auf den Beinen halten. Grüße von Carmen, übrigens.«

»Danke. Wir sind heute Nachmittag verabredet.«

»Spielst du jetzt auch in der Golf-Klasse?«

»Quatsch. Ich geh mit ihr zu Berti. Eigentlich dachten wir, Berti bräuchte Unterstützung wegen Borowskis Beerdigung, aber nix da. Wir knacken heute einen Safe, hat sie gesagt. Was ist denn jetzt mit Matti und Rudi? Hast du Neuigkeiten?«

Irgendwie irritierte mich die Information, dass die drei Damen, anstatt eine Totenwache zu halten, zum Tee lieber einen Safe knacken wollten. Bertis Gefühle würden mir wohl immer ein Rätsel bleiben.

»Herzig sagt, spätestens morgen hast du sie wieder. Der Seidel hat mich ausgequetscht. Was für eine Nacht. Erzähl ich dir alles später. Was macht deine Internetrecherche? Du kannst den Teller übrigens von der Liste streichen.«

»Hat Berti mir schon erzählt. Also dieser Borowski …«

»Tja, da fehlen einem die Worte, was?«

»Das sag ich dir. So, und jetzt zum Internet. Ich habe noch keine Ergebnisse für die Tassensammlung. Aber das will nichts heißen. Ich bleibe dran.«

Mia öffnete die Schreibtischschublade und holte den Schlüssel für Mattis Wohnung heraus.

»Wenn es Neuigkeiten gibt, weck mich.«

»Mach ich. Willst du dir was zum Naschen mitnehmen?«

»Wenn ich noch ein Teil von dem Süßkram essen muss, brauch' ich 'ne Insulinpumpe. Aber trotzdem danke. Kann ich was von dem Espressopulver haben?«

Ich wartete ihre Antwort nicht ab, sondern schnappte mir ein Paket und ging. Die paar Meter über die Straße zu Mattis Wohnung zu gehen war plötzlich sehr anstrengend. Meine Beine wurden mit jedem Schritt schwerer. Und dabei hatte ich die Bürgersteigkante noch vor mir. Messner, ich weiß jetzt, wie du dich am K2 gefühlt hast.

Eine halbe Stunde später saß ich bibbernd im Pyjama in Mattis Schlafzimmer auf der Bettkante und war wieder hellwach. Aus den Restbüscheln meiner Haare tropfte das Wasser. Ich hätte lieber kein Bad nehmen sollen, und vielleicht hätte ich auch lieber nicht vier Espressi trinken sollen, und vielleicht hätte ich auch nicht in meiner Tasche herumwühlen sollen, auf der Suche nach meinen letzten Tabakkrümeln.

Ich hielt das Flugticket in der Hand. Heute wäre ich ja wieder in Düsseldorf gelandet – wenn ich denn jemals weg gewesen wäre.

Wütend riss ich das Ticket in kleine Schnipsel und stopfte sie in den überquellenden Aschenbecher. Weg mit Schaden. Ich trug den Aschenbecher in die Küche und kippte den Inhalt in den Mülleimer. Kaum hatte ich den Deckel zugeklappt, klingelte das Handy. Ich stürzte zurück ins Schlafzimmer in der Hoffnung, es könnten Rudi und Matti sein, die wieder auf freiem Fuß waren.

»Maggie! Maggie, bist du dran?«, tönte es aus dem Hörer, begleitet von vielen Stimmen und Nebengeräuschen, als stünde der Anrufer in einer großen Halle.

»Ja«, antwortete ich lahm. »Was willst du?«

»Hast du eigentlich 'n Vollknall? Wo warst du, und was hast du mit meinem Wagen gemacht? Bist du irre?!«, sagte der Knipser, und die schrille Stimme von Gracia kreischte dazwischen: »Sag der blöden Kuh, du zeigst sie an!«

Ich musste das kleine Telefon von meinem Ohr wegreißen, sonst wäre mir das Trommelfell geplatzt.

»Wo ich bin, geht dich gar nix an, und mit deinem Wagen habe ich überhaupt nix gemacht. Und jetzt tschüss. Und sag Gracia 'n schönen Gruß von mir, sie soll was mit ihren Stimmbändern machen lassen.«

»Hey, hey! Moment mal. An meinem Wagen fehlen alle vier

Reifen. Meine nigelnagelneuen Winterreifen sind weg! Aus dem Parkhaus geklaut! Wie soll ich denn jetzt nach Hause fahren? Kannst du mir das mal erklären?! Wenn du dich rächen willst, bitte schön. Aber so nicht. So nicht! Du bist doch …«

»Ruf den ADAC an und lass mich in Ruhe. Ich weiß überhaupt nicht, wovon du redest.«

»Wer soll mir denn sonst die Reifen klauen? Die kann ja keiner verkaufen, da sind meine Initialen drauf! Du hast deinen Spaß gehabt, und jetzt sag mir, wo ich die abholen kann.«

»Zeig sie an! Wir holen jetzt die Polizei. Auf der Stelle!«, schrie Gracia.

»Glaubst du, ich hänge mir deine Scheiß-Alufelgen samt Gummischlappen um den Hals? Lass mich in Ruhe und heul' dich woanders aus.«

Ich legte auf. Gab es irgendeinen Grund dafür, warum ich mich vom Knipser und Gracia anschreien lassen sollte? Mir fiel keiner ein. Ich knallte das Handy auf den Nachttisch und zog mir die Decke über den Kopf. Wenn ich nur ein klein wenig schlafen könnte, dann … ja dann … hätte die Welt ein paar Stunden Zeit, sich womöglich selbst zu heilen. Dann würden sich die Zahnrädchen des Schicksals wieder in die richtige Richtung bewegen, und nach kurzer Zeit wäre alles wieder gut. Vielleicht wären meine Locken dann auch wieder auf meinem Kopf. Schön wär's.

Ich fand diesen Gedanken so tröstlich, dass ich direkt vor mir sah, wie dickflüssiges Öl in Schmiernippel lief, und ich konnte hören, wie das Uhrwerk der Erde sich knirschend, aber unaufhaltsam in Bewegung setzte. Bis eben war ich noch wie Charlie Chaplin in *Moderne Zeiten* planlos hin und her gerannt und hatte versucht, die Maschinerie in Bewegung zu bringen, was mir nicht sehr gut gelungen war. Mir fielen die Augen zu, und es rappelte und arbeitete wieder im Inneren der Welt. Die Maschine summte und brummte zufrieden.

Plötzlich zerriss das Schrillen einer Sirene die Idylle. Etwas war schiefgelaufen. Eine Störung. Mehrere rote Lampen blinkten auf. Ich schnappte mein Ölkännchen und rannte verzweifelt hin und her, um den Fehler zu finden. Aber das Schrillen und Blinken hörte und hörte nicht auf. An großen Anzeigetafeln steuerten riesige schwarze Zeiger unaufhaltsam auf den roten Bereich zu. Wasserdampf quoll zischend durch Mauerritzen und hüllte mich ein. Jemand musste das Werkstor öffnen. Dringend. Gleich würde alles in die Luft fliegen, und niemand würde lebend aus dem Inferno entkommen. Und alle würden wieder denken, dass ich schuld an dem Desaster war. Die Eingeschlossenen hämmerten in ihrer Verzweiflung bereits an die Tür. Ich riss an der Verriegelung des Werkstores, und wie durch ein Wunder gab das Türschloss endlich nach, und das Tor schwang auf …

»Hallo, kann ich reinkommen?«

Ich sprang zur Seite, um nicht von der flüchtenden Menge totgetrampelt zu werden, wurde aber jäh aufgehalten. Jemand nahm mir etwas aus der Hand. Mein Ölkännchen!

»Hey, Penntüte. Was turnst du hier schlafend im Pyjama mit deiner Espressotasse herum? Hallo.«

»Mein Ölkännchen, ich brauche …«

»Ich bin es, Winnie. Kann ich jetzt reinkommen, du kriegst kalte Füße. Und mach mal die Augen auf.«

Winnie schob mich zurück ins Schlafzimmer, und mein Bewusstsein kehrte allmählich an seinen Platz zurück. Ich rieb mir den Schlaf aus den Augen. »Ich hab was geträumt. Mann, von … Zahnrädern … Wie spät ist es?«

»Gleich eins. Wie lange warst du bei Seidel?«

»Viel zu lange. Viel, viel zu lange. Ist das ein Idiot.«

»Sagt wer?«

Ich kuschelte mich wieder in die Bettdecke, und Winnie setzte sich neben mich aufs Bett.

»Ist ja schon gut. Ich bin auch ein Idiot – aber wenigstens für einen guten Zweck.«

»Würde Seidel von sich auch behaupten.«

»Ja, nimm deinen Kollegen nur in Schutz … Fang schon an mit deinem Strafgericht. Is jetzt auch egal, wovon mir schlecht wird.«

Hätte ich mir denken können, dass Winnie nur auf den richtigen Moment gewartet hatte, um mir die Leviten zu lesen.

»Nein, das werde ich jetzt nicht tun, Miss Marple. Deswegen bin ich gar nicht hier. Ich komme mit guten Neuigkeiten.«

»Und die wären?«

»Super Schlafanzug. Hattest du dir den für die Karibik gekauft? Der Knipser hat echt was verpasst.«

»Jetzt hör doch mal auf! Was für Neuigkeiten?«

»Also: … wo war ich?«

»Winnie!« Ich hob drohend ein Kopfkissen.

»Kann ich einen Kaffee haben?«

»Du machst mich wahnsinnig. Fang doch noch an zu singen, dann krieg ich einen Schreianfall.«

»Hat Matti etwa ein Klavier?«

Ich sprang aus dem Bett und zog Winnie mit dem Kissen eins über. Er duckte sich weg, packte meinen rechten Fuß, und ich plumpste wieder ins Bett zurück.

»Hey, bist du nicht schwul? Was wird das hier für 'ne Anmache?«

»Seit wann sind Kissenschlachten eine Exklusiv-Veranstaltung für Heteros? Ich wollte dich aufheitern und sicher sein, dass du wach bist. So, und jetzt zugehört: Matti und Rudi werden bald hier sein.«

»Warum sagst du das nicht gleich? Und ob du einen Kaffee kriegst.«

Ich wand mich aus den Decken und marschierte in die Küche, um einen Espresso aufzusetzen. Winnie kam hinterhergeschlendert.

»Erzähl, erzähl, was ist passiert?«, fragte ich, während ich mit der *Bialetti* hantierte und vor Aufregung eine halbe Packung Espressopulver verschüttete. Winnie setzte sich an den Küchentisch und legte seinen Mantel in attraktive Falten.

»Halt dich fest, Maggie. Van der Baack ist gar nicht ermordet worden.«

Ich brauchte einen Moment, um diese Neuigkeit zu verarbeiten, und wieder segelte ein Löffel Espressopulver an der Kanne vorbei.

»Da guckst du, was?«, fuhr Winnie fort.

»Und wie … Was denn dann?«, stotterte ich.

»Er ist an einem simplen Aorten-Aneurisma gestorben. Die Platzwunde am Kopf hat er sich beim Sturz am Pool zugezogen. Sie war in keinem Falle tödlich, und ertrunken ist er auch nicht. Eigentlich war er schon tot, als er in den Pool gefallen ist.«

Ich musste mich setzen.

»Drehst du die Herdplatte wenigstens noch an?«, sagte Winnie.

»Herdplatte? Ach so. Ja. Aber was heißt das denn jetzt?«

»Dass in seinem Herzen eine Ader geplatzt ist. Das überlebt man so gut wie nie.«

»Ja, ja, das hab ich verstanden. Ich meine, was es für den Fall bedeutet? Für uns. Für … Für …«

»Miss Marple, das ist genau die Frage, die Seidel grad nicht beantworten kann. Der einzige Hinweis auf einen oder wenigstens zwei Fremde in der Nähe von Van der Baack befinden sich auf dem Flachmann. Ansonsten sind die sichergestellten Fußabdrücke alle identisch mit den Schuhsohlen von Borowskis Stiefeln. Was meine Theorie von gestern Nacht bestätigt, den kaputten Teller und die kleine Verwüstung im Musikzimmer betreffend. An Van der Baack gab es nur Faserspuren von Borowskis Mantel, aber der hat ihn ja auch aus dem Pool gezogen. Das war's. Kein Mord, keine Mörder.«

»Also … was dann?«

»Ein natürlicher Tod. Tragisch – aber nicht illegal.«

Das kochende Wasser in der *Bialetti* stieg fauchend und gurgelnd nach oben, und Espressoduft verbreitete sich in der Küche.

»Wird das Verfahren jetzt eingestellt?«

»Es bleibt immer noch das Rätsel um die *Viola d'amore,* nicht wahr?«

»Und Herrmanns' Unfall und die abgebrannte Laube. Hast du mit dieser Frau Heckel gesprochen?«

»Ich nicht, aber Karin und Peter haben sie noch mal aufgesucht, ohne Seidel Bescheid zu sagen. Sie hat ihnen zwar gesagt, dass das Instrument tatsächlich vermisst wird, aber die Lösegeldgeschichte wollte sie nicht bestätigen, und sie behauptet weiter, Herrmanns nirgendwo hingefahren zu haben. Stattdessen hat sie sich darüber ausgelassen, dass sie sich von der Presse verfolgt fühlt.«

»Hat sie gesagt, von wem?«

»Glaub schon.«

Mist, da dräute der nächste Ärger mit Wilma. Wenn Seidel nach einer aufdringlichen Journalistin mit dem Namen Wilma Korff sucht, geht der Spaß erst richtig los. Ich notierte auf meinem geistigen Stundenplan: Dringend mit Wilma sprechen.

»Ach ja, sie hat Karin gesagt, dass sie das Instrument nicht als gestohlen meldet, also wird es kein Eingreifen der Polizei geben. Frau Heckel macht sich selbst auf die Suche.«

»Sagt sie. Und dann, in absehbarer Zeit, wird sie das Ding aus dem Hut zaubern, weil es sich sowieso in ihrem Besitz befindet. Ich wette mit dir.«

Ich goss den Espresso in eine Tasse und stellte ihn vor Winnie auf den Tisch. »Ich glaube, die Heckel führt euch an der Nase herum.«

»Glaubst du. Und warum? Nur, weil sie dir unsympathisch ist?«

»Nein, nicht nur deswegen. Die weiß total viel, kennt sich in dieser Antiquitäten-Szene aus – und ihren Chef hat sie auch nicht gemocht. Vermutlich hat sie die ganze Arbeit gemacht, und Van der Baack hat sich im Applaus gesonnt und Kohle gescheffelt. Auf die Dauer grämt man sich bei so was zu Tode.«

»Dafür erbt sie ja auch alles. So schlimm kann das Verhältnis nicht gewesen sein.«

Ich schob Winnie die Zuckerdose über den Tisch, aber er hob abwehrend die Hand und sagte: »Keinen Zucker, bitte. Ich nehme ihn so.«

»Auf Diät, Herr Kommissar? Zu viele russische Leckereien?«

»Kann man so sagen. Mein Mantel spannt ein wenig um den Bauch.«

»Das geht natürlich gar nicht. Ich hoffe, Nikolaj hat sich nicht beschwert, dass er keine Luft mehr kriegt.«

»Hmm, du bist entzückend«, sagte Winnie und trank den Espresso.

»Kommt ja immer drauf an, wer oben liegt, ne?«

»Abendroth! Muss ich jetzt mit dir mal wieder die Feinheiten meines Sexuallebens diskutieren, nur weil ich keinen Zucker will? Darf ich dann auch erfahren, was da zwischen dir und dem Knipser am Flughafen wirklich gelaufen ist?«

Es war höchste Zeit für einen Konversations-Powerslide, und ich kehrte mit quietschenden Reifen zum Thema zurück: »Wir waren bei Frau Heckel, nicht wahr? Sie erbt also alles?«

»Ja. Alles. Das wäre nur dann ein Motiv, wenn Van der Baack ermordet worden wäre.«

»Er hat ihr wirklich alles vermacht?«, fragte ich noch mal nach, weil mir nichts Besseres einfiel, mit dem ich die Knipser-Diskussion hätte vermeiden können. Winnie grinste mich breit an, was so viel sagen sollte wie: Warte nur ab – der Tag wird kommen, und wir werden ausgiebig über die Karibik reden – und antwortete: »Alles – mit Auflagen natürlich. Sie muss unter anderem die Stiftung weiterführen.«

»Hat Karin ihr die Katastrophe mit dem Teller schon erzählt?«

»Vermutlich tut sie es in diesem Moment. Seidel hat Frau Heckel gebeten, ins Präsidium zu kommen, um den Teller zu identifizieren.«

»Die fällt bestimmt in Ohnmacht, wenn sie den Scherbensalat sieht. Hoffentlich hat sie genug Leim im Haus. Besser ein geklebtes Unikat als gar keins. Fragt sich nur, was das Museum in Manchester dazu sagen wird. Weißt du was, Winnie?«

»Was, Miss Marple?«

»Ich glaube, dass die Polizei sich noch viel intensiver um die Preziosen in Van der Baacks Villa kümmern sollte.«

»Und warum?«

»Der Teller war nicht versichert. Warum? Weil es das gestohlene Original war. Van der Baack war nicht so blöde, damit zu einer Versicherung zu gehen. Die ziehen nämlich selbst Experten zurate, und die hätten vermutlich die Echtheit bestätigt, und er wäre als Hehler aufgeflogen. Warum sollte das mit der Viola nicht auch so sein? Er hat den Diebstahl nicht gemeldet, weil sie nicht versichert war – aus demselben Grund.«

»Aber die war im Katalog, vergiss das nicht. Jeder wusste in der Musikszene, dass Van der Baack die hatte. Es konnte kein Diebesgut sein«, wandte Winnie ein.

»Und wenn es genau andersherum war?«

»Du meinst, die Viola war, im Gegensatz zum Teller, nicht echt?«

»Genau.«

»Hätten das die Musikkenner auf der Ausstellung nicht sofort bemerkt?«

»Das glaube ich nicht. Anfassen ist da total verboten, was die wirklich alten Stücke angeht. Die stehen abgeschlossen in Vitrinen. Die langt keiner an.«

»Hm. Was für eine Verwirrung.«

»So verwirrend ist es gar nicht. Der Seidel muss sich die Versicherungspolice vorlegen lassen – und wenn keine da ist …«

»Wo kein Kläger, da kein Richter, Miss Marple. Frau Heckel meldet den Diebstahl nicht, also kann sich Seidel auch nix vorlegen lassen. So ein gestohlenes Instrument wird die Staatsanwaltschaft im Allgemeinen nicht interessieren, wenn die Heckel den Diebstahl nicht zur Anzeige bringt. Und, vergiss bitte eines nicht: Ob etwas echt ist oder nicht, was bei irgendeinem Sammler in der Vitrine steht, interessiert wirklich keinen Menschen. Und Gefahr ist auch nicht im Verzug.«

»Mist. Die Viola hat was mit Herrmanns' Unfall zu tun, wann will das denn endlich mal jemand begreifen?«

»Ich werde es auf der Stelle begreifen, wenn ich die Beweise sehe, aber bis jetzt ist der Tisch leer.«

»Weil du nicht suchst.«

»Sag mir, wo ich deiner Meinung nach anfangen soll, und ich reite sofort los.«

»Folter die Heckel. Such nach Faserspuren von Herrmanns' Winterjacke in ihrem Auto. Irgendwas muss doch zu finden sein!«

»Okay, wenn es weiter nichts ist … Ich muss mich mal wieder auf die Piste begeben. Ich habe für Berti noch einen Safe zu knacken. Was machst du heute?«

»Was ich mache? Ich habe keine Ahnung ... Taxi fahren ... Eine Wohnung suchen. Du hast ja nicht zufällig noch ein Zimmer frei, oder?«

»Ein guter Versuch, aber – nein, Miss Marple. Nicht, dass ich wüsste.«

»Warum machst du das?«

»Weil ich es kann.«

»Weil du es kannst?! Ist das alles, Herr Kommissar? Ich bin obdachlos – und da kannst du mal keine Ausnahme machen und dein Wohnungsgeheimnis lüften? Warum nicht? Ich hab dir vor ein paar Monaten schließlich auch mein Bett geliehen, nachdem ich dich breit wie 'ne Bahnschranke vorm Café Madrid aufgelesen habe.«

Ich fand, es war der richtige Moment, den Herrn Oberkommissar darauf hinzuweisen, dass ich mich erst kürzlich wie ein wahrer Freund verhalten hatte, als er sich nach seinem ersten schwulen Liebeskummer betrunken hatte. Und wie ich mich gekümmert hatte – seine Waffe hatte ich mitten in der Nacht aus dem Café Madrid geholt und seinen Wagen vor meiner Haustür geparkt, damit Monsieur am nächsten Morgen nicht so lange suchen musste.

»Wofür ich dir sehr dankbar bin. Aber ich bitte dich, nicht weiter darauf herumzureiten.«

»Und wo lässt du Nikolaj zukünftig, wenn er dich besuchen kommt? Im Hotel?«

Winnie stand auf und streckte sich. »Denk einfach nicht drüber nach, Dewotschka. Okay? Ich kann dir versichern, es lohnt sich nicht.«

Winnie umarmte mich fest. Da war keine Belustigung, noch nicht einmal ein kleines Zucken seiner Lachfalten, und die paar verzweifelten Winter-Sommersprossen mühten sich tapfer, heiter auszusehen. Es war jedes Mal dasselbe: Sprach ich ihn auf seine Wohnung an, ging die Zugbrücke hoch.

»Viel Glück bei der Wohnungssuche. Wenn ich mit dir irgendwo hinfahren soll, sag Bescheid. Ich höre mich auch um. Wir werden was für dich finden. Zur Not verhafte ich einfach irgendjemanden, damit eine Wohnung frei wird.«

»Weißt du was? Deine Heimlichtuerei geht mir kolossal auf den Zeiger. Und deine Nonchalance erst recht. Danke fürs Gespräch.«

»Maggie, ich bitte dich. Lass es gut sein. Du kannst Wilma fragen und Oma … Und Mia bestimmt auch, und Herr Matti hat auch nichts dagegen, dass du bei ihm übernachtest.«

»Ich frage aber dich.«

»Und ich bitte dich, mich nicht zu fragen«, sagte er ernst.

Ich schob ihn unsanft von mir weg. Winnie lehnte sich an den Küchenschrank und sagte: »Ist es nicht okay, wenn ich dich um was bitte?«

»Leih mir mal fünfzig Euro.«

»Ich hab dich was gefragt. Ist es okay?«

»Und ich hab dich gefragt, ob du mir fünfzig Euro leihst.«

Winnie verschränkte die Arme vor seiner Brust und wartete. Ich zündete mir eine Zigarette an und blies den Rauch in seine Richtung. Mein Magen flatterte, ob vor Wut oder vor Verzweiflung, konnte ich nicht sagen. Nennt sich ›Freund‹ …

Kommt aus Russland wieder zurück, weil seine Freunde in Schwierigkeiten stecken, flötete meine innere Stimme. Sagt Karin und Peter, dass sie dich vor Seidel beschützen sollen … Ach, halt doch die Klappe!

»Okay?! Ja, Winnie. Ja, es ist okay. Muss es ja wohl sein. Alle dürfen ihre kleinen Geheimnisse haben. Nur ich sitz auf dem Präsentierteller. Hallo, hier sind Maggies Probleme, alle im Schaufenster, auf einer dreistöckigen Porzellanétagère … bittere Petit Fours meiner verkrachten Existenz. Und sie drehen sich so hübsch im Kreis. Ihr dürft alle mit dem Finger drauf zeigen. Ja, behaltet, verflucht noch mal, alle eure Geheimnisse für euch. Und jetzt leih mir endlich fünfzig Euro.«

»Dafür gibt es kein Hotelzimmer. Jedenfalls keines, wo ehrbare Fräuleins absteigen könnten.«

Meine Faust flog in Winnies Richtung, aber er wich nur aus, und der Schlag ging ins Leere. Ich taumelte vorwärts und knallte mit der Hüfte gegen den Küchentisch. »Aua! Ich will Frühstück kaufen, du Depp. Für Matti und Rudi. Du kriegst die Kohle morgen wieder zurück. Und lass dich wenigstens schlagen, wenn ich wütend auf dich bin!«

Winnie zückte seine Brieftasche und legte den Geldschein auf den Tisch. »Wieso Frühstück? Es ist lang nach Mittag«, sagte er, als wäre nichts geschehen.

»Meine Güte, ich kann nix anderes! Weißt du doch. Und ob die beiden reif für meine Carbonara sind, weiß ich nicht. Dafür braucht man einen stabilen Magen!«, schrie ich. Mir traten Tränen in die Augen. Warum bleibt der Kerl so ruhig, und warum muss ich hier so ausflippen? Winnie zog mich an sich und faltete seinen Mantel um mich. »Miss Marple, es wird doch alles gut.«

»Und zu Wilma muss ich auch noch. Wenn die erfährt, dass ich als Journalistin ihren Namen benutzt habe, brennt sie mir die Haare ab. Und das ganze restliche Desaster … Und Borowski ist tot, und wofür? Für nix! Für gar nix! Und der Herrmanns liegt im Koma! Auch für nix. Wer, verdammte Scheiße, geht hin und fährt einen alten Mann um, beklaut ihn und brennt ihm auch noch die Hütte ab? Und Berti glaubt auch, dass ich wieder schuld bin, weil …«

»Bitte, Maggie«, sagte Winnie. »Ich versteh das ja alles. Und jetzt schlag mich noch mal, wenn dir dann besser wird. Käme dir ein Leberhaken nicht sehr entgegen?«

Ich sackte zusammen wie eine Marionette. Ich wollte keinen Leberhaken platzieren, ich wollte eine Wohnung, ich wollte, dass Winnie mir hilft, ich wollte, dass sich die Zahnräder wieder drehen und die Welt rund läuft. Aber je verzweifelter ich es wollte, desto schneller flog alles auseinander. Ich fand, ich hatte mich redlich bemüht, sehr sogar, bis zur Erschöpfung. Und es hatte gar nichts gebracht. Rein gar nichts, außer, dass ich noch viel weniger hatte als vorher. Ich war meinem schlimmsten Alptraum von der Plastiktütenfrau, die einsam in der Nacht die Mülleimer der Stadt nach Verwertbarem durchsuchte, einen großen Schritt näher gekommen. Konnte das denn niemand außer mir sehen? Interessierte es überhaupt jemanden außer mir?!

»Berti lässt dich übrigens grüßen. Sie ist drüben bei Mia, die Bestattung von Borowski besprechen. Und Berti ist gar nicht wütend auf dich, und sie glaubt auch nicht, dass du an irgendwas schuld bist. Borowskis Zeit war einfach um. Glaubst du, Berti weiß das nicht?« Winnie hob mich hoch, trug mich zurück ins Bett und deckte mich zu.

»Hey, wir helfen dir doch, Maggie. Kriegst du das gar nicht mehr mit? Matti hilft dir, und Wilma wird sich weit weniger aufregen, als du glaubst.«

»Woher willst du das wissen? Ach … ihr habt schon wieder alles miteinander besprochen, was?«, schniefte ich.

»Die Heckel war schon längst bei ihr. Wilma hat sich darüber kaputtgelacht, wenn du es genau wissen willst.«

»So! Kaputtgelacht. Ist ja interessant.«

»Jetzt mach nicht wieder ein Fass auf. Wilma ist deine beste Freundin, und siehe da, sie macht sich nichts draus, wenn wildfremde Menschen vor ihrer Tür stehen und behaupten, jemand hätte ihren Namen benutzt. Sie wusste sofort, dass du das warst – und hat drüber gelacht und der Heckel den Wind aus den Segeln genommen. Wer weiß, vielleicht wäre die sonst zu Seidel gerannt, und wie unangenehm das geworden wäre, kannst du dir ja wohl vorstellen?«

»Ja.«

»Soll ich dir noch einen Kaffee machen?«, fragte er.

»Nein, nicht nötig. Is schon gut.«

»Wirklich?« Winnie wischte mir mit einem Papiertaschentuch die Tränen aus dem Gesicht.

»Wirklich. Seit wann lässt Berti ihren Kiosk alleine?« Ich versuchte ein Lächeln. Winnie lächelte zurück.

»Ritchie ist wieder aufgetaucht. Die Reue in Person. Er hat um den Job gebettelt, und sie will ihm noch eine Chance geben.«

»Da ist das Dolce Vita mit Onkel Elvis also schon vorbei. Das muss ich Helga vom Ehrenfelder Eck erzählen. Die hat es prophezeit.«

»Was?«

»Dass die beiden den Lottogewinn schneller durchbringen werden, als du Papp sagen kannst.«

»Was so alles passiert, während ich nicht da bin …«

»Eins noch, bevor du gehst und Herrmanns' Safe knackst: Wie geht es ihm?«

»Schlecht. Wir waren heute früh im Krankenhaus. Berti hat ihm von Borowskis Tod erzählt. Ich fand, das wäre keine gute Idee, der ist ja noch im Koma, aber Berti hat gesagt, dass sie es ihm erzählt, damit er sich entscheiden kann, ob er ohne seinen besten Freund weiterleben will.«

»Du liebe Zeit …«

»Mein Reden …«

»Jetzt geh endlich. Und danke.«

»Läuft jetzt das Zahnrädchen wieder rund?«

»Wovon redest du? Welches Zahnrädchen?«

21

Keine Dreiviertelstunde später war ich mit meinen Einkäufen wieder zurück. Zwischen Fleischtheke und Kühlregal hatte ich zwar nicht den Stein der Weisen gefunden, mich aber wieder so weit beruhigt, dass ich mir die nächsten Schritte zurechtlegen konnte. Was sollte die ganze Aufregung? Ich musste einsehen, dass ich nur in der Lage war, einen Schritt nach dem anderen zu machen. Alles andere gab sowieso nur Bandsalat, das hatten die Ereignisse der letzten Tage eindeutig bewiesen.

Gerade hatte ich alle Lebensmittel auf dem Tisch ausgebreitet, Wasser für die Eier aufgesetzt, die Butter ausgepackt, den Schinken in Röllchen gelegt und war dabei, Käse und Mini-Strauchtomaten auf einem Teller zu drapieren, als die Tür aufging und Matti und Rudi hereinkamen. Die beiden sahen verknittert und müde aus. Einen Augenblick lang blieben sie sprachlos in der Tür stehen.

»Frau Margret, *kiittää te*«, sagte Matti endlich und starrte auf den gedeckten Tisch, als hätte er so was noch nie gesehen.

»Und was heißt das?«

»Vielen Dank heißt das«, rief Rudi. »Maggie, wie toll. Frühstück!« Er ließ sich auf einen Stuhl fallen. »Schinkenröllchen! Und du hast Brötchen gekauft. Hast du auch Energy-Drink mitgebracht? Ich bin total ausgetrocknet.«

Matti zog seine Anzugjacke aus, hängte sie akkurat über die Stuhllehne und setzte sich ebenfalls an den Tisch. Ich stellte den frisch gefüllten Espressokocher auf die Herdplatte und gab die Eier ins kochende Wasser. »Wollt ihr die Eier weich oder hart?«

»Egal, mir ist alles egal … Ich will hier einfach nur …« Rudi hörte mitten im Satz auf zu sprechen. Er schlug sich die Hände vors Gesicht und schluchzte: »Das … ist so … nett … Frische Brö-ö-tchen.«

Matti legte ihm eine Hand auf die Schulter und sagte: »Es ist alles gut, Rudi. Wir sind wieder zu Hause.«

»Aber … aber … Sie hat … Maggie hat … für uns eingekauft«, heulte Rudi.

»Ja, das hat sie«, sagte Matti und lächelte mich an. »Noch mal vielen Dank, Frau Margret.«

Ich setzte mich neben Rudi, schnitt zwei Brötchen auf und legte jeweils eins auf Mattis und Rudis Teller.

»Das halte ich nicht aus«, schniefte Rudi, sprang auf und lief hinaus. Die Tür fiel krachend ins Schloss, und im nächsten Moment sahen wir ihn über die Straße hetzen, direkt in Mias Arme, die eben aus dem Bestattungsinstitut gekommen war.

»Was ist denn los mit ihm?«

»Stress«, sagte Matti und legte eine Schinkenscheibe auf eine Brötchenhälfte.

»Wegen Seidel?«

»Hm.« Matti nickte.

»Das ist bestimmt noch nicht alles, Herr Matti.«

»Hm.«

»Na, was? Wie geht es Ihnen überhaupt? Sie sehen sehr müde aus. Soll ich Ihnen Badewasser einlaufen lassen?«

Matti erstarrte.

»Keine Sorge, ich will mit Ihnen nicht in die Sauna. Und ich verschwinde auch gleich aus Ihrer Wohnung.«

Ich hätte auch sagen können: So einen Anfall von Nächstenliebe wird es in den nächsten zehn Jahren nicht mehr geben. An Ihrer Stelle würde ich ja sagen.

Matti gab mir keine Antwort. Ich guckte aus dem Fenster. Die Straße war leer, aber Mias Stimme war im Hausflur zu hören: »Was soll das heißen? Du willst weg?! Das geht doch nicht.«

Im nächsten Moment rasselte der Schlüssel in der Wohnungstür, und sie stand in der Küche. An der Hand Rudi, der mit hängenden Schultern vorm Tisch stehen blieb.

»Was fällt dir ein, so einen Unsinn zu erzählen?«, schimpfte sie ihn an. »Herr Matti! Tun Sie doch mal was!«

»Auch ein Brötchen, Mia?«, fragte ich.

»Ja, gerne«, antwortete sie geistesabwesend und drückte Rudi auf einen freien Stuhl. »Du kannst nicht gehen. Wir haben einen Auftrag!«

Rudi zuckte zusammen, und Matti echote: »Einen Auftrag.«

»Ja, Borowskis Leiche aus der Rechtsmedizin in Essen abholen. Sobald wie möglich. Und jetzt erst mal: Herzlich willkommen. Ich freue mich, dass Sie beide wieder zurück sind.«

»Wir haben den Auftrag bekommen?«, flüsterte Rudi und kratzte sich die Glatze. »Ausgerechnet wir.«

»Ja. Weil Berti das so will. Sie kümmert sich um den Nachlass von Borowski und seine sterblichen Überreste. Das ist so verfügt. Und jetzt, die Herren: Frühstücken, umziehen und Abmarsch. So leid es mir tut. Ich rufe in Essen an und sage, dass Sie in spätestens einer Stunde dort sein werden.«

»Anderthalb«, wagte ich einen Einspruch, vor allem im Hinblick auf Rudis Verfassung.

»Na gut, anderthalb.« Mia nahm das Brötchen, das ich ihr mit Aufschnitt belegt hatte, und ging hinaus.

Rudi stopfte sich Schinken und Tomate in den Mund, griff mit bloßen Händen in das kochende Wasser, holte ein Ei heraus und lief hinter Mia her. »Warte, ich komme mit. Bis in einer halben Stunde dann, Chef.«

»Das nenne ich eine schnelle Genesung«, sagte ich zu Matti und versuchte das *Nutella*-Glas zu öffnen.

»Gott sei Dank«, sagte er, nahm es mir aus der Hand, schraubte es auf und hob mit seinem Kaffeelöffel eine große Portion heraus.

Schinken ade – alles wieder normal.

»Ich geh dann mal zu Mia rüber, damit Sie sich in Ruhe fertig machen können.«

Er grub mit dem Löffel schon wieder im Glas und sagte: »Ein Auftrag.«

»Ja, Herr Matti. Der erste Auftrag für ›Bestattungen Abendroth‹. Und machen Sie meinem Namen keine Schande«, versuchte ich einen Scherz. Er leckte den Löffel ab und lächelte.

Na endlich, Mann.

»Was war denn nun mit Rudi los?«

»Er hatte Angst, dass ich ihm kündige.«

»Aha?«

»Weil er seine Mutter erschlagen hat.«

»Aha?« Ich wäre jetzt sehr dafür, wenn Matti endlich zu Potte kommen würde. Ich nickte ihm aufmunternd zu. Nach einer weiteren Ladung *Nutella* sprach er weiter: »Im Taxi hat er von nichts anderem geredet – dass Mia nicht mit ihm arbeiten würde, und Sie würden sicherlich auch nichts mehr mit ihm zu tun haben wollen.«

Der lange Satz hatte ihn erschöpft, und Matti musste noch mal *Nutella* nachlegen. Mich hatte er auch erschöpft, weil es so lange gedauert hatte, bis er endlich damit fertig gewesen war. Matti hielt mir das Glas hin, und ich nahm einen Löffel voll und sagte: »Aber das wussten wir doch alle. Er hat es selbst jedem erzählt, der es wissen wollte ... Oder nicht wissen wollte.«

»Das ist kompliziert.«

»Ich ahne es schon.«

»Rudi konnte sich an die Tat nicht erinnern. Bis er den toten Van der Baack mit dem Loch im Kopf gesehen hat. Da fiel ihm alles wieder ein.«

»Ach so ...«, sagte ich, ohne zu kapieren, was Rudi an der Sache jetzt so quälte. »Und Sie haben ihn hoffentlich daran erinnert, dass er seine Strafe ja abgesessen hat.«

»Natürlich. Rudi sagt, das sei jetzt etwas völlig anderes.«

»Der will doch nicht noch mal ins Gefängnis, um im vollen Bewusstsein seiner Tat ein zweites Mal zu büßen, weil es beim ersten Mal keine richtige Buße war? Oder was?«

»Ungefähr, ja.«

»Der ist ja irre.«

»Ein wenig«, sagte Matti.

»Dann ist er bei Ihnen goldrichtig. Nicht wahr?«

Ich stand auf und nahm Matti das bis auf den Boden ausgekratzte *Nutella*-Glas aus der Hand.

»Ich hol mir jetzt bei Mia noch eine kleine Portion Normalität ab. Und Sie essen mal was anderes, Herr Matti.«

Eine Stunde später waren Matti und Rudi zu ihrem ersten Job aufgebrochen. Mia hatte Krawatten und Hemden kontrolliert und Rudi, der sehr aufgeregt war, noch einen Marshmallow in den Mund geschoben, dann waren sie endlich gefahren. Mittlerweile hatte es angefangen zu schneien.

»Wann wird Borowski beerdigt, Mia?«

»Morgen.«

»Schon?«

»Ist alles vorbereitet. Berti hat alles im Griff.«

»Wo?«

»In Weitmar. Er und Herrmanns haben da zwei nebeneinanderliegende Grabstätten gekauft. Wie Berti sagt, schon vor Jahren.«

»Hm. Und Berti? Wo will die mal bestattet werden?«

»Im Kiosk. Und jetzt stör' mich nicht länger. Wie du vielleicht weißt, habe ich ein paar Dinge zu erledigen.«

»Kann ich noch mal telefonieren?«

»Bitte«, sagte Mia und reichte mir den Hörer.

Ich wählte die Telefonnummer meines ehemaligen Vermieters. Er war sofort am Apparat und sehr überrascht, meine Stimme zu hören. Ich war noch viel überraschter, als er mir bedauernd mitteilte, dass das Souterrain wieder vermietet sei. Es täte ihm furchtbar leid.

Und mir erst. Wie schnell war das denn plötzlich gegangen? Vielleicht stimmte es gar nicht und der Mann hatte mich angelogen, weil er in den letzten paar Tagen drauf gekommen war, wie entspannt die Renovierungsarbeiten sein konnten, wenn man niemanden im Nacken hatte, der dringend seine Wohnung zurückhaben wollte. Ich konnte es ihm nicht verübeln. Vielleicht wäre nach 22 Quadratmetern mit einem Fenster der ein oder andere Quadratmeter mehr gar nicht so übel; fragte sich nur, wie ich den bezahlen sollte.

»Brauchst 'ne Wohnung, stimmt's?«, fragte Mia, ohne von ihrem Notizblock aufzuschauen.

»Sieht so aus.«

»Warum nimmst du nicht die von Borowski? Die ist doch jetzt frei.«

»Mia! Dein Sinn fürs Praktische in Ehren, aber ... Nee, auf gar keinen Fall. Ich könnte da kein Auge zumachen.« Meine Oma selig hatte mich immer davor gewarnt: ›Kindchen, die Toten kommen noch mal gucken. Und manchmal gehen sie gar nicht wieder weg. Lass die Finger von Wohnungen frisch Verstorbener.‹

»Glaubst du, der kommt dich besuchen?«

»Ich glaub das nicht nur, ich weiß das.«

»Ist das nicht ein bisschen überspannt?«

»Frag meine Oma.«

»Auf welchem Friedhof liegt die?«

»Freigrafendamm. Sprechzeiten täglich zwischen 15 und 16 Uhr. Sie trinkt ihren Kaffee schwarz.«

Mia hob eine Augenbraue und sagte: »Ich hör mich um.«

»Danke, wenn du was entdeckst, das in mein Budget passt.«

»Also mehr oder weniger umsonst?« Mia klapperte auf dem Computer-Keyboard herum, und auf dem Bildschirm erschienen die Wohnungsinserate von Immo-Scout.

»Bitte sehr. Ich fürchte, du musst deine Budgetvorstellungen noch mal überdenken.«

Ich beugte mich über den Schreibtisch und guckte auf den Bildschirm. Eine Garage für 50 Euro im Monat, dafür Stadtmitte; ein Einzimmerappartement mit 18 Quadratmetern für 150 Euro kalt in einem Stadtteil, dessen Namen ich noch nie gehört hatte, und ein WG-Zimmer in der Hustadt. Das Foto des Zimmers zeigte ein Inferno von Naturholzmöbeln, und ich hielt jede Wette, dass der oder die Anbieterin sommers wie winters Wollsocken und Birkenstock-Schlappen trug und jeden Satz mit ›Du hör mal, du ...‹ beginnen und mit ›... irgendwie so, verstehste so ...‹ beenden würde.

»Guck mal, wie ist es denn hiermit?« Mia hatte einen höheren Mietpreis eingegeben, und jetzt hatten die Angebote wenigstens ein bis zwei ganze Zimmer und eine Quadratmeterzahl über 20.

»Die da ist mit Ofenheizung. Dass es so was noch gibt?«

»Dafür hat sie aber 50 Quadratmeter und ein Bad, und sie ist in der City.«

»Fragt sich nur wo.« Ich schrieb mir die angegebene Telefonnummer auf. »Was Neues an der Ebay-Front?«

»Nein«, sagte Mia bedauernd und widmete sich wieder demonstrativ der Planung von Borowskis Beerdigung. Ich hatte gehofft, sie würde mir noch ein paar Fragen zum Job stellen, aber wie es aussah, hatte sie die Sache im Griff, und ich machte mich auf den Weg in die Stadt, um das Taxi abzuholen. Aber vorher wollte ich dringend mit Wilma sprechen.

Am Hauptbahnhof stieg ich aus der U-Bahn und lief über den Südring zum Friseursalon. Auf der gegenüberliegenden Straßenseite blieb ich stehen und versuchte, irgendetwas im Inneren des Ladens zu erkennen – Fehlanzeige. Wilma hatte ihre Weihnachtsdekoration schon im Fenster hängen – ein Meer von silbernen und hellblauen Sternen und Lämpchen und dazwischen kleine, weiße, blinkende Weihnachtsbäume. Würde Wilma mich mit einer ihrer japanischen Präzisionsscheren bedrohen, wenn ich es wagen sollte, ihren Laden zu betreten? Ich stand auf der Bordsteinkante und wippte unentschlossen vor und zurück. Plötzlich flog die Ladentür auf, und ein sehr unglücklich aussehender Acki kam mit Riesenschritten heraus, schwang sich auf ein Mountainbike und fuhr schlingernd davon.

Was hatte das zu bedeuten? Vor allem, was hatte es zu bedeuten, dass er einen schwarzen Anzug anhatte und nicht wie üblich aussah, nämlich wie ein fliegender Fahrradkurier in der Umlaufbahn? Es hielt mich nicht länger auf der anderen Straßenseite. Auf meiner Mütze sammelte sich bereits die erste Schneewehe.

Als ich den Salon betrat, war von Wilma nichts zu sehen. Ein paar Kundinnen saßen auf ihren Frisierstühlen und starrten mich an. Ihre Blicke blieben an der Trappermütze hängen, um dann flatternd in eine andere Richtung abzudriften, nur um dann noch mal zur Mütze zurückzukehren. Ich fragte das Lehrmädchen, wo die Chefin sei.

Sie zuckte mit den Achseln und guckte nach oben, was so viel heißen sollte wie: Ich darf nix sagen, aber sie ist oben in ihrer Wohnung.

»Kommt sie heute noch mal runter?«

Wieder das Schulterzucken und der flehende Blick.

»Okay, dann geh ich jetzt nach oben. Wenn ich in einer Viertelstunde nicht wieder hier bin, dann hat sie mich umgebracht.«

Die junge Frau friemelte an ihrem Nasenpiercing herum und guckte mich entsetzt an.

»War'n Witz.«

Ich nahm die Verbindungstür zum Hausflur und stieg die Treppe hinauf. Die Wohnungstür war nur angelehnt. Ich rief Wilmas Namen, bekam aber keine Antwort. Vorsichtig drückte ich die Tür auf. Im Wohnzimmer dudelte leise die Stereoanlage.

»Wilma? Bist du da?«

Ich schaute in der Küche nach. Auf dem großen Esstisch stand eine Vase, gefüllt mit einem Arm voll roter Rosen. Zellophanfolie und Geschenkbänder lagen zusammengeknüllt auf dem Tisch, daneben dümpelte eine zerknitterte Grußkarte in einer Wasserlache. Ich faltete sie auseinander und las: *So billig kommst du mir nicht davon, Frau Korff. Wir müssen nicht sofort heiraten – es kann auch nächste Woche sein. Love Acki.*

Der Arme. Was hatte Wilma wieder mit ihm angestellt, und wo war sie überhaupt?

Im Wohnzimmer fand ich sie nicht und im begehbaren Kleiderschrank auch nicht, also klopfte ich an die Badezimmertür.

»Ich will nicht mit dir darüber reden, Acki. Ich werde nicht heiraten. Nicht diese Woche, nicht nächste Woche – gar nicht!«

Ich machte die Tür auf und sagte: »Er ist gar nicht mehr da, krieg dich wieder ein.«

»Was willst du hier? Kann man nicht mal fünf Minuten seine Ruhe haben?«

»Du warst wochenlang im Urlaub. Wofür brauchst du jetzt Ruhe?« Wilma, bis zum Hals im Schaumbad, machte keine Anstalten, mich auf der Stelle anzufallen. Sie las in einem Hochglanzmagazin, dessen Titelseite davon kündete, dass es zwischen Jennifer Aniston und Brad Pitt wohl vorbei sei. Ich wagte es, mich auf den Klodeckel zu setzen. »Er hat dir doch nix getan, warum bist du so fies zu ihm? Er schleppt einen Arm voll roter Rosen an, und du gehst in die Badewanne! Er hatte sogar einen schwarzen Anzug an.«

»Du hast ihn gesehen?«

»Sagen wir besser, seinen Kondensstreifen. Also, was ist los?«

»Ich will von dem ganzen Heiratsschmu nix hören. Ich habe es ihm zigmal erklärt, aber er kommt immer wieder damit an. Völlig egal, ob im schwarzen Anzug oder in der Badehose.«

»Schon mal drüber nachgedacht, dass er dich wirklich gern haben könnte?« Ich steckte mir eine Zigarette an. Wilma wedelte mit der Hand: »Gib her. Ich will auch.«

»Nein, willst du nicht, das verdirbt den Teint.«

»Was willst du überhaupt hier? Wir sind zerstritten!« Sie warf die Zeitung auf den nassen Badvorleger, und Brad Pitts Gesicht legte sich in Wellen.

»Ja, ich weiß. Und es wird in der nächsten Sekunde wahrscheinlich auch nicht besser werden. Ich wollte mit dir über Frau Heckel reden.«

Wilma zog die rechte Augenbraue hoch und sagte: »Nicht nötig, ich hatte bereits das Vergnügen mit Frau Heckel.«

»Ich weiß. Winnie hat es mir erzählt. Und ich dachte, du wärst nicht sauer. Hat er jedenfalls gesagt. Ich wollte mich entschuldigen. Wird nicht wieder vorkommen.«

Wilma zog eine Schnute und sagte: »Ich musste mir alles Mögliche über die ›Tage Alter Musik‹ anhören und dass ihr Chef umgebracht wurde und sie jetzt auf der Suche nach einem total wertvollen Instrument ist, blah, blah.«

»Und das hat dich gar nicht interessiert?«

»Doch, natürlich. Wahnsinnig interessant. Vor allem wüsste ich gerne, was du schon wieder damit zu tun hast. In was hast du dich bloß wieder eingemischt?«

»Das ist eine sehr lange Geschichte, und die ist jetzt auch abgeschlossen. Es hat überhaupt keinen Mord gegeben. Das ganze Trara für nix. Aber für die Einzelheiten habe ich jetzt keine Zeit. Ich komme ein anderes Mal wieder. Ich bin auf Wohnungssuche.«

Wilma tauchte in der großen Badewanne ab. Ich hatte die Türklinke schon in der Hand, als hinter mir das Wasser schwappte und Wilma prustete: »Du wärst heute mit dem Knipser aus der Karibik zurückgekommen, stimmt's?«

»Ja und?«

»Was, ja und?«

Ich drehte mich zu ihr um und sagte: »Ich dachte, du willst nie wieder was darüber hören. Ich erfülle deine Wünsche. Noch was, oder kann ich jetzt gehen?«

»Hey, hey, Maggie … Bleib mal auf dem Teppich. Ich war nicht so ganz auf der Höhe, als ich dich am Flughafen getroffen habe. Und als du gesagt hast, dass du wieder mit dem Knipser zusammen bist, da hab ich nur noch den Horrorfilm der letzten Jahre vor mir gesehen und irgendwie … Ich weiß auch nicht. Ich war einfach sauer, aber gar nicht so sehr auf dich, sondern eher auf ihn. Wie kann er es wagen?, hab ich gedacht. Dieser Idiot!«

»Schon gut. Aber weißt du, Wilma, dazu gehören immer zwei. Ich hätte mir den Ausgang der Geschichte denken können.«

»Du hast einfach kein Talent, auf dich aufzupassen.«

»Das ist eine schöne Umschreibung für strunzblöde, oder?«

Wilma lachte. »Setz dich da hin und gib mir eine Zigarette.«

Ich holte den Tabak aus der Jackentasche und kauerte auf dem Badewannenrand. »Ich erzähl dir noch was Blödes: Hat der Knipser schon bei dir angerufen, um zu petzen, dass ich ihm die Alufelgen vom Volvo geklaut habe? Samt Winterreifen, nicht zu vergessen.«

»Spinnt der?«

Ich zündete die krumme Zigarette an und hatte sofort Tabakkrümel auf der Zunge.

»Uäh. Und ob der spinnt. Gerade hatte ich das Flugticket zerrissen, da klingelt das Handy. Der ist wie ein Bumerang. Ich vergesse ihn, und eine Minute später steht er wieder auf der Matte. Das ist doch nicht normal.«

»Normal, normal … Siehst du nicht, wie sich manche Dinge von selbst erledigen? Sogar ein bisschen Rache, obwohl du die gar nicht bestellt hattest.«

»Meinst du, ich sollte dem edlen Dieb dankbar sein?«

»Warum nicht. Hat dich ja nix gekostet.«

Ihr schlanker Arm schoss aus dem Wasser, und sie schnappte die Zigarette aus meiner Hand. Wilma inhalierte tief und hustete. »Was ist das denn für ein Kraut?«

»Kein Geld, keine *Gauloises.*«

»Und das letzte Mal, als ich dich gesehen habe, lagst du in einem Sarg. Wird das jetzt zur Gewohnheit?«

»Ich war auf der Flucht vor der Polizei. Wie gesagt, lange Geschichte.«

»Die will ich hören. Du kannst auf dem Sofa schlafen, für ein paar Tage wird es schon gehen. Ich will nicht, dass du in Särgen nächtigst.«

»Meinst du das ernst?«

»Noch genau fünf Minuten.«

»Danke. Du wirst kaum merken, dass ich da bin. Ich fahre nachts Taxi und schlafe tagsüber.«

»Okay. Aber Dr. Thoma, meine Liebe, wird hier nicht einziehen. Um das gleich klarzustellen.«

»Muss er auch nicht. Der Kater hat es gut bei Raoul und Kai-Uwe.«

»Und nimm doch mal endlich diese dämliche Mütze ab.«

»Kann ich nicht.«

»Kannst du wohl«, sagte Wilma und zog am puscheligen Waschbärschwanz. Die Mütze fiel ins Badewasser. »Wie siehst du denn aus?«

Ich fischte den Waschbären aus der Wanne.

»Sag jetzt nicht, dass du das selbst gemacht …«

»Nein, sag ich nicht. Aber es war so.«

»Du liebe Zeit! Ich glaube, ich fahre nach Köln und klau dem Knipser den nächsten neuen Satz Reifen. Ich krieg 'ne Krise, wir haben vier Jahre gebraucht, um die Locken so hinzukriegen, und jetzt …?«

»Vergiss es. Ich bin echt drüber weg.«

Wilma drapierte den nassen Waschbären auf den Armaturen.

»Guck mal, sieht der putzig aus. Ein Waschbär in seiner natürlichen Umgebung.«

»Tatsächlich.«

»Also, kotz dich ruhig aus, wenn dir danach ist.«

»Nee. Nicht nötig«, sagte ich leichten Herzens, und es war nicht mal gelogen. Kein Magenziehen und kein Flatterhändchen, keine Tränendrüse, die sich zum Start bereit machte, und meine innere Stimme gähnte und winkte träge ab. Ich hätte mit mehr emotionaler Beteiligung über Spaghetti Carbonara reden können.

Wilma guckte mich prüfend an.

»Kannst du es sehen?«, fragte ich.

»Irgendwie … ja. Die Rasiermesser sind aus deinen Augen verschwunden.«

»Toll. Und jetzt? Ich fühl mich so leer …«, sagte ich mit gespielter Tragik in der Stimme. Wilma lachte. »Du brauchst dringend einen Haarschnitt.«

Sie sprang aus der Wanne und schlüpfte tropfnass in ihren Morgenmantel. »Zack, zack, ab in die Küche … So kannst du nicht rumlaufen. Dein Anblick grenzt an Körperverletzung.«

»Ach, lass mal. Ich gewöhn mich langsam an das Fell. Vielleicht wächst es auch an, wenn ich die Mütze lange genug drauflasse.«

»Keine Widerrede. Während ich schneide, erzählst du mir mal alles in Ruhe. Vor allem von deinem Interview mit Frau Heckel. Du scheinst ihr ja mächtig imponiert zu haben. Und sag mal, der Borowski ist gestorben?«

»Woher weißt du das denn schon wieder?«

»Berti, Mia und Carmen sind heute Abend zum Haaremachen angemeldet – wegen der Beerdigung. Ich leg eine Extraschicht für die Damen ein. Und Winnie war schon hier, also – mir bleibt nichts verborgen, meine Liebe.«

Wilma holte aus dem Badezimmerschränkchen Schere und Kamm, und wir gingen in die Küche.

»Also, da Winnie schon alles ausgeplaudert hat, muss ich dir doch nix mehr erzählen.«

»Doch … Ich will vor allem wissen, warum du bei Herrn Matti übernachtet hast. Läuft da was zwischen euch?«

»Wilma!«

»Warum denn nicht? Jetzt, wo du über den Knipser hinweg bist. Matti ist ein attraktiver Mann – und er passt zu dir.«

»Passt zu mir?! Wilma! Was soll denn an dem finnischen Marathonschweiger zu mir passen?«

»Dass er im richtigen Moment die Klappe hält. Ich kenn keinen, der wirkungsvoller schweigt als er. Und nett und intelligent ist er auch noch. Und nobel. Herr Matti ist ein Gentleman.«

»Schwachsinn. Ich war auf der Flucht vor der Polizei und …«

»Gar kein Schwachsinn. Matti mag dich. Glaub mir. Wenn du in seiner Nähe bist, leuchten seine Augen wie BMW-Scheinwerfer.«

Wilma räumte die Rosen vom Tisch und drückte mich auf einen der Küchenstühle.

»Da bist du aber die Erste, die das bemerkt. Und wenn schon … Für so eine Geschichte braucht man zwei, schon vergessen?«

»Und du bist die, die gar nix mehr merkt. Ich habe während seines Prozesses die ganze Zeit in der ersten Reihe gesessen, meine Liebe. Wenn du mich fragst … Die hätten ihn auch zum Tode verurteilen können, es wäre ihm egal gewesen, solange du neben dem Schafott gesessen hättest.«

»Du klingst schon wie meine Drehbücher.«

»Nur, weil er nicht mit der Tür ins Haus fällt, heißt das noch lange nicht, dass er nicht romantisch veranlagt wäre.«

»Matti ist doch auch viel zu alt.«

»Papperlapp. Matti ist 47. Wo ist der denn zu alt? Ich würde sagen, das wäre der erste erwachsene Mann in deinem Leben.«

Sie griff mir mit beiden Händen prüfend in das, was von meiner ehemaligen Lockenpracht noch übrig war.

»Nimm den Rasierer und mach Sinead O'Connor draus«, schlug ich vor.

»Nur über meine Leiche«, sagte Wilma und wickelte mir ein Handtuch um den Hals. Eine Stunde später sah ich aus wie die brünette Version von Meg Ryan in *E-Mail für Dich* und hatte Mühe, mich an mein neues Gesicht im Spiegel zu gewöhnen.

»Das hätten wir schon längst mal ausprobieren sollen, Maggie«, strahlte Wilma. »Tolle Kontur. Du siehst zehn Jahre jünger aus.«

»Jünger als wer?«

»Okay, wenn es dir nicht gefällt, hol ich Blondiermittel, und in einer halben Stunde siehst du aus wie Doris Day.«

»Das, meine Liebe, bitte nur über *meine* Leiche.«

Wilma musste zurück in den Salon. Während sie sich anzog, stand ich vorm Spiegel und bewunderte meinen neuen Kopf.

»Wilma, kann ich deinen Computer benutzen, ich will was im Internet nachsehen.«

»Geht's um diese obskure Fiedel?«, rief sie aus ihrem Schlafzimmer.

»Nein, ich will ein bisschen bei Ebay gucken, ob da nicht jemand Herrmanns' Tassen verkauft.«

»Mach nur.«

Wilma stand in engen Röhrenjeans und einer knallbunten Bluse mit Trompetenärmeln, ganz im Retroschick von Courrège, grinsend in der Badezimmertür. Sie hielt mir zwei Paar Schuhe entgegen. Das eine Paar waren Riemensandalen auf 10-Zentimeter-Absätzen und das andere ein paar schwarze Lackstiefeletten mit vier Zentimeter hohen, in dunkelgrünem Wildleder abgesetzten Plateausohlen. »Welche?«

»Die sehen beide nicht so aus, als würden sie durch den TÜV kommen. Die Stiefel, wenn du mich fragst. Draußen schneits.«

»Ich schneide Haare nicht vor der Tür.« Sie hielt einen Stiefel prüfend gegen den Blusenärmel. »Das Grün passt.«

»Hast du eigentlich einen Ebay-Account?«

»*Wilmafeuerstein,* ein Wort. Und das Passwort ist …«

Ich war schon auf dem Weg in ihr Arbeitszimmer. Wilma kam

hinter mir her und versuchte, sich im Laufen die Stiefel anzuziehen. »Äh … du hast gesagt, nur gucken … Du wirst doch nichts ersteigern?«

Ich klemmte mich hinter den Schreibtisch und startete den Computer.

»Doch, ich bin auf der Suche nach den verschwundenen Tassen von Herrmanns. Und wenn ich die finde, dann *muss* ich die ersteigern. Habe ich die Tassen gefunden, habe ich garantiert auch den Dieb der *Viola d'amore* gefunden und der Tassen – oder den Unfallfahrer oder den Brandstifter, such dir was aus.«

»Abgesehen davon, dass ich kaum ein Wort von dem verstehe, was du mir sagen willst … Du hast doch gar kein Geld.«

»Eben, deswegen brauche ich deinen Account, verstehst du? Das wird nicht mehr als ein paar Euro kosten. Und du kriegst es ja wieder. Falls ich überhaupt was finde. Also?«

Wilma zog den zweiten Stiefel an und sagte: »*Lacroix.* Das Passwort ist *Lacroix.*«

Die Verbindung stand, und ich loggte mich ein. »Danke, Wilma.«

»Keine Ursache. Waidmannsheil. Wenn du was brauchst, ich bin unten.«

22

Ich kam mit hängender Zunge eine halbe Stunde zu spät bei Kieslowski an, weil ich mich im Internet ein bisschen verdaddelt hatte. Denn erst in letzter Sekunde hatte ich bei Ebay tatsächlich etwas entdeckt, und auch nur deshalb, weil ich versehentlich das Wort Porzellan mit ›tz‹ eingetippt hatte. Kein Wunder, dass Mia noch nicht fündig geworden war.

Drei Tassen von einem Anbieter aus dem Ruhrgebiet. Er oder sie nannte sich *4630Helga* und bestand auf Selbstabholer und Bezahlung cash. Zwei Motive waren Allerweltsware der Royals. Elizabeth und Philip, Philip und Elizabeth aus verschiedenen Jahrgängen. Das dritte Motiv allerdings war mir seinerzeit in Herrmanns Laube schon aufgefallen – Elizabeth und Philip auf einer weißen Porzellantasse. Auf den Markt gekommen anlässlich ihres Staatsbesuches auf Malta 1992 – eine schwer aufzutreibende Devotionalie, da sie nie über die Inselgrenzen von Malta hinaus verkauft worden war.

Ich war bei 25 Euro in die Versteigerung, die nur noch bis 7 Uhr in der Früh lief, eingestiegen und hatte mit Zurückhaltung geboten. Kurz bevor ich endgültig aufbrechen musste, war etwas Bewegung in die Auktion gekommen. Der übliche Run in den letzten Stunden einer Versteigerung. Schweren Herzens hatte ich mich bei 65 Euro vom Computer losgerissen, um das Taxi abzuholen. Bis 7 Uhr würde ich wieder zurück sein und weiterbieten.

Obwohl ich viel zu spät dran war, händigte mir Kieslowski kommentarlos die Wagenschlüssel aus. War heute der Tag der Wunder? Wilma aufgeräumt und in Friedenslaune, und jetzt auch noch Kieslowski auf Kuschelkurs?

»Warum plötzlich so weichherzig?«, fragte ich ihn. »Kann ja wohl nicht am Haarschnitt liegen.«

»Fang keine Diskussionen an, Abendroth. Oder ich überlegs mir anders.«

»Ph. Na, dann eben nicht.«

Als ich schon halb aus der Tür war, rief er mir hinterher: »Kannst dich bei Elli bedanken.«

»Hat sie dir etwa gedroht, dich unter ihrem Gewicht zu begraben?«

»Mach endlich, dass du wegkommst. Elli will abgeholt werden. In fünf Minuten.«

»Was will sie denn am helllichten Tag auf der Straße?«

Als die Tür hinter mir ins Schloss fiel, hörte ich Kieslowski fluchen und, irgendetwas zerschellte an der Wand.

Zu meiner großen Verwunderung stand Elli mitsamt ihrem Pudel Schätzken unterm Arm schon vor ihrer Haustür, als ich ein paar Minuten später mit dem Taxi um die Ecke bog. Ein bodenlanger Samtmantel mit Paisleymuster in Mauve und Zartrosa umspielte ihre ausladenden Hüften. Ihre Füße steckten in pinkfarbenen Stiefeletten. Auf ihrem Kopf thronte ein Pillbox-Hut aus demselben Stoff wie der Mantel, und sie hatte sich, farblich passend, einen Pashminaschal um die Schultern geworfen. Der Pudel, frisch getrimmt und getönt, trug ein Mäntelchen wie sein Frauchen, nur viel kleiner.

»Wo darf's denn hingehen?«

»Zu Berti. Und mach hinne, ich will die Safe-Aktion nicht verpassen.«

»Ich dachte, die war schon?«

»Nein. Wir haben das verschoben, damit Bertis Freundinnen Mia und Carmen dabei sein können. Danach besprechen wir die letzten Einzelheiten für Borowskis Beerdigung, und die Damen wollen noch zum Friseur.« Elli klang richtig stolz, als sie mir ihre Pläne für den späten Nachmittag aufzählte. Es sah ganz danach aus, als hätten sie und Berti ihr Kriegsbeil begraben.

»Du hast eine neue Frisur. Steht dir gut.«

»Danke. Ein bisschen gewöhnungsbedürftig.«

»Ich dachte schon, du setzt die doofe Bärenmütze nie mehr ab. Da konnte man ja Angst vor kriegen.«

»Sag mal, Elli, was machen eigentlich die beiden Sugardaddys, die in den letzten Tagen so viel Kohle auf dem Kiez gelassen haben?« Mir ging nicht aus dem Kopf, dass Ritchie wieder bei Oma Berti im Kiosk aufgetaucht war. Ein bisschen Schadenfreude und Tratsch, dachte ich, könnte mir nach dem aufregenden Vormittag gut tun.

»Ach, die beiden. Hab ich doch gesagt, die Kohle schneller durchgebraten, allsse Papp sagen kannst.«

»Und, hat Elvis dir die Ohren vollgeheult?«

»Nee, mir nich, aber der Jaqueline. Der wollt'n bissken Standgebläse auf Kredit, verstehste …«

»Verstehe. Und dann?«

»Hat sie ihn rausgeschmissen, ist doch klar. Ohne Schein, kein'n rein. Oder? Dann hat er angefangen rumzufaseln, wat für'n Megadeal der in den nächsten Tagen am Start hat. Quasselt wat von Hunderttausende, die da reinkämen. Also manche Kerle, weißte, die haben echt 'n Ratsch am Kappes.«

»Also der Ritchie, der hat bei Berti um einen Job gebettelt. Der scheint an dem Riesendeal nicht beteiligt zu sein. Oder weiß gar nichts davon, was sein feiner Onkel in petto hat.«

»Kannz ma sehen, was die für'n dummes Zeug labern. Aber wer weiß, vielleicht hat der Elvis seinen Neffen ja auch ausgebootet, weil er das Geschäft alleine durchziehen will. Der Elvis is ein Arschloch vor dem Herrn. War der immer schon. Der hat, als er noch Erwin Nickel hieß, Frösche aufgeblasen und knallen lassen.«

Leider kamen wir fünf Minuten zu spät bei Berti an – jedenfalls zu spät, um mitzuerleben, wie Kriminaloberkommissar Winnie Blaschke den Panzerknacker gab. Carmen, Mia und Berti saßen auf dem großen, dunkelgrünen Wohnzimmersofa und nickten uns zur Begrüßung zu, als wir hereinkamen. Mia sagte: »Superfrisur, Maggie«, und alle nickten. Berti winkte ungeduldig, wir sollten uns so schnell wie möglich setzen, denn für Tea-Time-Smalltalk war grad keine Zeit. Die Damen hatten schließlich Wichtigeres zu tun. In der Mitte des Raumes stand der alte Safe aus Herrmanns' abgebrannter Laube. Bis auf ein paar Brandblasen im Lack hatte das gute Stück das flammende Inferno ohne weiteren Schaden überstanden. Winnie räumte ein paar Gerätschaften an die Seite, wahrscheinlich aus der Asservatenkammer ausgeliehen.

Wir starrten gebannt auf die Tür, die sich jetzt jeden Moment öffnen würde. Bis auf Elli, die starrte auf Winnies Hintern, als der sich bückte und seine Sachen in einer alten Sporttasche verstaute. Ich gab ihr einen Hieb in die Seite, und sie kicherte wie ein Teenager und wurde rot.

»So, die Damen«, sagte Winnie und drehte sich zu uns um. Wir beugten uns erwartungsvoll noch weiter vor. Ich hielt den Atem an und machte dicke Backen.

Spannender konnte es bei der Öffnung von Tutenchamuns Grab auch nicht gewesen sein. Carmen jedenfalls hatte nach ihrer Kreuzfahrt den richtigen Teint, fehlte nur noch ein Tropenhelm und ein bisschen Wüstenstaub.

Winnie bedachte die Damenriege mit einem breiten Lächeln und zog an dem großen Türgriff. Die Tür schwang auf.

»Geh doch ma auffe Seite, Winnie«, befahl Berti und sprang aus den Sofakissen.

Winnie gab die Bühne frei und setzte sich neben mich auf die Sofalehne. »Bitte, Oma. Guck selber nach«, sagte er und zupfte an meinen Haaren herum. »In Blond würdest du aussehen wie Doris Day«, flüsterte er mir ins Ohr.

»Lass das«, zischte ich ihn an. Winnie summte ein paar Takte von *Que sera, sera.* Ich gab ihm einen ordentlichen Knuff in die Seite, den er lachend quittierte. »Noch einen Ton, und ich krieg Lust auf einen richtigen Leberhaken, Herr Kommissar.«

»Seid ihr gezz ma stille da, auffe billigen Plätzen?«, grummelte Berti, die vor dem offenen Safe kniete.

»Pssst«, kam es von Elli und Mia. Winnie versuchte sein ›Ich war nicht mit den Fingern in der Marmelade‹-Gesicht und bekam von Elli ein strahlendes Lächeln. Carmen wäre vor Neugier beinahe vornübergefallen, aber Mia hielt sie am Arm zurück. Ellis Pudel kläffte.

Endlich drehte sich Berti zu uns um und hielt etwas in der Hand.

»Was ist das?«, fragte Carmen.

Winnies Unschuldsmiene transformierte zum ›Auch das noch‹-Ausdruck, und er fuhr sich durch die Haare. »Oje.«

»Wat, oje?«, fragte Berti. »Dat is eine Zigarre in eine Plastiktüte. Ich frach mich, wat dat soll. Sieht aus wie'n gesichertes Beweisstück.«

»Gib mal her«, sagte ich, und Berti reichte mir den Beutel. »Die ist ja halb abgebrannt.«

Die Banderole war am unteren Ende noch aufgesteckt, und ich las: *Romeo y Julieta.*

Mia stand vom Sofa auf und stemmte ihre Arme in die Hüften: »Sag jetzt nicht, der Herrmanns hat einen Safe für eine einzige angelullte Zigarre? Und der ganze Rest von seinem Hab und Gut, seine Papiere und alles, ist verbrannt, weil der den Safe für eine einzige …«

»Nicht irgendeine Zigarre«, unterbrach ich Mia. »Churchills Zigarre. Eine *Romeo y Julieta.* Das ist die Marke, die Winston Churchill zeit seines Lebens bevorzugt geraucht hat.«

»Gibt's hier irgendwas zu verstehen?«, fragte Elli. »Ich komm nämlich nicht mehr mit.«

»Erklär ich dir später«, murmelte Berti und griff ins untere Fach des Tresors. Sie holte einen Briefumschlag hervor, guckte auf den Absender und hielt ihn mir hin. »Lies mal vor, Maggie, du kannz doch Englisch.«

Ich nahm den Brief und überflog ihn kurz. Datiert war er vom 5. Februar 1965. »Das ist … vielleicht ein Diener oder Sekretär von Churchill?«

»Ja, wat schreibt der denn?«

»›Sehr geehrter Herr … Herrmanns. Vielen Dank für Ihr …‹ ach, Kondolenzschreiben heißt das … ›zum Tode von Sir Winston‹ … und so weiter. Moment …«

»Winston Churchill? Da hat der Borowski von erzählt, kurz bevor der auf meiner Couch …«, schnaubte Elli, wurde aber von Mias scharfem Blick ausgebremst.

Winnie guckte mir über die Schulter und übersetzte weiter: »›... bin ich gerne bereit, Ihrem privaten Churchill-Museum in Deutschland eine von Sir Winston Churchills Zigarren für Ausstellungszwecke zur Verfügung zu stellen. Dies ist die Abendzigarre des Ehrenwerten vom 10. Mai 1963. Hochachtungsvoll‹, blah blah, ›Bitte überweisen Sie 250 Pfund an ...‹ und so weiter.«

»Churchill-Museum?«, murmelte Carmen.

»Und darunter«, nahm ich den Faden wieder auf, »bestätigt dieser Jemand die Echtheit der Zigarre. Ich kann bloß den Namen nicht entziffern.«

»250 Pfund?«, quiekte Mia. »Für eine gerauchte Zigarre?! 250 Pfund waren damals ein Vermögen!«

Berti holte aus ihrem Wandschrank ein großes Lexikon, wuchtete es auf den Safe, schlug es auf und zitierte: »*Sir Winston Churchill, geboren 30. November 1874 in Blenheim Palace,* und so weiter ... *Gestorben am 24. Januar 1965 in seinem Stadthaus in London.* Wat steht da für 'ne Adresse auf dem Brief?«

Ich drehte den Briefumschlag herum. »28, Hyde Park Gate, London.«

»So viel zum Thema zuverlässiges Personal«, sagte Winnie, nahm mir den Brief aus der Hand, faltete ihn zusammen und gab ihn Berti zurück.

»Da war der noch gannich kalt, da ham die schon die Devotionalien verhämmert.«

»Wie bei Diana«, stimmte Mia Berti zu.

»So, die Damen, soll ich noch irgendwas aufschrauben? Falls nicht, ich muss noch mal kurz mit Maggie reden«, sagte Winnie und stupste mich an.

»Mit mir?«

»Ja, ja ... Kommen Sie mal mit, Frau Abendroth.«

»Wohin?«

»Bevor ihr beiden verschwindet, die Beerdigung von Borowski ist morgen. 11 Uhr Friedhof Weitmar, Maggie«, sagte Mia.

»Ich werde da sein«, sagte ich.

»Holst du mich ab?«, fragte Elli.

»Auch das. Wenn Kieslowski mir den Wagen gibt.«

»Und ob der dir den Wagen gibt«, sagte Elli und lachte in die Runde. »Der weiß, was ihm sonst blüht.«

»Bevor wir jetzt über die unangenehmen Dinge reden, zeig ich euch ein paar Bilder aus der Karibik«, strahlte Carmen und holte ein kleines Fotoalbum aus ihrer Handtasche. Ich legte den Plastikbeutel mit der Zigarre zurück auf den Safe und fragte Elli, ob ich sie später wieder abholen solle. Die schüttelte den Kopf, und Berti sagte: »Nich nötich, Maggie. Ich mach dat schon.« Berti winkte ungeduldig mit der Hand, und Elli nickte mir zu. Na dann … Das wirst du bitter bereuen, Elli, du kennst Bertis Fahrstil nicht.

»Wir müssen«, sagte Winnie und schob mich zum Ausgang. »Ich hoffe, du hast eine Standheizung.«

Wir saßen im Taxi vor dem Kiosk, und jetzt erst fiel mir auf, dass Ritchie hinter der kleinen Verkaufsluke stand. Onkel Elvis kam eben mit seinem amerikanischen Straßenkreuzer hupend am Kiosk vorbeigefahren. Ritchie drehte sich demonstrativ zur Seite, und der Wagen rollte vorbei.

»Ein Churchill-Museum! Was der sich ausgedacht hat, um an diese Zigarre zu kommen. Herrmanns ist doch total verrückt«, sagte ich und drehte mir eine Zigarette.

»Vielleicht hatte er das ja wirklich mal vor.«

»Wer's glaubt …«

»Vor ein paar Wochen hat der Herrmanns mich gefragt, was so ein DNA-Test kostet. Jetzt weiß ich auch, warum.«

»Wollte der etwa die Zigarre …?«

»Offensichtlich. Mir hat er natürlich erzählt, da ginge es um einen Freund von einem Freund … Sie wissen schon, Miss Marple.«

»Ist doch teuer, so ein DNA-Test. Hat er deswegen den Gärtnerjob gemacht?«

»Könnte sein. Ich schätze, er hat lange drauf gespart. Ich meine, zwischenzeitlich musste der DNA-Test ja erst mal erfunden werden.«

Tja, vielleicht war sowieso alles zu spät für Herrmanns. Egal wie so ein Test ausfallen würde. Wir seufzten beide.

»Was war denn so dringend, Herr Kommissar?«

»Die Fingerabdrücke. Fehlanzeige.«

»Was denn? Waren etwa keine auf dem Flachmann?«

»Doch, doch, aber nirgends registriert. Pech gehabt. Ich fürchte, wir werden denjenigen nicht mehr finden, der den Herrmanns umgenietet hat. Wäre ja auch zu schön gewesen.«

»Weiß Berti es schon?«

»Nein. Wenn sie nicht vorher danach fragt, dann erzähle ich es ihr nach Borowskis Beerdigung. Die macht zwar grad einen auf dicke Hose, aber glaub mir, schlechte Nachrichten kann ich ihr im Augenblick nur wohl dosiert verabreichen.«

»Verstehe. Von mir erfährt sie nichts.«

»Hier, soll ich dir von Berti geben.« Winnie legte mir drei Probepäckchen Zigarettentabak aufs Armaturenbrett.

»Danke. Sogar Bio. Nobel geht die Welt zugrunde.« Ich riss ein Päckchen auf und roch daran.

»Apropos … Gibt's Neuigkeiten in Sachen Wohnungssuche?«

»Nein. Ich übernachte jetzt bei Wilma.«

»Habt ihr euch etwa vertragen?«

»Sieht man doch am Haarschnitt, oder?«

»Stimmt, wie konnte ich das übersehen.«

»Du wirst alt.«

»Dafür werden meine Hosen weiter. Kai-Uwe hat mich übrigens gebeten, dir auszurichten, dass dein Kater kein lebenslanges Wohnrecht hat.«

»Ist er sehr sauer?«

»Der Kater?«, fragte Winnie.

»Ja, wer denn sonst? Hasselbrinks Laune interessiert mich nicht.«

»Dr. Thoma spricht mittlerweile Spanisch, falls es dich beruhigt. Raoul kümmert sich um ihn wie eine Mutter. Ich weiß nicht, ob du noch Chancen bei ihm hast, wenn du wieder auftauchst. Es sei denn, du lernst schleunigst kochen auf Drei-Sterne-Niveau.«

»Erst mal brauche ich eine Wohnung, dann werden wir ja sehen, was für eine erzieherische Wirkung Hunger auf den Kater haben wird.«

Ich stopfte die Tabakpackungen in meine Tasche und startete den Wagen.

»Ich muss los, Winnie. Wir sehen uns spätestens auf dem Friedhof.«

Winnie blieb im Wagen sitzen, als hätte er meine Verabschiedung nicht gehört.

»Willst du noch was?«

»Nein, eigentlich nicht …«

»Na dann, bis morgen.«

»Doch, wollte ich vielleicht doch … Ich wollte nur sagen, schön, dass du nicht weg bist, nicht in der Karibik und nicht in Köln.«

»Bedank dich beim Gott fürs Ressort ›Kein Sex mit dem Ex‹, und jetzt raus hier.«

Er machte immer noch keine Anstalten auszusteigen, sondern legte einen Arm um mich und grinste über beide Ohren. Ich ließ ein paarmal den Motor aufheulen. Winnies Grinsen wurde immer breiter, bis er plötzlich anfing zu lachen.

»Was denn? Welchen Witz hab ich grad nicht mitgekriegt?«, fragte ich.

Was will der Kerl? Die nächsten Stunden hier sitzen und vor sich hin gackern? Über Pointen, die nur er versteht?

»Haben sie dir in St. Petersburg irgendwas in den Wodka getan?«

»Nein … Außer Tee …«

»Winnie!«

»Sag mal … Hast du wirklich dem Knipser die Reifen abgeschraubt?«

Ich drehte mich zu Winnie um und guckte ihn an. Er bebte schon am ganzen Körper, weil er krampfhaft versuchte, einen Lachkoller zu unterdrücken. Die Knöpfe an seinem Hemd spannten bedenklich. Ich schob unsanft seinen Arm beiseite.

»Der Knipser hat dich doch nicht wirklich angerufen, um mich anzuzeigen?«

Winnie nickte heftig, sein roter Haarschopf fiel ihm ins Gesicht, und Lachtränen rollten ihm die Wangen hinunter. »Das hat der gemacht. Das hat der wirklich gemacht …«

»Und was hast du ihm geantwortet?«

Winnie prustete: »Dass er aufhören soll, sich wie 'ne Schwuchtel zu benehmen. Und jetzt hau endlich mit diesem Sarg auf Rädern ab, sonst kommt bei mir der Polizist durch.«

Das Taxigeschäft lief in dieser Nacht buchstäblich wie geschmiert. Viele Autofahrer trauten sich bei dem Schneetreiben mit ihren Autos nicht mehr auf die Straße. Ich fragte mich gar nicht erst, ob Kieslowski Winterreifen aufgezogen hatte. Nach kurzer Zeit hatte ich den Wagen sehr gut im Griff, und es machte mir richtig Spaß, mit dem schweren Benz durch die Straßen zu schliddern. Um halb sechs rief ich in Kieslowskis Büro an, um zu fragen, ob ich den Wagen abliefern müsse. Es wäre jetzt viel bequemer, ihn vor Wilmas Wohnung zu parken und vor allem nicht vom Taxihof durch das Schneetreiben laufen zu müssen. Der Rentner war am Apparat und grummelte überraschenderweise, ich solle den Wagen mit nach Hause nehmen, Elli bräuchte mich am nächsten Tag um halb elf. »Und verpenn den Termin bloß nicht.«

»Falls doch, sage ich einfach, du hast mir nicht Bescheid gesagt.«

»Sieh dich vor!«, raunzte er.

»Aber du … Mit einem Bein im Grab und große Klappe«, feixte ich und legte auf.

Bei Wilma angekommen, war ich sehr überrascht, Ackis Mountainbike in der Diele stehen zu sehen. Ich machte mir in der Küche so leise es ging einen Espresso und verschanzte mich im Arbeitszimmer. Viertel vor sechs. Noch genug Zeit, um wieder in die Auktion einzusteigen. Mir standen die Haare zu Berge, als ich sah, bei wie viel die Versteigerung bereits stand: 695 Euro! Für drei Tassen? Das war doch ein Fake. Das konnte nicht sein. Da musste doch jemand mitbieten, der auf der Seite des Verkäufers stand. Da wäre ich jede Wette eingegangen. Aber was sollte ich machen? Ich loggte mich ein, bot 700 Euro und ging in die Küche, um mir was zu essen zu holen. Als ich mit einer Käseschnitte wieder zurückkam, standen die Tassen bei 715 Euro. Ich bot 720. Fasziniert beobachtete ich kauend die nächsten Gebote. Eine *Sophie13* bot unverdrossen gegen *Richyrich*. 6.15 Uhr: 745 Euro. 6.25 Uhr: *Sophie13* erhöht auf 800 Euro. 6.28 Uhr: *Richyrich* zieht mit 805 Euro nach. Mit zitternden Fingern erhöhte ich auf 815 Euro, in der Gewissheit, dass Wilma mich umbringen würde. Aber ich wollte den Zuschlag unbedingt. Ich wollte wissen, wer *4630Helga* war.

»Maggie. Maggie … Aufwachen.«

Ich hob den Kopf von der Tischplatte und war in der nächsten Sekunde hellwach. Die Uhr am Computer zeigte 6.58 Uhr, das Gebot stand bei 935 Euro. Mit fliegenden Händen gab ich 940 Euro ein und drückte auf die Enter-Taste.

Wilma hatte sich über meine Schulter gebeugt, ihre zerzausten, langen, blonden Haare versperrten mir die Sicht auf den Bildschirm. In der nächsten Sekunde verpasste sie mir eine Kopfnuss und sagte: »Bist du irre? Von meinem Account?«

»Lass mich. Ich muss diese Tassen kriegen. Und brüll mir nicht ins Ohr.«

6.59 Uhr: *Sophie13* fährt mir mit 950 Euro in die Parade. Wilma hält meine rechte Hand umklammert, und ich hämmere mit der Linken mein Gebot in die Tasten: 955 Euro, und ›Enter‹. Die letzten Sekunden der Auktion verrannen. »Wenn du jetzt den Zuschlag hast, dann bringe ich dich um. Wie kannst du fast 1000 Euro für drei Tassen bieten?!«

Ich hielt die Luft an. Wilma ließ meinen Arm los.

3 … 2 … 1 …

Scheiße! Sie wird mich auf der Stelle erwürgen.

… meins!

»Hurra! Wilma, ich hab sie! Ich hab sie!«

»Du hast noch nicht mal 50 Euro!«

»Aber ich hab gewonnen. Ich hab das Rennen gemacht. Es ist wichtig! Es geht um Berti, und vor allem geht es um Herrmanns. Das sind bestimmt seine Tassen. Ich gehe jede Wette ein, dass ich jetzt rauskriege, wer den Herrmanns umgefahren und beklaut hat. Glaub mir doch! Leih mir die Kohle.«

Eine Männerstimme mischte sich in unser Gekeife: »Jemand Brötchen? Ich fahr welche holen.«

Wilma und ich drehten uns synchron in die Richtung, aus der die Stimme kam, und schrien unisono: »Croissants! Zwei!«

Acki nickte, setzte sich den Fahrradhelm auf und klapperte mit den harten Fahrradschuhen an den Füßen zur Tür. Aus dem Flur rief er: »Maggie, du hast eine Scheiblette an der Backe. Wollt ich nur mal sagen.«

Wilma lachte und zog mir die Käsescheibe vom Gesicht.

»Das ist nicht witzig! Nicht witzig!«, protestierte ich.

»Doch, Maggie, ich fürchte, das ist es. Nicht nur der Käse im Gesicht. Alles andere auch. Was machst du denn, wenn du die Person bei der Übergabe siehst? Verhaftest du den oder die?«

»Nein. Ich verfolge den oder die. Oder luchs ihm oder ihr seine Schrägstrich ihre Adresse ab … Ich mach auf interessierte Sammlerin. Pipapo … weisste doch.«

»Und mein Geld seh ich nie wieder? Vorausgesetzt, ich würde so blöde sein und es dir leihen?«

»Wenn es nicht die richtigen Tassen sind, dann … dann …«

»Abendroth, egal was. Du gehst in die Sklaverei. Ich leih dir Geld. Aber ich will es innerhalb der nächsten drei Monate wiederhaben. Egal, ob deine Mission Impossible was gebracht hat oder nicht.«

»Komm doch mit. Ja, komm mit zur Übergabe. Jeden Moment fliegt hier die E-Mail rein, mit der Antwort, wo der Treffpunkt ist.«

»Maggie! Ich kann dir 500 Euro leihen, und in drei Monaten sehe ich sie wieder! Und ich meine das ernst.«

»Was denn sonst? Ich verspreche es. Hochheiliges Ehrenwort.«

»Wenn nicht, schneid ich dir ’ne Glatze, die Sinead O’Connor und Kojak zum Weinen bringen würde. Hast du mich verstanden?«

Ich starrte wieder auf den Bildschirm: *955 Euro.* Fehlten mir nur noch 455. Jetzt half nur noch beten.

23

Der Pfarrer sprach die letzten Worte, die Musik setzte ein, und Borowskis Sarg wurde von sechs Trägern aus der Trauerhalle getragen. Die Zeremonie war beendet; ich kämpfte in der ersten Reihe mit dem Schlaf und war gleichzeitig so aufgeregt, dass ich glaubte, mein Schädel würde platzen. Berti, Mia, Elli und Carmen saßen zu meiner Linken, der Platz an meiner rechten Seite war leer. Winnie war nicht zur Trauerfeier erschienen. Berti hatte auf meine Frage nach ihrem Enkel die Nase gerümpft, aber kein Wort darüber verloren, wo er sein könnte. Elli war bemerkenswert ruhig. Als ich sie abgeholt hatte, hatte ich sie rundheraus auf die fehlenden 455 Euro angesprochen und ihr erklärt, wozu ich das Geld brauchte. Zu meinem grenzenlosen Erstaunen hatte sie auf der Stelle eingewilligt unter der Bedingung, bei der Übergabe dabei sein zu dürfen. Den Wunsch konnte ich ihr nicht abschlagen, und was sollte schon schiefgehen? Zwei Frauen gehen ›Portzellan‹ einkaufen – alles ganz harmlos.

Matti und Rudi öffneten die großen Türen der Trauerhalle, und die wenigen, die gekommen waren, um Borowski ein letztes Lebewohl zu sagen, setzten sich Mützen auf, wickelten sich Schals um und gingen hinaus. Berti unterhielt sich mit drei kleinen Männern, vermutlich Jockeys aus Borowskis goldenen Tagen als Pferdewirt auf allen Trabrennbahnen der Welt. Einer der Umpa-Lumpas hielt ein Bild in der Hand, das er Berti übergab. Sie nahm es lächelnd entgegen, verstaute es in ihrer Handtasche und verabschiedete sich von den dreien.

Am Ausgang sah ich Helga aus dem Ehrenfelder Eck und Wieczorek vom Kleingartenverein stehen. Helga winkte, und ich war froh, dass Wieczorek in dem Moment jemand anderen begrüßte und mich überhaupt nicht wahrnahm. Der hätte sich sehr gewundert, die große Reporterin bei dieser Veranstaltung anzutreffen. Wieczorek hakte sich bei Helga ein, und die beiden nahmen den Weg in Richtung Parkplatz, ohne sich noch einmal umzudrehen.

Der Katafalk mit Borowskis Sarg wurde an uns vorbei in Richtung Grabstelle gerollt. Ich wollte mich schnell von Berti und Mia verabschieden, aber die beiden hatten sich untergehakt und schritten flott hinter dem Katafalk her. Als ich sie eingeholt hatte, sagte Berti gerade zu Mia: »Also diese Heckel hätte hier auch mal auftauchen können.«

»War sie denn überhaupt eingeladen?«, fragte ich.

»Natürlich«, antwortete Mia.

»Madame hatte wohl wat Besseret vor ...«

Plötzlich sah ich, wie ein dunkelblauer Fellparka in einem Seitenweg verschwand.

»Wer war das denn?«, fragte ich.

»Wer?«

Berti drehte sich um, und die Gestalt tauchte im übernächsten Parallelweg wieder auf. Berti sagte empört: »Dat ist der Ritchie. Wat macht der Junge denn hier? Der soll auf den Kiosk aufpassen!«

Sie rief seinen Namen und winkte, aber Ritchie rannte in Richtung Ausgang.

»Hat der den Borowski gekannt?«, fragte Mia.

»Ja klar. Meine Güte, so viele Jahre im selben Viertel, da kennt doch jeder jeden. Außerdem haben Herrmanns und Borowski jeden Mittwoch Nachmittach im Ehrenfelder Eck mit dem sein Onkel Elvis Skat gekloppt. Wundert mich, dat der Elvis gar nich gekommen is. Der kennt au' keine Verwandten. Hätt' sich doch wohl so gehört, 'n alten Skatkumpel zu verabschieden.«

»Na ja«, sagte Mia, »Männer tun sich sowieso schwer mit Trauer. Vielleicht kippt sich der Elvis grad zu Ehren von Borowski einen hinter die Binde.«

»Trauer! Der Heiopei weiß doch gaa' nich, wie man dat schreibt.«

»Berti, ich wollt dann jetzt mal gehen. Wir sehen uns nachher. Sag Matti und Rudi einen schönen Gruß. Tschüss, Mia.«

»Ich fahr mit«, sagte Elli, die zu uns aufgeholt hatte. »Wir kommen später ins Ehrenfelder Eck zum Leichenschmaus.«

»Wie, du gehss schon, Elli?« Berti war empört.

»Tut mir leid. Aber ich kann da nicht bei zugucken, wie sonne Kiste in der Erde verschwindet. Das is nix für mich.«

Berti zuckte die Schultern. Mia gab Elli die Hand und sagte: »Kann man verstehen. Bis gleich.«

Es war höchste Zeit, zu verschwinden, wenn wir das Treffen mit *4630Helga* nicht verpassen wollten.

Die kleine Prozession war bereits an der Grabstelle angekommen. Der Pfarrer postierte sich am Kopfende der Grube, schlug sein großes Gebetbuch auf und wedelte alle paar Sekunden die Schneeflocken von den heiligen Seiten. Matti stellte sich neben den Pfarrer, öffnete einen großen, schwarzen Schirm und hielt ihn schützend über ihn. Der Pfarrer lächelte irritiert und hob die Stimme.

Elli klemmte sich ihren Pudel unter den Arm, und wir machten uns auf den Weg zum Parkplatz. Als ich mich noch einmal umdrehte, sah ich, wie Borowskis Sarg in die Erde gelassen wurde. Das ging aber schnell. Der Pfarrer schien kein Freund langer Reden zu sein. Na ja, bei dem Wetter.

Zum Glück hatte ich die Standheizung im Wagen angelassen, und die Scheiben waren frei von Schnee und Eis. Kaum saßen wir bequem, klopfte es an die Scheibe, und Berti und Mia begehrten Einlass.

»Hömma«, sagte Berti, als ich die Seitenscheibe heruntergelassen hatte, »meine Kiste is total eingeschneit. Kannz du uns mitnehmen?«

»Berti, lieber nicht. Ich bestelle euch einen anderen Wagen.«

»Wieso denn?«, fragte Berti. »Du hast gesagt, du kommst zum Kaffeetrinken. Da wollen wir doch auch hin.«

»Aber das geht doch jetzt nicht. Ich muss vorher noch was anderes machen. Ich komm aber gleich mit Elli nach. Dauert nicht lange.«

»Wat habt ihr beiden denn vor? Wat soll die Heimlichtuerei?«

»Wenn sie nicht will«, sagte Mia beleidigt, »der Rudi kann uns gleich im Leichenwagen mitnehmen. Die müssten jeden Moment fertig sein.«

»Mia, ich hab was Wichtiges vor, ehrlich.«

»Wat is denn wichtiger als Borowskis Leichenschmaus?« Berti

schüttelte die Schneeflocken von der Krempe ihres schwarzen Hutes. Elli schnalzte mit der Zunge und sagte: »Berti, es ist wichtig, und wir kommen gleich ins Ehrenfelder Eck. Vielleicht haben wir eine Überraschung.«

»Ja, deine Überraschungen kenn ich, Elli.«

»Mia, Berti … Jetzt wartet doch mal! Ich kann das erklären, aber wir haben es wirklich eilig.«

»Kannz ja auf der Fahrt erzählen.« Berti riss die Tür auf und ließ sich auf die Rückbank fallen. Mia quetschte sich neben Berti.

»Okay, mitgefangen, mitgehangen.« Ich drehte den Zündschlüssel. »Aber ich will keine Klagen hören.«

»Wer klagt denn hier?«, sagte Mia spitz. »Ihr habt irgendwas Unegales vor, das seh ich euch doch an.«

»Ich habe in ein paar Minuten eine Verabredung. Ich hab bei Ebay Porzellantassen mit Elizabeth und Philip ersteigert. Und Elli hat mir Geld dafür geliehen und Wilma auch.«

»Porzellan?«, fragte Mia.

»Doch nich etwa Porzellan mit *tz* …?«, mischte Berti sich ein.

»Doch, *tz.*«

»Dann haben wir gegen dich verloren?«, sagte Mia.

»Gegen dich?!« Berti schnaubte.

»Wie? Wer wart ihr denn?«

»Na, *Sophie13!*«, sagte Mia. »Ich dachte, das Schwein bringt mir Glück.«

»Bis inne letzte Sekunde hab ich gedacht, wir schaffen dat. Mia war schon schweißgebadet, und dann ganz knapp vorm Ziel, peng, *Wilmafeuerstein* kriegt den Zuschlag.«

Elli lachte. Ich war fassungslos. »Ihr beide wart *Sophie13?* Wer war dann *RichyRich?*«

»Weiß ich doch nich … vielleicht so'n Anheizer? Weisse, selber mitbieten und so, um den Preis raufzutreiben.«

»Berti, reg dich ab. Die Tassen bleiben doch in der Familie«, sagte Mia und schob ungeduldig nach: »Aber nur, wenn wir noch irgendwann beim Treffpunkt ankommen. Deswegen …«

»… werden wir gleich sehen, wer *4630Helga* is«, sagte Berti und rieb sich die Hände. »Ja wat gezz? Fährsse oder nich? Setz dich ma endlich in Bewegung.«

»Ihr wollt doch nicht etwa mit? Was, wenn es wirklich die richtigen Tassen sind?«

»Dann verhalten wir uns stickum wie nette alte Damen und verfolgen den oder die …«

»Verfolgen?! Wir kaufen Porzellan und stellen in Aussicht, noch mehr davon zu wollen. Wir nehmen, falls vorhanden, eine Visitenkarte des Verkäufers, und sonst nix, Berti. Wir sind doch nicht James Bond.«

»Ja, du nich …«

Es hatte keinen Sinn, Mia und Berti hätte ich noch nicht einmal mit meinem kompletten Arsenal an Pfefferspray aus dem Wagen vertreiben können. Ich beugte mein Haupt in Demut und fuhr langsam vom tief verschneiten Parkplatz.

»Schnall dich mal lieber an, Berti«, mahnte Elli. »Heute ist Schleuderwetter.«

»Wo geht's hin?«, fragte Mia.

»An eine Tankstelle, oben in Weitmar Mark«, sagte Elli. »Gegenüber von der Pommesbude.«

»Aha. Seltsamer Treffpunkt.«

»Dat macht mich schon stutzig«, sagte Berti. »Kann der Deal um drei Tassen nich an ein ordentlichen Ort abgewickelt wer'n?«

»Vielleicht ist es eine Sie. Da geht man bei so was lieber an einen öffentlichen Ort. Man weiß doch nie, wer einem auf die Bude rückt«, gab ich zu bedenken.

»Das stimmt, Berti. Maggie hat Recht. Und siehst du, die Maggie ist gar nicht so untauglich. Die hat dieselbe Spur verfolgt wie wir.«

»Danke, Mia. Ich steh mit 500 Euro bei Wilma in der Kreide und mit 455 bei Elli. Wenn es nicht die richtigen Tassen sind, dann steh ich ganz schön blöde da.«

»Na ja. Wir sind Kummer gewöhnt«, sagte Berti und legte den Sicherheitsgurt an.

Ich musste die Hattinger Straße eigentlich nur überqueren, um auf die Querverbindung nach Weitmar Mark zu kommen. Ich fand ja auch, dass es ein etwas seltsamer Übergabeort für drei unschuldige Porzellantassen war. Zu meiner ersten Erklärung gesellten sich durchaus noch weitere, weit weniger legale Gründe dafür: Entweder die Person, die wir treffen würden, hatte etwas zu verbergen, oder wenn es nicht der Unfallfahrer und Dieb war, dann wenigstens jemand, der die Tassen bei der Erbtante aus der Vitrine gestohlen hatte. Hoffentlich kein Junkie mit Hang zu Beschaffungskriminalität. Aber jetzt war ich ja nicht mehr alleine, mit der Damengang plus Pudel im Gepäck konnte eigentlich nichts mehr schiefgehen.

Auf der Hattinger Straße standen die Autos dicht an dicht. Nichts ging mehr, weder vor noch zurück. Berti gestikulierte wild aus dem offenen Fenster, ich hupte, und endlich begriff einer, was wir wollten, machte ein wenig Platz, und ich konnte mich durch die Reihen quetschen. Ein paar Minuten und eine Volldrehung auf der vereisten Neulingstraße später standen wir dann an besagter Tankstelle und warteten.

»Ich hab Hunger«, sagte Elli, nahm ihren Pudel und stieg aus dem Taxi.

»Wo will sie denn jetzt hin?«, fragte Mia.

»Wohin wohl? In die Pommesbude, ein Würstchen oder auch zwei – Elli hatte schon seit Stunden keine mehr.«

»Die is auf Bratwurstentzug«, sagte Berti und verschränkte die Arme vor der Brust. »Bisse sicher, Maggie, dat et diese Tankstelle is?«

Ich hielt Berti die ausgedruckte E-Mail vor die Nase. »Zufrieden?«

Berti verzog das Gesicht und ließ das Fenster herunter.

»Vielleicht ist *4630Helga* im Schnee stecken geblieben?«, sagte Mia.

»Würd mich nich wundern. Has du dem Winnie eigentlich wat von diese Aktion erzählt?«

»Nee«, sagte ich. »Ich geh Porzellan kaufen, ganz unschuldig. Warum sollte ich ihm das sagen? Der sagt mir ja auch nicht, wo er wohnt.«

»Ph! Wär' jedenfalls sicherer, wenn der wüsste, wat du vorhas'«, murmelte Berti.

Der Schnee fiel immer dichter, und ich musste die Scheibenwischer laufen lassen, damit wir überhaupt den Überblick behielten.

Ein weißer Ford Fiesta hielt vor einer Zapfsäule. Eine junge Frau stieg aus und tankte. Fehlanzeige.

Ich drehte mir eine Zigarette und zündete sie an. Was, wenn der Verkäufer gar nicht kam? Vielleicht war er oder sie aufgehalten worden? In der E-Mail stand keine Adresse und keine Telefonnummer. Also hieß es, warten, warten, warten.

»Da! So'n Mist. Wat macht denn der Spacko gezz hier?«, zischte Berti plötzlich.

»Wer?« Ich schaute mich um und sah einen roten Amischlitten auf die Tankstelle rollen. Elvis stieg aus und postierte sich neben seinem Wagen. Bevor ich noch irgendwas sagen konnte, waren Mia und Berti aus dem Wagen gesprungen und gingen auf Elvis zu. Ich stieg ebenfalls aus. Was sollte das hier werden, wenn es fertig war? Von der anderen Straßenseite kam Elli mit ihrer Bratwurst über die Straße geschliddert. Der Pudel stapfte tapfer hinter ihr her durch den Schnee.

»*4630Helga?*«, sagte Mia mit fester Stimme.

Elvis' Kopf flog herum, und seine Gesichtsfarbe wechselte von käsebleich zu ungesundem Himbeerrot. Er erkannte Berti und zuckte zusammen. Elli rief: »Wat machs du denn hier?«

»Bist du *4630Helga?!* Hast du die Tassen?!«, blaffte Berti. Elvis wich einen Schritt vor ihr zurück.

»Has' du dem Herrmanns die Bude angesteckt?«

»Er hat die Tassen«, rief Mia, die auf der Beifahrerseite die Tür aufgerissen hatte. Sie hielt triumphierend ›Elizabeth und Philip auf Malta‹ in die Höhe.

»Has' du den Herrmanns auf dem Gewissen?! Warst du dat?! Hast du den umgenietet … du … du … Paselacke!«, schrie Berti und ging mit hoch erhobenen Fäusten auf Elvis los. Die junge Frau, die ihren Fiesta betankt hatte, starrte uns an, sah, wie Berti ihre Handtasche schwang, hängte schnell den Tankschlauch zurück in die Zapfsäule und flüchtete in die Tankstelle.

Ich griff ins Handschuhfach und schnappte mir eine Dose Pfefferspray.

»Maggie, ruf die Pollzei an. Mia, stell dat Diebesgut sicher«, rief Berti. Elvis wehrte den ersten Schwung der Handtasche ab, drehte sich plötzlich um, schubste Mia vom Auto weg, packte in der nächsten Sekunde Bertis Mantelkragen und stieß sie in seinen Wagen. Mia lag im Schnee wie ein verunglückter Käfer und versuchte wieder auf die Beine zu krabbeln. Bevor ich das Reizgas überhaupt entsichert hatte, heulte der Motor des Cadillac El Dorado auf, und der Wagen machte schlingernd einen Satz nach vorne. Ich zerrte Mia gerade noch rechtzeitig zur Seite, als der Cadillac haarscharf an uns vorbeischoss. Elli ließ die Würstchen fallen und stellte sich auf der Straße dem Wagen in den Weg. Elvis touchierte den Bordstein, um ihr auszuweichen. Elli schrie aus Leibeskräften: »Schätzken, mein Schätzken!« Im Schnee breitete sich ein dunkelroter Fleck aus. Mia keuchte: »Fahr hinterher, Maggie. Los, fahr!«

Ich wollte ihr aufhelfen, aber Mia stieß mich von sich weg, und ich taumelte zum Taxi. Ich sah Ellis blutenden Pudel am Straßenrand liegen. Seine Hinterbeinchen zuckten.

»Mach schon. Ich ruf Winnie an. Los! Du darfst Berti nicht verlieren! Da, da der haut ab … Berti, oh mein Gott!«

Ich startete den Wagen, hieb mit dem Knie unter die Lenksäule, wo sich der Knopf für die Alarmanlage befand. Alle Lichter am Taxi blinkten, die Sirene ging los, und ich schlidderte von der Tankstelle.

Der Cadillac fuhr schlingernd vor mir auf der Kemnader Straße in Richtung Stiepel. Elvis fuhr viel zu schnell. Als es bergab zum Zisterzienserkloster ging, geriet der Straßenkreuzer gefährlich ins Trudeln und touchierte mehrmals die Bordsteinkante. Ich meinte zu sehen, wie Berti vom Rücksitz aus auf Elvis eindrosch.

Mein Handy klingelte. Ich versuchte den Wagen auf Kurs zu halten, Elvis nicht aus den Augen zu verlieren und dabei auch noch zu telefonieren. »Wo bist du, Maggie?, rief Mia. »Ich kann Winnie nicht erreichen, aber ich sitze jetzt mit Matti im Auto. Wo bist du?«

Ich konnte Mia wegen des Gehupes meiner eigenen Alarmanlage kaum verstehen und schrie: »Sprich lauter! Ich bin auf der Kemnader. Er fährt in Richtung Stausee. Scheiße nee, jetzt geht's hier gleich bergab. Ich muss auflegen.«

»Nein, bleib dran!«

»Ruf im Präsidium an. Karin und Peter. Irgendwer wird doch da sein, der weiß, wo Winnie steckt.«

Ich warf das Handy auf den Beifahrersitz. Zum Lenken brauchte ich definitiv beide Hände. Ich betete, dass Elvis endlich stehen bleiben würde. Das konnte doch nicht gut gehen. Der wird den Wagen vor den nächsten Baum setzen, wenn er so weiterfährt.

Wir hatten die kleine Einkaufszone in Stiepel-Dorf durchquert, und nach einer scharfen Rechtskurve schlängelte sich die Straße für die nächsten zwei Kilometer steil bergab auf die Kemnader Brücke zu. Das Handy klingelte wieder. Mias Nummer leuchtete auf. Ich ging nicht ran. Das Hinweisschild *Zur alten Fähre* flog gefährlich nah an mir vorbei. Der Cadillac schaffte mit knapper Not die letzte Kurve vor der Brücke. Er titschte gegen die kniehohe Betoneinfassung der Fahrbahn und schoss dann schlingernd geradeaus auf die Brücke. Ich nahm den Fuß vom Gaspedal. Mit der alten Droschke konnte ich nicht so viel riskieren. Ich rechnete mir aus, dass ich Elvis spätestens an der großen Kreuzung hinter der Burg Kemnade einholen würde. Vor der Kreuzung gab es einen einspurigen Engpass, und am *Steinenhaus* musste er anhalten. Er konnte unmöglich riskieren, im Blindflug über diese Kreuzung zu preschen. Ich hatte die Brücke schon zur Hälfte überquert und beschleunigte wieder, als plötzlich etwas Weißes aus dem Seitenfenster des Cadillacs geflogen kam. Es prallte auf der Straße auf, flog wieder hoch, und bevor ich es identifizieren konnte, knallte es auf meine Motorhaube. Instinktiv duckte ich mich weg und verriss dabei das Steuer. Das Heck brach aus, und ich wurde heftig herumgeschleudert. Dann gab es einen Aufprall, ein Reifen platzte mit lautem Knall.

Der Benz hob ab. Zwischen mir und dem Fluss gab es nur noch ein schmales Eisengeländer, nicht einmal einen Meter hoch.

Den explodierten Airbag mitten im Gesicht, konnte ich nicht sehen, wohin die Reise ging. Der Wagen neigte sich auf die linke Seite. Ich versuchte mit den Händen meinen Kopf zu schützen, als ein Schatten am Auto vorbeisegelte. Der Wagen rammte das Brückengeländer, bäumte sich auf und sauste abwärts. Mein Magen schlug Purzelbäume. Der Aufprall war heftig, als wäre ich geradewegs gegen eine Betonmauer gerast. Der Sicherheitsgurt quetschte mir den Hals ein. Ich knallte mit dem Kopf gegen das Seitenfenster. Das Heulen der Alarmanlage erstarb. Dann war es still.

Der Airbag sackte pfeifend in sich zusammen, und ich sah, wo ich gelandet war. Um mich herum Eisschollen, das Ufer meterweit entfernt, trieb ich in der Ruhr von der Brücke weg. Langsam versank der Mercedesstern im Wasser. Das Schiebedach, schoss es mir durch den Kopf. Mach das Schiebedach auf. Raus hier. Bloß raus hier! Ich löste den Sicherheitsgurt und drückte auf den Schalter für das Dach. Nichts passierte. Ich versuchte die Seitenfenster zu öffnen. Nichts.

Die Nase des Wagens senkte sich tiefer und tiefer ins Wasser. Fast hatte es die Frontscheibe erreicht. Mit zitternden Händen suchte ich nach dem Handy und fand es unter dem Beifahrersitz. Als ich Mattis Nummer wählte, hatte das Wasser die Hälfte der Frontscheibe bedeckt.

»Frau Margret. Ich bin auf dem Weg«, sagte er sofort. »Bleiben Sie stehen. Bleiben Sie, wo Sie sind. Bleiben Sie stehen! Die Polizei schneidet ihm den Weg an der Kreuzung zum *Steinenhaus* ab.«

»Matti, Matti …«

»Wo sind Sie?«

»Im Wasser! Kemnader Brücke! Der Wagen säuft ab!«

Im Hintergrund hörte ich Mia aufschreien und Rudis Stimme: »Wir sind gleich da! Wir holen dich da raus!«

»Bleiben Sie ruhig, Frau Margret. Sind Sie im Auto?«

»Ja«, wimmerte ich, »das Wasser ist schon …«

»Warten Sie, bis der Wagen ganz unter Wasser ist, dann machen Sie die Fenster auf.«

»Die gehen nicht auf!«, schrie ich. »Die gehen nicht …«

»Zertrümmern Sie die Fenster. Der Wagen muss voll laufen, sonst gehen die Türen nicht auf. Haben Sie das verstanden?!«

Und wie ich das verstanden hatte … Ich wusste nicht, ob Matti einen grausamen Scherz machte. Warum sollte ich denn bei vollem Bewusstsein die einzige Hülle, die mich noch vorm Ertrinken bewahrte, zerstören?

»Schlagen Sie ein Fenster ein!«

»Das geht nicht …«

Im Hintergrund wurde das Stimmengewirr lauter.

»Ich komme zu Ihnen. Ich werde die Fenster einschlagen, und der Wagen wird voll Wasser laufen, und ich hole Sie da raus.«

Das Wasser hatte das Dach erreicht. Der Wagen sank unaufhaltsam. Wie wollte Matti mich rausholen? Ich würde hier niemals mehr rauskommen. Nie.

»Frau Margret. Sind Sie noch da? Wir stehen auf der Brücke. Ich kann den Wagen sehen.«

Er sieht mich sterben …

»Frau Margret! Sagen Sie etwas.«

»Ich werde sterben.«

»Nein, das werden Sie nicht. Ich bin bei Ihnen.«

Die Verbindung wurde schlechter. Das Handy rauschte, ich konnte Matti kaum noch verstehen.

»Ich bin bei Ihnen …«

Um mich herum war es ganz und gar dunkel. Der alte Wagen knirschte unter der Last des Wasserdrucks.

»Atmen Sie ganz ruhig.«

Ich konnte nicht mehr sprechen und nicht mehr denken und hämmerte mit der rechten Faust gegen das Seitenfenster, aber nichts geschah. Wie lange würde die Luft noch reichen? Wie viel Zeit blieb mir noch?

Ich presste das Handy an mein linkes Ohr.

»Frau Margret. Finden Sie etwas, um die Scheibe einzuschlagen. Irgendetwas. Nehmen Sie das Handy – jetzt! Wenn ich ins Wasser gehe, habe ich höchstens fünf Minuten. Sagen Sie etwas zu mir. Sprechen Sie.«

»Ich hab Angst ... Es macht Geräusche ...« Ich hielt das leuchtende Display des Handys in Richtung Windschutzscheibe. Sie wölbte sich gefährlich nach innen.

»Ich springe ...tzt ...«

Das Knirschen wurde lauter. Es breitete sich direkt vor mir aus. Im matten Schein des Handydisplays sah ich, wie sich winzige Risse funkelnd und rasend schnell auf dem Glas ausbreiteten.

»... ürfen ... sterb...«

»Das werde ich aber!«, schrie ich ins Handy. Das Knirschen wurde lauter.

»Nein... Fr... Marg... ich ... ll... nicht verlie... Sie mei... Frau ...«

Als das Wasser kam, hatte ich keine Zeit mehr, mich zu fürchten.

...

...

...

»Wir haben sie ...«

...

...

»Die Wärmepacks. Komm, komm, komm ... Mädchen ... nich abkacken ...«

...

»Frau Margret ... bitte ... bleiben ...«

...

»Maggie, Maggie ... du liebe Scheiße ...«

»Wie hat der das überlebt?«

»Danke, Matti ...«

»... die Decke ... Winnie?«

Könnt ihr alle nicht mal *einen* Satz zu Ende sprechen? Ich kriege kaum was mit. Ach ja, danke für die Hand. Das ist Mattis Hand. Sie ist so kalt.

Ich wollte diese beängstigende, klebrige Dunkelheit, die mich strangulierte, verlassen. Aber ich wusste nicht, wie. Wenn ich eine Stimme hörte, wollte ich, dass sie bei mir blieb, aber ich versank immer wieder immer tiefer in die Dunkelheit, wo keine Stimmen waren. Nur ich. Und ich wusste nicht, wo ich war. Ich wusste nur, dass es sich anfühlte wie eine zähe, dunkle Masse, die mich nicht freigeben wollte und aus der ich ab und zu für einen Moment auftauchte wie eine Blubberblase in einer Lavalampe, nur um im nächsten Augenblick unaufhaltsam wieder abzusinken. Kein Zahnrädchen knirschte, und keine Welt drehte sich.

»Maggie. Hörst du mich?«

Winnie, bist du das? Doch, das bist du. Ich kann dein Aftershave riechen. Mach das um meinen Hals weg, bitte!

»Sie wird schon wieder, Herr Blaschke. Aber das wird dauern.«

»Wie lange?«

»Kann man bei so einem schweren Tr …«

»Danke, Doktor.«

Was hat er gesagt?

»Maggie, ich muss jetzt gehen. Ich komme morgen wieder. Vielleicht bist du dann wach. Berti geht es gut … Und bitte … nicht sterben, Miss Marple. Also, bis dann …«

»Sie ist im Koma, sie kann Sie nicht hören, Herr Blaschke.«

Was weißt du denn schon, du Quacksalber? Frag meine Oma. Die weiß, wie das mit dem Koma geht.

»Da wäre ich mir nicht so sicher, Herr Doktor. Ich habe andere Theorien gehört.«

Jemand lachte.

24

»Oma? Bist du das? Holst du mich ab?«

Ich richtete mich im Bett auf. Es war dunkel. Das Würgen an meinem Hals war nicht mehr da. Aber das Knirschen in meinen Ohren wollte und wollte nicht aufhören. Gleich würde es kommen, das Wasser. Ich streckte meine Arme aus, um die berstende Windschutzscheibe aufzuhalten, aber meine Hände stießen ins Leere. Ich spürte einen stechenden Schmerz in meinem linken Arm und tastete nach der Stelle. Etwas steckte in meinem Arm. »Aua!«

»Maggie? Bist du wach?«

»Wer ist da?« Meine Stimme hörte sich seltsam kratzig an. In meinem Kopf rauschte das Wasser, und meine linke Wange tat höllisch weh.

»Ich bin es, Rudi. Ich habe Nachtwache.«

Endlich gab es Licht. Ich kniff die Augen zusammen und erkannte am anderen Ende des Zimmers Rudi, der in eine Decke gewickelt auf einem Sessel saß.

»Rudi? Wo bin ich?«

»CUT – KRANKENHAUS – INNEN. MAGGIE ABENDROTH LEBT UND ERWACHT AUS DEM KOMA.«

»Spinnst du?«, krächzte ich.

»Ich dachte, das könnte dir helfen. Hat ja schon mal geklappt.«

»Oh … Das war … Wo sind denn …?«

»Zu Hause in ihren Betten, vermute ich. Es ist halb drei nachts.«

Rudi wickelte sich aus der Decke und kam an mein Bett.

»Wie geht es Matti?«

»Gut.«

»Wo ist er?«

»Zu Hause. Er war bis vor zwei Stunden hier.«

»Ist er verletzt?«

Rudi zuckte mit den Schultern. »Nicht sehr …«

Mir fielen die Augen zu, und sofort hörte ich wieder das bösartige Knirschen und riss vor Schreck die Augen wieder auf.

»Hallo? Maggie?«

»Ja … erzähl, was ist mit Berti?«

»Es geht ihr gut. Elvis sieht schlimm aus.«

»Wie …?«

»Berti hat Elvis mit ihrer Tasche traktiert. Dann hat sie, wie Gretel, eine Tasse aus dem Fenster geworfen. Als Spur. Sie macht sich wahnsinnige Vorwürfe. Sie hat nämlich gesehen, wie die Tasse in dein Auto geflogen ist und du übers Brückengeländer.«

»Das … war«, und schon sah ich das weiße Ding wieder fliegen und duckte mich weg.

»War was?«, fragte Rudi und guckte mich verstört an.

»Nee … okay. Die Tasse. Deswegen hab ich die Kontrolle über den Wagen verloren … Oh … oh, is mir …«

Ich krabbelte aus dem Bett und stürzte zur nächstbesten Tür, die in Reichweite war, und hatte Glück, dass sie ins Bad führte. Der Infusionsständer fiel krachend um. In der nächsten Sekunde hing ich würgend über der Kloschüssel. »Soll ich den Arzt rufen?«, fragte Rudi. »Ich ruf den Arzt. Kein Problem. Eine Sekunde.«

»Nein! Nein … Komm bloß nicht rein.« Ich spuckte Magensäure, und meine Lunge rasselte. Als ich aus der Kloschüssel wieder auftauchte, stand Rudi neben mir und hielt mir ein Glas Wasser hin. Ich trank ein paar Schlucke, hielt mich am Infusionsständer fest, und mit Rudis Hilfe schlurfte ich wieder zurück ins Zimmer. Rudi war grau im Gesicht und stotterte: »Ich ruf mal lieber den Doktor.«

»Lass mal …«, sagte ich und krabbelte zurück ins Bett.

»Soll ich nicht doch lieber … Die Infusion!?«

»Nix passiert. Erzähl weiter.«

»Berti geht's gut.«

»Und?«

»Soll ich die ganze Geschichte? Ich glaub, es ist besser, du schläfst wieder.«

»Nee. Is nich' besser.«

Rudi ging zum Sessel, kam mit der Decke wieder zurück und legte sie mir um die Schulter, dann setzte er sich ans Fußende des Bettes und berichtete erst stockend, dann immer atemloser: »Also, wir kommen auf der Brücke an. Das Geländer komplett fratzisiert. Du musst genau zwischen den riesigen Lampen durchgeflogen sein. Wir raus aus dem Auto. Der Matti guckt runter, sieht den Wagen unter Wasser, und dann ist der da rein in den arschkalten Fluss. Und dann war er weg. Ich hab mir in die Hose geschissen vor Angst. Der kommt und kommt nicht wieder hoch. Dann das Tatütata vom Krankenwagen und Bullenautos, und alle kacheln die Kemnader Straße runter. Ich hab gedacht, ihr seid beide tot. Echt. Ich weiß nich, wie lange der Matti da unten war, mir kams vor wie 'ne Ewigkeit. Meine Fresse, höchstens fünf Minuten, hat der Matti gesagt, allerhöchstens, länger hält man in dem kalten Wasser nicht durch. Und er hat gesagt, dass jeder andere Mensch höchstens drei Minuten schafft. Die zwei Extraminuten erfordern jahrelanges Training …«

Zwischendurch verlor ich immer wieder den Anschluss in Rudis Rapport. Mal kam es mir so vor, als redete er schon eine Stunde, mal dachte ich, er fängt immer wieder von vorne an.

»… und ich kann nicht hinterher, weil …, ich kann gar nicht schwimmen, weißt du. Plötzlich steht so 'n Riesenkerl neben mir, sagt, er heißt Winnie Blaschke und drückt mir seinen Mantel in die Hand. Ich denk, was will der denn jetzt? Und dann hechtet der auch ins Wasser. Hinter mir hör' ich Oma Berti. Voll am Fluchen. Der Blaschke schreit, ich soll da oben am Geländer bleiben, bei Oma. Für alle Fälle. Wat für Fälle?, hab ich gedacht … Glaubt der, die springt hinterher?«

»Rudi, Rudi … nicht so schnell, bitte.«

Rudi hatte einen hochroten Kopf und wischte sich mit der flachen Hand über seine Glatze. »'tschuldigung. Dat war …«

»Tu mir einen Gefallen – geh Kaffee holen und besorg irgendwie Zigaretten – und dann erzähl mir alles noch mal ganz langsam. Okay?«

»Bin schon auf dem Weg.«

Ich hatte gehofft, er würde wenigstens zehn Minuten im Krankenhaus unterwegs sein, um die Dinge zu besorgen, aber er drehte sich um, ging zum Sessel und zog eine Sporttasche darunter hervor.

Er holte eine Thermoskanne, meine Prince-Charles-Tasse, eine Schachtel *Gauloises* und einen Aschenbecher heraus und sagte: »Simsalabim. Der Matti hat gesagt, wenn dich was aus dem Koma holt, dann das.«

Wie Recht der Mann hatte.

Als Winnie am frühen Morgen ins Zimmer kam, saß ich aufrecht beim Frühstück. Rudi war um fünf Uhr gegangen. Ich hatte die Fenster aufgerissen, um alle verräterischen Spuren unserer nächtlichen Nikotinorgie zu vernichten. Dann konnte ich nicht mehr einschlafen. Ich war aufgeblieben, hatte mich ans offene Fenster gesetzt und den Schneeflocken im gelben Lichtkegel der Straßenlaterne beim Fallen zugeschaut; wie eine nach der anderen aufs Fensterbrett segelte und ihre Existenz fürs große Ganze aufgab, um zu einer weißen, wattigen Schicht auf einem Sims zu werden.

Matti war in das eiskalte Wasser gesprungen. Und Winnie auch. Sie hätten tot sein können … Alle beide …

Plötzlich war die Straßenlaterne ausgegangen, und fahlgraues Tageslicht kündigte einen neuen Wintertag an. Es hatte an der Tür geklopft, und eine Krankenschwester mit dem Frühstückstablett in der Hand stand in der Tür.

»Sie gehen sofort wieder ins Bett«, befahl sie, und ich gehorchte. Zufrieden über ihren kolossalen Erfolg, schüttelte sie mir die Kissen auf und goss mir Kaffee ein. »Dass mir das nie wieder vorkommt«, sagte sie, schloss das Fenster und marschierte mit quietschenden Sohlen wieder hinaus.

Ein paar Minuten später war die Tür wieder aufgegangen, und Winnie flog mir regelrecht in die Arme und wollte mich gar nicht mehr loslassen. »Das war ein spektakulärer Stunt, meine Liebe. So was will ich nie wieder sehen. Verstanden?«

»Ich glaube auch nicht, dass mir Kieslowski noch mal ein Taxi anvertraut. Hm? Willst'n Brot?«

»Maggie Abendroth. Nie wieder, versprich mir das. Keine Unfälle und keine Alleingänge!«

»Ich war nicht allein!«

»Und keine Widerworte. Hast du mich verstanden?«

»Ja. Glaub mir, auf solche Erfahrungen bin ich nicht scharf.«

»Was sagt der Arzt? War er heute schon hier?«

»Weiß nicht. Was soll er schon sagen? Bis auf ein paar Beulen und die Unterkühlung ist alles okay.«

»Gott sei Dank. Sag mal, riecht es hier nach Zigaretten?«

»Nein.«

Winnie zog die Schublade vom Nachtschränkchen auf, griff in seine Manteltasche und legte eine Packung *Gauloises* hinein.

»Ich soll dich von allen grüßen. Die Zigaretten sind von Berti, und hier noch eine Tüte Brause-Buddhas.«

»Danke. Wo sind denn alle? Kommt Berti heute vorbei?«

»Hm … Die sind … Ich weiß nicht, ob …« Winnie kramte in meinem Nachtschränkchen herum und murmelte: »Wo ist denn der Aschenbecher? Sag mir nicht, du hast nicht schon längst einen Aschenbecher am Start?«

Er öffnete ein Fenster, schob den Schnee auf dem Sims zusammen und formte eine Kugel. Dann drückte er mit dem Daumen ein Loch hinein und hielt mir den Ersatzaschenbecher hin. »Also, ich kann den nicht aufs Nachtschränkchen stellen … Materialschwäche …«

»Winnie, was ist passiert? Ist was mit Berti?«

»Nein, nein. Sie ist völlig in Ordnung.«

Winnie stellte den Schneeaschenbecher auf den Sims, faltete die Papiertüte auseinander und holte einen weißen Brause-Buddha heraus.

»Oh nee, Winnie … Herrmanns. Es ist was mit Herrmanns.«

»Ja, Herrmanns ist gestorben. Die sind alle auf seiner Beerdigung.«

»Ach … arme Berti. Wann ist das passiert?«

»An dem Tag, als Borowski bestattet wurde.«

Ich rechnete kurz nach. Bestattungen fanden meistens drei Tage nach dem Ableben statt. Welcher Tag war denn heute?

»Wie lange bin ich denn schon hier?«

»Vier Tage.«

»Du liebe Zeit! Mein Gott, wie geht es Berti denn jetzt?«

»Ich will ehrlich sein: Ich weiß es nicht. Was ich gesehen habe, war, dass Berti den Elvis schon während ihrer Geiselhaft halb totgeschlagen hatte. Er hatte eine Gehirnerschütterung und eine Platzwunde auf der Stirn. Und als sie ein paar Stunden später erfahren hat, dass der Herrmanns gestorben ist, hat sie Seidel um seine Dienstwaffe gebeten. Der war kurz davor, sie ihr zu geben, nachdem er die ganze Geschichte gehört hatte.«

»Das ist ja nicht auszuhalten. Wer kümmert sich jetzt um Berti? Carmen und Mia?«

»Ich glaube, Carmen hat sie eingeladen, zu ihr zu kommen. Aber ich weiß nicht, ob sie annimmt. Ich fürchte, eher nicht.«

»Rede ihr gut zu. Vielleicht hilft es ja.«

»Ja, mal sehen …«

»Ist Ellis Pudel auch tot?«

»Du erinnerst dich daran? Das ist gut.«

»Was ist daran gut?«

»Dass du dich erinnerst. Der Oberarzt war nicht überzeugt, dass deine Murmel den Unfall und deinen Atemstillstand so gut übersteht.«

»Aha. Bin ich etwa tot gewesen?«

»Du meinst, wie bei *Emergency Room?* Zeitpunkt des Todes und so weiter?

»Winnie, das ist nicht witzig.«

»Weiß ich doch. Um dich zu beruhigen, nein, so weit war es noch nicht. Du warst nicht tot.«

Aber beinahe.

»Und Ellis Pudel? Ist er tot oder nicht?«

»Ja. Er war auf der Stelle tot. Er hat nicht gelitten.«

Das sagen sie in den Fernsehserien auch immer, um die Hinterbliebenen zu trösten. Hätten sie über mich auch gesagt.

Was den Pudel betraf, ich wusste es besser. Er hat noch gezuckt. Und plötzlich hörte ich wieder Elli schreien, und es schüttelte mich durch und durch.

Winnie wickelte mir meine Bettdecke um. Ich stieg aus dem Bett, stellte mich ans offene Fenster und zündete mir eine Zigarette an. »Winnie?«

»Was?«

»Solltest du nicht bei deiner Oma sein?«

»Ich geh nachher hin. Berti weiß, dass ich hier bin – auf ihren ausdrücklichen Wunsch hin. Sie will nicht, dass du auch nur eine Sekunde aus den Augen gelassen wirst.«

»Warum?«

»Das fragst du noch? Du hast eine Menge riskiert. Und sie war es, die mit Tassen geworfen hat.«

»Ich war blöd … Die ganze Zeit total blöd. Na gut, das Ende der Verfolgungsjagd geht auf Bertis Konto. Aber das restliche Chaos? Decken wir lieber den Mantel des Schweigens darüber.«

»Na ja. Ein paar Leute sehen das anders.«

Winnie schob wieder Schnee auf dem Fensterbrett zusammen und formte einen Schneeball, dann einen kleineren und einen klitzekleinen und setzte sie übereinander. Er holte eine Schachtel Streichhölzer aus seiner Manteltasche und steckte sie dem Mini-Schneemann als Arme an.

»Habt ihr Elvis schon vernommen?«

Winnie brach ein Streichholz entzwei und steckte das rote Schwefelköpfchen als Nase in den Kopf des Schneemanns.

»Hast du zufällig einen Fingerhut dabei, Miss Marple?«

»Jede Menge, in meinem Schrankkoffer.« Ich schnippte die Zigarette durchs Fenster und legte mich wieder ins Bett.

Winnie machte das Fenster zu. Von draußen winkte der Schneemann.

»Was hat Elvis gesagt? Oder darfst du darüber nicht reden?«

»Doch, doch … Aber Elvis sagt gar nichts, um es mal so auszudrücken. Er muffelt vor sich hin und verlangt nach einem Anwalt. Wer redet, ist Ritchie. Der Junge hat noch so was wie ein Gewissen. Als er erfahren hat, dass Borowski gestorben ist, hat er sich bei Elvis ausgeklinkt. Es hätte sowieso nicht viel gefehlt, und er hätte alles ausgeplaudert. Er war auf dem Friedhof, und wie er sagt, wollte er Berti die ganze Geschichte beichten, aber dann hat ihn der Mut verlassen, und er ist abgehauen.«

»Wir haben ihn rennen sehen. Wo warst du eigentlich zu der Zeit?«

»Bei Frau Heckel. Die hat drauf gewartet, dass der Dieb der *Viola d'amore* sich meldet und einen Treffpunkt durchgibt. Sie hatte sich mit ihm auf 150.000 Euro geeinigt. Dann hat sie Angst bekommen, das Ding alleine durchzuziehen, und hat Karin informiert, und die hat mir Bescheid gegeben. Wir haben auf den Anruf gewartet, der nicht kam, weil Elvis, wie sich später herausstellte, mit Berti als Geisel auf der Flucht war.«

»Oh, oh, oh … Ist die Viola denn jetzt wieder da?«

»Ja. Und Herrmanns' Koffer auch und die restlichen Tassen, bis auf die eine, die dir auf die Motorhaube geflogen ist. Haben wir alles in Elvis' Wohnung sichergestellt.«

Mir war schwindelig, und ich überlegte, ob ein Spurt zum Badezimmer nötig wäre.

»Maggie? Bist du noch da?«

»Ja. Ich dachte nur grad, es ist wie beim Sumoringen. Wer zuerst zuckt, verliert.«

»Soll ich lieber gehen, möchtest du schlafen?«

»Nein. Lieber nicht. Mir ist nur ein bisschen übel. Erzähl einfach weiter. Ich hab manchmal nur so … Bilder im Kopf, weißt du?«

»Wie du willst. Ich geb dir die Kurzfassung«, sagte er, holte den Sessel aus der gegenüberliegenden Zimmerecke und machte es sich neben meinem Bett bequem.

»Wo war ich? Ja … Herrmanns hat bei den Skatabenden im Ehrenfelder Eck rumgetönt … Über Van der Baack und so. Und da hat Elvis sich gedacht, von dem Kuchen möchte ich auch was haben. Elvis und Ritchie haben dann eines Tages den Schlüssel für die Villa aus Herrmanns' Laube stibitzt – war alles ganz einfach.«

»Wusste ja bald die halbe Stadt, wie man ins Gartenhäuschen kommt.«

»Genau. Und auch, wann Van der Baack nicht da ist. Dafür hat Herrmanns mit seinem Gequatsche selbst gesorgt. Nachdem Elvis und Ritchie also die Viola geklaut hatten, haben sie den Schlüssel brav wieder zurückgelegt, und Herrmanns hatte nichts bemerkt.«

»Warum haben die denn ausgerechnet das Ding geklaut? Es hängen doch genug Bilder da rum. Die kennen sich mit Musikinstrumenten doch gar nicht aus.«

»Hm … Weil der Herrmanns den beiden von der *Viola d'amore* erzählt hat. Dass die auf die Ausstellung geht. Da hat der Elvis sich gedacht, dass Van der Baack schwer unter Druck geraten würde, wenn das Ding nicht da ist, und wirklich zahlt. Leider ist die Geldübergabe schiefgelaufen. Herrmanns hat sich nämlich, nachdem er den Koffer mit dem Geld, wie von Van der Baack angeordnet, auf den Stufen vom Forsthaus abgestellt hatte, im Biergarten versteckt und auf die Erpresser gewartet, und keine fünf Minuten später kommt der Elvis mit seiner Klapperkiste um die Ecke. Aber anstatt das Geld rauszunehmen und die Viola reinzutun, wie der Deal abgemacht war, steigt Ritchie aus und sackt den Koffer ein. Herrmanns erkennt ihn und stürmt aus dem Gebüsch, um dem Jungen die Ohren lang zu ziehen. Das jedenfalls hat Ritchie gesagt: ›die Ohren lang ziehen‹. Elvis lässt seinen Neffen im Stich und will flüchten, und dabei ist Herrmanns unters Auto gekommen. Der Ritchie kann froh sein, dass sein Onkel ihn bei dem Gerangel nicht auch noch überfahren hat.«

»Und die haben den Herrmanns einfach da liegen gelassen?«

»Ja. Elvis ist mit dem Wagen weg, und dann hat Ritchie die Panik gekriegt und ist in der Gegend rumgerannt. Dann ist er Stunden später wieder zum Unfallort zurückgelaufen, um zu gucken, ob Herrmanns noch lebt. Aber da fuhr gerade der Notarztwagen weg, und Ritchie hat den Flachmann gefunden.«

»Das fass ich nicht.«

»Dann standen sie da: mit Lösegeld und Viola.«

»Hatten die denn keine Angst, dass der Herrmanns wieder wach wird und alles erzählt?«

»Die waren immer auf dem Laufenden, durch Borowski, der sich bei Helga ausgeheult hat. Und Elvis kann das Wort Gewissen noch nicht mal schreiben. Der hat seinem Neffen die große weite Welt gezeigt. Dickes Auto gekauft und auf dem Kiez die Sau rausgelassen. Und zu Ritchie hat er immer gesagt – ›… für den Van der Baack is dat Portokasse, und wenn der Herrmanns wat erzählt, dann schieben wir dat auf geistige Umnachtung nach dem Unfall. Dat kann keiner beweisen, dat wir dat waren‹.«

»Ja, und Ritchie? Hat der gar nichts dazu gesagt?«

»Meine Güte, der Junge hat sein Lebtag getragene Klamotten von der Caritas am Leib gehabt, der hatte noch nie 'ne Frau … Und dann kauft der Elvis auch noch dieses Auto, diesen Cadillac. Was soll der Junge denn denken?«

»Du entschuldigst Ritchie auch noch? Ganz davon abgesehen, dass sein *lieber* Onkel ihn erst mal hat sitzen lassen.«

»Natürlich entschuldige ich ihn nicht. Aber der Ritchie kann nicht bis drei zählen, der Pfeifenkopp hat mit Hängen und Würgen sechs Jahre Sonderschule geschafft … Also bitte. Elvis ist der Drahtzieher. Ritchie hat nur aufgeschnappt, was vom Tisch gefallen ist.«

»Winnie, ich brauche 'ne Narkose. Also ehrlich … Aber bitte, erzähl ruhig weiter.«

»Später dann, als die Kohle flott weniger wurde und der Herrmanns immer noch im Krankenhaus war, haben die beiden das Porzellan geklaut und sich den Schlüssel für die Villa wiedergeholt. Das Porzellan fürs schnelle Geld und den Schlüssel, weil man ja vielleicht wieder was bei Van der Baack holen könnte. Die Laube hat Ritchie angesteckt, weil er den Ofen angemacht hat, der, wie du ja weißt, gar nicht angeschlossen war. Bei der zweiten Geldübergabe streiten die sich mit Van der Baack, und dann kommt ihnen das Aneurisma ihres Goldesels dazwischen, und bevor sie was mitgehen lassen können, erscheint Borowski auf der Bildfläche. Buchstäblich fliegender Wechsel. Borowski kommt vorne rein, und die beiden sind hinten durchs Gartentor raus. Ritchie fällt dabei der Flachmann aus der Tasche. Also, Van der Baack tot und die Polizei im Haus – da konnte Elvis nicht mehr in die Villa – jedenfalls nicht in absehbarer Zeit. Zum guten

Schluss hat er dann die Tassen bei Ebay verhökert und auch noch die Chuzpe gehabt, sich bei der Heckel zu melden und für die Viola noch mal Lösegeld zu verlangen.«

»Das kann man sich doch gar nicht ausdenken, Winnie. Das ist doch eine Provinzposse aus der untersten Schublade. Wie blöde muss man sein, um so was durchzuziehen?«

»So blöd wie Elvis eben … Also von dem Banküberfall anno '72 oder '73, da erzählen sich die Polizisten heute noch von.«

»Banküberfall? Die Elli hat erzählt, der hätte als Kind Frösche aufgeblasen.«

»Ja, dabei ist es nicht geblieben. Also, Elvis' Karriere als Bankräuber, da war er übrigens erst 17 Jahre alt: Herne, vier Maskierte überfallen die Sparkasse in der Fußgängerzone; die Räuber werden ein paar Minuten später geschnappt, weil der Fluchtwagen nicht angesprungen ist. Elvis war der Einzige, der zu Fuß entkommen konnte. Er ist nie verurteilt worden. Seine Kumpels haben ihn zwar schwer belastet, aber man konnte ihm nichts nachweisen.«

»Und warum ist der Wagen nicht angesprungen? Kaputt?«

»Nee«, sagte Winnie, »der Tank war leer. Einer der Räuber hat ausgesagt, dass sie gedacht hatten, wenn sie erst mal die Kohle haben …«

»Das glaub ich nicht. Das ist doch Seemannsgarn. So, wie die Spinne in der Yucca-Palme.«

Winnie schüttelte grinsend den Kopf und steckte sich einen Brause-Buddha in den Mund.

»Nein, das ist alles wahr. Und du wirst es nicht glauben, am *Steinenhaus,* mitten auf der Kreuzung, ist ihm der Cadillac verreckt. Tank leer. Der wird einfach nicht schlau.«

»Und wegen der ganzen Kacke gehen drei Menschen und ein Hund drauf? Und ich auch fast? Und Matti und du auch!«

»Tja, Dinge passieren.«

»Ph! Und die Heckel?«

»Sieht dreißig Jahre älter aus, sagt aber kein Wort. Aber das kommt noch – Seidel wird sich in altbewährter Art drum kümmern.«

»Kann ich deine Dienstwaffe haben? Ich hab das dringende Bedürfnis, ein paar Leuten die Birne wegzuballern.«

»Stell dich hinten an, Frau Abendroth, Berti hat die älteren Rechte.«

»Dann ruf wenigstens den Arzt.«

»Ist dir nicht gut?«

»Ich will das alles vergessen. Ehrlich. Egal, was die dafür in der Apotheke zusammenpanschen müssen.«

»Ich fürchte, es wird was Illegales dabei herauskommen. Schlaf lieber noch ein bisschen. Wilma kommt heute Abend und holt dich ab. Und morgen fahren wir alle zusammen zu Nikolajs Premiere nach Amsterdam. Wir treffen uns um drei im Café Madrid.«

»Tun wir das? Wir alle?«

»Ja, das tun wir. Berti besteht darauf.«

»Ich kann bestimmt nicht schlafen. Nach allem, was du grad erzählt hast.«

»Wäre aber besser für dich. Du hast eine Menge zu verarbeiten, sagt der Arzt. Und zur Beruhigung: Der Herzig hat die Verteidigung von Elvis abgelehnt.«

»Na, super. Wenigstens eine gute Nachricht.«

Ich nahm mir einen Brause-Buddha. Litschie-Geschmack – nicht gerade die Droge, die mich ins Land des Vergessens schicken würde. Ich guckte aus dem Fenster. Der kleine Schneemann mit roter Schwefelhölzchennase hatte sich in eine formlose weiße Masse verwandelt. In ein paar Minuten würde man nichts mehr von ihm sehen.

»Und du? Wie wirst du mit so 'nem Irrsinn fertig?«, fragte ich Winnie.

»Ich? Ich fahr nach Hause und mach die Tür hinter mir zu.«

25

Ich stand im geliehenen schwarzen Abendkleid mit grauem Samtcape, frisch frisierten Haaren und in Wilmas schwarzen Knöpfstiefeln im Café Madrid an der Theke und schaute seit zwanzig Minuten meinem Kater Dr. Thoma dabei zu, wie er seine Performance ›Ich-ignoriere-dich-bis-du-heulst‹ für mich gab. Er hatte sich von Winnie streicheln lassen, von Rudi, von Oma Berti, von allen. Nur von mir nicht. Er hatte mir alle Krallen gezeigt, bevor er sich fauchend auf sein rotes Kissen zurückgezogen hatte. Das Kissen, hatte Raoul mir erklärt, hatte Kai-Uwe selbst neben die warme Stereoanlage, die auf einem alten Vertiko neben der Theke stand, für ihn hingelegt. Na, dann war ja alles klar. Dr. Thoma hatte einen neuen Job als Kneipenkater und DJ und starrte mich an.

Ich stärkte mich für dieses Duell mit einem Wodka auf Eis und hatte noch keinmal geblinzelt. Aber der Kater war gut in Form und bewegte sich kein bisschen. Seine Augen sprühten Funken. Blinzel endlich, du Mistvieh, dann kann ich wieder woanders hingucken.

Raoul teilte Wegzehrung aus. »Amsterdam *Sorpresa*«, wie er jedem mitteilte, dem er die kleine Papiertüte in die Hand drückte. Berti verstaute die Carepakete in einem großen Korb und trieb ihre Schäfchen zusammen. Es war Zeit, aufzubrechen, wenn wir zur Premiere von *Viel Lärm um Nichts* in der Kletzmer-Fassung von Nikolaj Andrejewitsch Besuchow pünktlich sein wollten. Winnie hatte während der letzten halben Stunde mehrmals mit Nikolaj telefoniert und ihn beruhigt, dass wir auf dem Weg seien. Ich hatte Nikolaj toi, toi, toi gewünscht und gelogen, als ich sagte, der alte Saab von Winnie würde sich nun mal so anhören wie eine Kneipe. Aber ganz allmählich drängte jetzt auch Winnie zum Aufbruch. Er guckte auf seine Uhr und wieder zur Tür.

Rudi, im schwarzen Bestatteranzug, den er zur Feier des Tages mit einem bunten Einstecktuch aufgepeppt hatte, stand neben dem Vertiko und klappte sein Handy zu.

»Was ist los? Wo ist Matti?«, fragte Wilma. Rudi schüttelte den Kopf. »Er kommt nicht mit. Er hat noch zu tun.«

»Der alte Spaßverderber. Hey, Leute, wir können fahren. Los, verteilt euch auf die Autos«, befahl sie.

Alle tranken die Reste aus ihren Gläsern, zupften ihre Schals zurecht und bewegten sich in Richtung Ausgang. Elli, in einem neuen Ensemble Mauve in Mauve ohne Pudel auf dem Arm, wirkte auf eine seltsame Art und Weise unvollständig. Sie hatte noch eine Lage Make-up mehr aufgelegt, um ihre verheulten Augen zu kaschieren. Sie winkte Kai-Uwe zum Abschied zu, aber ihr Lächeln wirkte nicht echt. Dr. Thoma gähnte.

»Was hat Matti denn um diese Uhrzeit noch zu tun?«, fragte ich Rudi. »Ich dachte, er wollte mitkommen?«

»Weiß ich doch nicht. Wenn er sagt, er hat was zu tun, dann wird es wohl so sein.«

Rudi hakte sich bei Mia unter, und die beiden schoben fröhlich aus der Tür. Wilma, Carmen und Dr. Herzig folgten ihnen. Ich hörte, wie Berti draußen die Belegung der Wagen organisierte. Winnie bekam sein Wechselgeld zurück. Ich bestellte mir noch einen Wodka. Kai-Uwe guckte mich fragend an.

»Ja, was ist, Maître? Ich hätte gerne noch einen. Oder ist der Wodka aus?«

»Nein. Wenn du willst. Bitte schön.«

»Dann her damit, und guck nicht so blöd.«

Bevor Kai-Uwe antworten konnte, mischte Winnie sich ein: »Hey, Miss Marple, es ist Zeit, zu fahren.«

Ich starrte den Kater an und sagte: »Ich komm nicht mit. Grüß Nikolaj von mir, und noch mal toi, toi, toi.«

»Warum? Was ist los?«

»Ich will einfach nicht.«

Draußen wurde schon gehupt.

»Ist alles in Ordnung oder …?«

»Ja, es ist alles in Ordnung, Winnie.«

»Wirklich? Kann ich dich hier alleine lassen?« Er guckte Kai-Uwe an, der zuckte nur die Schultern. »Ich lass mich gerne noch ein bisschen von der kleinen Kaiserin Bokassa doof anmachen. Ist im Preis inbegriffen.«

Ich drehte mich von der Theke weg und sagte zu Winnie: »Ja, Kai-Uwe ist Masochist genug. Geh und mach die Tür zu.«

»Du bittest mich grad um was?«

»Genau.«

»Okay.« Winnie hauchte mir einen Kuss auf die Wangen. »Und fahr die Krallen ein«, sagte er. »Und falls du vorhast, zu Matti zu fahren ... Bitte, sei nett, ja?«

»Verschwinde endlich und knutsch deinen Baryschnikow.«

»Und du deinen Häkkinnen«, feixte Winnie und beeilte sich, aus der Tür zu kommen.

Kai-Uwe hatte unseren kleinen Schlagabtausch verfolgt. Ich konnte förmlich sehen, wie das Fragezeichen über seiner Stirn immer größer wurde.

Bevor Hasselbrink den Mund aufmachen konnte, gebot ich ihm mit erhobenem Abendtäschchen Einhalt. Er klappte den Mund wieder zu. Ich trank meinen Wodka auf ex.

»Tolles Täschchen«, sagte Kai-Uwe beleidigt. »Von Wilma geliehen?«

»Alles von Wilma geliehen, falls du es genau wissen willst. Bis auf das Abendkleid – ein Original von Heinz Oestergaard, 1967. Das hat Mia mir geborgt.«

Und wenn du wüsstest, was ich in dem Täschchen habe ...

Wilma hatte mir das Handy mitgebracht, als sie mich vom Krankenhaus abgeholt hatte. Kaum, dass sie durch die Tür gesaust war, hielt ich mein verloren geglaubtes Diensthandy in der Hand.

»Was soll ich damit? Das gehört Kieslowski«, hatte ich gesagt.

»Er denkt, es ist weg. Winnie hat es sichergestellt. Du hattest es noch in der Hand, als sie dich in den Krankenwagen geschoben haben.«

»Und was soll ich jetzt damit? Skurriles Andenken an meine Nahtoderfahrung?«

»Hör's dir an.«

»Was?«

Wilma hatte mir das Handy wieder weggenommen, auf Wiedergabe gedrückt und mir ans Ohr gehalten.

»Du hast das aufgezeichnet. Versehentlich, denke ich mal, oder?«

Ich hörte mein letztes Flehen und dann ... Mattis Stimme. Dieser abhackte Satz, durchsetzt von Knistern und Aussetzern.

»Weiteratmen, Maggie«, hatte Wilma gesagt. »Einfach weiteratmen.«

»Weiß Matti davon? Ich meine, dass das aufgezeichnet worden ist?«

»Ich glaube nicht.«

Bis jetzt hatte ich mir die Aufzeichnung nicht noch einmal angehört, aber ich musste ständig darüber nachdenken, ob die abgehackten Worte das sagten, was ich mir zusammenreimte. Und wenn es so war, wie ich dachte? Dann wäre der Moment gekommen, wo Frauen in Filmen für gewöhnlich sagen: ›Du, wir müssen mal reden.‹ Ob sie das in finnischen Filmen wohl auch sagen?

Es gab nur einen Weg, das herauszufinden – ich musste einen Finnen fragen.

»Kai-Uwe, kann ich mal dein Auto haben?«

»Also, weißt du ... Mir ist das nicht so richtig ... Also der zweite Gang klemmt und ...«

»Hab schon verstanden. Ruf mir ein Taxi.«

»Wo willst du denn hin?«

»Weg.«

»Ja, wie? Weg? Abendroth, red nicht in Rätseln. Das geht mir auf den Keks.«

»Gib mir das Telefon. Was war eigentlich mit dir und Rita? Hm?«

Kai-Uwe verzog das Gesicht und stellte das Telefon vor mich auf die Theke. Ich wählte die Nummer der Taxizentrale und bestellte einen Wagen.

Dr. Thoma trampelte auf seinem Kissen herum und machte

einen Buckel. Dann drehte er sich zweimal um die eigene Achse und präsentierte mir sein Hinterteil.

»Weißt du was, Dr. Thoma? Du kannst mich mal.«

Sein rechtes Ohr zitterte.

»Kaum lässt man dich mal drei Tage alleine, läufst du mit fliegenden Fahnen über. Ich dachte, wir wären Freunde.«

Er schlug mit der Schwanzspitze auf das Kissen ein.

Draußen fuhr das Taxi vor.

Ich wollte den Wodka bezahlen, aber Kai-Uwe war in der Küche verschwunden. Ich ging zum Vertiko und kraulte den Kater hinter den Ohren. Er fauchte leise.

»Weißt du eigentlich, dass ich fast 17-mal so schwer und so groß bin wie du? Wenn ich wollte, könnte ich dich jetzt wie ein Sumoringer von der Matte schubsen. Und überhaupt, für wen mach ich denn das alles hier? Ich reiß mir den Arsch auf, unter anderem auch für dein Kittykotz. Denk mal drüber nach.«

Dr. Thoma schlug mit ausgefahrenen Krallen nach mir, aber ich drehte mich um und ging stracks aus der Tür. Wenn Kai-Uwe kein Geld wollte – an mir sollte es nicht liegen.

Ich war kaum einen Meter weit gekommen, da flog die Tür hinter mir auf, und Raoul rief: »Er meinte dasse nich so.«

»Wer?«

»El Doctor. Er machte sich Sorge um dich. Jede Nacht, er hatte gesess an das Kuchenfenster … Wach, die ganze Nacht. Fast er hätte verloren Gewicht.«

»Sag mal, Raoul, bist du meschugge? Dr. Thoma? Gewicht verloren?«

»Maggie, wo gehst du hin? Was ist mit El Doctor?«

»Jemanden besuchen. Ich komm ja wieder.«

»Warte. Moment.«

Er flitzte zurück in die Kneipe. Ein paar Sekunden später öffnete sich das kleine Küchenfenster neben dem Eingang, und Raoul hielt mir eine weiße Papiertüte entgegen. »Deine *Sorpresa.*«

»Was?«

»Nimm.«

»Danke, Raoul.« Ich faltete die Tüte auf und steckte meine Nase hinein. »Riecht gut.«

»Schmeckt gut. Reichte für zwei.«

Als ich ins Taxi stieg, drehte sich der Fahrer um. Kieslowski höchstselbst. Ich konnte mir ein Grinsen nicht verkneifen.

»Ah, die Heldin. Wo darf es denn hingehen?«

»Zu ›Bestattungen Abendroth‹. Und pronto bitte.«

»Neues Business? Das nenn ich mal einen Aufstieg.«

»Weißt du was, Kieslowski? Halt die Klappe und fahr, sonst bist du in zehn Minuten der nächste Kunde für mein neues Business.«

»Gott, wie witzig.«

»Ich kenn Leute, die drüber lachen.«

Er wollte den Taxameter einschalten, aber ich klopfte ihm auf die Schulter. »Lass das mal schön sein. Die Versicherung zahlt dir mehr für die kaputte Karre, als sie je wert war. Das sollte bis Wiemelhausen reichen.«

»Du spinnst wohl!«

»Ja, und wie. Weißt du, in meinem Kopf ist seit der Kaltwasserspülung einiges durcheinander. Ich könnt ja Elli anrufen, mal hören, was die dazu sagt.«

»Wozu? Dass du meinen Wagen plattgefahren hast?«

»Pass mal schön auf: Ich bescher dir den brillantesten Totalschaden aller Zeiten …«

»Ach, hör doch auf.«

»Hör du endlich auf, rumzumeckern, und fahr.«

Kieslowski schnaubte, und wir schlidderten los. Ich schnallte mich an, packte Raouls Carepaket aus und genoss kauend die Schlittenfahrt durch das verschneite, glitzernde Bochum. Besser kann es in St. Petersburg grad auch nicht aussehen.

»Kieslowski … fahr nicht so schnell. Ich will heile ankommen.«

»Dann bestell dir dat nächste Mal ’ne russische Troika.«

Ha, ha, selten so gelacht.

Kurz vor Wiemelhausen kontrollierte ich mein Make-up im Schminkspiegel des Abendtäschchens und zog mir die Lippen nach. Wilma hatte mir in mühevoller Arbeit mehrere Lagen Make-up aufs Gesicht verteilt, um die sechs Stiche auf meiner linken Wange wenigstens so zu kaschieren, dass ich nicht mehr aussah wie Frankensteins Braut. Ein Stich mehr, und ich wäre meiner eigenen Rechnung nach eine Heldin gewesen. Der Arzt hatte gesagt, dass man in drei Wochen nichts mehr von der Narbe sehen würde. Aber ich würde immer wissen, dass sie da ist. Hätte ich mich im Wagen nicht instinktiv weggeduckt, hätte mir die implodierende Windschutzscheibe vermutlich den Kopf abgetrennt. Mit dem aktuellen Ergebnis konnte ich also hochzufrieden sein.

Als das Taxi vor dem Bestattungsinstitut hielt, stieg ich aus, ohne mich zu verabschieden, ließ meinen Müll im Auto liegen und lief in die Hofeinfahrt, um die Tür zur Anlieferung zu nehmen, die direkt zu den Thanatopraxieräumen führte. Der dunkelblaue Leichenwagen stand auf dem Parkplatz. Als das Licht im Hof anging, blitzte das Logo an der Beifahrertür auf. *Bestattungen Abendroth.* Wenn Matti nicht gewesen wäre, würde ich jetzt hier liegen … tot im Bestattungsunternehmen, das meinen Namen trug, und Matti hätte mich bestimmt einbalsamiert …

Ich klopfte gar nicht erst an, sondern schob die Tür zu den Arbeitsräumen auf. Es brannte überall Licht, von Matti keine Spur. Ich rief seinen Namen, bekam aber keine Antwort. Ich schaute im Sarglager nach: nichts. Ich stöckelte weiter durch die Reihen der aufgestapelten Särge, öffnete die nächste Tür, sah Licht in der Sauna und klopfte an die Holztür. »Herr Matti, sind Sie da drin?«

Als Antwort hörte ich das Zischen von verdampfendem Wasser. Durch das kleine Fenster in der Tür war außer Dampf nichts zu sehen.

»Matti!«

»Ja, Frau Margret.«

»Wie lange wollen Sie da noch drinbleiben?«

»Eine Weile.«

»Könnten Sie eine *kleine* Weile draus machen?«

»Ich dachte, Sie sind unterwegs nach Amsterdam.«

»Wie Sie sehen … Sie kommen also nicht raus?«

Matti schwieg.

»Ich möchte mich bei Ihnen bedanken, Herr Matti.«

»Keine Ursache.«

Diskussionen mit ihm sind wie Dialoge mit entfernten Sternensystemen. Selbst wenn ich mir alle Kaurismäki-Filme zu Studienzwecken anschauen würde, käme ich der Sache vermutlich nicht auf den Grund. Ich machte einen neuen Anlauf.

»Und wie geht es Ihnen?«

»Gut.«

»Waren Sie auch im Krankenhaus?«

»Nein.«

»War das so ein Eistauchertrick – das mit den fünf Minuten? Sie haben Ihr Leben riskiert.«

»Sie doch auch.«

»Quatsch. Ich bin nicht freiwillig ins eiskalte Wasser gesprungen.«

»Herr Winnie war auch dabei.«

»Ja, ja. Das weiß ich.«

In der Sauna zischte und dampfte es wieder.

»Herr Matti? Was haben Sie zu mir am Telefon gesagt, kurz bevor die Scheibe geplatzt ist?«

»Nichts.«

»Sie lügen.«

Es zischte wieder.

»Matti? Sie lügen!«

Die Tür der Sauna ging auf, und Matti, eingewickelt in ein großes, weißes Badetuch, ging an mir vorbei nach nebenan in die Duschkabine und schob die Glastür hinter sich zu.

»Sie sehen wunderbar aus in dem Kleid«, sagte er und drehte den Hahn voll auf. Ein paar Spritzer eiskalten Wassers trafen mein Gesicht. Ich tupfte sie mit dem Mantelärmel vorsichtig weg. Nach langen Minuten drehte er endlich das Wasser ab.

Im selben Moment startete ich die Wiedergabe der Gesprächsaufzeichnung und hielt das Handy über den oberen Rand der Schiebetür.

Als die Aufzeichnung zu Ende war, sagte er: »Ich wollte … Ich wollte Sie nicht ver… Ich wollte nicht, dass Sie den Mut verlieren.«

Aha?! »Den Mut nicht verlieren? Sie fragen mich, ob ich Ihre Frau werden möchte, damit ich den Mut nicht verliere? Das haben Sie doch, oder habe ich mich verhört?«

»Ja.«

»Was ja? Verhört oder gesagt?!«

»Gesagt«, flüsterte er. Ich konnte ihn kaum verstehen.

Ich kam mir vor wie in der finnischen Saunafassung der Balkonszene in *Romeo und Julia.* Vermutlich wird auch diese mit wesentlich mehr Konsonanten versehen sein.

»Ist es Ihnen peinlich, dass Sie das gesagt haben? Sind Sie so aus sich rausgegangen, dass Sie es jetzt bereuen? Oder plädieren Sie auf galoppierenden Irrsinn? Falls ja – keine Sorge, ich werde es nie wieder ansprechen.«

»Gut, Frau Margret.«

»Ich geh dann mal, Herr Matti. Vielen Dank. Für alles.« Die Tür der Duschkabine wurde aufgeschoben. In sein Badetuch gewickelt ging Matti an mir vorbei zu dem kleinen Umkleideraum neben der Dusche. Und jetzt sah ich, was ich vorher nicht gesehen hatte: Quer über die rechte Seite seines Brustkorbes war er mit etlichen Stichen genäht worden, eine lange, dunkelrot gefärbte Naht, auf der sich die Fäden schwarz abzeichneten. Ich sog die Luft durch die Zähne, grad so, als spürte ich den Schmerz am eigenen Leib, den eine solche Verletzung hervorruft.

»Was ist das?«

»Was?«

»Matti!«

»Ich bin an einer Scherbe im Rahmen der Windschutzscheibe hängen geblieben.«

Inzwischen hatte ich die Stiche gezählt. Fünfzehn. Das ist einer mehr als doppelt so viel. Dafür gab es auf meiner Liste keine Bezeichnung. Sieben = Hero, vierzehn = Superhero. Und fünfzehn = ?

Ich starrte auf Mattis Verletzung und tastete meine Wange ab. Matti sagte: »Der Arzt hat gesagt, man wird bald nichts mehr davon sehen.«

»Ich hab ja auch nur sechs Stiche.«

»Die haben Sie sich redlich verdient.«

»Was?«

Er antwortete nicht auf meine Frage, sondern sagte lächelnd: »Darf ich Sie nachher in die Stadt fahren?«

»Warum gucken Sie mich jetzt so an? Wissen Sie was? Ich verstehe gar nichts mehr. Vielleicht duschen Sie noch mal kalt. Ich warte oben.«

Während ich im Büro am Schreibtisch saß und auf die Geräusche aus dem Keller horchte, klingelte das Telefon. Ich hob in Erwartung eines Verzweifelten am anderen Ende ab und sagte: »Bestattungen Abendroth, was kann ich für Sie tun?«

»Ich bin es, Rudi. Mensch, dass du da bist. Ich hab mir Sorgen gemacht wegen Matti.«

»Was ist denn mit ihm?«

»Ist er da?«

»Ja, er war in der Sauna. Jetzt fährt er mich gleich in die Stadt zurück. Soll ich ihm was ausrichten?«

»Nein. Mach gar nichts, und am besten sprich ihn nicht auf die Sache an.«

»Welche Sache denn?«

»Na, was da mit ihm passiert ist.«

»Rudi!«

»Na, was er da alles gesagt hat. Zu dir. Es ist einfach so aus ihm rausgekommen … Wilma hat mir grad das mit dem Telefon erzählt. Ich hab das ja sowieso alles gehört … Ich stand neben ihm auf dem Brückengeländer. Du hättest ihn sehen sollen, er wäre für dich gestorben … Er war so außer sich …«

»Zu spät, Rudi. Hab ich schon angesprochen. Und zu deiner Beruhigung: Er hat es nicht so gemeint. Er hat es nur *nett* gemeint.«

»Nein, hat er nicht.«

»Was soll das heißen?«

Aber Rudi hatte schon aufgelegt. Nein, hat er nicht? Es war nicht nett gemeint? Was denn dann? Etwa ernst gemeint?

Hat Matti jemals etwas gesagt, was er nicht so gemeint hat? Ich konnte mich an nichts dergleichen erinnern. Und wenn Matti es ernst gemeint hatte, dann hatte ich ihm grad mit der groben Kelle eins übergebraten, das sich gewaschen hatte. Er würde nie wieder fragen, sondern einfach nur schweigend weiter auf eine Antwort warten. Und weil es Matti war, der auf eine Antwort wartete, würde er bis in alle Ewigkeit darauf warten. Aber eigentlich hatte er ja gesagt, dass es nicht so gemeint war.

Ich drückte auf die Rückruftaste, um Rudi zu fragen, aber es sprang nur die Mailbox an. Ich hinterließ ihm keine Nachricht, sondern legte auf. Draußen fuhr Matti den Leichenwagen vor. Ich nahm meine Tasche und ging hinaus. Matti hielt mir die Beifahrertür auf.

»Herr Matti.«

»Ja, Frau Margret?«

»Ach, nichts. Rudi hat angerufen, ich soll Sie grüßen. Er ist ganz aufgeregt wegen Amsterdam und so. Er findet es so schade, dass Sie nicht dabei sind.«

»Ja.«

Ein Auto fuhr langsam vorbei, und das Scheinwerferlicht streifte das Heck des Leichenwagens, und da sah ich sie aufblitzen – die Initialen des Knipsers – auf den Felgen von Mattis Reifen: RR.

»Herr Matti? Seit wann haben Sie die Reifen?«

»Seit ungefähr zwei Wochen. Sehr gute Reifen – hat Rudi ausgesucht. Ohne die wären wir im Schnee nicht so gut zurechtgekommen, als wir Sie gesucht haben.«

»Aha?! Rudi hat die ausgesucht?«

»Ja, er war so stolz und hat sogar seine Initialen in die Felgen schlagen lassen. RR für Rudi Rolinski. Manchmal ist er wie ein Kind.«

»Hm?!« Ein Kind mit einer Lücke von zwei Stunden in seinem Alibi. Ich wette, die Reifen waren ein geradezu unwiderstehliches Sonderangebot.

»Ist etwas nicht in Ordnung damit?«

»Nein. Alles in bester Ordnung. Die sehen … toll aus und sind so nützlich.«

Meine innere Stimme hob die Becker-Jubel-Faust und führte das Rachetänzchen auf.

Ich stieg in den Wagen und schnallte mich an. Der Schnee knirschte leise unter den Super-Reifen, als wir losfuhren.

Matti guckte konzentriert auf die Straße. Sehen so Jäger am Nordpolarkreis auf der Pirsch aus? Ich versuchte mir vorzustellen, wie sich Matti wohl auf einem Rentierschlitten machte, und musste darüber lachen.

»Was ist so lustig?«, fragte er.

»Ach nichts … Ich hab grad über Rentierschlitten nachgedacht.«

»Damit wären wir schneller unterwegs.«

Er hatte eine Hand am Lenkrad, mit der anderen kramte er in seiner Jackentasche.

»Wonach suchen Sie?«

»Hm?«

»Wonach Sie suchen!« Ich öffnete das Handschuhfach. »Soll ich Ihnen was Süßes geben? Hier sind noch Gummibärchen, Knickebeinzapfen, Dominosteine, Zimtsterne … Printen … Herr Matti?«

Wir hielten an einer roten Ampel, und er guckte mich sekundenlang unverwandt an. Dann, für einen Augenblick, schaute er an mir vorbei und lächelte, als betrachtete er etwas sehr Schönes auf der anderen Straßenseite. Ich drehte mich um, aber da waren nichts und niemand. Der Schnee lag hoch aufgetürmt am Straßenrand und glitzerte im Licht der Laternen. Als ich mich wieder zu ihm umdrehte, schaute er schon wieder geradeaus. Mir wurde diese Autofahrt von Sekunde zu Sekunde peinlicher. Das Reifenthema war verpufft – na gut, Rudi hatte mir einen kleinen Triumph beschert, aber jetzt saß ich hier und war sehr angestrengt dabei, ein Gesprächsthema herbeizuzaubern, das nichts mit dem zu tun hatte, was an dem Tag passiert war, als Matti mir das Leben gerettet hatte.

»Halten Sie nach einer Aurora borealis Ausschau?«, fragte ich.

»Warum? Haben Sie hier schon eine gesehen?« Er fing an, einen finnischen Tango zu summen.

Gerade wollte ich mich noch dazu beglückwünschen, das Tretminenland verlassen zu haben, als mich die Wucht der Erinnerung wie ein Baseballschläger traf: Plötzlich sah ich mich selbst im Stadtexpress sitzen. Ich zittere. Aus meinen Haaren tropft kaltes Wasser … Ich halte die Postkarte mit der Aurora borealis, die Matti mir zum Abschied am Flughafen in die Hand gedrückt hat, fest umklammert. *Sie leuchtet im Dunkeln.*

Sie leuchtete … Ich erinnerte mich daran, dass sie wirklich geleuchtet hat. Die ganze Fahrt über hatte ich auf die Karte gestarrt. Das hatte mich davon abgehalten, irgendwo auf der Strecke auszusteigen und in der Dunkelheit zu verschwinden. Ohne sie hätte ich es nie bis nach Hause geschafft, nie. Aber was heißt überhaupt nach Hause? Ich hatte es bis zu Matti geschafft. Weiter nicht. Wie viele Missverständnisse kann es noch geben? Wilmas Worte, … *wirkungsvolles Schweigen … Augen leuchten wie BMW-Scheinwerfer,* kamen vorbeigerauscht und machten dabei ein Geräusch wie Kreide auf einer Schultafel … skriiiiiiiiiek, … *die hätten ihn auch zum Tode verurteilen können, es wäre ihm egal gewesen, solange du neben dem Schafott gesessen hättest …*

Auf der Stelle hätte ich in Tränen ausbrechen können. Wie kann ein Kerl denn alles nur so falsch verstehen!? Es war doch gar nichts zwischen uns passiert. Ich fischte ein Papiertaschentuch aus der kleinen Abendtasche und schnäuzte mir die Nase.

»Sie hat also wirklich geleuchtet«, stellte er fest.

»Ja«, flüsterte ich. »Und es ist alles so durcheinander … ich bin durcheinander.«

»Ich fürchte, das sind wir alle nach allem, was passiert ist.«

»Ach … alle? Sie etwa auch?«, sagte ich, und es lag eine Schärfe in meiner Stimme, die mich selbst überraschte. Matti zuckte nicht mal und antwortete: »Natürlich.«

»Und woran sieht man das, wenn ich fragen darf? Sie sehen aus wie die Ruhe selbst.«

»Bin ich nicht. Darf ich Ihnen noch eine Frage stellen?«

»Bitte«, sagte ich spitz, aber am liebsten hätte ich geschrien: ›Lieber nicht!‹

»Werden Sie die Aufnahme löschen?«

›Lieber nicht‹ wäre definitiv besser gewesen.

»Weiß noch nicht.« Maggie Abendroth! Warum jetzt ›weiß noch nicht‹?! Natürlich wirst du sie löschen! Dann sag es ihm ins Gesicht. Du brauchst keinen schwer verliebten Finnen. Und wenn es noch so romantisch wäre – nach allem, was passiert ist! Aber das hier ist kein Film, und deswegen funktioniert es auch nicht.

»Hm«, kam es von Matti.

Ich klappte den Mund auf und zu, atmete tief durch und schaute Matti an, der auf die Straße guckte – konzentriert, ruhig … ganz bei der Sache und gleichzeitig verletzlich wie ein Robbenbaby. Auf seiner blassen Wange zeichnete sich ein roter Fleck ab. Ich könnte mein Schwert heben und …

»Ich bin sehr verwirrt, Herr Matti. Ich kann das alles nicht beantworten. Ich sollte es beantworten können. Sie haben eine ehrliche Antwort verdient. Wer, wenn nicht Sie? Also … Aber …« Meine Kehle war trocken und rau. Jedes Wort, so kam es mir vor, war gar nicht von mir und tat mir weh. In meinem Kopf gab es einen Datenstau, und ich bekam nichts mehr heraus. Außer Tränen.

Den Rest der Strecke legten wir schweigend zurück. Matti griff regelmäßig ins Handschuhfach und aß einen Dominostein nach dem anderen. Ich starrte aus reiner Notwehr aus dem Seitenfenster und versuchte, meine Tränen zu verstecken. Ein paarmal war ich kurz davor, etwas zu sagen, aber dann wusste ich wieder nicht, ob das, was ich mir zurechtgelegt hatte, das Richtige war. Außerdem war es alle zwei Minuten etwas völlig anderes. Egal, was auch immer ich jetzt von mir geben würde – es wäre garantiert das Falsche. Nur, weil er mir das Leben gerettet hat, muss ich ja nicht … Nein. Weil er seins riskiert hat? Nein. Nein … muss ich nicht. Nicht jetzt. Nicht hier. Es geht nicht darum, eine Rechnung zu begleichen. Das ist kein Geschäft. Zwischenzeitlich war ich so wütend, dass ich am liebsten auf Matti losgegangen wäre. Warum tat er mir das an? Warum sagte er solche Sachen? Und warum, um alles in der Welt, hatte das blöde Handy das auch noch aufgezeichnet?

Als wir vor Wilmas Salon hielten, stieg ich aus und wollte nur noch weg von Matti. Weg von seiner Zuversicht, seiner Ruhe und diesem viel zu hellen Licht, das aus seinen Augen strahlte. Mit zitternden Händen schloss ich die Haustür auf. Ich hörte die Wagentür zuschlagen, und das Auto setzte sich in Bewegung. Im dunklen Hausflur tastete ich vergeblich nach dem Lichtschalter. Das Handy piepste. Ich holte es aus der Manteltasche. Das hellblaue Leuchten des Displays tat mir in den Augen weh:

Kiittää te, Frau Margret. Lassen Sie sich Zeit. Alle Zeit der Welt.

Danksagung

Wir bedanken uns von ganzem Herzen für unendliche Geduld, Unterstützung und fruchtbare Kritik bei:

Dr. Meike Fritz für ihr Lektorat, Priv.-Doz. Dr. Marcel A. Verhoff (Rechtsmedizin Universität Gießen), Priv.-Doz. Dr. Mark Benecke (*… always sailing for truth)*, TCHO, Hagen Masanneck, Peter Molden, Eva Pfitzner, Joerg Maffei *(Du hast die Haare schön)*, Helge Jepsen *(Ihr seid so gemein)*, Heidrun Jungs *(›Tage Alter Musik in Herne‹)*, Jochen Liedtke *(Für euch trag ich mein Akkordeon von Berlin bis Bochum)*, Martin Steffen *(Die Krähenfüße blend ich einfach weg …)*, Judith *(Ich hol euch jede Falte aus dem Gesicht)*, Maria Mail-Brandt (Rosenexpertin), Richard M. Langworth (The Churchill Centre, Washington D.C.), Dr. Helmut Thoma und Danièle Thoma *(… einfach köstlich, der Kater Dr. Thoma)* und Margit Schönberger (Rat und Tat zu allen Uhrzeiten). Eine große Verbeugung für: Josh, Zorro + George *(Miau)*, Moni, Dante + Schröder *(Wuff)*, Frau Muggel, Andrasz T., Peykan, Christian F., Joseph, Nils, Tina, Finn *(Wuff)*, Karin, Sabine, Beate, Diana, Svenja, Marion, Amelie, Christopherus, Christian Ö., Raoul und selbstverständlich unsere Eltern und Verwandten, die den Zirkus schon seit Jahren klaglos ertragen. Unser ganz besonderer Dank gilt allen Menschen, die in diesem Jahr auch außerhalb der Praxisöffnungszeiten für unsere Gesundheit gesorgt haben – wir hatten es dringend nötig. Wir haben bei Tom Waits ein paar Zeilen aus dem Song *Invitation to the Blues* entliehen.

Wir versichern, dass die Geschichte und ihre Charaktere frei erfunden sind. Alle, die uns zu fachspezifischen Fragen Auskunft erteilt haben, haben ihr Bestes gegeben, damit wir Fehler vermeiden. Sollten sich trotzdem Fehler finden, gehen diese auf unsere Kappe.

Wir hatten Spaß beim Schreiben.
Sie hatten hoffentlich Spaß beim Lesen.
Lob und Tadel werden Sie auf unserer Website los:

www.minck-minck.de

Die Mincks

Bestattungen gehören gemeinhin nicht zu den favorisierten gesellschaftlichen Ereignissen. So geht es auch Maggie Abendroth, 37 Jahre alt, die aus schierer finanzieller Not Sekretärin in einem Bestattungsinstitut wird. Als es dann an ihrem Arbeitsplatz auch noch mehr Leichen gibt als üblich, kommt sie nicht daran vorbei, sich ein paar Fragen zu stellen. Bis Maggie die allerdings beantwortet hat, sieht es zwischenzeitlich so aus, als würde sie des Rätsels Lösung nicht überleben.

6. Auflage, 288 Seiten, Taschenbuch, ISBN 978-3-7700-1260-2

Ihr Aufenthalt im schönen Kurort Bad Camberg endet alles andere als entspannend. Bei einer Schnitzeljagd durch den Wald wird eine abgehackte Hand gefunden, die bei Maggie, wie üblich, zunächst nur mäßiges Interesse weckt. Zurück in Bochum gibt es statt erholsamer Nachkur noch mehr rätselhafte Todesfälle. Als auch noch ein alter Schulfreund von Maggie tot aufgefunden wird, muss sie sich ernsthaft Sorgen machen, denn ihre Fingerabdrücke sind am Tatort. Mit ihrem Sinn für rabenschwarzen Humor schicken die beiden Bochumer Autorinnen ihre widerspenstige Maggie Abendroth auf eine aberwitzige „Tour de Force".

3. Auflage, 348 Seiten, Taschenbuch, ISBN 978-3-7700-1280-0